Dans les bras de Nico Santos

*

Un irrésistible milliardaire

*

Scandale chez les Diakos

TRISH MOREY

Dans les bras de Nico Santos

Traduction française de
FLORENCE JAMIN

HARLEQUIN

Titre original :
THE GREEK BOSS'S DEMAND

Ce roman a déjà été publié en 2014

Réalisation graphique couverture : L. SLAWIG. (HarperCollins France)

HARPERCOLLINS FRANCE
83-85, boulevard Vincent-Auriol, 75646 PARIS CEDEX 13
Service Lectrices — Tél. : 01 45 82 47 47

www.harlequin.fr

ISBN 978-2-2804-3370-9

1

Une société immobilière !

Mais qu'allait-il bien pouvoir en faire ? songea Nico Santos tandis que l'avion amorçait sa descente vers Sydney. Non seulement Xenophon Promotions aurait dû revenir dans son intégralité à sa cousine Sofia, mais en plus il n'avait pas la moindre intention de s'installer en Australie pour en assurer la gestion, même pour un temps limité.

Décidément, son oncle Aristos avait eu une bien curieuse idée en lui léguant la moitié de son entreprise à la condition expresse qu'il reste à Sydney six mois. Six mois qu'il devait consacrer à former Sofia pour qu'elle reprenne ensuite les rênes de la société. C'était absurde !

Il remonta la tablette devant lui, resserra sa ceinture et, plongé dans un abîme de perplexité, conclut pour la centième fois depuis qu'on lui avait annoncé la nouvelle que la seule explication à ce programme aberrant était qu'Aristos souhaitait secrètement qu'il épouse Sofia. L'époque des mariages arrangés avait beau être révolue, son oncle était un homme si étrange qu'il était bien capable d'avoir imaginé un tel scénario pour sa précieuse fille unique.

Mais, si Aristos avait tout organisé dans ce but, c'était raté, songea Nico avec un petit sourire cynique. Dès qu'il aurait présenté ses condoléances à Sofia et mis les choses au point avec le notaire de son oncle, il renoncerait définitivement à sa part d'héritage et prendrait le premier avion pour la Grèce. Là était sa vie, et il n'avait rien à faire en

Australie. Bien sûr, il avait toute confiance en Dimitri, son bras droit, auquel il avait laissé temporairement les commandes de sa propre société, mais, pour autant, son absence ne pouvait pas s'éterniser.

Les moteurs vrombirent et l'avion effectua une large courbe : l'atterrissage était proche. Nico se pencha vers le hublot et le spectacle grandiose de Sydney et de sa baie s'offrit à son regard. Il distinguait parfaitement les installations portuaires et surtout le célèbre Opéra, devenu emblématique de la grande métropole australienne. Puis ce furent les gratte-ciel du centre d'affaires et, enfin, l'immense banlieue avec ses maisons qui paraissaient toutes identiques vues du ciel, chacune dotée d'une piscine et d'un jardin.

Tout à coup, une sorte d'excitation juvénile s'empara de lui à l'idée qu'il allait enfin poser le pied sur le sol australien. Enfant, il avait tellement entendu parler de ce pays miraculeux où tout était possible, de la réussite du frère de sa mère, qui y était devenu milliardaire en quelques années, qu'il s'était juré d'y aller un jour. Jamais cependant il n'avait pu concrétiser ce rêve de gamin, et, malgré les tristes circonstances de sa venue, il avait hâte de découvrir cette culture qui le fascinait.

Il n'avait rencontré que peu d'Australiens jusqu'à aujourd'hui, mais il gardait le souvenir précis d'une jeune touriste originaire de Sydney dont il avait croisé le chemin en Crète, bien des années auparavant.

Elle était blonde, pleine de taches de rousseur, et ses yeux rieurs communiquaient immédiatement sa joie de vivre. Ensemble, ils avaient exploré les nombreux vestiges antiques de l'île, et l'enthousiasme qu'elle montrait pour tout ce qui touchait à cette civilisation disparue l'avait ravi. En tant qu'étudiant en archéologie, grec de surcroît, il croyait bien connaître l'histoire de son pays. Mais, devant les yeux émerveillés de la jeune femme, il avait pris conscience de l'immense fierté qu'il ressentait d'appartenir à une culture aussi riche.

Il poussa un profond soupir et s'étira comme il le put sur son siège. Même avec le confort de la première classe, le vol lui avait semblé interminable et il était pressé d'arriver.

Enfin, l'avion toucha le sol en douceur et les passagers autour de lui commencèrent à rassembler leurs affaires.

Pourquoi songer à ces vacances lointaines, à ce bref amour de jeunesse ? se dit-il en chassant de son esprit le visage souriant de la ravissante Australienne, qu'il n'avait jamais revue. Il avait d'autres questions bien plus cruciales à débattre, comme celle de régler le plus vite possible cette succession qui ne le concernait pas, afin de regagner Athènes au plus vite…

2

Alex ouvrit la porte et se figea. C'était comme si le passé reprenait vie tout à coup, comme si ces huit années ne s'étaient pas écoulées et s'effaçaient brutalement sous l'effet d'un coup de baguette magique…

Nico Santos !

Elle devait être la proie d'une hallucination. Nico Santos était censé être chez lui à Athènes, accaparé par la gestion de son empire industriel. Il ne pouvait pas se trouver à Sydney, au siège de Xenophon Promotions, le jour même où les bureaux rouvraient après l'enterrement du P.-D.G., décédé subitement d'une crise cardiaque…

Qu'aurait-il fait ici alors que tous les employés attendaient de faire la connaissance de leur nouveau patron, un obscur parent d'Aristos dont personne ne savait grand-chose mais dont tout le monde craignait le pire ?

Elle cligna des yeux et son pouls s'accéléra. Il lui tournait le dos et semblait être en grande conversation avec Sofia. Seigneur, sa voix avait la même tonalité chaude qu'autrefois ! Elle n'avait pas encore aperçu son visage, mais elle l'aurait reconnu entre mille à sa haute stature, à cette façon si conquérante qu'il avait de se tenir, à ses cheveux noirs et bouclés, à cette aura de virilité et de sensualité qui émanait de ses moindres gestes. Oui, pour son malheur, c'était bien lui…

Une brusque poussée d'adrénaline la fit frissonner. Il fallait absolument qu'elle quitte les lieux avant qu'il ne l'aperçoive, et qu'il disparaisse de sa vie aussi sûrement qu'il l'avait fait huit ans auparavant. Oui, il fallait que les choses reprennent leur cours normal…

Elle recula de quelques pas, décidée à regagner la porte d'entrée aussi discrètement que possible. Mais, à cet instant, Sofia l'aperçut.

— Ah, enfin te voilà ! s'exclama celle-ci en lui faisant signe d'approcher.

Dans son tailleur gris foncé, avec ses traits tirés et son regard triste, Sofia était l'image même du deuil. Ses cheveux noirs étaient réunis en une queue-de-cheval, et son visage exempt de tout maquillage exprimait un profond désarroi.

Nico était toujours de dos. Comme dans un cauchemar, Alex le vit se retourner lentement. L'espace d'un instant, une intense stupéfaction se peignit sur ses traits et un éclat trouble enflamma ses yeux noirs. Puis il se reprit, et un sourire énigmatique se dessina sur ses lèvres sensuelles.

— Tiens, toi ici ! lança-t-il.

La gorge nouée, Alex resta quelques secondes comme paralysée. Pendant toutes ces années, elle s'était souvent interrogée sur ce que Nico dirait ou ferait s'ils se retrouvaient l'un en face de l'autre, mais pas un instant elle n'aurait imaginé que sa seule réaction serait cette remarque presque indifférente prononcée d'un ton distant. Rien dans sa façon d'être ne laissait supposer ce qu'ils avaient partagé huit ans auparavant. On aurait dit un étranger…

— Oui, pourquoi ? rétorqua-t-elle. Qui t'attendais-tu à voir ? Nicole Kidman ?

A peine eut-elle prononcé ces paroles qu'elle regretta de ne pas avoir su contrôler son agressivité.

Le regard étonné de Sofia allait de l'un à l'autre.

— Alex, laisse-moi te présenter mon cousin Nico Santos, qui est arrivé hier, commença-t-elle. Mais j'ai l'impression que vous vous connaissez déjà. C'est bien ça ?

Alex était incapable de prononcer la moindre parole. Nico, quant à lui, continuait à la dévisager d'un regard inquisiteur, dépourvu de toute émotion.

— Oui, nous nous sommes déjà rencontrés, dit-il enfin.

Les jambes tremblantes, Alex serra la poignée de son ordinateur portable comme si elle craignait qu'il ne lui échappe. Elle devait à tout prix reprendre son sang-froid, songea-t-elle, affolée.

— Oui, peut-être, parvint-elle à articuler sans bafouiller. Il y a fort longtemps, en tout cas…

— On m'oublie donc si facilement ? riposta-t-il avec un sourire provocateur.

Pour son propre malheur, non ! songea aussitôt Alex avec un pincement au cœur. Combien de nuits n'avait-elle pas passées à tenter sans succès de ne pas penser à lui, à imaginer ce qu'ils auraient pu partager si la vie ne les avait pas séparés ?

Il ne l'avait pas oubliée non plus, elle en était sûre, pensa-t-elle en l'observant à la dérobée. Mais, à en juger par son expression sévère, il se souvenait surtout de la façon abrupte dont elle avait mis un terme à leur brève relation…

— Soyez un peu plus clairs ! s'impatienta Sofia. Avouez que c'est une extraordinaire coïncidence ! Dans quelles circonstances vous êtes-vous rencontrés ?

— Réponds, Alexandra. Tu n'as tout de même pas tout effacé de ta mémoire ! s'exclama Nico en la regardant d'un air moqueur.

Bouleversée, elle détourna les yeux. Comment aurait-elle pu oublier leur coup de foudre, leurs vacances féeriques ? Mais il n'était pas question d'expliquer à Sofia la nature exacte de leurs relations…

— C'était en Crète, articula-t-elle enfin avec difficulté. Nico faisait des fouilles sur un site archéologique dans le cadre de ses études, et j'étais en vacances avec mes parents. Nous avons fait connaissance lors d'une visite du palais de Minos, je crois…

Elle s'en souvenait comme si c'était hier, mais pour rien au monde elle ne l'aurait avoué devant lui.

— Ah…, fit Sofia, étonnée. Et tu savais qu'il était un parent d'Aristos ?

— Non, pas du tout ! protesta Alex. Je…

Les mots s'arrêtèrent dans sa gorge au fur et à mesure qu'elle mesurait la portée des paroles de Sofia. Nico, parent d'Aristos ? Celui qui allait reprendre l'entreprise et que tous les employés attendaient avec appréhension ? Non, c'était une mauvaise plaisanterie !

— Ça tombe très bien, enchaîna Sofia. C'est une bonne chose que vous vous connaissiez déjà, puisque vous allez désormais travailler ensemble. Nico, Alex s'occupe de notre comptabilité, ajouta-t-elle à l'adresse de son cousin.

Tout à coup, la sonnerie d'un téléphone retentit dans les bureaux, et Alex saisit aussitôt ce prétexte pour s'éclipser. Elle se sentait si mal qu'il lui semblait qu'elle allait s'évanouir.

— C'est mon poste, lança-t-elle d'une voix mal assurée. J'y vais, j'attends un coup de fil important. A plus tard, lança-t-elle à la cantonade en évitant le regard de Nico.

Elle se précipita dans son bureau et referma aussitôt la porte derrière elle. Là, elle resta longtemps le dos appuyé contre le battant, le souffle court, dans l'espoir de retrouver un peu de sérénité. En vain. Comme un diable sorti de sa boîte, Nico venait de refaire irruption dans son existence, et cette nouvelle l'anéantissait.

Une heure plus tard, Alex était toujours assise derrière sa table, les yeux fixés sans les voir sur les boules multicolores qui se mouvaient inlassablement sur son écran d'ordinateur. Elle ignorait combien de temps elle pourrait rester ainsi, cachée dans cette pièce, mais une chose était certaine : elle ferait tout pour éviter Nico.

C'était si étrange de le retrouver après tout ce temps, alors qu'elle était persuadée que leurs chemins ne se croiseraient plus jamais. Si étrange de penser aux deux jeunes gens qu'ils avaient été, insouciants de l'avenir, pleins d'optimisme et de confiance…

Quand elle avait fait sa connaissance, Nico avait vingt et un ans. Déjà, il attirait tous les regards féminins avec son visage aux traits racés et son corps d'athlète. Huit ans après, sa virilité n'avait fait que s'affirmer : il était plus séduisant encore que quand elle l'avait connu en Crète.

Il avait la même ligne svelte, les mêmes interminables jambes, mais sa carrure s'était élargie. Sa frange désordonnée avait disparu, remplacée par une coupe courte moins romantique. Jeans et T-shirt s'étaient envolés, cédant la place à un élégant costume de fin lainage qui lui donnait un chic irrésistible.

Il était différent, et pourtant étrangement semblable…

L'avait-il trouvée changée elle aussi ? s'interrogea-t-elle tout à coup. Certainement… Car elle avait changé, en effet : physiquement, bien sûr, mais surtout moralement, depuis qu'elle avait eu un enfant.

Un petit garçon dont il était le père…

Un soupir angoissé lui échappa.

— Jason ! murmura-t-elle d'une voix étranglée.

Combien de temps allait-elle pouvoir cacher à Nico l'existence de son fils, si par malheur son séjour à Sydney se prolongeait ?

3

Un bref coup à sa porte la fit sursauter. Elle n'eut pas le temps de répondre que, déjà, Nico pénétrait dans la pièce sans y avoir été invité.

Elle déglutit péniblement.

— Que veux-tu ? demanda-t-elle dans un souffle.

Sourire aux lèvres, il avança vers son bureau. Il paraissait très à l'aise alors qu'elle-même était à la torture.

— Est-ce ainsi qu'on accueille ses vieux amis ? rétorqua-t-il d'un ton goguenard.

— « Vieux amis », c'est bien le terme, asséna-t-elle abruptement. C'était il y a bien longtemps, dans une autre vie, presque…

— Certes, mais nous ne sommes pas aussi étrangers l'un à l'autre que tu as l'air de vouloir le penser, Alexandra, remarqua-t-il.

— C'est pourtant l'impression que j'ai.

— Les impressions sont parfois trompeuses…

Il lui jeta un regard incisif qui la glaça. Mais quand il s'avança vers son bureau et qu'il se pencha sur elle, ce fut bien pire… Elle crut que son sang se figeait soudain dans ses veines. Il la regarda droit dans les yeux pendant quelques secondes qui lui parurent durer une éternité.

— Excuse-moi un instant, finit-il par dire. J'ai quelque chose à dire à Sofia. Une seconde, et je reviens.

Il se retourna avant de quitter la pièce.

— N'en profite pas pour filer ! ajouta-t-il d'un ton enjoué.

Elle resta interdite, incapable de réfléchir. Sa présence, sa voix, son regard sombre, tout en lui la déstabilisait. Mais, même si elle en mourait d'envie, elle ne pouvait décemment pas s'enfuir.

Quelques minutes plus tard, il était de retour, mais ce court répit n'avait pas suffi à la calmer. De nouveau, il avança vers elle d'un pas assuré et se planta devant son bureau d'un air conquérant.

Alex tenta désespérément de maîtriser l'affolement qui la gagnait. Mais comment rester sereine alors qu'elle était subitement confrontée à la présence de cet homme qui avait été son premier amour, son premier amant, et qui, quoi qu'il arrive, aurait toujours une importance primordiale dans son existence puisqu'il était le père de son enfant ? Et voilà qu'il surgissait sans prévenir dans *son* monde ! Non content de venir la déranger jusque chez elle en Australie, il menaçait d'envahir son univers professionnel en devenant son patron… Dans ces conditions, n'allait-il pas découvrir le secret qui les liait pour la vie et qu'elle ne lui avait jamais révélé ?

Il continuait de la dévisager en silence et elle détourna la tête, incapable de soutenir son regard.

— Alexandra…

Elle retint un soupir. Il n'y avait que lui pour prononcer son prénom ainsi, détachant chaque syllabe avec lenteur comme pour mieux en accentuer la musicalité, lui donnant un relief merveilleusement sensuel grâce à sa voix chaude et à son accent grec.

— Alexandra, répéta-t-il.

Elle se ressaisit brusquement. Après tout, elle n'était plus l'adolescente naïve qui était tombée amoureuse de lui au premier coup d'œil, séduite par son charme méditerranéen ! Non, elle avait depuis longtemps dépassé ces enfantillages !

Relevant la tête, elle lui adressa son sourire le plus professionnel.

— J'imagine que tu auras besoin d'examiner les

comptes et les bilans, déclara-t-elle du ton posé de la parfaite comptable. Je tiens tout ça à ta disposition.

— Nous avons tout le temps d'éplucher la comptabilité, répliqua-t-il.

— Tant mieux. Car, à dire vrai, avec les obsèques d'Aristos et la fermeture du bureau, je suis débordée. Je vais rassembler les dossiers pour que tu puisses les consulter quand tu le désires. J'imagine que tu as hâte de retourner en Grèce.

Il se pencha et jeta un œil sur l'écran de veille de son ordinateur, où tournoyaient toujours sans fin les mêmes boules multicolores.

— Je vois que tu es plongée dans un travail très prenant, fit-il remarquer d'un ton acerbe sans répondre à sa remarque.

Elle se figea quand il effleura le clavier du doigt. Si par malheur il appuyait sur une touche, l'écran de veille disparaîtrait pour laisser place à une photo de Jason en gros plan. Mais, grâce à Dieu, il se contenta de s'emparer d'un stylo avec lequel il se mit à jouer distraitement.

Le regard d'Alex se posa un instant sur ses longues mains élégantes qui, en d'autres temps, avaient su si bien la caresser… Elle réprima un frisson. A aucun prix elle ne devait se laisser aller à ce genre de sentimentalisme, songea-t-elle, furieuse contre elle-même. Le passé était le passé. Mort et enterré.

— Alors, c'est ici que tu travailles, reprit-il en jetant un regard autour de lui. Que fais-tu exactement ?

— Je présume que tu as déjà discuté des responsabilités de chacun avec Sofia, répondit-elle, étonnée.

— Oui, mais je souhaiterais t'entendre toi-même sur le sujet, précisa-t-il en tapotant sur le bureau avec son stylo.

Ce petit geste eut le don de mettre les nerfs de la jeune femme un peu plus à vif. Pourquoi la mettait-il ainsi sur le gril ? songea-t-elle avec appréhension. Avait-il l'intention de réorganiser l'équipe et de se séparer d'elle ?

Elle croisa mentalement les doigts : elle avait un besoin

crucial de cet emploi. En effet, elle venait d'acheter une petite maison, modeste certes, mais dotée d'un jardinet où Jason pouvait s'aérer. Pour la première fois de sa vie, elle était propriétaire, ou plutôt elle *serait* propriétaire quand elle aurait remboursé son crédit. Son poste de comptable chez Xenophon Promotions n'était pas toujours passionnant, et Aristos n'avait pas été le plus commode des patrons, mais c'est à ce travail qu'elle devait sa maison, et la joie de savoir que son fils et elle étaient désormais chez eux.

Mais les traites du crédit s'échelonnaient encore sur de longues années, et elle ne pouvait pas se permettre de perdre son emploi…

— Très bien, répondit-elle, je vais donc te répéter ce que tu sais sans doute déjà. Je suis dans l'entreprise depuis deux ans, et en charge de la comptabilité depuis dix-huit mois...

— En effet, coupa-t-il. Sofia m'a expliqué que tu avais au départ été engagée comme standardiste.

Il se mit à tapoter plus fort sur le bureau avec son stylo, ce qui fit sursauter Alex.

— J'ai cru comprendre, ajouta-t-il, que deux comptables avaient successivement donné leur démission et qu'au final c'était toi qui avais repris le poste. Pourquoi ces départs ?

— Ton oncle n'était pas très facile, expliqua-t-elle avec prudence. C'était un patron très exigeant et il a découragé un certain nombre de ses employés.

— Mon oncle est parti de rien et a bâti un empire, rétorqua Nico. C'était un homme hors du commun, et il n'y a rien d'étonnant à ce qu'il ait attendu beaucoup des salariés qui travaillaient sous ses ordres.

— Peut-être, mais le moins que l'on puisse dire est qu'il n'avait pas toujours la bonne manière de le faire. Dès qu'il était contrarié il devenait agressif, et peu de gens supportaient son comportement.

— Et toi, tu le supportais ?

— Peut-être plus que d'autres, admit-elle. Toujours

est-il que, quand le deuxième comptable a claqué la porte, Sofia m'a proposé de reprendre le poste. J'étais déjà au courant des dossiers et la transition s'est bien passée.

— Aristos n'a pas souhaité engager un comptable diplômé ?

Elle releva la tête et le défia du regard.

— Non, il était satisfait de mon travail. Et puis, j'ai suivi une formation tous les soirs après le travail. Au fond, cette solution arrangeait tout le monde.

« Surtout Aristos », ajouta-t-elle en son for intérieur. Trop heureux de l'employer à ce poste sans la payer au salaire d'une personne diplômée, il avait sauté sur l'occasion… Quant à elle, ravie de cette opportunité inespérée de progression, elle n'avait pas hésité un instant.

Il y eut un silence.

— C'est curieux, fit enfin observer Nico, je ne me souviens pas que tu aies rêvé autrefois de devenir un cadre administratif coincé dans un bureau.

Elle se redressa, offusquée.

— Je ne suis pas *coincée* dans mon bureau ! protesta-t-elle d'une voix pincée. Par ailleurs, je te rappelle qu'à l'époque où nous nous sommes connus je n'avais pas encore de projet professionnel précis.

En tout cas, elle n'aurait jamais imaginé en être réduite à prendre un poste de standardiste pour faire vivre son fils, tirant ainsi un trait sur toutes ses ambitions universitaires, pensa-t-elle. La vie de mère célibataire travaillant le jour, étudiant le soir, économisant sou par sou pour pouvoir enfin s'acheter un modeste pavillon de banlieue n'avait pas été facile, mais elle était fière d'avoir tout assumé seule, sans jamais fléchir ou se décourager.

— Donc tu supportais Aristos, reprit Nico. Il n'était pas désagréable avec toi ?

Elle retint un sourire.

— Si, bien sûr. Il criait facilement, même après sa fille, qu'il adorait. Mais, malgré tous ses défauts, c'était un homme passionnant. J'ai beaucoup appris à son contact.

Aristos lui avait surtout donné la chance d'avancer au sein de l'équipe, et elle lui en rendrait grâce toute sa vie. Encore quelques mois de formation et elle obtiendrait enfin son diplôme de comptable, avec à la clé un salaire plus conséquent.

Mais, pour poursuivre ce projet jusqu'au bout, il lui fallait convaincre son nouveau patron de la garder à ce poste…

— Je ne t'ai pas encore présenté mes condoléances, dit-elle d'une voix mal assurée. Le décès d'Aristos a été si brutal ! Tu as dû être bouleversé, comme nous tous.

Nico reposa le stylo.

— Oui, bien sûr, nous avons eu un choc, répondit-il. Mais rien de comparable avec ce que Sofia a dû ressentir : sa mère qui meurt d'un cancer il y a dix ans et, à présent, le décès aussi prématuré que soudain de son père…

Il s'interrompit et une fugitive expression de tristesse assombrit soudain ses traits.

— Ma mère était la demi-sœur par alliance d'Aristos, expliqua-t-il. Elle-même est décédée il y a six ans. Jusqu'à sa mort dans un accident de voiture, voilà deux ans, mon père est resté très proche d'Aristos, et j'avais souvent des nouvelles de mon oncle, même si je ne le voyais que de loin en loin. Son énergie m'a toujours fasciné.

Alex se mit à songer aux parents de Nico, les grands-parents que Jason ne verrait jamais… Bien sûr, il connaissait ses parents à elle. Au dernier Noël, ces derniers avaient exprimé leur intention de traverser l'Australie depuis Perth, où ils habitaient, pour venir les voir et admirer la nouvelle maison. Jason avait sauté de joie à cette idée. Ils se téléphonaient souvent, mais Alex se désolait de la distance qui les séparait.

Par bonheur, sa sœur Tilly habitait Sydney et elles se voyaient très souvent. Tilly avait le don de lui remonter le moral quand il flanchait, en lui racontant toutes sortes d'anecdotes sur son métier. Elle n'en manquait pas, car elle s'était lancée sur le créneau très original de l'organisation de mariages sur mesure. Elle n'avait pas son pareil pour décrire les mille et unes péripéties qui jalonnent d'ordinaire ce genre de cérémonies et les deux sœurs riaient souvent ensemble des caprices d'une future mariée farfelue ou des exigences d'une belle-mère tyrannique…

— Je suis désolée, reprit-elle soudain. J'ignorais que tu avais perdu tes parents.

— Pour mon père, ça a presque été un soulagement. Depuis la mort de Stavros, il n'était plus lui-même, expliqua Nico d'une voix lointaine.

Leurs regards se croisèrent et, l'espace d'un instant, ils communièrent dans le souvenir de la même douleur. Pour lui aussi, ce jour funeste était marqué du sceau du malheur, songea-t-elle. Mais pas pour les mêmes raisons…

En effet, la disparition de Stavros avait indirectement sonné le glas de leur relation. Depuis le jour de son décès, ils ne s'étaient plus parlé. Jusqu'à aujourd'hui…

Alex se souvenait précisément de la conversation téléphonique qui avait marqué un tournant majeur dans son existence. Après avoir longtemps hésité, elle avait enfin pris la décision d'annoncer à Nico que leur fils était né deux jours auparavant, alors qu'elle lui avait caché sa grossesse.

La sonnerie avait longuement retenti, là-bas, en Grèce. Enfin, quelqu'un avait décroché.

Quand, le cœur battant à tout rompre, elle avait demandé Nico, l'inconnu — un homme — lui avait annoncé d'une voix lugubre que personne ne pouvait lui parler : on venait d'apprendre une heure plus tôt la nouvelle de la disparition tragique du fils aîné de la famille. Stavros avait été assassiné...

Elle avait raccroché, glacée d'horreur. Peu de temps après, lorsqu'elle avait appris les circonstances de cette mort dramatique, elle avait décidé de garder le secret sur la naissance de son fils et de couper définitivement les ponts avec Nico.

Comment aurait-elle pu agir autrement ?

Le frère de Nico avait été manipulé par une jeune femme sans scrupules qui, pour se faire épouser et mettre la main sur une partie de la fortune familiale, lui avait fait croire qu'il était le père de l'enfant qu'elle portait. Non seulement elle avait atteint son but en devenant Mme Stantos, mais elle avait conservé son amant, ce même homme qui avait éliminé son mari dans un accès de jalousie…

Anéantie, Alex avait renoncé à se manifester : vu le contexte, jamais les Santos ne l'auraient crue si elle avait annoncé que Nico était le père de son enfant. Surtout après avoir dissimulé sa grossesse… Logiquement, on l'aurait prise elle aussi pour une intrigante prête à tout pour rentrer dans cette famille richissime.

L'idée même d'affronter les regards soupçonneux et les insinuations méprisantes lui avait été insupportable. Alex avait choisi de se taire et de garder intact le souvenir de sa brève et merveilleuse aventure avec Nico. Elle avait décidé d'élever seule son fils, envers et contre tous, et de lui donner tellement d'amour qu'il ne s'apercevrait même pas que son père était absent…

Alex frissonna soudain, bouleversée par le souvenir de ces heures douloureuses.

— Pourquoi as-tu tout à coup cessé de répondre à mes appels ? demanda Nico sur un ton légèrement agressif.

Elle se mordit la lèvre dans un geste qui trahissait sa nervosité. Être persuadée d'avoir fait le bon choix en cachant sa paternité à Nico était une chose, mais le lui expliquer en une était une autre…

— Je ne crois pas utile de revenir sur tout ça, observa-t-elle d'un ton détaché. C'est tellement loin, de toute façon !

— Peut-être, mais tu n'as jamais daigné me donner la moindre raison à ta conduite inqualifiable !

— Je t'en prie, changeons de sujet ! s'écria-t-elle, agacée et troublée à la fois. Je n'ai pas à me justifier.

— Etait-ce à cause d'un autre homme ? Tu n'es pas mariée, mais peut-être avais-tu quelqu'un à l'époque ?

— Je t'en prie, c'est sans importance.

— C'est bien ça, tu avais quelqu'un ! conclut-il avec rage. Sinon, pourquoi aurais-tu soudain refusé de me parler au téléphone ? Je t'ai écrit, mais tu ne répondais même pas à mes lettres !

— J'ai déménagé…

— Pas moi, asséna-t-il. Tu savais où me joindre ! Tu avais quelqu'un d'autre, j'en suis sûr !

Poussée à bout, Alex se leva de son fauteuil.

— Arrête, Nico !

— J'exige de savoir ce qui s'est passé !

Elle lui lança un regard furieux. De quel droit exigeait-il quoi que ce soit d'elle ?

— Je suis devenue adulte, c'est tout ! rétorqua-t-elle, glaciale.

Il eut un petit rire sardonique.

— Alors, pour toi, devenir adulte, c'est apprendre à se débarrasser d'un homme sans un mot d'explication ? Je comprends que tu ne te sois jamais mariée ! Je te conseillerais plutôt…

— Je n'ai pas besoin de tes conseils, le coupa-t-elle. D'ailleurs, tu n'es pas marié toi non plus, que je sache ! Alors épargne-moi tes leçons de morale, tu veux bien ?

Elle avait répondu d'un ton si dur qu'il lui lança un regard étonné. Puis il la dévisagea avec attention, comme s'il ne l'avait jamais vue.

— Tu as changé, Alexandra, beaucoup changé, murmura-t-il enfin, comme s'il se parlait à lui-même. Tu es toujours aussi belle, peut-être même plus encore, mais quelque chose à l'intérieur de toi s'est transformé…

Elle lutta contre le trouble que sa remarque provoquait en elle. Il la trouvait belle ? Et alors ? Pourquoi se permettait-il de faire des commentaires sur son physique ? Elle ne lui avait rien demandé !

— Je t'en prie, Nico, laisse-moi maintenant, déclara-t-elle d'un ton las. J'ai beaucoup de travail en retard.

Il ne bougea pas d'un pouce. Dans ses yeux noirs

brillait une lueur de détermination. Elle poussa un soupir découragé. Puisqu'il ne semblait pas comprendre, elle allait devoir employer les grands moyens.

— Très bien, dit-elle en se dirigeant vers la porte, je vais être obligée de te montrer la sortie…

Mais, quand elle passa devant lui, il la retint par le bras, l'empêchant d'aller plus loin.

Sa poigne, toujours aussi puissante et possessive, était dénuée de la moindre tendresse, au contraire d'autrefois, songea Alex. Il voulait tout simplement lui prouver qu'il était le plus fort. Que cherchait-il à lui faire payer ?

— Alexandra…, murmura-t-il avec une douceur soudaine qui la prit au dépourvu et acheva de la déstabiliser.

Sa voix était grave, presque rauque, et une bouffée de chaleur envahit la jeune femme. Elle était à sa merci, songea-t-elle, affolée. Elle ignorait ses intentions, mais il était clair qu'elle ne pourrait pas lui résister…

— Lâche-moi, articula-t-elle avec difficulté.

Mais il ne lui obéit pas. Bien au contraire, loin de la relâcher, il l'attira à lui. Elle pouvait à présent respirer l'odeur épicée de son eau de toilette mêlée à celle de sa peau, ce parfum envoûtant qui agissait autrefois sur elle comme un philtre d'amour. Elle sentit son trouble redoubler.

— Alexandra…, répéta-t-il.

Elle chercha à se dégager en le défiant du regard, quand tout à coup il la lâcha. Elle recula brutalement, et serait tombée s'il ne l'avait pas rattrapée à la dernière seconde. Il l'attira alors à lui, cette fois si fermement qu'elle se trouva serrée contre son torse puissant. Comme dans son souvenir, comme dans les rêves qui continuaient à la poursuivre toutes les nuits, elle eut aussitôt envie d'y appuyer la tête pour retrouver sa chaleur, son odeur, sa présence si rassurante…

De toutes ses forces, elle lutta pour recouvrer ses esprits et tenta de se dégager, sans succès.

— Lâche-moi ! répéta-t-elle. Pour qui te prends-tu donc ? C'est du harcèlement, rien de moins !

Un sourire amusé se dessina sur les lèvres sensuelles de Nico. Pour sa part, elle n'avait aucune envie de rire.

— Du harcèlement ? Il fut un temps où je n'avais pas besoin de te harceler pour obtenir tout de toi ! fit-il observer en resserrant son étreinte. Qu'y a-t-il de mal à nous enlacer, et même à nous embrasser si le cœur nous en dit ?

Un baiser ? songea Alex, affolée. Cette seule idée lui donnait des frissons…

— Je n'y pense même pas, répliqua-t-elle d'un ton cinglant en le repoussant.

A son grand soulagement, il ne chercha pas à la retenir. Elle en profita pour se diriger aussitôt vers la porte qu'elle ouvrit toute grande. Puis, d'un signe de la main, elle lui fit comprendre sans prononcer un mot qu'elle souhaitait qu'il s'en aille. Il la rejoignit sur le seuil.

Alors qu'elle croyait être enfin débarrassée de lui, il s'arrêta devant elle et la dévisagea d'un regard pénétrant.

— As-tu oublié que tu me suppliais de t'embrasser, que tu ne pouvais pas te rassasier de mes baisers, de mes caresses ? demanda-t-il d'une voix rauque.

Elle se raidit pour ne pas flancher et se força à le regarder droit dans les yeux.

— C'était hier. Les temps ont changé, rétorqua-t-elle.

Tout à coup, il avança la main et remit en place une mèche qui s'était échappée de son chignon. Puis, furtivement, il fit glisser ses doigts le long de sa joue en une caresse à peine ébauchée, avant de lui prendre le menton entre le pouce et l'index.

— Pas pour le meilleur, on dirait, fit-il observer d'un ton désabusé.

Il retira sa main. Elle chercha désespérément quelque chose à dire pour alléger l'atmosphère qui s'était établie entre eux.

— Je vais rassembler les bilans, balbutia-t-elle. Pour que tu les voies avant de repartir.

Un éclat presque cynique s'alluma alors dans les yeux noirs de Nico.

— Mais qui te parle de retour ? lança-t-il avec un sourire provocateur. Je pourrais fort bien décider de rester ici six mois comme Aristos le souhaitait. Sydney me plaît beaucoup, et je suis assez tenté de prolonger mon séjour. Que dirais-tu de me servir de guide, d'ailleurs ?

Cette boutade n'était qu'une autre de ses provocations et elle se garda bien d'y répondre. Il prit alors congé d'un petit signe de tête et referma la porte derrière lui.

Enfin, elle était seule…

Le souffle court, elle s'appuya contre le mur, tandis qu'un froid glacial l'envahissait à l'idée de l'épreuve qui l'attendait.

Comment survivrait-elle si elle devait côtoyer Nico Santos pendant six interminables mois ?

4

Alex restait postée en bordure de terrain, son Caméscope à la main, attendant que le coach ait prodigué à l'équipe ses ultimes recommandations avant la reprise du match.

Cet après-midi inespéré de vacances tombait vraiment à pic ! Sofia avait eu la bonne idée d'emmener Nico voir les dernières réalisations de Xenophon Promotions, et de lui accorder à elle une journée de congé. Congé dont Alex avait bien besoin : non seulement elle était ravie de se changer les idées après l'arrivée de Nico, mais elle pouvait ainsi assister à un des matchs les plus importants de l'année pour Jason. Le petit garçon avait sauté de joie quand elle lui avait annoncé qu'elle viendrait l'encourager, et qu'ensuite ils iraient tous les deux dîner dehors puisqu'il n'avait pas classe le lendemain.

Elle jeta un œil sur sa caméra. Ce nouveau film irait bientôt rejoindre dans un carton tous ceux qu'elle avait faits depuis la naissance de Jason, avec le secret espoir qu'il pourrait un jour les montrer à son père. Etait-ce un moyen de se déculpabiliser d'avoir caché la vérité à Nico ? Toujours est-il qu'elle avait soigneusement mis de côté photos, dessins, objets, tout ce qui racontait les premières années de son fils. Pour qu'un jour son père sache quel adorable petit garçon il avait été…

Mais aujourd'hui que ce père était là, plus accessible qu'elle ne l'aurait jamais imaginé, elle se sentait incapable de lui parler de Jason.

En effet, comment lui annoncer que non seulement

il avait un fils, mais qu'elle lui avait tu son existence pendant sept ans ? Comment lui faire comprendre que la mort tragique de Stavros avait tout brisé entre eux ? Qu'en apprenant les circonstances du décès, elle avait pris peur, certaine que les Santos la considéreraient comme une vulgaire intrigante, à l'instar de cette femme qui avait piégé leur fils aîné ? Elle était si jeune et si vulnérable à l'époque ! Elle n'avait pas eu le courage d'affronter le clan.

Pourtant, si Nico restait à Sydney comme il semblait malheureusement en avoir l'intention, il apprendrait tôt ou tard la vérité. Un jour ou l'autre, elle se trahirait, ou bien il finirait par croiser Jason et ferait le rapprochement. Ce n'était qu'une question de temps…

Mais peut-être, se dit-elle, soudain pleine d'espoir, que si Nico rencontrait Jason, il ne s'apercevrait pas que cet enfant était son portrait craché avec ses boucles brunes et ses yeux noirs...

Elle poussa un soupir découragé et se réprimanda intérieurement. Inutile de rêver, de se chercher des excuses ou de repousser l'échéance. Il lui faudrait bien trouver le courage de faire face à l'épreuve qu'elle avait déjà trop longtemps retardée.

Des cris de joie la tirèrent soudain de ses sombres pensées : Jason se précipitait vers elle en faisant le V de la victoire.

— On a gagné, s'écria-t-il, surexcité. On a gagné !

— Bravo, mon chéri ! dit-elle en le serrant dans ses bras. Vous êtes les meilleurs ! De vrais champions !

— Alors j'ai droit à une pizza et à un milk-shake, n'est-ce pas, maman ? enchaîna-t-il aussitôt avec un clin d'œil malicieux.

Une heure plus tard, après avoir englouti une énorme pizza à lui tout seul, Jason leva les yeux vers sa mère.

— Maman, tu sais pêcher ? demanda-t-il de but en blanc.

— Tu veux dire, pêcher avec une canne ? répondit Alex, décontenancée. Oui, ça m'est déjà arrivé, quand j'étais enfant. Pourquoi cette question ?

— J'en étais sûr ! s'exclama Jason avec un sourire radieux. C'est bien ce que je leur ai dit, mais ils ne veulent pas que tu viennes !

La jeune femme posa sa fourchette.

— Mais de qui parles-tu, chéri ?

— De Matt et Jack ! Ils vont aller pêcher un week-end avec leurs papas. Ils ont dit que normalement je devrais pouvoir venir, mais que comme t'es pas un papa, ce sera pas possible…

Elle réfléchit un instant en se forçant à sourire.

— C'est dommage, en effet, fit-elle enfin remarquer d'une voix dont elle parvint à maîtriser le tremblement. Tu aurais aimé y aller ?

— Oh oui ! C'est super, ils vont dormir sous une tente, faire griller des poissons sur le feu !

— Moi, je sais pourquoi ils ne veulent pas qu'on vienne, répliqua Alex en guettant la réaction de son fils du coin de l'œil.

— Pourquoi ça ?

— Parce qu'ils ont peur d'être ridicules quand on pêchera tous les poissons, bien sûr !

Jason éclata de rire, tandis qu'Alex parvenait à sourire au prix d'un gros effort. En réalité, elle ressentait un malaise profond. Par bonheur, tout occupé à déguster la glace recouverte de chantilly qu'on venait de lui apporter, le petit garçon ne remarqua rien.

C'est le choc, songea Alex dans une vaine tentative pour se convaincre. La mort d'Aristos, la surcharge de travail, l'arrivée inopinée de Nico : personne n'aurait pu résister à un cocktail aussi détonant, non ? Rien de surprenant à ce qu'elle ait les nerfs à fleur de peau. Mais, au fond d'elle-même, elle savait qu'il était inutile de se leurrer : son désarroi avait une seule et unique cause.

Une fois de plus, la vie lui prouvait que, malgré tous

ses efforts, tout son amour, elle ne pouvait pas être à la fois une mère et un père pour son fils. Peut-être avait-elle pu s'illusionner jusque-là, tant qu'il était tout petit, mais plus le temps passerait, plus l'évidence s'imposerait : Jason avait besoin d'un père, d'un modèle masculin, d'un homme… Jason avait besoin de Nico…

Ce devait être le décalage horaire, pensa Nico. C'était forcément ça…

Comme chaque matin, il était en train de courir ses cinq kilomètres, le long de la plage, mais jamais il ne s'était senti aussi peu en forme. Son corps lui semblait alourdi, son souffle le trahissait, et son esprit était comme engourdi. Ou plus exactement encombré par les images du passé, qui le déstabilisaient plus qu'il ne l'aurait jamais imaginé.

Quand il avait retrouvé Alexandra, tout avait resurgi d'un coup… Comme par magie, il avait été soudain replongé dans le souvenir de cette atmosphère légère et joyeuse qui avait entouré leur relation amoureuse aussi intense que brève.

Certes, elle n'était plus la jeune fille naïve pleine de fraîcheur et d'illusions qu'il avait connue en Crète. Elle était devenue une femme dans tout l'éclat de sa féminité, plus belle encore que huit ans auparavant. Plus désirable, presque…

Il donna un coup de pied dans un galet et les mouettes qui tournaient autour de lui s'enfuirent en se dispersant. A bout de souffle, il ralentit sa course. Décidément, il n'était pas en forme, constata-t-il avec dépit. Que lui arrivait-il ? D'ordinaire, le décalage horaire ne l'affectait pas ainsi et une bonne nuit de sommeil suffisait à le remettre sur pied.

Là était peut-être le problème, songea-t-il tout à coup, agacé. S'il n'avait pas passé la moitié de la nuit à fantasmer sur la belle adolescente aux cheveux d'or dont il était tombé éperdument amoureux lors de ses lointaines vacances en

Crète, il n'en serait pas réduit à courir à petites foulées comme un débutant…

En effet, des heures durant, il s'était remémoré dans ses moindres détails cette dernière soirée qu'ils avaient passée ensemble. Etait-ce parce qu'ils savaient tous les deux qu'ils se quittaient le lendemain ? En tout cas, c'est ce soir-là qu'elle s'était donnée à lui pour la première fois, lui offrant sa virginité. Ils avaient passé toute la nuit dans les bras l'un de l'autre, à l'abri des regards indiscrets, dans la petite crique où ils avaient l'habitude de se donner rendez-vous.

Comme un idiot, il avait eu la naïveté de croire que c'était bien plus qu'un amour de vacances, que le don qu'elle lui avait fait était le signe d'un engagement profond. Mais la suite des événements l'avait cruellement détrompé. En effet, malgré tous ses efforts pour garder le contact avec elle, il n'avait jamais réussi à la revoir.

D'ailleurs, elle n'avait visiblement pas apprécié de se retrouver hier face à lui dans les bureaux de Xenophon Promotions. A peine l'avait-elle aperçu que ses traits s'étaient figés. Son visage avait pâli comme si elle s'était trouvée face à un revenant qui lui rappelait les plus horribles des souvenirs. Elle n'avait semblé vouloir qu'une chose : qu'il parte, qu'il disparaisse le plus vite possible de son existence.

C'était donc par pur esprit de contradiction qu'il lui avait déclaré vouloir rester six mois.

En réalité, malgré Sofia qui insistait pour qu'il prolonge son séjour en Australie, il lui tardait de repartir à Athènes. Et ce, même s'il avait toute confiance en Dimitri, qui était parfaitement capable de gérer les affaires courantes à sa place.

Dès lors, pourquoi ne pas couper la poire en deux en prolongeant son séjour de quelques semaines afin de s'assurer que Sofia, une fois son désarroi surmonté, pourrait reprendre les rênes de l'entreprise familiale ? En outre, pour le simple plaisir de provoquer Alexandra, il trouvait assez amusant de rester un peu à Sydney.

Alexandra… Ils allaient donc travailler ensemble…

Que valait-elle sur le plan professionnel ? se demanda-t-il tout à coup. Elle n'était même pas diplômée ! Peut-être n'était-elle pas à même d'assumer la comptabilité d'une société en pleine expansion ? Si c'était le cas, il faudrait la remplacer. Son devoir était de s'assurer de la bonne marche de l'entreprise avant d'en confier le contrôle à sa cousine. Il y avait certainement des choses à améliorer, des habitudes à dépoussiérer, des personnes à déplacer... Et si Alexandra faisait partie de celles-là, il s'en séparerait sans état d'âme, quoi qu'ils aient pu partager dans le passé.

Pourquoi ne pas demander à Dimitri de venir faire un audit de Xenophon Promotions ? songea-t-il soudain. En quelques semaines, il saurait ainsi qui garder et qui licencier. Et ce, en toute indépendance d'esprit puisqu'il n'avait aucune implication affective dans la société. Oui, c'était une bonne idée.

Un nageur émergea tout à coup de l'océan à quelques mètres de lui et s'ébroua.

Une bonne baignade, voilà ce qu'il lui fallait ! se dit-il. Son jogging matinal ne lui avait pas fait l'effet revigorant habituel : à coup sûr, l'eau glacée dissiperait enfin les étranges idées qui lui trottaient dans la tête…

— Il est mignon, tu ne trouves pas ?

— De qui parles-tu ? demanda Alex.

Elle leva le nez de son ordinateur pour regarder Sofia, non sans avoir pris la précaution de réduire discrètement le fichier sur lequel elle travaillait. Pas question que son interlocutrice lise la lettre qu'elle était en train d'écrire…

Tout excitée, Sofia attrapa une des chaises destinées aux visiteurs et s'assit à côté d'elle.

— Que tu es bête ! De Nico, bien entendu ! répondit-elle sur le ton de la confidence.

Elle s'accouda sur le bureau d'Alexandra, le menton dans les mains, un sourire rêveur aux lèvres.

Alex ne put s'empêcher de sourire. Si un qualificatif ne s'appliquait pas à Nico, c'était bien celui-là !

— Ah…, fit-elle, feignant l'indifférence. Oui, il n'est pas mal…

A l'évidence, Sofia était sous le charme, conclut-elle avec étonnement. Au fond, tant mieux. Elle était si seule et si désemparée depuis le décès de son père... Nico comblerait peut-être le terrible vide affectif dont elle souffrait.

— Et je crois qu'il m'aime bien, ajouta-t-elle avec un petit rire.

Cette fois, Alex leva franchement la tête, délaissant son ordinateur.

— Bien sûr qu'il t'aime bien ! renchérit-elle. C'est ton cousin par alliance, après tout ! Et tu es une personne très sympathique. Pourquoi ne t'aimerait-il pas ?

Sofia tortilla nerveusement ses doigts aux longs ongles rouge carmin. Elle passait des heures à se maquiller et ne sortait jamais de chez elle sans avoir appliqué fond de teint, rouge à lèvres détonant et khôl charbonneux. C'était le seul moyen qu'elle semblait avoir trouvé pour se donner l'assurance qui lui manquait, même si, sur le plan esthétique, le résultat n'était pas toujours très réussi…

— Mais non, tu ne comprends pas ! chuchota-t-elle en rougissant. Il m'aime *vraiment* bien. Tu vois ce que je veux dire…

Elle jeta un regard entendu à Alex pour s'assurer qu'elle avait bien reçu le message, mais celle-ci se contenta d'un vague hochement de tête.

En matière sentimentale, Sofia était aussi inexpérimentée qu'une adolescente avant son premier flirt. Couvée par un père trop aimant, étouffée par cet homme à la personnalité envahissante et dominatrice, elle n'avait eu que rarement l'occasion de rencontrer des soupirants potentiels. Il faut dire que son père assurait auprès d'elle une garde rapprochée. Non pas tant pour dénicher l'homme qui saurait rendre heureuse sa fille, mais plutôt — Alex s'en était rendu compte assez vite — pour assurer l'avenir de Xenophon Promotions. Car, dans l'esprit du vieil homme, celui qui épouserait Sofia obtiendrait également la direction de l'entreprise à laquelle il avait consacré toute sa vie. Aussi le choix du candidat était-il très stratégique…

Pour Sofia, l'arrivée de Nico devait ressembler à un signe du destin : séduisant et richissime, qui plus est désigné par son père pour l'aider ! N'était-il pas l'homme idéal ? La jeune femme devait même se demander si Aristos n'avait pas tout organisé pour que naisse une idylle qui déboucherait sur un mariage…

Nico et Sofia…Pourquoi cette association lui paraissait-elle si absurde ? se demanda Alex. Après tout, ils avaient de nombreux points communs, à commencer par le plus important, peut-être : leurs origines grecques. Mais en quoi cela la regardait-il ? Si Nico souhaitait épouser sa cousine et mettre ainsi la main sur son entière fortune, grand bien lui fasse !

— Et, à ce sujet, je me demandais si tu ne pourrais pas m'aider, reprit Sofia avec un sourire un peu gêné.

— T'aider ? En quoi ?

— Eh bien, tu le connais un peu, alors que moi, je ne l'ai pas vu depuis l'âge de six ans. J'aimerais bien que tu me racontes quel genre d'homme il est.

— Impossible, Sofia ! protesta Alex, de plus en plus mal à l'aise. Je l'ai à peine croisé en vacances, et c'était il y a huit ans.

— D'accord, mais tu te rappelles certainement des détails qui pourraient m'aider à le comprendre. Ses goûts, les sports qu'il pratique, je ne sais pas, moi ! Qu'est-ce que vous faisiez ensemble, à l'époque ?

Avec énergie, Sofia secoua ses cheveux bouclés pour appuyer sa demande. Après avoir expérimenté toutes sortes de teintures, elle était passée récemment de l'auburn au noir ébène. Telle une adolescente mal dans sa peau, elle cherchait perpétuellement à se donner une image de femme idéale.

De plus en plus nerveuse, Alex se mordit la lèvre. Que répondre ? Qu'elle avait offert sa virginité à Nico et qu'il l'avait emmenée au septième ciel ? Car c'était bien de ça qu'il s'agissait, et le seul fait d'y penser la bouleversait encore…

— On visitait des ruines, des musées, répondit-elle, évasive.

Elle évita naturellement de préciser que, dans les temples, ils profitaient de chaque pilier pour s'embrasser avec passion à l'abri des regards indiscrets, et que, dans les musées, ils passaient plus de temps les yeux dans les yeux qu'à admirer les œuvres d'art.

— Nico étudiait l'architecture à cette époque, ajouta-t-elle d'une voix détachée. Je présume qu'il s'y intéresse toujours. Mais pourquoi ne lui poses-tu pas la question toi-même ? Ce serait plus simple, il me semble !

Sofia soupira, les yeux dans le vague.

— Oui, je devrais peut-être, murmura-t-elle. Mais ce n'est pas à ce genre de choses que je pensais. Je voulais plutôt savoir s'il avait une couleur préférée, par exemple…

Tout à coup, comme dans un flash-back de cinéma, Alex revit Nico en face d'elle, sur la plage, dans la lumière dorée du crépuscule. Il lui tenait le visage entre les mains, leurs lèvres se touchaient presque, et il la contemplait avec un air d'adoration.

— J'aime tes yeux, avait-il chuchoté. Ils sont fascinants : bleu profond comme la Méditerranée, et parfois verts comme le feuillage des oliviers. Ils m'ensorcèlent…

Puis il s'était penché sur elle, leurs lèvres s'étaient unies et la jeune adolescente qu'elle était alors avait eu l'impression que le temps s'arrêtait…

Revenant à la réalité, elle se redressa et s'éclaircit la gorge.

— Bleu, déclara-t-elle d'une voix tendue. Je crois que c'est le bleu qu'il préfère.

— Super ! s'exclama Sofia, radieuse. Je voulais justement changer un peu du noir — c'est si triste, le deuil ! Je vais aller faire les magasins et me chercher quelque chose de bleu pour ce soir.

La jeune femme lui fit un clin d'œil complice.

— Il m'a invitée à dîner, tu sais, ajouta-t-elle.

— Tu as raison, approuva Alex sans relever sa dernière remarque. Tu devrais renoncer à porter le deuil. La vie continue et tu dois aller de l'avant.

— C'est vrai que j'ai besoin de me changer les idées, concéda Sofia. Mais comment tourner la page alors que papa me manque tant ?

Gagnée par l'émotion, elle se leva brusquement, les yeux embués de larmes.

— Bon, il faut que j'y aille, annonça-t-elle. J'ai encore plein de choses à voir avec Nico.

Elle se dirigea vers la porte et se retourna, la main sur la poignée.

— Il avait suggéré que tu viennes avec nous ce soir, mais je lui ai expliqué que tu ne pourrais pas trouver de baby-sitter à la dernière minute, précisa-t-elle. A propos, il n'avait pas l'air de savoir que tu avais un fils. Tu ne le lui as pas dit ?

Alex blêmit. Elle savait que ce moment devait arriver, mais elle n'en était pas moins pétrifiée par les conséquences qu'il allait avoir sur toute sa vie.

— Non, balbutia-t-elle. Nous n'avons pas eu le temps de discuter, tu sais…

Par bonheur, Sofia n'insista pas et quitta la pièce.

Ainsi, Nico connaissait désormais l'existence de Jason, songea Alex une fois seule. Mais que lui avait raconté Sofia précisément ? Elle ne s'intéressait pas beaucoup aux enfants en général, ni à Jason en particulier. Lui avait-elle donné des détails, avait-elle mentionné son âge ?

Elle n'avait plus de temps à perdre. Elle se replongea

dans son fichier et mit la dernière main à la lettre qu'elle était en train de rédiger. Après l'avoir soigneusement relue, elle la signa, la glissa dans une enveloppe, et la déposa sur le bureau où s'était installé Nico. Ainsi, il la trouverait à son retour.

Soudain soulagée du poids qui l'oppressait, elle sortit dans le couloir. La porte de la petite cuisine destinée aux employés était ouverte et elle y entra pour y prendre un verre d'eau fraîche. Elle venait à peine de se servir quand elle eut le sentiment désagréable de ne plus être seule dans la pièce.

Les nerfs à vif, elle se retourna brutalement, renversant la moitié de son verre. Un sixième sens l'avait avertie qu'il s'agissait de Nico… Hélas, elle ne s'était pas trompée…

— Tu m'as fait peur, balbutia-t-elle d'une voix blanche.

Nonchalamment appuyé contre le chambranle de la porte, les mains dans les poches, il arborait un étrange sourire, avec l'air satisfait du prédateur qui, par avance, savoure la capture de sa prochaine victime.

Lentement, il s'écarta de la porte et s'approcha. Dans la minuscule cuisine, il semblait occuper tout l'espace avec son imposante carrure, et Alex ne put retenir un frisson. Il avait l'air presque dangereux tout à coup… Il la dévisageait avec insistance, et elle sentit l'appréhension la gagner.

— Hier, Sofia m'a montré différents immeubles réalisés par Xenophon Promotions, déclara-t-il.

— Oui, elle m'en a parlé.

— Je dois avouer que j'ai été impressionné par la qualité des constructions.

— Tant mieux.

Elle aurait difficilement pu trouver une réponse plus vague. Mais, affolée par la présence de Nico dans cet espace confiné, elle était incapable de penser de façon claire. Il était si proche que, s'il avait voulu la prendre dans ses bras, il n'aurait eu qu'à tendre la main…

— J'imagine que la comptabilité de la société est une

lourde charge, ajouta-t-il sans la quitter du regard. Il faut certainement être un expert chevronné pour gérer tout ça.

— En fait, non, répondit-elle sans réfléchir. Une fois que les systèmes sont en place…

Elle s'interrompit. Dans son propre intérêt, mieux valait abonder dans son sens plutôt que lui expliquer qu'elle assumait son poste sans problème.

— Oui, bien sûr, balbutia-t-elle à la hâte. C'est très complexe, en effet.

Elle était si nerveuse qu'elle se mit à trembler.

— Tu m'as l'air stressée, observa Nico.

Sans même lui demander son avis, il s'empara du verre qu'elle tenait toujours à la main et le posa sur la table.

Elle allait répliquer quand il la prit par les épaules, dardant son regard sombre sur elle. Aussitôt, elle se figea et les mots s'étranglèrent dans sa gorge.

— Serait-ce moi qui te rends nerveuse ? demanda-t-il d'un ton inquisiteur.

Elle inspira profondément dans l'espoir de retrouver son calme, mais en vain. Les mains de Nico la brûlaient, comme si elle avait gardé la mémoire de toutes les caresses que celles-ci lui avaient prodiguées autrefois. Caresses tour à tour tendres et impudiques, qui avaient le pouvoir de la faire gémir, crier de plaisir…

Bouleversée, elle chassa l'image de leurs deux corps enlacés.

— Oui, avoua-t-elle.

Il éclata de rire. Ses doigts remontèrent le long de la nuque d'Alex, la paralysant d'émotion. Elle était incapable de réagir, de protester, ou même de s'écarter de lui. Une vague de chaleur l'assaillit de nouveau, et elle sentit la pointe de ses seins se durcir. Son corps n'avait rien oublié de leurs ébats, et le seul contact des mains de Nico sur sa peau suffisait à l'enflammer. Pourvu qu'il ne se rende pas compte du pouvoir qu'il avait encore sur elle !

— Pourquoi ça, Alexandra ? demanda-t-il sans la quitter des yeux. Tu me connais bien, *très* bien même, ajouta-t-il de sa voix grave. Aussi bien qu'une femme peut connaître un homme... Tu sais que tu n'as rien à craindre de moi, au contraire.

Le trouble d'Alex s'accentua encore. Comment avait-il l'audace de faire allusion à leur relation intime, alors qu'ils ne s'étaient pas vus depuis huit ans ? Et pourquoi réagissait-elle aussi violemment face à lui, incapable de maîtriser les pulsions que sa seule présence faisait naître en elle ? Pendant toutes ces années, le souvenir de leurs étreintes l'avait poursuivie dans ses rêves, et voilà que même éveillée elle avait les jambes en coton simplement parce qu'il la regardait et lui adressait la parole !

— Ne revenons pas là-dessus, je t'en prie, c'est de l'histoire ancienne, déclara-t-elle d'une voix coupante.

— Les histoires anciennes ne sont parfois qu'interrompues. Pourquoi ne reprendrions-nous pas les choses là où nous les avons laissées, au moins pour le temps que je vais passer ici ? C'était plutôt agréable, tu ne trouves pas ?

— Comment oses-tu ? s'écria-t-elle, scandalisée, en se dégageant brusquement.

Il n'aurait pas pu être plus insultant en lui signifiant qu'il cherchait seulement à se distraire sexuellement pendant son séjour à Sydney.

— J'espère avoir mal compris, ajouta-t-elle d'une voix crispée.

Il s'assit en prenant appui sur le bord de la table et croisa ses longues jambes. Il avait l'air parfaitement à son aise, comme toujours. Mais une lueur inquiétante brilla dans ses yeux sombres quand il reprit la parole.

— Si, tu as très bien compris, asséna-t-il sans ménagement. Je parle du plaisir que nous pouvons si bien nous donner. Le plaisir... N'est-ce pas la chose la plus importante dans la vie ?

Il eut un sourire cynique qui acheva de révolter Alex.

— En bref, tu n'aimes pas dormir seul et tu me demandes de coucher avec toi pour occuper tes nuits pendant ton séjour ici ? conclut-elle d'un ton glacial.

Il se redressa et s'approcha d'elle.

— Occuper mes nuits, c'est cela. Car, avec toi, il va sans dire que je ne pourrais dormir une seule seconde…, ajouta-t-il d'une voix sensuelle.

Il avança encore d'un pas, et Alex déglutit avec difficulté.

— Je ne vois pas en quoi cette proposition te paraît si invraisemblable, insista-t-il. Tu n'es pas vierge, je suis bien placé pour le savoir, tu n'es pas mariée. Et, à l'évidence, tu as eu d'autres partenaires après moi, puisque tu as un enfant, comme Sofia me l'a appris.

Suffoquée, Alex sentit l'indignation l'envahir. Bien sûr, il ignorait qu'il était le père de Jason, mais il n'avait pas le droit de lui parler ainsi !

— Et, parce que j'aurais eu d'autres amants, je devrais sauter dans ton lit, huit ans après ? s'enquit-elle.

Soudain, Nico posa les mains sur les hanches d'Alex dans un geste à la fois dominateur et possessif. Elle tenta de se dégager, mais en vain. Il la maintenait fermement, lui interdisant tout mouvement.

— Ce que je sais, c'est ce qui se passe en moi quand je te touche, Alexandra, murmura-t-il d'une voix rauque. Et ce qui se passe en toi aussi… Peux-tu nier que ton corps attend les caresses que je brûle de te donner ?

Il était si proche à présent qu'elle sentait son souffle lui caresser la nuque. Elle respirait l'odeur de son corps viril mêlée à celle de son eau de toilette. Affolée, elle tenta de nouveau de s'écarter de lui, mais le regretta aussitôt. En effet, cette fois, il l'enlaça par la taille et l'attira violemment à lui.

Elle n'eut la force ni de se dégager ni de nier ce qu'il venait de dire. Huit ans plus tôt, il suffisait qu'il pose la main sur elle pour qu'une vague de désir l'assaille, que ses jambes se dérobent sous elle, que son souffle s'accélère. Or, rien n'avait changé : même si son esprit ne le voulait pas, son corps réclamait cet homme avec la même ardeur. Et il en était conscient…

Mais, au-delà du rapport physique, il y avait eu des

sentiments entre eux, ou du moins elle l'avait cru. Pas question de le laisser maintenant réduire leur histoire à une simple entente sexuelle, comme il essayait de le faire.

— Tu as tort, Nico, balbutia-t-elle d'une voix à peine audible. Il n'y a pas de danger que je me retrouve au lit avec toi. Je n'en ai pas la moindre envie.

— Menteuse, rétorqua-t-il. Je vais te prouver que tu ne dis pas la vérité.

Et, sans lui laisser le temps de réagir, il glissa la main sous son chemisier, écarta son soutien-gorge et s'empara de son sein gauche. Le souffle court, Alex n'essaya même pas de protester. De ses doigts experts, Nico se mit à caresser puis à masser son mamelon durci. Un gémissement échappa à la jeune femme.

Alors, de son bras libre, il plaqua son bassin contre le sien pour qu'elle n'ait plus aucun doute sur la réalité de son désir. Bouleversée de sentir contre elle son membre viril prêt pour l'amour, Alex étouffa un petit cri. Elle avait l'impression d'être revenue huit ans en arrière, quand, poussés par l'urgence du désir, ils faisaient l'amour sur la plage à l'abri d'une dune, sans se soucier d'être surpris, incapables de se contrôler plus longtemps.

— Maintenant, dis-moi que tu n'as pas envie de moi, lui intima-t-il.

Au prix d'un violent effort, elle parvint à retrouver ses esprits.

— Non, je n'ai pas envie de toi, déclara-t-elle d'une voix qui par miracle ne tremblait pas. Pas comme ça, en tout cas...

Sa réponse sembla prendre Nico au dépourvu, car il la relâcha aussitôt. Il s'écarta d'elle et l'observa d'un air perplexe.

— Soit, admit-il. Je veux bien faire semblant de te croire. Mais pourras-tu continuer de nier l'attirance que tu éprouves pour moi, sachant que nous allons désormais nous côtoyer tous les jours au bureau ?

Il lui adressa un sourire destiné à la provoquer : le

sourire de quelqu'un qui jubile d'avoir réussi à piéger son adversaire.

Elle le regarda droit dans les yeux. Il se croyait le plus fort, mais cette fois il avait perdu.

— Rassure-toi, ce ne sera pas un problème, assura-t-elle d'un ton tranquille. Attends-moi une minute, je reviens.

D'un pas qu'elle voulait assuré, elle alla chercher sur le bureau de Nico la lettre qu'elle y avait laissée. Elle inspira profondément avant de regagner la petite cuisine.

— Tu comprendras quand tu auras ouvert ceci, annonça-t-elle en lui tendant l'enveloppe.

Avec satisfaction, elle nota qu'il semblait totalement dérouté. Pour une fois, c'est elle qui le déstabilisait et non l'inverse.

— De quoi s'agit-il ? demanda-t-il d'un air soupçonneux.

— De ma démission. Je quitte la société…

5

Il restait immobile, l'enveloppe à la main, les yeux fixés sur elle. Ses traits n'exprimaient pas le moindre sentiment, et c'est d'une voix parfaitement maîtrisée qu'il rompit le silence.

— Impossible, déclara-t-il d'une voix qui n'admettait pas la contradiction.

— Ouvre la lettre, insista-t-elle, et lis.

— Il n'est pas question que tu donnes ta démission !

— Si. Tu as dit toi-même que le job était complexe, et tu sais comme moi que je n'ai aucun diplôme de comptabilité. Tu trouveras sans aucune difficulté quelqu'un de plus compétent pour me remplacer, et ce sera aussi bien pour l'entreprise.

Il ferma les yeux à demi, comme s'il cherchait un sens caché à ses paroles.

— Tu ne penses pas un mot de ce que tu viens de dire, affirma-t-il.

Elle haussa les épaules d'un air las.

— Que t'importe ce que je pense ou pas ? rétorqua-t-elle. Je t'offre ma démission, tu devrais être ravi ! Tu vas pouvoir recruter un comptable diplômé sans avoir à te soucier de me licencier.

Les yeux toujours rivés au visage d'Alex, Nico saisit l'enveloppe et, d'un geste tranquille, la déchira en deux. Puis, tout aussi calmement, il jeta les morceaux à la poubelle.

— Mais qu'est-ce que tu fabriques ? s'écria-t-elle, incrédule et outrée.

— C'est très simple, expliqua-t-il, je refuse ta démission. Tu fais toujours partie de Xenophon Promotions.

—Non, je pars ! s'écria-t-elle, exaspérée. Que ça te plaise ou non ! Je vais imprimer la même lettre, et te l'envoyer par la poste avec accusé de réception. Cette fois, tu ne pourras pas l'ignorer.

— Epargne-toi cette peine, car je la déchirerai exactement de la même façon.

— Tu ne peux pas m'obliger à rester ! s'écria-t-elle, à bout de nerfs.

Il eut un petit rire sarcastique.

— La colère te fait oublier le droit du travail, ma chère Alexandra. J'ai ressorti ton dossier hier : tu as signé un contrat pour deux ans, et il te reste encore dix-huit mois à faire. Nous nous en tiendrons donc à ce contrat.

Elle secoua la tête avec impatience.

— Mais pourquoi tiens-tu tant à ce que je reste ? Des comptables expérimentés, tu en trouveras sans problème !

— Peut-être, mais tu connais l'entreprise, ce qui représente pour moi un atout essentiel. Et puis…

Il fit une pause et lui lança un regard qui décupla la colère d'Alex.

— … Même si je décidais de recruter quelqu'un d'autre pour la comptabilité, tu me serais toujours *très* précieuse, ajouta-t-il avec un sourire appuyé. Tu pourrais travailler à mes côtés et m'assister dans toutes les tâches que je jugerais utiles. Sans exception…

Au ton dont il prononça ces dernières paroles, il était clair qu'il ne pensait pas à la saisie de son courrier ou à la photocopie de ses dossiers, mais à une collaboration beaucoup plus… intime.

— Tu plaisantes, j'espère ! s'écria Alex avec fureur.

— Tu devrais savoir que je ne plaisante jamais, rétorqua Nico sans se départir de son calme.

Elle hésita entre le gifler et l'insulter, mais se ravisa. Il serait trop heureux de l'avoir fait sortir de ses gonds.

— Si mon contrat exige que je reste, je resterai, affirma-t-elle d'une voix plus posée. Mais ne crois pas que tu pourras me faire faire n'importe quoi ! L'époque du droit de cuissage est révolue, je te le rappelle ! Je m'en tiendrai à mon travail, un point c'est tout.

Il l'observa un moment en silence, cette fois sans la moindre agressivité. Pourquoi la dévisageait-il ainsi ? Que cherchait-il à déceler au fond d'elle-même ?

— Comment peux-tu être aussi sûre de toi, Alexandra ? fit enfin observer Nico d'un air pensif.

Piquée au vif, elle lui répondit d'une voix cinglante :

— Parce que tu ne m'impressionnes plus ! Au cas où tu ne l'aurais pas remarqué, je ne suis plus l'adolescente naïve et inexpérimentée que tu as connue en Crète. Je suis une femme, en pleine possession de ses moyens.

Il la toisa de la tête aux pieds, s'attardant sur la courbe de ses hanches, de sa poitrine, comme s'il faisait mentalement la comparaison entre la jeune fille d'alors et la femme qu'il avait devant lui.

— En effet, dit-il avec ironie, j'avais remarqué. Je serais d'ailleurs ravi de vérifier de façon plus précise...

Encore ces sous-entendus douteux ! songea Alex, hors d'elle. Quel horrible macho ! Il semblait tellement convaincu qu'elle allait succomber à son charme... C'était insupportable.

— Il n'y a rien à vérifier, Nico, riposta-t-elle. Je te répète que je ne coucherai pas avec toi. Tu ne peux pas tout décider pour les autres, tu sais.

Sur ces derniers mots, elle tourna les talons et sortit de la pièce, au moment même où Sofia arrivait dans le couloir, les bras chargés de paquets.

— Tu tombes à pic ! s'exclama cette dernière. Viens, que je te montre mon butin : j'ai dévalisé les magasins !

En temps normal, Alex aurait refusé de se laisser distraire de son travail. Mais, après la pénible entrevue qu'elle venait d'avoir avec Nico, elle songea que cette diversion serait la bienvenue.

— Excellente idée ! approuva-t-elle aussitôt. Viens dans mon bureau, on sera plus tranquilles pour parler chiffons.

Quelques secondes plus tard, elle claquait ostensiblement la porte derrière elle.

Que Nico aille au diable ! songea-t-elle en regardant Sofia déballer ses trésors. Au diable ou ailleurs, mais qu'il la laisse en paix !

— Il faut que tu lui dises ! affirma Tilly en achevant de mettre le couvert dans la cuisine.

Elle posa la fourchette qu'elle tenait à la main et se tourna vers sa sœur d'un air inquiet.

— Tu vas lui dire, n'est-ce pas ?

Alex tenta d'ignorer le regard préoccupé de sa sœur et s'affaira à plier les serviettes.

Après une semaine passée à côtoyer Nico au bureau, ses nerfs étaient à vif. Elle avait par miracle réussi à ne pas craquer, faisant preuve d'une étonnante maîtrise de soi. A vrai dire, elle s'admirait elle-même. Si elle avait résisté ces derniers jours, peut-être pourrait-elle tenir quelques semaines supplémentaires ?

Pourquoi Tilly ne comprenait-elle pas qu'elle vivait une situation extrêmement difficile ? Pourquoi la harcelait-elle ainsi ? Elle regrettait presque de l'avoir mise au courant, poussée par le besoin de se confier, mais il était trop tard… A présent, sa sœur ne la lâcherait plus !

Elle ouvrit le réfrigérateur et en sortit une salade qu'elle posa sur la table.

— Alex, reprit Tilly, de plus en plus véhémente, il a le droit de savoir. Ils ont *tous les deux* le droit de savoir !

— Oui, oui, j'ai compris, rétorqua Alex en se penchant à la fenêtre pour jeter un œil dans le jardin. Mais où est passé Jason ? Il doit se laver les mains avant de passer à table…

— Tu me promets que tu leur diras ? A tous les deux ?

Alex se retourna vers sa sœur, une expression soucieuse sur le visage.

— Tu sais, Tilly, dit-elle après un silence, je me demande si ça ne risque pas de faire plus de mal que de bien. N'oublie pas que, dans quelques semaines, Nico quittera l'Australie pour toujours.

— Mais qu'en sais-tu ? Justement, il pourrait décider de rester pour profiter de son fils ! Ou vous ramener tous les deux en Grèce. Il semblait fou de toi, il l'est peut-être encore. Et toit aussi, tu étais raide amoureuse de lui, souviens-toi !

Elle ne s'en souvenait que trop… Mais sa sœur divaguait en imaginant un instant qu'il lui proposerait de le suivre à Athènes. Il n'était pas homme à s'engager. N'était-il pas toujours célibataire et sans enfant ? Sans compter qu'il avait l'air d'apprécier les liaisons éphémères, telles que celle qu'il venait de lui proposer…

— Tu rêves, Tilly ! s'exclama-t-elle d'un ton désabusé. Le Nico d'aujourd'hui n'a plus rien à voir avec celui que j'ai connu. Il est devenu cynique, détaché de tout. Il ne pense plus qu'à gérer sa carrière et sa fortune.

La douceur et la tendresse de celui qui, sous ses dehors de macho grec, l'avait séduite à l'époque, appartenaient désormais au passé. Les épreuves familiales l'avaient-elles endurci ? En quelques années, il avait perdu son unique frère, puis sa mère et son père : personne ne sortait indemne de tels traumatismes.

Alex songea tout à coup qu'elle portait peut-être sa part de responsabilité, même indirecte, dans la façon dont il avait évolué. N'avait-elle pas coupé tout contact avec lui sans lui fournir la moindre explication, alors qu'ils s'étaient quittés en se jurant un amour éternel ?

De plus, à la mort de Stavros, elle n'avait pas été là pour le réconforter et il avait affronté seul ces moments terribles. Aujourd'hui, peut-être cherchait-il à lui faire payer cette solitude ?

— De toute façon, reprit Tilly, ce que Nico fera ou ne fera pas quand tu lui auras annoncé qu'il est le père de Jason ne change rien au fait que tu dois lui dire la vérité. Il agira comme il l'entendra, et vous trouverez tous les deux la meilleure solution pour Jason, du moins je l'espère.

— Jason est ma seule priorité, tu le sais. Depuis toujours…

— Alors imagine ce qu'il pensera s'il apprend un jour que son père est venu à Sydney et que tu as gardé le silence ! explosa sa sœur, à bout de patience. Qu'il a raté cette rencontre par ta faute ! Ne crois-tu pas qu'il se sentira trahi ? Il t'en voudra, c'est évident ! Tu es en train de fabriquer une bombe à retardement, Alex ! Projette-toi dans dix ans, quand Jason sera presque adulte, et tu comprendras ce que je veux dire !

Alex ouvrit la bouche pour répondre, mais aucun mot ne lui vint à l'esprit, tout simplement parce qu'elle se rendait compte que sa sœur avait raison. Avec son solide bon sens, son esprit d'analyse et son franc-parler, Tilly savait jauger les situations et proposer les bonnes solutions. Même si elles étaient parfois difficiles à entendre…

Oui, elle devait la vérité à Jason et à Nico. Mais comment s'y prendre ? L'animosité qui régnait entre elle et ce dernier ne faisait que compliquer la situation.

— Oui, tu as raison, murmura-t-elle enfin. Je le sais depuis longtemps…

Sa sœur posa brusquement sur la table le verre de vin qu'elle s'apprêtait à goûter.

— C'est vrai, tu es d'accord avec moi ? s'écria-t-elle. Et quand vas-tu passer à l'action ?

Quand Tilly avait une idée en tête, rien ni personne ne pouvait l'en distraire, songea Alex en retenant un soupir.

— Je n'en ai pas la moindre idée, avoua-t-elle avec une moue découragée.

— Puis-je émettre une suggestion ? lança Tilly après

quelques secondes. C'est l'anniversaire de Jason dans deux semaines, n'est-ce pas ? Et tu vas organiser une petite fête, comme d'habitude. Pourquoi n'en profiterais-tu pas pour inviter Nico ? Vous seriez réunis tous les trois comme une vraie famille et tu pourrais saisir cette occasion…

Une vraie famille ? pensa Alex en secouant la tête. En dehors de l'enfant qu'ils avaient conçu ensemble, Nico et elle n'avaient plus rien en commun. Dans ces conditions, parler de famille était plus qu'incongru !

— Ce lien n'existe pas entre nous, fit-elle observer avec une amère lucidité. Et puis, que se passera-t-il si Jason n'aime pas son père ? Ou l'inverse ? N'oublie pas que Nico n'a aucune expérience des enfants.

Tilly posa une main sur l'épaule de sa sœur dans un geste plein d'affection.

— Ne t'en fais pas, les choses finiront par s'arranger, assura-t-elle d'une voix rassurante. Avec un garçon aussi adorable que Jason, Nico va craquer au premier coup d'œil ! Mais tu as raison, ce serait peut-être mieux qu'ils se voient une première fois avant que tu ne leur dises la vérité, en effet. Propose à Nico de venir voir un match de Jason, par exemple. Ou organise un pique-nique. Bien sûr, tu ne peux pas faire en sorte qu'ils se tombent dans les bras l'un de l'autre à la première seconde, mais qui sait ? Ils sentiront peut-être d'eux-mêmes que quelque chose de spécial les lie. Et Nico n'est sûrement pas aussi insensible que tu l'imagines…

Insensible ? Le jeune homme qu'elle avait connu autrefois était tout sauf insensible, songea Alex avec un pincement au cœur. Il était généreux, patient, attentionné, incroyablement tendre quand il lui faisait l'amour. Comment avait-il pu devenir cet être dur et cynique qui semblait la mépriser au point de lui proposer de le distraire pendant son séjour à Sydney comme une vulgaire prostituée ?

— Ouah ! s'écria Jason en déboulant tout à coup dans la cuisine, ça sent bon ! T'as fait quoi pour le déjeuner, maman ? Je meurs de faim !

Soudain plus détendue, Alex lui sourit.

— Des lasagnes, mon chéri ! Mais, avant d'en avaler la moindre bouchée, tu dois te laver les mains ! Allez, file dans la salle de bains !

Dès qu'il eut quitté la cuisine, le sourire d'Alex s'estompa et une expression soucieuse assombrit de nouveau son visage. Serait-elle capable d'avouer à son fils ce secret qu'elle lui avait caché ? Comment réagirait-il ? L'aimerait-il moins pour cela ?

Tilly remarqua aussitôt le trouble de sa sœur. Elle s'approcha d'elle et la prit dans ses bras.

— Tu y arriveras, j'en suis sûre ! lui chuchota-t-elle à l'oreille. Tu trouveras la force et, quand ce sera fait, tu te féliciteras d'avoir parlé.

Avec un soupir, Alex referma la grande boîte cartonnée qu'elle n'avait pas ouverte depuis bien longtemps.

Après le départ de Tilly, elle avait rassemblé le linge étendu dans le jardin. De retour dans la maison, elle avait ouvert la penderie où elle rangeait les draps quand, soudain, son regard était tombé sur la boîte qu'elle ignorait délibérément depuis des années.

Cédant à une subite impulsion, elle avait posé le linge sur la table à repasser et avait grimpé sur une chaise pour l'attraper. Quand, le cœur battant, elle avait soulevé le couvercle recouvert de poussière, elle avait eu l'impression que le passé faisait brutalement irruption dans le présent, annihilant tout à coup les huit années qui s'étaient écoulées.

Jason était sorti de son bain et s'attaquait à ses devoirs, avec pour consigne de finir ses exercices de calcul tout seul : elle avait donc un moment devant elle.

L'encre avait un peu pâli, mais on reconnaissait l'écriture ferme qui trahissait déjà la forte personnalité de Nico. Bouleversée, Alex se mit à lire. Au fur et à mesure que le passé remontait à la surface, ses yeux s'embuèrent de larmes.

Dans ses premières lettres, écrites juste après son propre retour en Australie, Nico lui racontait la fin de son chantier de fouilles et la reprise de ses cours à l'université. Il lui disait qu'elle lui manquait terriblement et combien il avait hâte de la tenir de nouveau dans ses bras.

Puis, de fil en aiguille, il évoquait sa famille et le conflit qui opposait son frère aîné à son père à propos de son récent mariage. Les Santos considéraient leur nouvelle belle-fille comme une arriviste abusant de la crédulité de Stavros. Nico lui-même semblait partager ce point de vue : il avait une piètre opinion de sa belle-sœur et se désolait pour son frère.

Dans ses dernières missives, il disait qu'Alex lui manquait de plus en plus, et il se plaignait de recevoir moins de lettres d'elle. « Pourquoi cette soudaine distance entre nous ? interrogeait-il. Tu m'écris moins, et tu dis à peine que tu m'aimes ! Aurais-tu quelqu'un d'autre ? M'aurais-tu déjà remplacé ? Je t'aime tant… »

En lisant ces mots, Alex essuya une larme, comme elle l'avait fait autrefois. A l'époque où Nico traçait ces lignes, elle savait déjà qu'elle attendait un enfant de lui, sans oser le lui dire. Voilà pourquoi elle lui avait écrit de plus en plus rarement…

Enfin, elle ouvrit l'avant-dernière lettre de Nico, rédigée d'une main tremblante juste après la mort de Stavros. Il y exprimait sa colère, son désespoir et sa volonté de se venger. Des traces de larmes bien visibles sur le papier attestaient de sa souffrance. Il la suppliait de lui répondre, mais semblait déjà avoir compris que tout était fini entre eux.

En retenant un sanglot, Alex songea qu'elle n'avait pas été présente la seule fois où il avait vraiment eu besoin d'elle. De son côté, elle avait choisi de s'effacer pour ne pas ajouter une autre épreuve à la famille Santos, mais il n'en avait rien su. Il en avait simplement conclu qu'elle n'avait pas de cœur et qu'elle l'avait déjà oublié…

Dans sa toute dernière lettre, il exprimait sa déception

et sa rancœur. A ce moment, elle avait failli l'appeler pour tout lui avouer, lui expliquer qu'elle voulait se protéger. Que dans ce contexte si douloureux, elle n'avait pas eu le courage d'affronter la méfiance de ses parents. Mais, à la dernière minute, elle avait renoncé…

Et le silence s'était instauré comme une chape de plomb, un silence qui avait duré de longues années sans qu'elle se décide à le rompre. Combien de temps encore cette situation allait-elle perdurer ?

— Maman ? Qu'est-ce que tu fais ?

Elle se retourna vivement. Jason était derrière elle, les yeux fixés sur la feuille qu'elle avait en main. Se sentant comme une enfant prise en faute, elle essuya furtivement ses larmes. Puis elle remit la lettre dans la boîte aussi vite qu'elle le put et replaça le couvercle.

— Rien, rien, mon chéri…

— C'est quoi, toutes ces lettres ?

Jason la regardait d'un air intrigué, visiblement surpris de l'évidente tristesse de sa mère.

— Rien d'important, murmura-t-elle. Ce sont les lettres d'un ami que j'ai eu autrefois.

— Mais pourquoi tu pleures ? insista-t-il, têtu.

— Parce que je suis émue de repenser à tous ces bons moments, expliqua-t-elle en affectant un ton léger.

Elle se releva, soulagée d'avoir eu la force de donner le change.

— Tu viens ? dit-elle d'une voix gaie. C'est l'heure de dîner.

Mais il ne bougeait pas. Il avait toujours le même air intrigué.

— Maman, c'est qui, Nico ? demanda-t-il en fixant sa mère de ses grands yeux sombres. Il s'appelle bien Nico, celui qui t'écrivait ? Je l'ai vu sur la lettre !

Alex blêmit.

« C'est ton père… »

Voilà ce qu'elle aurait dû lui dire, mais elle ne trouva

pas la force de prononcer ces mots qui lui brûlaient les lèvres.

— C'était un ami, balbutia-t-elle.

— J'étais né ?

— Non, pas encore…

Son cœur battait si fort qu'elle avait l'impression qu'il allait imploser dans sa poitrine. Pourquoi se montrait-elle incapable de saisir cette occasion rêvée de parler à son fils ?

— En fait, c'était un *très* bon ami, poursuivit-elle. Je crois que tu l'aurais bien aimé.

Jason haussa les épaules et eut une moue désabusée.

— En tout cas, il n'y a pas de danger que j'écrive un jour des lettres à une fille ! s'exclama-t-il d'un air méprisant. Hé, j'ai oublié de te dire que Matt et Jack veulent bien que je vienne pêcher avec eux, finalement. Juste avec leurs papas. Tu es d'accord ?

L'occasion était manquée, songea Alex, partagée entre le soulagement et la culpabilité. A présent, il était trop tard…

— Bien sûr, mon chéri, je suis d'accord. Et n'oublie pas que je t'ai demandé de préparer la liste des amis que tu veux inviter à ton anniversaire, ajouta-t-elle.

— O.K., maman, je m'en occupe.

Et il quitta la pièce en sifflotant, à mille lieues de soupçonner les affres dans lesquels se débattait sa mère…

6

Le lundi suivant, Alex se leva, déterminée. Tout le week-end, elle avait tourné et retourné dans sa tête les phrases qu'elle dirait à Nico pour lui parler de Jason. Elle avait pensé à tout, soupesé chaque mot, chaque expression pour être sûre de ne pas le heurter. Elle avait envisagé toutes ses questions, toutes ses réactions, et imaginé une parade à chacune. Ainsi préparée, elle se sentait moins vulnérable.

Cependant, quand elle arriva de bonne heure à son travail, une bouffée d'appréhension la saisit. L'épreuve qui s'annonçait lui paraissait soudain insurmontable.

Elle s'arrêta quelques secondes dans le couloir et attendit que son rythme cardiaque s'apaise. Une fois sa respiration de nouveau régulière, elle se sentit mieux : quoi qu'il arrive, elle ne flancherait pas. Sa décision était prise : dans quelques minutes, Nico apprendrait qu'il était le père de Jason.

Quant à ce qui suivrait, elle n'en avait pas la moindre idée…

Elle avait prévu de se rendre dans le bureau de Nico sous un prétexte ou un autre pour le voir seul à seule. Un tête-à-tête… Soudain, cette perspective l'affola. Peut-être valait-il mieux choisir un endroit public, comme la cafétéria, où la présence d'autres personnes dissiperait un peu sa nervosité ?

Elle n'eut pas le loisir de réfléchir plus longtemps : par la porte grande ouverte, elle aperçut Nico, assis derrière le vaste bureau qui avait été celui d'Aristos. Il la héla aussitôt d'un geste et elle eut la certitude qu'il guettait son arrivée.

— Alexandra ! lança-t-il d'un ton autoritaire.

Elle alla jusqu'au pas de la porte et se força à lui sourire, tandis qu'une boule d'appréhension se formait dans sa gorge. C'était le moment de passer à l'action, pensa-t-elle tandis que son cœur se mettait à tambouriner dans sa poitrine. Tant qu'elle en avait encore le courage…

— Bonjour, articula-t-elle avec difficulté. Je voulais justement te parler. Aurais-tu un moment à me consacrer ?

Il posa le stylo qu'il tenait à la main.

— Oui, ça tombe bien, j'avais également des choses à te dire. Je pars demain.

Il partait ! se dit Alex, partagée entre la stupéfaction et le soulagement. Il regagnait la Grèce, pour toujours, et allait de nouveau disparaître de son existence… Dans ce cas, était-il nécessaire de lui parler de Jason ?

— Tu t'en vas ? balbutia-t-elle d'une voix blanche. Tu rentres en Grèce ?

L'espace d'un instant, ce qui ressemblait à un sourire se dessina sur les lèvres pleines de Nico, tandis qu'il la fixait d'un regard sans indulgence.

— C'est ce que tu souhaites, n'est-ce pas ? rétorqua-t-il avec une ironie cinglante. Que je te laisse en paix, toi et tes remords ? Que tu puisses me rayer de nouveau de ta vie, comme tu l'as fait sans aucun scrupule il y a huit ans ?

Elle restait sans voix.

— Désolé de te décevoir, poursuivit-il, mais je ne serai absent qu'une semaine. Je pars vérifier les opérations immobilières réalisées par l'entreprise dans l'ensemble du pays. Quatorze en tout, n'est-ce pas ?

Elle hocha la tête.

— Oui, en comptant le centre commercial que nous venons d'ouvrir à Perth, confirma-t-elle.

— En effet… J'en aurai pour une semaine au minimum. Je comptais emmener Sofia, mais elle insiste pour rester ici. Elle a un projet en cours pour lequel elle aura besoin de ton aide.

Alex soupira. L'expérience lui avait appris que, quand Sofia avait besoin de son aide, c'était en général elle qui finissait par se charger de tout le travail…

— A ce propos…, ajouta-t-il en baissant la voix.

Il se pencha et plongea son regard dans celui de la jeune femme, comme pour capter son attention.

— … Je voulais te demander de la prendre en charge pendant mon absence, ajouta-t-il sur le ton de la confidence. T'assurer qu'elle n'a besoin de rien.

Alex essaya de dissimuler son étonnement.

— Tu peux compter sur moi, assura-t-elle.

— Parfait, dit-il en se redressant. Et toi, qu'avais-tu à me dire ?

Elle s'éclaircit la gorge.

— C'est-à-dire que… c'est personnel, commença-t-elle d'une voix à peine audible.

Il lui lança un regard surpris.

— Personnel ? Alors entre et ferme la porte. Nous serons plus tranquilles pour discuter.

— A vrai dire, je préférerais que nous allions ailleurs. A la cafétéria, par exemple.

Il semblait de plus en plus étonné.

— Comme tu voudras, déclara-t-il. Dans ce cas, je t'y rejoins dans quelques minutes. J'ai d'abord un coup de fil urgent à passer.

— D'accord, approuva-t-elle. Je pose mes affaires et je descends.

Elle sortit de la pièce avec un calme qui l'étonna elle-même. Curieusement, à présent que le processus était enclenché, elle éprouvait une sorte de paix. Tilly avait raison, songea-t-elle, elle survivrait à l'épreuve. Et, quand tout serait fini, elle se féliciterait d'avoir eu ce courage…

Elle s'apprêtait à prendre l'ascenseur quand Sofia surgit tout à coup dans le hall. Avec un air de conspiratrice, la jeune femme l'attrapa par le bras et l'entraîna dans son bureau, dont elle referma la porte derrière elle. Puis elle se tourna vers Alex. Un sourire éclatant illuminait son visage parfaitement maquillé, et ses yeux brillaient d'excitation.

— Alex, chuchota-t-elle, j'ai besoin de toi !

C'était impossible ! songea Alex, contrariée. Pas à l'instant précis où elle se décidait enfin à parler à Nico !

— Désolée, mais je vais te demander de patienter un peu. Nico m'attend pour une affaire importante. On peut se voir, disons… dans une heure ?

Elle se dirigea vers la porte, mais Sofia la retint d'une main ferme.

— Non ! s'exclama-t-elle d'un ton péremptoire. Ce que j'ai à te dire est important ! Très important !

— Voyons, Sofia ! Je serai de retour dans une heure tout au plus ! protesta-t-elle, de plus en plus contrariée.

Mais la jeune femme ne semblait même pas prêter attention à l'air préoccupé de son interlocutrice.

— Tu ne remarques rien ? demanda Sofia avec un sourire entendu.

Lassée de ces enfantillages, Alex lutta contre l'envie de la remettre brutalement à sa place. Sur quoi voulait-elle attirer son attention ? Sa nouvelle couleur de cheveux ? Son nouveau parfum ?

— Non, soupira-t-elle avec lassitude.

Elle jeta un coup d'œil plus attentif à Sofia. Elle portait un pantalon Stretch bleu pétrole qui moulait son corps mince, assorti à un pull-over en cachemire du même bleu. La couleur n'avait pas été choisie au hasard, pensa-t-elle aussitôt en se remémorant leur récente conversation.

— Si, bien sûr, ajouta-t-elle alors en s'efforçant de feindre de l'intérêt pour le sujet. Tu as un nouvel ensemble. Qui te va à ravir…

Sofia éclata d'un rire haut perché.

— Mais non, ce n'est pas ça ! s'exclama-t-elle. Regarde mieux.

Tout en parlant, elle agitait ses deux mains sous le

nez d'Alex. Tout à coup, le regard de cette dernière fut attiré par un scintillement. Le scintillement d'une pierre précieuse…

Le diamant que portait Sofia à l'annulaire gauche était le plus gros qu'elle ait jamais vu. Un magnifique solitaire, qui avait dû coûter une petite fortune, songea-t-elle, surprise. Décidément, la fille d'Aristos avait parfois des goûts fort dispendieux...

— En effet, tu as un très beau bijou, constata-t-elle en dissimulant son étonnement.

Les paupières de Sofia papillonnèrent.

— Merci, murmura-t-elle d'un ton pénétré. C'est une belle bague de fiançailles, n'est-ce pas ? Nico et moi nous marierons dès que possible.

Il y eut un silence. Alex eut l'impression que ses jambes se dérobaient sous elle, et elle dut s'accrocher au dossier d'un fauteuil pour ne pas chanceler. Par bonheur, tout à son excitation, Sofia ne remarqua pas sa réaction.

— C'est pour ça que je devais te parler, ajouta celle-ci d'un air important. J'ai besoin de ton aide pour organiser la cérémonie. Nous sommes pressés et, comme Nico s'absente demain pour une semaine, je n'y arriverai jamais toute seule.

Sofia la dévisageait avec insistance, attendant visiblement une réponse de sa part. Mais Alex était trop abasourdie pour prononcer la moindre parole. Nico et Sofia : non, elle ne pouvait pas y croire ! Pourtant, c'était bien l'union qu'avait souhaitée Aristos, pour assurer à la fois la pérennité de son entreprise et l'avenir de sa fille…

Comme Sofia la fixait toujours, elle se força à sourire pour ne pas éveiller ses soupçons.

— Toutes mes félicitations, déclara-t-elle avec effort.

La jeune femme parut tout à coup se détendre.

— Alors, tu m'aideras ? demanda-t-elle d'un ton implorant.

Alex vivait un véritable supplice… Elle détourna la tête pour que Sofia ne voie pas son visage, sur lequel devaient se lire ses sentiments. Prendre une part active à la préparation de la cérémonie qui allait unir la jeune fille au seul homme qu'elle-même ait jamais rêvé d'épouser, c'était trop lui demander !

— S'il te plaît, insista Sofia d'une petite voix. Tu sais, je n'ai personne d'autre que toi…

Les yeux de la jeune femme se brouillèrent soudain de larmes, et un brusque sentiment de pitié envahit Alex. Sous son apparence frivole et primesautière, Sofia cachait une nature fragile et vulnérable perpétuellement en quête de reconnaissance affective. C'était un être marqué par la solitude et elle ne voulait la blesser pour rien au monde…

— Je serais ravie de t'aider, commença-t-elle, mais tu sais que j'ai beaucoup de travail. Organiser un mariage n'est pas une mince affaire, surtout si tu souhaites une grande réception.

— Oui, Nico et moi voulons être entourés de tous nos amis pour ce grand jour, assura Sofia d'un ton solennel. Et je tiens à le préparer avec toi.

De plus en plus mal à l'aise, Alex n'avait qu'une envie : refuser purement et simplement ce que lui demandait Sofia. Mais comment ne pas se souvenir de la requête de Nico, qui lui avait demandé d'aider la jeune femme en son absence ? Or, impossible d'expliquer à son ancien amant qu'organiser ce mariage lui était insupportable : il en conclurait aussitôt qu'elle tenait toujours à lui…

— Ne t'en fais pas pour ton travail, reprit Sofia, Nico a tout prévu. Son expert-comptable va venir de Grèce pour te remplacer pendant que nous mettrons la cérémonie au point.

Voilà qui confirmait ses soupçons, se dit Alex en réprimant un sentiment d'amertume. Il avait tout organisé, sans même se soucier de la façon dont elle réagirait, comme si elle était à sa disposition ! Quel genre d'homme était-il donc devenu ? Quel rapport entre l'être tendre et délicat qu'elle avait connu et ce macho sans scrupules ? Non, elle ne voulait rien avoir à faire avec lui !

« Tu dois lui dire », avait assuré Tilly. Mais Alex n'en était plus si certaine… Non seulement Nico avait encore baissé dans son estime, mais, de plus, la nouvelle aurait sur Sofia — qui serait forcément mise au courant — l'effet d'un tremblement de terre…

— Je me réjouis tant de tout préparer avec toi ! s'écria celle-ci, les yeux brillants d'excitation.

Alex réfléchit rapidement, à la recherche d'un compromis qui lui permettrait à la fois de ne pas laisser tomber Sofia et de ne pas s'impliquer dans ce mariage qu'elle ne pouvait se résoudre à cautionner.

— Je serais ravie de te donner mon avis, mais je ne suis peut-être pas la personne la plus qualifiée sur le sujet, avança-t-elle prudemment. En revanche, je peux t'indiquer quelqu'un dont c'est le métier et qui saura te donner les meilleurs conseils. Quelqu'un qui a toute ma confiance, puisqu'il s'agit de ma sœur aînée…

Le visage de Sofia s'éclaira soudain.

— Parfait ! s'exclama-t-elle en applaudissant des deux mains comme une petite fille. Tu nous arranges un rendez-vous ?

— Je m'en occupe.

A cet instant, on frappa à la porte et Nico entra sans y avoir été invité.

Quand il aperçut Sofia, un sourire détendit ses traits.

— Ah, tu es là ! s'exclama-t-il. Je ne te savais pas de retour.

Il s'approcha d'elle et lui prit la main. Il tournait le dos à Alex, qui pouvait voir le visage de Sofia souriant béatement à son fiancé. Avec un stupide sentiment de frustration, elle comprit qu'il s'apprêtait à l'embrasser et elle détourna les yeux à la hâte. Apprendre leur mariage, passe encore, mais les voir s'embrasser avec passion, certainement pas !

Elle se plongea dans la contemplation du paysage, à travers la large baie vitrée, pour ne pas être témoin de la scène. Comment pouvait-il faire preuve d'une telle impudeur ! Aurait-il oublié qu'ils avaient été amants ?

Soudain, la voix de Sofia la tira de ses amères réflexions. Le baiser devait être terminé…

— C'est super, Alex a promis de m'aider comme nous en avions parlé, lança-t-elle à Nico d'un ton joyeux. Bon, j'ai mille choses à faire, je vous laisse travailler.

Dès qu'elle eut quitté la pièce, Alex attrapa sa veste et son sac.

— On y va ? dit-elle d'un ton sec.

En plein désarroi, elle ne savait plus du tout où elle en était. Et rester avec Nico dans ce bureau après ce qu'elle venait d'apprendre lui était insupportable. Dans l'anonymat de la cafétéria, elle y verrait peut-être plus clair.

Il la précéda dans le couloir et elle regarda sa haute silhouette. Avec son pas de conquérant et sa démarche athlétique, il dégageait une impression de puissance qui, comme toujours, la troublait profondément.

Dans l'ascenseur, elle se tint le plus loin possible de lui, croisant les bras sur sa poitrine dans un réflexe instinctif de protection. Il était dangereux, pensa-t-elle, à cause de cette aura de virilité qui émanait de toute sa personne, de la sensualité qui se dégageait de ses moindres gestes, de ses moindres regards. Dangereux parce que, dès qu'elle était en sa présence, les images du passé revenaient, lui rappelant leurs étreintes, leurs caresses, la passion qui les avait unis…

Une fois qu'ils furent arrivés à la cafétéria, Nico choisit une table un peu isolée, loin des autres consommateurs. Toujours gentleman, il la fit asseoir et il sembla à Alex qu'il laissait trop longtemps ses mains sur le dossier, comme s'il voulait lui effleurer le dos. Quel jeu jouait-il ? songea-t-elle. Se rendait-il compte du pouvoir sensuel qu'il avait sur elle ?

Ils s'assirent l'un en face de l'autre, et soudain il avança la main vers son visage. Alex recula, aussitôt sur ses gardes.

— Calme-toi, voyons ! protesta-t-il avec un sourire

amusé. Je ne vais pas te faire de mal ! Je me demandais juste ce qui se passerait si j'enlevais ta barrette…

Il était penché au-dessus de la table et son souffle la caressait.

— Ma barrette ? répéta-t-elle d'une voix à peine audible. Eh bien, mon chignon tomberait…

— Justement, c'est ce que je voudrais. J'adore quand tes cheveux sont défaits.

Sa voix vibrait de sensualité. Ses yeux sombres la dévisageaient avec un éclat trouble. Pourquoi se sentait-elle aussi bouleversée ? Et, surtout, pourquoi Nico cultivait-il avec elle une telle ambiguïté alors qu'il allait épouser Sofia ?

Il posa la main sur la sienne, mais elle la retira comme s'il l'avait brûlée.

— Sofia était très excitée tout à l'heure, lança-t-elle alors d'une voix détachée qui sonna faux. J'imagine que je dois te féliciter. C'est extraordinaire de la voir ainsi quand on pense à son état il y a seulement quelques jours.

Elle guetta sa réaction, mais Nico ne sembla pas gêné le moins du monde.

— Oui, elle mérite d'être heureuse, affirma-t-il. Elle a beaucoup de qualités, et…

Le serveur apporta leurs cafés, interrompant la conversation au grand soulagement d'Alex. Elle n'était vraiment pas prête à entendre Nico faire le panégyrique de sa future épouse.

—Alors, de quoi voulais-tu me parler ? demanda-t-il quand ils furent de nouveau seuls.

Avec nervosité, elle se mit à tourner sa petite cuillère dans la tasse.

— D'un sujet très personnel, balbutia-t-elle. Qui nous concerne, toi et moi. De façon très intime…

Il arbora un grand sourire et se cala contre le dossier de sa chaise. Il avait retiré sa veste en lin et sa chemise d'un blanc immaculé au col ouvert laissait entrevoir son cou bronzé et son torse recouvert d'une toison noire. Elle déglutit péniblement. Cherchait-il à la déstabiliser en lui faisant son numéro de macho méditerranéen ? Numéro fort réussi, il fallait bien l'admettre. En tout cas, il semblait trouver la situation très plaisante. Et il était bien le seul…

— Mais encore ? demanda-t-il en fixant sur elle un regard insistant.

Le cœur d'Alex battait si fort qu'elle avait l'impression qu'il allait éclater. Elle ne savait comment aborder le sujet : les phrases qu'elle avait si bien préparées lui faisaient soudain défaut.

— C'est-à-dire que…, commença-t-elle d'une voix hésitante, j'ai des responsabilités… des engagements dont il faut que je te parle.

Un large sourire se peignit sur le visage de Nico : il semblait réjoui de ce qu'il venait d'entendre.

— Bien sûr, affirma-t-il, toujours souriant. Je comprends fort bien, et je suis prêt à assumer. Tu as eu raison d'insister pour que nous discutions de tout ceci à l'écart du bureau. Inutile de nous faire remarquer.

Elle lui jeta un regard interrogateur.

— Mais je…

— Bien sûr, coupa-t-il, il est normal que tes responsabilités, quelles qu'elles soient, t'empêchent de me recevoir chez toi. Quant à mon appartement, ce n'est pas non plus une très bonne idée, car Sofia a pris la mauvaise habitude d'y passer pour un oui ou pour un non. Or, autant rester discrets, n'est-ce pas ? Pour toutes ces raisons, j'ai l'intention de louer un studio pour nos rendez-vous. Ce sera beaucoup plus simple.

De stupéfaction, Alex resta quelques secondes bouche bée.

— Un studio ? Mais tu rêves ! explosa-t-elle quand elle eut enfin retrouvé l'usage de la parole. Je n'ai pas la moindre intention de coucher avec toi !

A quelques jours de son mariage, il envisageait donc de louer un appartement pour tromper sa fiancée en toute tranquillité ! Avait-il donc perdu tout sens moral ?

— Je peux te faire changer d'avis, Alexandra, répliqua-t-il sans se démonter. Il suffit d'y mettre le prix. Le salaire que t'avait attribué Aristos est plus que modeste, et…

Furieuse, elle se leva de sa chaise.

— Le prix ? le coupa-t-elle. Mais pour qui me prends-tu, Nico ? Et depuis quand payes-tu une femme pour coucher avec toi ? Quand je t'ai connu, tu avais un cœur, des sentiments ! Tu n'es plus le même homme…

Bouleversée, au bord des larmes, elle se saisit de son sac et voulut prendre la fuite, mais il se leva à son tour et la retint par le bras.

— Attends, murmura-t-il.

Il s'avança vers elle, la maintenant prisonnière d'une main ferme. Il était si proche qu'elle pouvait sentir son odeur. Fermant les yeux, elle lutta contre l'émotion qui la terrassait. Que ferait-elle s'il l'embrassait ? songea-t-elle tout à coup. Aurait-elle la force de le repousser ? Car, même si elle trouvait son attitude infiniment méprisable, elle aspirait de tout son être à se retrouver de nouveau dans ses bras…

Sans même s'en rendre compte, elle entrouvrit les lèvres et son pouls s'accéléra. Son corps tout entier vibrait d'impatience.

Mais Nico ne l'embrassa pas… Avançant la main vers son visage, il effleura sa lèvre inférieure d'un geste furtif de l'index.

— Tu avais un peu de sucre sur la bouche, dit-il d'une voix qui parut étrangement rauque à la jeune femme.

Puis il porta l'index à sa propre bouche et, sans la quitter des yeux, le lécha.

Une vague de chaleur assaillit Alex, qui chancela. Ce simple geste, aussi érotique que s'il l'avait embrassée passionnément sur la bouche, réveillait en elle un désir violent qu'elle ne pouvait plus ignorer. La passion physique qu'elle éprouvait pour cet homme était aussi vivace qu'au premier jour, plus encore peut-être, car nourrie de huit ans de rêves et de fantasmes inassouvis… Mais elle devait à tout prix lui dissimuler son désir, surtout à présent qu'elle savait qu'il allait épouser Sofia.

— Merci, parvint-elle à bredouiller avant de s'éloigner, comme si le geste de Nico était le plus banal du monde.

— Tout le plaisir était pour moi, l'entendit-elle répondre d'un ton ironique.

Le téléphone sonnait quand elle poussa la porte de son bureau. C'était Tilly.

— Alors, tu lui as dit ?

Alex toussota.

— Je n'ai pas pu, répondit-elle après un silence.

— Comment ? Tu t'es dégonflée ?

Sa sœur semblait scandalisée.

— J'ai essayé d'aborder le sujet, mais… Et puis… la situation a changé.

— Qu'est-ce qui a changé ? demanda Tilly d'un ton abrupt.

— Il va épouser Sofia.

A l'autre bout du fil, il y eut un long silence.

— Tu es sûre ? demanda sa sœur d'une voix radoucie. Comme ça, tout à coup ? C'est impossible !

— Tilly, j'ai vu l'énorme diamant qu'il lui a offert comme bague de fiançailles, et ils m'ont demandé tous les deux de les aider à organiser la cérémonie. Inutile d'exiger des preuves supplémentaires, tu ne crois pas ?

De nouveau, le silence…

— Et ça te fait quoi ? interrogea enfin Tilly.

— Oh, pas grand-chose, en réalité, répondit Alex d'un ton désabusé. Tu sais, Nico ne représente plus rien pour moi.

Tout en prononçant ces paroles, elle savait qu'elle mentait. Mais comment l'avouer à sa sœur alors qu'elle se l'avouait à peine à elle-même ?

— C'est vrai que ça complique la situation, reprit Tilly, mais il n'en reste pas moins que…

— Oh, je t'en prie, je sais ce que tu vas me dire ! coupa Alex. Je n'ai pas pu, Tilly, je n'ai pas pu, c'est tout !

« Pas après qu'il m'a proposé de louer une garçonnière pour me recevoir, comme si j'étais une vulgaire prostituée », ajouta-t-elle en son for intérieur. Non, elle ne se sentait pas le courage de mettre sa sœur au courant d'une telle horreur.

— Ecoute, reprit-elle d'un ton plus calme, j'ai besoin de ton aide. Comme tu dois l'imaginer, l'idée même de m'occuper de ce mariage m'est insupportable, alors que toi, c'est ton métier. J'ai parlé de toi à Sofia, et elle est d'accord. Je vois d'ici le genre de cérémonie qu'elle a imaginée… Très peu pour moi ! Tu veux bien t'en charger ?

— Ce mariage te déplaît donc tant que ça ? demanda Tilly après un silence.

— Tu sais, c'est compliqué, avoua Alex, mal à l'aise. Je t'expliquerai plus tard. Bon, tu veux ce job ou pas ?

Au grand soulagement d'Alex, Tilly accepta. C'était au moins une chose de réglée…

7

Plus le temps passait, plus le stress d'Alex augmentait.

Pourtant, ces deux dernières semaines s'étaient écoulées dans un calme relatif. Obnubilée par les préparatifs de son mariage, Sofia n'avait fait que de rares apparitions au bureau. Quant à Nico, il avait comme prévu quitté Sydney le lendemain de son entrevue avec Alex. Retenu plus longtemps que prévu, il ne rentrerait finalement que le lendemain, juste à temps pour aller chercher à l'aéroport son collaborateur qui arrivait d'Athènes.

Bref, les choses s'organisaient tant bien que mal, songea Alex en jetant un dernier coup d'œil à la pile de factures sur son bureau parfaitement rangé. Toute la comptabilité était à présent au clair et elle était prête à passer le flambeau à Dimitri, le bras droit de Nico.

Mais, demain, à la même heure, il serait dans la pièce à côté, songea-t-elle tout à coup avec appréhension. L'idée de le revoir après son insultante proposition lui était très pénible, mais elle n'avait pas le choix : il lui faudrait supporter sa présence.

Elle regarda sa montre et se leva. Il était temps de partir si elle ne voulait pas être en retard pour aller chercher Jason à l'étude. Avec une grimace d'agacement, elle se rappela soudain qu'elle avait promis à Sofia de faxer avant la fin de la journée l'annonce des fiançailles au plus grand journal de Sydney. Comment avait-elle pu l'oublier ?

Elle surveillait la feuille en train de passer quand un bruit la fit se retourner. Nico était derrière elle…

Elle s'attendait si peu à le voir qu'elle en eut le souffle coupé.

— Toi ici ! s'écria-t-elle enfin. Mais tu n'étais censé rentrer que demain ! Sofia va être ravie, ajouta-t-elle à la hâte pour dissimuler son trouble.

— Et toi, Alexandra ? Es-tu contente de me voir ? demanda-t-il de sa voix grave, tout en la fixant d'un regard intense.

Bouleversée, elle songea encore une fois qu'il n'y avait que lui pour prononcer ainsi son prénom. Avec cet accent à la fois sensuel et provocateur, comme si cette façon de l'interpeller était une invite à quelque chose de beaucoup plus intime…

Le soleil de fin d'après-midi éclairait ses traits bien dessinés. Une barbe naissante ombrait ses joues, accentuant son incroyable virilité. La gorge soudain nouée, Alex eut le plus grand mal à détourner le regard de sa bouche aux lèvres pleines dont elle connaissait si bien le contour.

— Le voyage s'est-il bien passé ? s'enquit-elle en affectant un ton dégagé.

— Tu n'as pas répondu à ma question. Es-tu contente de me voir, oui ou non ?

Le trouble d'Alex s'accentua.

— Euh, non… C'est-à-dire, oui, bredouilla-t-elle.

— Oui et non, c'est ça ? interrogea-t-il d'un ton ironique, toujours sans la quitter des yeux.

Elle hésita un instant, puis se décida pour une réponse plus directe. Parler franchement l'aiderait peut-être à surmonter son malaise.

— Oui, parce que je suis contente que tu sois rentré sans encombre, et non parce que tu sembles prendre un malin plaisir à me rendre la vie difficile, déclara-t-elle.

Il lui lança un regard surpris.

— Je ne cherche pas à te rendre la vie difficile, rétorqua-t-il. D'ailleurs, tu n'as pas besoin de moi pour ça, tu y arrives très bien toute seule…

Tout en parlant, il se planta devant elle et lui posa les

mains sur les épaules, comme pour mieux assurer son emprise sur elle. De plus en plus déstabilisée, Alex ne chercha même pas à se dégager.

— Pas du tout ! protesta-t-elle faiblement. Pourquoi dis-tu une chose pareille ?

Il se mit à lui masser la nuque, d'un geste à la fois précis et sensuel qui acheva d'annihiler en elle toute volonté de résister. Sa paume était douce, la pression de sa main délicieusement ferme, et elle s'abandonna aux merveilleuses sensations que ce massage improvisé suscitait en elle.

— Parce que je vois bien que tu as peur de moi, ou plus précisément de la façon dont tu réagis quand je suis là, répondit-il d'une voix chaude. Ton esprit te dit de t'enfuir, mais ton corps veut rester. Voilà pourquoi tu es à la fois heureuse et malheureuse de mon retour. Tu te débats dans un conflit que tu n'arrives pas à résoudre. Un conflit qui n'a pas lieu d'être…

— Tu divagues…

La pression des doigts de Nico sur sa nuque se fit plus insistante.

— Non, et tu le sais, affirma-t-il d'un ton qui n'admettait pas la contradiction. Si ta vie est difficile, c'est parce que tu te prives du plaisir que nous pourrions prendre ensemble. Ose prétendre le contraire !

Sa voix était si rauque, ses mains si douces qu'Alex se sentit incapable de lutter quand il la prit dans ses bras. Comment aurait-elle pu ? Elle était la proie d'une soudaine faiblesse, et plus rien ne comptait que cet homme qui la serrait contre elle, cet homme dont elle avait rêvé chaque nuit depuis huit ans, qui avait fait d'elle une femme un merveilleux soir d'été dont chaque seconde était restée gravée dans sa mémoire…

D'un geste possessif, il la plaqua contre lui et elle retrouva avec une sorte d'ivresse le contact affolant de son corps musclé. Il la dominait d'une tête et elle se sentit tout à coup infiniment fragile entre ses bras. Quand il pencha la tête vers elle, elle releva la sienne en frissonnant…

Pendant quelques secondes, ni l'un ni l'autre ne bougèrent. Leurs lèvres ne se touchaient pas, mais ils communiaient dans l'anticipation fébrile du baiser qui, immanquablement, allait suivre.

En effet, comme attirées par un aimant, leurs lèvres se joignirent enfin. Nico se mit à l'embrasser avec une ardeur presque sauvage, fouillant sa bouche de sa langue avide.

Vaincue et consentante, Alex se laissa emporter dans le tourbillon de sensations extraordinaires qu'elle ressentait. Elle oublia tout : Jason qui l'attendait à l'étude, Sofia qui pouvait surgir dans la pièce d'un instant à l'autre, le prochain mariage de Nico. Plus rien n'avait d'importance que le bonheur de se retrouver dans ses bras…

C'était comme si les années s'étaient effacées d'un coup de baguette magique… Comme s'ils étaient revenus huit ans en arrière, quand ils ne pouvaient se rassasier l'un de l'autre, quand un désir brûlant les poussait l'un vers l'autre, indifférents à tout ce qui n'était pas eux-mêmes.

Sans cesser de l'embrasser, Nico se mit à parcourir les épaules, la poitrine, les hanches d'Alex de ses mains fiévreuses et possessives. Puis celles-ci glissèrent sous sa jupe, sur ses fesses… Il la plaqua contre lui brutalement.

— Nico, balbutia-t-elle, affolée et bouleversée tout à la fois. Nico…

— J'ai envie de toi, Alexandra, coupa-t-il d'une voix brûlante de désir. Je veux te faire l'amour… Je n'en peux plus de t'attendre !

Aux oreilles de la jeune femme, ces paroles étaient une divine musique. Faire l'amour avec lui, n'était-ce pas ce dont elle avait rêvé depuis des années ?

Il la poussa contre le bureau et chercha à remonter encore un peu plus sa jupe. Mais, tout à coup, la raison s'imposa à Alex.

— Nico, tout ceci est absurde, balbutia-t-elle, au supplice.

Il s'écarta d'elle légèrement.

— Alexandra ! s'écria-t-il. Tu en as envie autant que moi, pourquoi refuses-tu de l'admettre ?

— Mais c'est mal ! lança-t-elle dans un cri du cœur.

Il se pencha pour reprendre ses lèvres, mais elle se détourna.

— Arrête avec ces histoires ! murmura-t-il. Laisse-toi aller !

— Et Sofia ? s'écria-t-elle d'une voix étranglée. Que va-t-elle en penser ?

— Ceci ne regarde que toi et moi, répliqua-t-il avec brutalité. Sofia n'a rien à voir avec tout ça !

Alex écarquilla les yeux, horrifiée. Comment pouvait-il être aussi cynique ? Ce n'était pas possible, il se moquait d'elle !

Sous le coup de la colère, elle se dégagea soudain et le gifla.

Il resta parfaitement impassible, se contentant de la dévisager avec un étrange sourire. Seul un éclat métallique dans son regard sombre trahissait sa fureur.

— Comment oses-tu prétendre que ça ne regarde pas Sofia alors que vos fiançailles seront annoncées officiellement dans deux jours ? lança-t-elle alors d'une voix tremblante

A cet instant précis, comme pour confirmer ses paroles, le fax se mit en marche : c'était la confirmation du journal, qui avait bien enregistré l'annonce.

— Qu'est-ce que tu viens de dire ? murmura Nico d'une voix étrange.

— Tu as très bien compris ! asséna-t-elle en retrouvant soudain toute sa détermination. Et, dans ces conditions, il n'est pas question que je reste une minute de plus en ta présence !

Elle quitta la pièce en claquant violemment la porte derrière elle.

8

Nico ralentit et arrêta sa Mercedes devant le numéro 19. C'est donc là qu'elle habitait, se dit-il en repérant sa petite voiture stationnée devant le garage. Mais à qui appartenait l'autre véhicule garé juste derrière elle ? Elle lui avait dit ne pas avoir de petit ami. Peut-être lui avait-elle menti… N'avait-elle pas évoqué ses « responsabilités » ? S'agissait-il d'une périphrase pour lui faire comprendre qu'il y avait un homme dans sa vie ?

Il baissa la vitre. De la mer, qu'on devinait toute proche, parvenait un souffle léger, encore frais à cette heure matinale. Etonnant qu'elle n'ait pas choisi d'habiter une maison au bord de l'océan, songea-t-il en se souvenant combien elle avait aimé la Méditerranée. Etait-ce un choix délibéré, ou une question d'argent ?

Il observa la demeure plus attentivement. Avec sa modeste véranda et son toit de tuiles rouges qui, à l'évidence, avait besoin de réparations, elle dégageait un charme un peu suranné. Dans le jardinet entre la rue et la maison, il aperçut un petit bassin et quelques plantes en pot. Le terrain à l'arrière devait sans doute être plus important.

A cet instant, la porte d'entrée s'ouvrit et une jeune femme blonde qui ressemblait à Alex apparut sur le seuil. Même port de tête altier, même élégance : certainement sa sœur, songea Nico. Elle semblait pressée et descendit l'escalier quatre à quatre, se précipitant vers la voiture garée derrière celle d'Alex.

Nico attendit quelques secondes pour s'assurer que

personne d'autre ne quittait la maison et il sortit de sa Mercedes.

De son pas souple, il gravit les quelques marches qui menaient au perron et appuya sur la sonnette.

— J'arrive ! entendit-il, reconnaissant la voix d'Alex.

Celle-ci ouvrit le battant et, à sa vue, devint livide.

— Que viens-tu faire ici ? lança-t-elle après quelques secondes d'un silence glacial.

Elle avait abandonné le tailleur qu'elle portait l'après-midi au bureau. Vêtue d'un simple jean et d'un T-shirt qui soulignait sa poitrine généreuse, elle était terriblement désirable, songea-t-il, très troublé. Presque encore plus désirable que l'adolescente qu'il avait connue huit ans auparavant en Crète...

— Je voulais te parler de Sofia, expliqua-t-il sans paraître remarquer son agressivité.

— Il n'y a rien à dire, répliqua-t-elle d'un ton dur.

— Si, insista-t-il. Mais ce perron ne me paraît pas idéal pour discuter. Tu ne m'invites pas à entrer ?

Sans un mot, elle s'effaça et, de mauvaise grâce, lui fit signe d'avancer.

Le salon était si chaleureusement décoré qu'on en oubliait son exiguïté. Des coussins multicolores égayaient un canapé blanc, de charmantes aquarelles décoraient les murs, et des dizaines de photos du même petit garçon à des âges différents étaient disposées sur les meubles.

Quand Nico se saisit de l'une d'entre elles pour l'examiner, Alex crut que son cœur allait s'arrêter de battre. Et si la ressemblance lui sautait aux yeux ?

Après quelques secondes qui lui parurent une éternité et pendant lesquelles elle retint son souffle, il se tourna vers elle, l'air pensif.

— C'est ton fils ? demanda-t-il.

Elle hocha la tête.

— Un bel enfant, fit-il remarquer. Mais le père n'est pas franchement à la hauteur. Si j'ai bien compris, il te laisse l'élever toute seule.

— Ce n'est pas vraiment sa faute, balbutia-t-elle.

— Tu le défends ! Tu dois vraiment être très amoureuse de lui !

— A un moment, j'ai cru l'être, murmura-t-elle.

— Et tu ne lui reproches même pas de t'avoir abandonnée avec un enfant ?

— Comment le pourrais-je alors qu'il m'a laissé le plus beau des cadeaux ? protesta-t-elle faiblement en montrant la photo de Jason.

Il reposa brusquement la photo sur une commode.

— Pourquoi cette visite ? demanda-t-elle tout à coup d'un ton plus ferme. J'espère que tu as compris qu'il n'était pas question que je réintègre la société. Je ne changerai pas d'avis.

— Je sais. Je sais aussi que, même si je te rapporte les propos de Dimitri, tu resteras campée sur tes positions.

— Dimitri ? Qu'a-t-il dit ? ne put-elle s'empêcher de demander.

— Que la comptabilité du groupe est si parfaitement tenue que je l'avais fait venir pour rien.

— Il a dit ça ? murmura-t-elle.

— Oui. Il s'est contenté de quelques remarques d'ordre mineur, et n'a pas tari d'éloges sur ton travail.

Alex réprima un sourire de fierté. Nico n'avait pas à savoir à quel point ses paroles lui faisaient plaisir.

— Très bien, coupa-t-elle pour changer de sujet. Alors, si tu sais que ma décision est irrévocable, pourquoi es-tu ici ?

Il sembla ne pas entendre.

— Où est ton fils ? demanda-t-il.

De nouveau, une panique sourde envahit Alex.

— A la pêche avec des amis, répondit-elle en affectant un ton dégagé. Pour tout le week-end.

Il sembla se satisfaire de cette réponse et fit quelques pas vers la fenêtre, où il se plongea dans la contemplation du jardin. De dos, avec ses longues jambes et sa large carrure, il dégageait une telle puissance que la gorge d'Alex se noua. Même avec un simple jean et un T-shirt, il avait toujours cette élégance naturelle qui le différenciait des autres hommes…

Il se retourna tout à coup et lui jeta un regard pénétrant.

— Je n'épouse pas Sofia, annonça-t-il de but en blanc.

Une expression de stupéfaction se peignit sur le visage d'Alex. Elle n'y comprenait plus rien… Que s'était-il donc passé ? Et pourquoi s'était-il déplacé jusque chez elle pour lui annoncer ça ? Etait-ce un piège ?

— Mais l'annonce de vos fiançailles a été publiée dans le journal de ce matin ! s'exclama-t-elle. J'ai passé le fax moi-même !

— Tu as lu cette annonce ?

— Non, mais…

— Elle ne paraîtra pas, asséna-t-il. Pour la bonne raison que je l'ai annulée.

La surprise figea Alex sur place.

— Je ne saisis pas…, balbutia-t-elle. Cette annonce, la bague de fiançailles que tu as offerte à Sofia…

— Je ne lui ai jamais offert de bague.

— Comment ça ?

Soudain, Alex se remémora le coup de téléphone qu'elle avait reçu la veille du banquier de Sofia, qui l'avait informée d'un important découvert sur le compte de la jeune femme. Sur le moment, elle n'y avait vu qu'une preuve supplémentaire de son goût immodéré pour le shopping. Les révélations de Nico donnaient un tout autre éclairage au problème…

— Tu veux dire… qu'elle l'a achetée elle-même ? s'exclama-t-elle.

— Oui, confirma-t-il. En tout cas, je ne suis pour rien dans cet achat, dont je n'étais même pas au courant.

— Et votre projet de mariage ? reprit Alex, toujours aussi désarçonnée.

Sur la table basse près de la fenêtre, Nico se saisit d'un ours en terre cuite que Jason avait offert à Alex pour la dernière fête des Mères. La mine sombre, il le tourna et le retourna entre ses mains avant de le reposer brusquement.

— Il n'y a jamais eu de projet de mariage, précisa-t-il d'un ton sec. Sofia s'est racontée des histoires, voilà tout.

— Elle semblait si sûre d'elle ! murmura Alex.

Il haussa les épaules d'un air désabusé.

— Elle a pris ses désirs pour des réalités. Son père l'avait convaincue que j'étais le parti idéal, et elle a cru pouvoir me forcer la main avec cette petite mise en scène. Elle est tellement perdue depuis la mort d'Aristos, et si naïve ! J'ai tenté de l'aider, mais elle a pris ma sollicitude pour de l'amour.

Il s'interrompit un instant avant de poursuivre.

— Je la plains plus que je ne lui en veux, ajouta-t-il comme pour lui-même. Je me reproche aussi de n'avoir pas compris à quel point elle était vulnérable.

Il y avait une telle amertume dans sa voix que, dans un geste spontané de compassion, Alex s'approcha de lui et lui posa la main sur l'avant-bras.

Un geste qu'elle n'aurait pas dû faire, se dit-elle aussitôt…

A peine eut-elle senti la douceur de sa peau, la fermeté de ses muscles qu'un trouble intense l'envahit. Ce simple contact en évoquait bien d'autres, plus intimes… Le souffle court, elle retira brusquement sa main.

— Sofia est ainsi, dit-elle alors d'une voix mal assurée. Tu n'as rien à te reprocher. Il lui faut simplement du temps pour s'habituer à l'idée qu'Aristos n'est plus là et apprendre à vivre sans la tutelle paternelle. En fait, à devenir adulte…

Il lui jeta un regard froid.

— De toute façon, ça n'a plus d'importance, déclara-t-il. Sache que je m'apprête à rentrer définitivement en Grèce. Dimitri a accepté de rester le temps d'assurer la transition. Je n'ai donc plus rien à faire ici. Tu peux même récupérer ton job si le cœur t'en dit.

Elle fronça les sourcils.

— Pourquoi cette suggestion ? demanda-t-elle, de

nouveau sur la défensive. Serait-ce une dernière manœuvre pour essayer de m'acheter, puisque je persiste à refuser ton odieuse proposition ?

Un éclat étrange brilla dans les yeux noirs de Nico.

— Je n'ai pas besoin de t'acheter, et tu le sais…, murmura-t-il.

Alex déglutit péniblement, consciente du danger. Il était trop près, beaucoup trop près d'elle. Elle aurait dû mettre immédiatement un terme à leur entretien et le prier de partir, mais quelque chose de plus fort qu'elle la poussa à lui poser une dernière question.

— Et qu'est-ce qui te permet d'affirmer une chose pareille ? demanda-t-elle d'une voix étranglée.

Il se rapprocha encore et elle eut l'impression que ses jambes ne la portaient plus. Il la fixait d'un regard pénétrant, comme s'il cherchait à lire au fond d'elle.

— Parce que c'est évident, dit-il d'une voix rauque. Je n'ai pas besoin de t'acheter parce que tu n'as jamais cessé d'être à moi…

Elle n'eut pas le temps de répondre, ni de protester… Il l'enlaça brusquement, la serrant si fort contre lui que ses seins s'écrasèrent contre son large torse. Il se pencha vers elle, cherchant sa bouche, qu'elle lui abandonna aussitôt. Leurs lèvres s'unirent en un baiser fougueux.

Une vague de désir la submergea, tandis que les mains de Nico, fiévreuses, lui caressaient le dos, la nuque, la chute des reins. Elle se cambra de plaisir, émerveillée de sentir de nouveau contre elle chaque muscle de son corps viril. Elle était effrayée et ravie de la force avec laquelle il l'embrassait et la caressait, comme s'il cherchait à la posséder, à se convaincre qu'en effet elle n'avait jamais cessé de lui appartenir.

L'espace d'un instant, elle songea qu'elle aurait dû le repousser, lui expliquer que tout cela n'avait aucun sens, mais elle savait qu'il ne la croirait pas. Pas plus qu'elle n'y croyait elle-même. Tout son corps criait que, depuis huit ans, elle n'attendait que lui. Il avait raison : elle lui appartenait toujours, elle n'avait jamais cessé de lui appartenir. Et, aujourd'hui, enfin, les rêves qui avaient hanté toutes ses nuits allaient devenir réalité…

De ses doigts rendus maladroits par l'impatience, elle déboutonna sa chemise et glissa la main sur sa poitrine, cherchant le contact de sa peau nue. Un soupir lui échappa quand elle le sentit frémir sous sa caresse.

— Aujourd'hui, nous allons faire l'amour, lui murmura-t-il dans un souffle.

Elle lui sourit, bouleversée. C'était l'évidence même, et elle l'acceptait enfin sans plus se poser de questions. Plus rien ne pouvait arrêter le sortilège qui les poussait dans les bras l'un de l'autre.

Il s'écarta légèrement pour la regarder et, dans ses yeux noirs, elle lut toute l'ardeur de son désir. Il la voulait, aussi violemment et passionnément qu'autrefois. Eperdue d'émotion, elle se serra contre lui. Elle l'aimait, elle n'avait jamais cessé de l'aimer, comprit-elle tout à coup.

— Ton fils… il rentre quand ? demanda-t-il.

Soudain, elle se rappela qu'elle s'était juré de lui avouer la vérité.

— Nico, il faut que je te dise quelque chose, commença-t-elle.

Si elle ne le lui disait pas, elle savait que rien ne serait possible entre eux.

— Il rentre quand ? répéta-t-il sans cesser de la caresser.

— Demain. Ecoute-moi, Nico, je t'en prie !

Il lui ferma la bouche d'un baiser.

— Nous avons assez parlé, Alexandra…, ajouta-t-il d'une voix grave.

Glissant la main sous son chemisier, il s'empara de ses seins. La caresse insistante de ses doigts experts sur ses mamelons durcis était si exquise qu'Alex oublia tout. A cet instant, plus rien ne comptait que la certitude qu'ils allaient enfin s'appartenir. Plus tard, elle lui parlerait plus tard, se dit-elle, l'esprit confus.

L'urgence de leur désir était telle qu'ils trébuchèrent en

se dirigeant, toujours enlacés, vers la chambre. Incapables de se détacher l'un de l'autre ne serait-ce qu'un instant, ils titubèrent vers le lit. Ils se dévêtirent mutuellement avec une rage impatiente, jetant leurs vêtements en désordre sur le sol.

Quand ils furent nus tous les deux sur les draps de lin, Nico se calma soudain. D'un geste empreint d'une infinie tendresse, il détacha la barrette qui retenait la chevelure d'Alex et ses boucles blondes se déversèrent sur ses épaules, encadrant son visage.

— Tu es si belle, murmura-t-il, sans détacher ses yeux de la jeune femme adossée contre l'oreiller.

Alex était heureuse de s'offrir à son regard, à ses caresses. Il lui semblait qu'elle reprenait vie peu à peu, que ses sens si longtemps assoupis se ranimaient. Elle se sentait de nouveau femme, avide de le séduire et de l'ensorceler.

Il tendit la main et, avec une infinie lenteur, suivit de l'index la courbe de sa poitrine, avant de s'attarder sur ses mamelons. Alex ne put retenir un petit cri et se cambra pour mieux lui tendre ses seins. Cédant à sa prière, il lécha ses tétons l'un après l'autre. Un spasme de plaisir la fit frissonner. Elle aurait voulu qu'il ne s'arrête jamais…

Il l'attira à lui et ils s'allongèrent, serrés l'un contre l'autre. Leurs jambes se mêlèrent, leurs souffles se confondirent. Tout naturellement, Alex retrouvait l'audace avec laquelle, autrefois, elle caressait Nico. Son corps musclé était si merveilleusement viril qu'elle voulait, comme hier, en explorer chaque centimètre carré. De son torse recouvert d'une toison brune, elle descendit jusqu'à son ventre musclé, puis plus bas encore. Cette fois, ce fut lui qui laissa échapper un cri quand elle posa la main sur son sexe dressé.

Il était prêt, songea-t-elle, prêt à la faire de nouveau sienne, à lui donner cette sensation de plénitude et de bonheur dont elle n'avait cessé de chérir le souvenir pendant toutes ces années.

Nico s'écarta d'elle et la contempla un long moment. Ses longs cheveux bouclés étaient répandus sur l'oreiller, elle avait les joues rougies par le désir, les lèvres gonflées par leurs baisers.

— Tu es encore plus belle aujourd'hui, si c'est possible, murmura-t-il d'une voix étranglée. Si belle, si femme, si émouvante…

Alex songea qu'en effet, depuis la dernière fois qu'il l'avait vue nue, elle avait porté leur enfant et lui avait donné la vie. Comment réagirait-il quand il le saurait ? s'interrogea-t-elle en réprimant un sentiment d'appréhension. Mais il l'attira à lui de nouveau, glissant la main entre ses jambes, et sa caresse se fit si précise, si troublante qu'elle oublia tout.

— Fais-moi l'amour, implora-t-elle d'une voix à peine audible. Maintenant…

Il lui prit la main et, la portant à sa bouche, déposa un baiser au creux de sa paume.

— Alexandra…, dit-il.

Ce chaste baiser enflamma la jeune femme plus que ne l'aurait fait la plus intime des caresses.

— Un instant, murmura-t-il, je reviens.

Sautant du lit, Nico fouilla dans la poche de sa veste qui gisait à terre. Alors, pleine de gratitude, elle comprit qu'il se protégeait.

Quand il la rejoignit sur le grand lit, ils s'enlacèrent avec fougue, repris tous les deux par l'urgence du désir. Cette fois, ils ne pouvaient plus attendre… Il fit glisser sous lui la jeune femme et ils s'unirent enfin.

Elle retenait avec peine des larmes de joie. C'était si merveilleux de le sentir de nouveau en elle, de ne faire plus qu'un avec lui. Leur souffle devint saccadé tandis que le rythme de leurs bassins s'accélérait. Plus rien n'existait que la joie de le sentir en elle.

Un même cri leur échappa soudain… Accrochés l'un à l'autre comme s'ils étaient seuls au monde, ils se laissèrent emporter par la vague de sensations extraordinaires qui déferla sur eux, les transportant dans un univers de volupté où seuls comptaient leurs baisers, leurs caresses, cette soif qu'ils avaient l'un de l'autre et que rien ne semblait pouvoir étancher.

Il leur fallut ensuite plusieurs minutes pour revenir à la réalité, tant l'expérience qu'ils venaient de vivre était intense.

Les yeux clos, la tête posée au creux de l'épaule de Nico, Alex songea qu'elle avait retrouvé l'homme de sa vie, le seul qui avait jamais compté pour elle. Puis, soudain, elle se rappela qu'il allait repartir en Grèce et un soupir lui échappa.

Il s'écarta légèrement et la dévisagea avec attention.

— A quoi penses-tu ? murmura-t-il en remettant en place une de ses mèches blondes.

— A toi, répondit-elle en souriant. A ce que nous venons de vivre. Je voulais te dire merci…

Elle ne précisa pas qu'elle le remerciait d'être redevenu l'être tendre et caressant dont elle avait chéri le souvenir. Faire l'amour avec lui était la plus merveilleuse expérience qui lui ait jamais été donné de vivre…

— Alexandra, murmura-t-il d'un ton grave sans la quitter des yeux.

Il lui effleura les lèvres de l'index et elle sentit le désir se réveiller en elle. Quand il la serra contre elle, elle comprit qu'il était prêt lui aussi…

Cette fois, ils firent l'amour avec lenteur, pour mieux savourer chaque instant de ce moment magique. L'impatience avait cédé la place à la volonté de se donner le plus de plaisir, de porter à son paroxysme la soif qu'ils avaient l'un de l'autre…

De baisers en caresses, de murmures en soupirs, l'après-midi succéda au matin. Epuisés et comblés, ils étaient encore au lit, endormis dans les bras l'un de l'autre, quand l'horloge les réveilla en sonnant 6 heures.

— Quand pars-tu ? demanda tout à coup Alex, brusquement ramenée à la réalité.

— Dans quelques jours.

Cette fois, elle ouvrit complètement les yeux. Allait-elle perdre de nouveau Nico, alors qu'elle venait juste de le retrouver ? songea-t-elle avec angoisse.

— Y a-t-il un moyen de te faire changer d'avis ? demanda-t-elle timidement.

— Mes affaires m'appellent en Grèce, expliqua-t-il. Et, maintenant que Dimitri est là, je n'ai plus aucune raison de rester.

Il avait répondu sans la moindre hésitation : à l'évidence, il ne reviendrait pas sur sa décision. Au moins, il avait le mérite d'être clair, songea-t-elle en retenant ses larmes.

— Je sais…, murmura-t-elle.

Dans quelques jours il disparaîtrait de nouveau de son existence, et cette fois pour toujours. Mais il lui restait une tâche à accomplir avant de le laisser partir : lui annoncer qu'il avait un fils. « Demain, je lui dirai demain… », pensa-t-elle avant de s'assoupir de nouveau entre ses bras.

Alex se réveilla en sursaut.

Par la fenêtre entrouverte, elle entendait les oiseaux chanter. Il devait être 7 heures du matin tout au plus, se dit-elle. La maison était plongée dans le silence et la place à côté d'elle dans le lit était froide. Nico avait dû s'éclipser depuis un bon moment déjà, devina-t-elle, le cœur serré. Elle se redressa et regarda autour d'elle. Sur le sol, elle ne vit que ses propres vêtements.

Elle se leva d'un bond, enfila un peignoir et fit un rapide tour de la maison. Comme elle le craignait, il n'était plus là. Un coup d'œil par la fenêtre lui confirma l'évidence : sa voiture avait disparu.

Alors, elle chercha fiévreusement du regard une lettre, un mot, un message griffonné sur un bout de papier. En vain…

En plein désarroi, elle se laissa tomber sur le canapé.

Il était parti sans lui dire au revoir, sans même prendre la peine de lui écrire trois lignes ! Il avait obtenu ce qu'il voulait et, désormais, elle ne comptait plus pour lui…

— Quelle idiote je fais ! balbutia-t-elle en s'efforçant de maîtriser son désespoir.

Oui, elle était une véritable idiote… Depuis le début, il avait clairement dit qu'il avait envie de passer la nuit avec elle, et elle, stupide et naïve, avait imaginé qu'il avait encore des sentiments pour elle !

Elle versa de l'eau dans la bouilloire d'un geste machinal tout en ravalant ses larmes. Elle ne se pardonnerait jamais son inconséquence, qui allait rendre encore plus pénible le moment où elle lui annoncerait que Jason était son fils.

Le téléphone sonna, la tirant de ses sombres pensées.

C'était Tilly, lui confirmant qu'elle viendrait l'aider le lendemain matin à préparer la fête d'anniversaire de Jason.

— Merci, dit Alex en maîtrisant par miracle le tremblement de sa voix. Mais, tu sais, Jason ne rentre que cet après-midi, j'ai encore toute la matinée pour m'activer. Inutile de venir trop tôt…

Elle s'abstint d'expliquer à sa sœur qu'à cet instant la perspective de devoir afficher demain un air gai et plein d'entrain lui paraissait insurmontable. De toute façon, elle n'avait pas le choix : pour Jason, elle trouverait le courage de jouer la comédie.

9

Ils étaient là tous les sept : Jason et ses six meilleurs copains, dont, bien sûr, Matt et Jack.

Alex et Tilly profitèrent du fait qu'ils étaient absorbés par une haletante partie de cache-cache dans le jardin pour retourner dans la maison mettre la dernière main au goûter.

Les parents des deux jeunes femmes avaient déjà appelé depuis Perth pour souhaiter un bon anniversaire à leur petit-fils. L'énorme gâteau au chocolat confectionné par Alex trônait sur la table, avec ses sept bougies multicolores prêtes à être allumées. La véranda arborait pour l'occasion guirlandes et fleurs en papier. Un soleil magnifique réchauffait l'atmosphère, les enfants s'amusaient comme des petits fous et Jason rayonnait.

Tout se passait à merveille, songea Alex, rassurée, en mettant la dernière main aux plateaux de sandwichs sans cesser de surveiller les pizzas dans le four.

Soudain, la sonnette la fit sursauter.

— Tu attends encore des invités ? demanda Tilly, étonnée.

— Non, répondit-elle.

—J'y vais. Il s'agit probablement d'un démarcheur.

— Merci. Pendant ce temps, je vais installer les sandwichs.

Elle s'essuya les mains et saisit le plateau, qu'elle alla déposer dans la véranda. Dans le jardin, l'excitation était à son comble, constata-t-elle en ouvrant grand la double porte. Des cris de joie et des rires lui parvinrent : l'équipe de Jason venait de gagner la partie de cache-cache.

Elle s'apprêtait à appeler sa sœur pour lui dire que les enfants avaient fini leur jeu, quand elle entendit celle-ci traverser la cuisine.

— Alex, il semble que nous ayons encore un invité, annonça Tilly d'une voix étrange.

Surprise, Alex se retourna et crut que son cœur allait s'arrêter de battre. Derrière sa sœur, elle venait de reconnaître la haute silhouette de Nico...

Lui, chez elle, le jour de l'anniversaire de Jason ! Que voulait-il ? Et comment gérer la situation ? se demanda-t-elle, affolée.

Elle ne put s'empêcher de songer avec une douloureuse amertume à la journée entière qu'ils avaient passée à s'aimer et qui s'était achevée sur son départ brutal. Pourquoi revenait-il ?

— Que nous vaut cette visite ? demanda-t-elle d'un ton détaché.

Tout en parlant, elle jeta discrètement un coup d'œil sur Jason et constata que, par bonheur, il s'était éloigné à l'autre bout du jardin. Elle avait encore un peu de répit : quelques minutes, tout au plus...

— Nico est venu s'excuser de m'avoir fait perdre le plus beau contrat de ma vie ! intervint Tilly en riant. Et comme il a appris que c'était l'anniversaire de Jason, il en a profité pour lui apporter un cadeau. C'est gentil, non ?

— J'espère que tu m'excuseras de ne pas t'avoir prévenue, Alexandra, dit alors Nico.

—Bien sûr qu'elle vous excuse ! enchaîna Tilly avec un entrain un peu forcé. Et Jason va être si content !

— Oui, ravi, fit Alex d'une voix sourde.

De nouveau, elle jeta un œil vers les enfants et son cœur se serra d'émotion à l'idée que, dans quelques secondes, père et fils allaient se rencontrer pour la première fois. Curieusement, elle était presque soulagée que ce moment tant redouté arrive enfin.

Puis une terrible appréhension la saisit. Et s'ils ne se plaisaient pas ? S'ils demeuraient à jamais des étrangers l'un pour l'autre ? Elle prit une profonde inspiration et se décida à appeler son fils. Repousser encore l'épreuve n'avait pas de sens : il lui fallait se jeter à l'eau.

— Jason ! appela-t-elle. Viens un instant, s'il te plaît !

Le petit garçon fourra dans sa poche les billes avec lesquelles il était en train de jouer et s'approcha docilement. Le cœur battant d'une indescriptible émotion, Alex posa la main sur l'épaule de son fils.

— Mon chéri, voici M. Santos, un ami, déclara-t-elle. Il voulait faire ta connaissance.

— Bonjour, Jason, dit Nico. Et très bon anniversaire.

Jason leva les yeux et observa Nico un long moment.

L'examen de passage parut réussi, car le visage du petit garçon s'éclaira bientôt d'un grand sourire qui lui creusa une fossette au menton.

— Bonjour, déclara-t-il à son tour.

— Je t'ai apporté un cadeau, annonça Nico.

Le sourire de Jason s'élargit encore quand il saisit le paquet.

— Oh ! merci monsieur Santos ! s'écria-t-il, tout excité.

— Appelle-moi Nico…

— D'accord, dit Jason en déchirant le papier cadeau. Chouette, un ballon de football ! Vous avez vu, les gars ? C'est le dernier modèle, celui de la Coupe du monde ! On l'essaie ? Vous venez jouer avec nous, monsieur Santos ? Je veux dire… Nico ?

Quelques secondes plus tard, Nico courait d'un coin à l'autre du petit jardin avec les enfants, ravis et flattés qu'un adulte s'associe à leur jeu.

Bouleversée, Alex ne pouvait détacher les yeux de Nico et de Jason, aussi rapides et vigoureux l'un que l'autre. La même silhouette longiligne, le même sourire ravageur, les mêmes boucles brunes : les voir ainsi côte à côte pour la première fois la bouleversait. Les deux hommes de sa vie réunis : cette chose qui lui paraissait impossible devenait tout à coup la plus naturelle du monde. En ce moment, ils jouaient ensemble comme s'ils se connaissaient depuis toujours…

Le petit groupe s'arrêta enfin et tous se dirigèrent vers la véranda.

— Dis donc, tu joues super bien ! s'exclama Jason en lançant à Nico un regard admiratif. Tu as appris où ?

— En Grèce, où j'ai grandi.

— Tu es grec ? s'écria Jason.

Il jeta un coup d'œil à sa mère pour quêter son approbation et se lança.

— *Kalimera*, prononça-t-il avec application. *Kalimera*, Kyrios Santos.

— *Kalimera*, renchérit Nico en lui lançant un regard surpris. Tu apprends le grec ?

— Oui.

— Tes copains aussi ?

— Non. Eux, ils apprennent le français ou l'espagnol.

Il y eut un silence. L'estomac noué, Alex essayait de ne pas regarder Nico, qui semblait réfléchir intensément.

— Pourquoi as-tu choisi le grec ? demanda-t-il enfin d'une voix grave.

— C'est maman qui a choisi, répondit le petit garçon. Au début, je n'étais pas content, parce que je voulais faire comme mes copains, mais maintenant j'aime bien.

Il se tourna vers sa mère.

— Elles sentent bon, tes pizzas, maman, ajouta-t-il, avant d'empiler trois parts sur une assiette et de rejoindre ses amis dans le jardin.

Nico, immobile, gardait les yeux rivés sur l'enfant. Alex, pétrie d'angoisse, gardait les yeux rivés au sol.

— Excusez-moi, je vous laisse, déclara subitement Tilly. Je vais à l'intérieur passer un coup de fil urgent.

La jeune femme s'éloigna et le silence retomba dans la véranda. Un silence lourd, qui augmentait le malaise d'Alex, le rendant presque insupportable.

Alex sentait le regard de Nico posé sur elle. Tête

baissée, elle évitait obstinément de lever les yeux, de peur d'y lire la question qu'elle redoutait…

Enfin, il rompit le silence.

— J'ai l'impression que Jason a aimé son cadeau, fit-il remarquer d'une voix détachée.

— Oui, c'est gentil d'avoir pensé à lui, balbutia-t-elle.

— C'est toi qui as fait ce gâteau ? demanda-t-il en désignant du menton le fondant au chocolat.

— Oui… A vrai dire, je ne pensais pas te revoir…, déclara-t-elle sans transition en guettant sa réaction. Pourquoi as-tu quitté si brutalement la maison l'autre soir ?

Nico secoua la tête. C'était une bonne question, pensa-t-il. Même s'il avait du mal à y répondre lui-même...

— Parce que j'ai considéré que ce serait plus simple. Pour toi et pour moi…

— Tu t'es trompé. Je t'avais annoncé que j'avais quelque chose à te dire, quelque chose d'important, et tu ne m'as pas laissé le temps de le faire.

— J'ai oublié…

En réalité, il avait surtout éprouvé le besoin de se retrouver seul, tant l'intensité des moments qu'ils avaient partagés l'avait perturbé. Il avait été replongé huit ans en arrière. Comme autrefois il s'était senti conquis comme jamais il ne l'avait été par aucune autre femme, et cette sensation l'avait tellement désarçonné qu'il avait ni plus ni moins pris la fuite…

— Comment aurais-je pu ne pas l'oublier, d'ailleurs, dans le feu de l'action ? ajouta-t-il en la fixant d'un regard brûlant.

Alex se sentit rougir et détourna les yeux.

— En tout cas, je suis contente de pouvoir te parler enfin, articula-t-elle d'une voix à peine audible.

— Alors venons-en au fait… De quoi s'agit-il ? demanda-t-il.

Nico fronça les sourcils. Il sentait que quelque chose clochait… Soudain en alerte, il se mit à réfléchir rapidement.

— Rappelle-moi l'âge de Jason, demanda-t-il tout à coup d'un ton incisif.

Il la vit baisser les yeux.

— Sept ans, murmura-t-elle.

Tout à coup, il réalisa que l'enfant était né le jour même de la mort de Stavros. Quelle incroyable coïncidence ! Et si Jason fêtait aujourd'hui son septième anniversaire, cela signifiait qu'Alexandra avait rencontré un homme juste après que lui-même fut rentré en Australie, et qu'elle était tombée aussitôt enceinte.

Sinon…

Il toussota avec nervosité et fixa de nouveau le gâteau d'un œil inquisiteur.

— Qu'est-ce que cela signifie, Alexandra ? demanda-t-il en fronçant les sourcils.

La jeune femme blêmit.

— J'aurais dû te le dire avant, murmura-t-elle. Je… Jason… C'est ton fils, Nico…

Voilà, c'était fait, soupira intérieurement Alex. Ces paroles lui coûtaient tant…

Nico était devenu livide. Muet, il semblait terrassé par l'émotion. Pétrifiée, la jeune femme retenait son souffle…

— Maman, maman !

Jason déboula en trombe dans la véranda.

— Tante Tilly dit qu'on peut manger le gâteau maintenant ! s'écria-t-il de sa petite voix haute perchée, rendue plus aiguë encore par l'excitation.

Il s'arrêta soudain et dévisagea sa mère, puis Nico.

— Vous avez l'air bizarre tous les deux, fit-il remarquer, étonné. Il y a un problème ?

Alex sortit soudain de sa torpeur et afficha un sourire forcé.

— Non, non, mon chéri, pas du tout ! Tilly a raison, j'apporte le gâteau…

— Super ! s'écria Jason, visiblement soulagé. Je vais prévenir les autres !

Et il sortit en courant, aussi vite qu'il était entré.

Les mains tremblantes, Alex se saisit du gâteau et s'apprêta à sortir. Pourvu qu'elle réussisse à ne pas le faire tomber ! songea-t-elle. L'absence de réaction de Nico la désespérait. Ce mutisme était bien pire que des reproches, des insultes, ou même des cris. Incapable de deviner ce qu'il pensait, elle redoutait plus que tout le moment où il laisserait enfin éclater sa colère.

Il s'approcha d'elle et, d'un geste ferme, lui prit le gâteau des mains.

— Je m'en charge. Il est grand temps que j'aie enfin le droit de faire quelque chose pour mon fils, déclara-t-il d'une voix sourde.

Puis il se dirigea vers le jardin.

Alex le suivit, plus morte que vive. Il avait parlé d'un ton maîtrisé, mais elle n'était pas rassurée pour autant. Son calme apparent n'augurait rien de bon.

Quand elle sortit à son tour de la véranda, Alex croisa le regard interrogateur de sa sœur et ne put que détourner les yeux, tandis que Nico posait le gâteau sur la table sous les applaudissements des enfants.

— Tu veux allumer les bougies ? lui demanda Alex d'une voix à peine audible.

— Avec plaisir, répondit Nico d'un ton distant qui la glaça.

Jason souffla vaillamment ses bougies et tous firent bientôt honneur au gâteau. Un peu en retrait, Alex restait silencieuse tandis que Nico plaisantait avec les enfants. Quant à Tilly, elle avait à l'évidence le plus grand mal à évaluer la situation et semblait affreusement mal à l'aise.

En fin d'après-midi, les parents vinrent récupérer leurs enfants, fatigués mais ravis. Peu après, Jason se retira dans sa chambre pour profiter de ses cadeaux.

Dissimulant sa nervosité grandissante, Alex, aidée de Tilly, se mit à ranger avec des gestes d'automate. Nico les aida à rapporter verres et assiettes du jardin, puis se planta devant la fenêtre tandis qu'elles remettaient la cuisine en ordre. Les deux sœurs ne disaient pas un mot, et une tension presque palpable s'instaura dans la pièce. Il semblait à Alex qu'elle percevait le bouillonnement qui agitait Nico, et elle attendait avec effroi le moment où il laisserait libre cours à sa rancœur.

— Je vais vous laisser, Alex, annonça enfin Tilly d'une voix mal assurée.

Elle hésita un instant.

— Veux-tu que j'emmène Jason et qu'il dorme chez moi ce soir ? suggéra-t-elle timidement.

— Il n'en est pas question ! intervint Nico sur un ton qui n'admettait pas la réplique.

— Je pense que vous avez des choses à vous dire avant de parler à Jason, fit remarquer Tilly d'un ton prudent. Je vous propose de l'emmener et de vous le ramener plus tard. Disons, dans une heure ou deux.

Il réfléchit quelques secondes.

— Très bien, j'accepte…, déclara-t-il enfin.

Dix minutes plus tard, Jason montait dans la voiture de sa tante…

Debout dans le modeste salon, face à Nico, Alex était au plus mal. Comment parvenir à se justifier ? Comprendrait-il le piège dans lequel elle s'était débattue à l'époque où leur fils était né ? Aurait-il de l'indulgence pour la jeune fille vulnérable et désorientée qu'elle avait été ?

— Je te remercie d'avoir eu la grande délicatesse de m'inviter à l'anniversaire de mon fils, déclara-t-il soudain avec un cynisme amer.

— J'avais l'intention de le faire, protesta-t-elle. Après m'être expliquée. Mais tu ne m'en as pas laissé l'occasion...

— Pourquoi te croirais-je ? rétorqua-t-il avec une agressivité mal contenue. Voilà des années que tu me mens !

— Je ne t'ai jamais menti, murmura-t-elle, les larmes aux yeux.

— Tu m'as menti par omission, au minimum ! Pendant sept ans, tu as choisi de me priver de la présence de mon fils, et de priver Jason de la présence de son père ! Te rends-tu compte de ce que tu as fait ?

— Nico, je…

Il ne la laissa pas achever. Il semblait hors de lui…

— Et, si je n'étais pas venu à Sydney, si par le plus grand des hasards je n'avais pas été le neveu de ton patron, je ne saurais toujours rien aujourd'hui !

Elle baissa la tête, anéantie, incapable de protester.

— Combien d'années se seraient encore écoulées avant que je sache la vérité ? Dix ans, vingt ans ? ajouta-t-il avec mépris.

Alex se dirigea d'un pas mal assuré vers le tiroir de la commode et en tira des boîtes d'archives, qu'elle lui tendit.

— Voilà, balbitua-t-elle, c'est pour toi. Des photos, des vidéos de Jason depuis sa naissance jusqu'à aujourd'hui. Pour que tu puisses rattraper le temps perdu…

Cela ne sembla pas le calmer, bien au contraire.

— Parce que tu crois que tu vas racheter sept années sans mon fils par de misérables photos ? explosa-t-il en la foudroyant du regard.

Elle reposa ses boîtes, réalisant tout à coup à quel point sa démarche était pathétique. Nico avait raison : toutes les photos du monde ne lui rendraient pas le temps perdu…

— Comment as-tu pu être assez égoïste pour priver cet enfant de son père ? poursuivit-il avec la même violence.

Elle retint avec peine ses larmes, en songeant à sa solitude de jeune mère célibataire, aux efforts qu'elle avait fournis pour rendre son fils heureux, aux sacrifices qu'elle s'était imposés pour le bien de Jason. Et, pourtant, elle pouvait comprendre la frustration de Nico…

— C'est pour ça que tu as démissionné, n'est-ce pas ? poursuivit-il. Pour ne pas avoir à me dire la vérité ! Pour que je quitte l'Australie sans savoir !

— Non, protesta-t-elle faiblement, tu te trompes.

Il avança vers elle et la saisit sans ménagement par les poignets.

— Alors explique-toi ! s'écria-t-il en haussant encore la voix. Pourquoi ne m'as-tu pas prévenu de sa naissance ?

Elle baissa la tête.

— Parce que j'étais sûre que tu ne me croirais pas... avoua-t-elle. Aujourd'hui, bien sûr, ça paraît fou, mais c'est la vérité. J'étais jeune, désemparée, et, convaincue que tu désapprouverais cette grossesse. Et quand enfin j'ai décidé de te téléphoner pour te le dire, le jour où Jason est né en fait, rien ne s'est passé comme je l'avais prévu. Quelqu'un chez toi m'a répondu et m'a annoncé la mort de ton frère, survenue quelques heures plus tôt... Et j'ai renoncé à parler.

— Pourtant, dit Nico avec amertume, cette nouvelle aurait peut-être un peu adouci notre peine.

— Non ! Etant donné les circonstances, tes parents n'auraient pas voulu de cet enfant illégitime. Un deuxième, après celui de ton frère...

— Stavros n'était pas le père de l'enfant, protesta Nico d'une voix sourde.

— Mais il l'ignorait ! Il avait imposé ce mariage à ta famille sous prétexte que sa petite amie était enceinte de lui, souviens-toi ! Comment tes parents auraient-ils pu accepter que le même schéma se reproduise ? Il m'aurait prise moi aussi pour une manipulatrice.

— Si la femme de Stavros n'avait pas eu un amant aussi jaloux, les choses ne se seraient pas terminées en tragédie. Elle voulait de l'argent, c'est tout.

— Justement. Rappelle-toi. J'étais pauvre, toi richissime : tes parents en auraient naturellement conclu que j'étais intéressée, tout comme elle. Dans un tel contexte, je ne pouvais pas dévoiler la vérité...

Elle vit la mâchoire de Nico se contracter.

— Peu importe le contexte, dit-il d'une voix sifflante. J'avais le droit de savoir.

Les yeux embués de larmes, Alex prit sur la commode la photo de Jason nouveau-né. Vêtu des habits de la maternité, il sommeillait paisiblement et son petit visage rond respirait le bien-être.

— Oui, avoua-t-elle. C'est pour ça que j'ai appelé ce jour-là. J'ai regardé son petit corps potelé, ses traits paisibles, et j'ai pensé que tu devais savoir. Il était si beau…

Elle se remémora tout à coup cet instant magique où on avait posé son fils sur son ventre. Elle se souvenait aussi de sa peine à la pensée que Nico n'était pas auprès d'elle, et de son excitation fébrile quand elle avait composé son numéro…

Alex releva les yeux et aperçut avec stupeur des larmes dans les yeux de Nico. Peut-être allaient-ils enfin pouvoir s'expliquer sans animosité ? pensa-t-elle, soudain pleine d'espoir.

Mais son attente fut cruellement déçue.

— En tout cas, fit-il observer avec une dureté qui la glaça, Stavros et moi avons eu au moins une chose en commun : avoir été des jouets entre les mains de nos maîtresses !

— La femme de Stavros s'est servie de lui pour s'enrichir, moi pas ! protesta-t-elle, outrée.

Il se détourna et sembla se plonger dans la contemplation du jardin. L'espace d'un instant, Alex crut qu'il allait faire l'effort de la comprendre. Mais, quand il se tourna de nouveau vers elle et qu'elle aperçut l'éclat métallique qui brillait dans son regard, elle sut qu'elle avait définitivement perdu la partie…

— Pendant sept ans, pas un courrier, pas un coup de fil, pas une photo ! s'exclama-t-il avec rage. Tu m'as volé mon enfant, ni plus ni moins !

— Peut-être est-ce ainsi que tu le ressens, Nico, mais cela n'a jamais été mon intention… Crois-moi !

— Comment veux-tu que j'aie foi en ta parole, à présent ! s'écria-t-il d'un ton douloureux. Qui sait ce que tu me caches encore sur mon fils ?

— Notre fils, corrigea-t-elle.

Il recula d'un pas, tandis qu'un sourire ironique se dessinait sur ses lèvres.

— Parce qu'à présent, bien sûr, il s'agit de *notre* fils ! Comme c'est curieux !

Elle ne releva pas son ton insultant. D'une certaine façon, elle comprenait la violence de sa réaction…

— Je sais que tu as beaucoup de choses à rattraper avec Jason, commença-t-elle d'un ton conciliant, et je suis prête à tous les arrangements. Notre maison t'est ouverte à partir de maintenant : je suis sûre qu'il sera ravi que tu viennes le voir, aussi souvent que tu le souhaites.

— Je n'en doute pas, fit Nico d'un ton sec. Mais je pense qu'après tout ce temps sans son père il a droit à un peu plus.

Un frisson saisit Alex.

— Que veux-tu dire ? articula-t-elle avec difficulté.

— C'est très simple. Tu as eu mon fils pendant sept ans. A présent, c'est mon tour. Je le ramène en Grèce avec moi…

10

— Non ! s'écria-t-elle en retenant un cri. Tu ne peux pas faire une chose pareille !

De nouveau, il eut ce sourire dur et ironique.

— Et pourquoi pas ? Ce serait un juste retour des choses, il me semble ! Sept ans avec toi, sept ans avec moi. Tu pourras récupérer Jason le jour de son quatorzième anniversaire… s'il se souvient encore de toi !

— Non…, gémit-elle.

— Tu penses que je suis devenu un vrai monstre, c'est ça ? interrogea-t-il d'un ton abrupt. Eh bien, tu as peut-être raison…

Nico détourna les yeux pour ne pas voir la panique dans les yeux bleus d'Alex. Il se comportait de façon cruelle, mais lui avait-elle laissé le choix ?

Il ferait tout pour que Jason soit heureux à ses côtés. Il lui offrirait les meilleures écoles, les meilleurs clubs de sport… Rien ne serait trop beau pour lui.

Il la dévisagea de nouveau sans la moindre indulgence. Cette fois, sa décision était prise.

— Oui, il viendra avec moi, asséna-t-il.

— C'est impossible ! articula-t-elle d'une voix étranglée. Il est si jeune encore, il sera complètement perdu !

— Pas du tout ! Il joue déjà au football, notre sport national, et il parle grec. Tu n'aurais pas pu mieux le préparer à sa nouvelle vie.

— Mais sa vie est ici !

— En Grèce, il va découvrir une autre vie, une vie bien plus facile.

— Que veux-tu dire ?

— Il mérite le meilleur, et je compte le lui offrir.

— Ce n'est pas juste, et tu le sais ! De toute façon, l'argent ne l'intéresse pas. Je ne l'ai pas élevé dans cet esprit.

Il lui lança un regard froid.

— Tu pourrais avoir la décence de ne pas parler de justice, asséna-t-il d'une voix dure. Tu as enfreint les règles les plus élémentaires en me privant de mon fils, tu n'as donc pas de leçon à me donner sur le sujet. Il me suivra en Grèce, que ça te plaise ou non. Dès demain, je m'occuperai des formalités.

— Il n'a même pas de passeport, murmura-t-elle en désespoir de cause.

Alex eut la maigre satisfaction de constater que cette nouvelle semblait prendre Nico de court.

— En combien de temps peut-il en avoir un ?

— Une ou deux semaines environ. Si j'accepte de signer les papiers…

Il s'approcha et, lui prenant le visage entre les mains, la força à le regarder dans les yeux. Bouleversée, elle sentit son souffle lui caresser la joue. Elle respira le parfum délicieusement familier, oubliant l'espace d'un instant le fossé infranchissable qui les séparait désormais. Il entrouvrit la bouche et elle crut qu'il allait l'embrasser. Mais il n'en fit rien… Il se contenta de la dévisager longuement, puis, d'un geste presque négligent, suivit de l'index le contour de sa bouche.

— Tu signeras, je n'en doute pas, murmura-t-il d'un ton qui n'admettait pas la réplique. Tu as trop à te faire pardonner…

On entendit tout à coup le bruit d'une voiture qui se garait devant la maison. Tilly, certainement, songea Alex.

— Voilà mon fils, dit Nico. Je présume que tu ne lui as encore rien dit ?

Incapable de parler, Alex se contenta de hocher la tête.
— Alors il est grand temps de le faire.

Dix minutes plus tard, ils se trouvaient tous les trois dans le salon. Assis sur le canapé, son nouveau ballon sur les genoux, Jason buvait un verre de lait.

Alex s'agenouilla devant lui sur le tapis et lui caressa les cheveux. Combien de fois n'avait-elle pas imaginé le moment où elle dirait à son fils qui était son père ? songea-t-elle, éperdue. Des nuits entières, elle avait tourné et retourné dans sa tête chacun des mots qu'elle prononcerait. Et voilà que, l'instant venu, elle ne savait par quoi commencer…

Derrière elle, les mains dans les poches, Nico faisait les cent pas comme un lion en cage.

— Voilà, Jason, commença-t-elle maladroitement. Nous avons une nouvelle à t'annoncer…

— Une nouvelle qui risque de te surprendre, ajouta Nico d'un ton grave.

Jason sembla réfléchir intensément. Son regard vif allait de l'un à l'autre. D'un geste précis, il posa son verre de lait sur la table basse et se lécha les babines comme un petit chat. Puis il regarda sa mère d'un air intrigué.

— Est-ce que par hasard ça aurait à voir avec le fait que Nico est mon papa ? demanda-t-il alors d'un ton posé.

Alex se redressa tout à coup, tandis que Nico s'immobilisait brusquement.

— Oui, confirma-t-elle d'une voix blanche. Mais comment le sais-tu ?

Jason eut un sourire gêné.

— J'ai fait un vœu quand j'ai soufflé mes bougies, confia-t-il. Tu crois que j'ai le droit de le dire, maintenant qu'il s'est réalisé ?

Alex sourit en retenant ses larmes.

— Bien sûr, mon chéri, murmura-t-elle, bouleversée. Je t'écoute… Nous t'écoutons.

— Je voulais que ce soit lui, mon papa…, avoua-t-il avec un sourire si attendrissant que la jeune femme en eut le cœur chaviré.

— Alors ton vœu est exaucé, murmura-t-elle, la gorge nouée.

— C'est lui qui a écrit les lettres de la boîte, n'est-ce pas ? demanda le petit garçon d'une voix timide.

— Des lettres ? Quelles lettres ? fit Nico.

— J'ai conservé tes lettres, et Jason les a vues, expliqua Alex en retenant ses larmes.

— Oui, c'est bien moi ton père, confirma alors Nico d'une voix émue. Et je suis très heureux d'avoir un si beau petit garçon… Dis-moi, est-ce que tu aimerais venir vivre avec moi en Grèce ?

— En Grèce ? Ce serait super ! s'exclama l'enfant, ravi. Mes copains vont être super jaloux !

— Tu es sûr ? insista Nico en le fixant d'un regard attentif. La Grèce, c'est loin, tu sais, et tu y resterais un long moment. Tu veux peut-être qu'on attende la fin de l'année scolaire ?

— Non, non ! s'écria Jason. Je veux y aller tout de suite. Tu te rends compte maman ? Je vais prendre l'avion ! C'est cool, non ?

— Très, articula Alex avec effort.

— Je pourrai emporter mon ballon ?

— Bien sûr, mon chéri…

Jason ne sembla pas remarquer que la voix de sa mère était devenue à peine audible. Il se leva d'un bond, parfaitement inconscient du dilemme dans lequel elle se débattait.

— Je vais jouer au foot dans le jardin, annonça-t-il gaiement avant de s'éclipser.

Alex se mordit la lèvre pour ne pas éclater en sanglots. L'idée de perdre Jason lui était si insupportable qu'elle aurait voulu hurler son désespoir ! Mais Nico était là, son regard dur fixé sur elle, et un ultime sursaut d'orgueil eut raison de sa colère.

— Je compte sur toi pour t'occuper des formalités, décréta Nico, comme si la chose était désormais entendue.

— Pour qu'ensuite tu puisses m'enlever Jason en toute tranquillité…

— Exactement comme tu l'as fait avec moi, je te le rappelle, rétorqua-t-il d'un ton sec.

— Comment peux-tu comparer deux situations qui n'ont rien à voir l'une avec l'autre ! explosa-t-elle soudain. Jusqu'à aujourd'hui, tu ne savais même pas que tu avais un fils, il ne pouvait donc pas te manquer ! Alors que moi…

Incapable d'achever sans éclater en sanglots, elle se précipita hors du salon pour se réfugier dans sa chambre.

En un peu plus d'un mois, tout s'était effondré autour d'elle, songea-t-elle, la tête enfouie dans son oreiller. Cinq semaines auparavant, elle avait un métier qui lui plaisait, une nouvelle maison qu'elle se réjouissait d'aménager, un fils qui faisait tous les jours son bonheur.

Puis Nico était arrivé… Et, à présent, elle n'avait plus rien. Peu lui importait son emploi ou même sa maison, mais son fils ! Il allait lui enlever son petit Jason, et de cela elle ne se remettrait pas…

Dire que, deux jours plus tôt, elle s'était avoué qu'elle était toujours amoureuse de Nico ! Elle avait versé des larmes amères en songeant qu'il allait repartir en Grèce et qu'elle ne le reverrait plus jamais ! Comment, alors, aurait-elle pu imaginer qu'il partirait avec Jason ?

Les jours qui suivirent, Nico ne perdit pas une occasion de passer du temps avec son fils, insistant même pour le garder quand Alex se rendait à ses cours du soir. Celle-ci était obligée d'admettre qu'il s'occupait à merveille de Jason, et que père et fils s'entendaient très bien.

Comme promis, elle effectua les démarches en vue de l'obtention d'un passeport pour leur fils, en essayant de ne pas réfléchir à ce qui allait se passer dans les prochaines semaines. Elle vivait désormais au jour le jour, chassant de son esprit la pensée des douloureuses échéances qui s'annonçaient.

Quand le week-end arriva, Nico suggéra une sortie au zoo. Une sortie « familiale », précisa-t-il. Il avait un bien curieux sens de l'humour, songea Alex avec amertume.

Jason se montra enchanté à cette idée. Il semblait vouer à son père une admiration sans borne, encore décuplée depuis qu'il avait appris que Nico avait été champion universitaire de football. Et, tout en comprenant qu'elle n'avait pas à s'immiscer dans leur relation naissante, Alex se sentait cruellement exclue du tandem qu'ils formaient désormais…

Le temps était radieux, et, si les circonstances avaient été moins difficiles, Alex se serait réjouie de cette sortie avec Jason.

Après avoir admiré les fauves puis les phoques, ils se dirigèrent vers les grands singes. Nico s'éloigna quelques minutes pour acheter une glace à Jason.

Main dans la main, Alex et Jason observaient un énorme mâle faire inlassablement le tour de sa cage. Habitué aux foules, l'animal cabotinait de bonne grâce, à la grande joie des enfants, qui ne le quittaient pas des yeux, fascinés. Tout à coup, il se mit à faire des pirouettes avec des mimiques si expressives que l'assistance tout entière éclata de rire…

Nico arriva à ce moment. Il s'immobilisa, subjugué par la gaieté soudaine d'Alexandra. Voilà longtemps qu'il ne l'avait pas vue si détendue. Bien trop longtemps… Ces derniers jours, elle s'était repliée sur elle-même et ne s'animait que lorsque Jason lui parlait. Plusieurs fois, il avait surpris des larmes dans ses yeux.

Un incontrôlable élan de tendresse pour la mère de son fils l'assaillit soudain. A plusieurs reprises déjà, il avait failli se laisser fléchir par l'évident désarroi de la jeune femme, mais chaque fois il était parvenu à se convaincre que sa décision était la bonne, que c'était son tour de vivre avec Jason et qu'elle ne méritait pas sa mansuétude.

Mais, à cette seconde, il réalisait que non seulement cette femme ne lui était pas indifférente, comme il essayait bien péniblement de s'en persuader, mais qu'il ne lui en voulait plus de lui avoir caché l'existence de Jason. L'immense colère qui s'était emparée de lui quand il avait appris la vérité avait maintenant cédé la place à une profonde amertume. Il pensait à ce qui aurait pu être, si les choses s'étaient passées différemment huit ans auparavant. Si Stavros n'avait pas été tué, si Alexandra avait été plus mûre, plus sûre d'elle, si lui-même avait su deviner ce qu'elle n'avait pas le courage de lui avouer, alors…

Alex se retourna soudain et croisa le regard de Nico. Son sourire se figea, mais elle se détendit peu à peu en notant dans les yeux noirs une douceur qu'elle n'y avait pas vue depuis longtemps.

— Ma glace ! s'écria alors Jason en se précipitant vers son père. Merci, papa !

Ensuite, ils déambulèrent dans les allées, Jason tenant par la main d'un côté sa mère, de l'autre son père. Tous les trois ressemblaient à tant d'autres familles heureuses autour d'eux.

Ils pique-niquèrent sur une pelouse. Enfin, après un long moment passé à observer les éléphants, ils regagnèrent la voiture en se tenant toujours par la main. Mais, cette fois, ce fut Nico qui se retrouva au milieu…

Il était près de 22 heures quand Jason consentit enfin à s'endormir dans son petit lit de bois blanc. La journée avait été si riche en événements qu'il était à la fois surexcité et ivre de fatigue : il sombra d'un coup dans un sommeil profond.

La soirée était magnifique. Par la double porte ouverte sur l'extérieur, le délicieux parfum des lilas pénétrait dans la véranda. La lune déjà haute dans le ciel baignait les arbres d'une douce lueur argentée, donnant au jardin un aspect presque féerique.

— Je prendrais bien un verre de vin, suggéra Nico.

— Avec plaisir, s'entendit répondre Alex.

Curieusement, elle n'avait pas envie que la journée s'achève. Cette sortie au zoo avait constitué un intermède aussi merveilleux qu'inattendu dans le conflit qui l'opposait à Nico, un moment de joie et d'harmonie où elle avait presque pu imaginer qu'ils formaient une famille comme les autres... Pourtant, elle savait que, dès le lendemain, la réalité reprendrait ses droits et qu'il lui faudrait préparer le départ de Jason. Mais, à cet instant, elle ne voulait pas penser à tout ça. Elle souhaitait seulement que ce répit dure encore un peu, pour profiter ne serait-ce que de quelques minutes supplémentaires de paix avant les épreuves à venir.

— Va t'asseoir dans la véranda, proposa-t-il, j'apporte les verres.

Docilement, elle s'installa sur le canapé en osier et ferma les yeux. Les bruits de la ville s'étaient peu à peu apaisés, et un grand calme régnait. On n'entendait que le bruit du vent dans les arbres et le chant des grillons.

Nico la rejoignit et lui tendit un verre de vin. Puis il s'assit à côté d'elle sur le canapé, face au jardin.

Lentement, Alex prit une gorgée et songea aux heures qui venaient de s'écouler. L'extraordinaire relation qui semblait s'être aussitôt établie entre Nico et Jason la comblait, et apaisait quelque peu la culpabilité qu'elle ne cessait d'éprouver à l'égard de Nico. A l'évidence, Jason l'adorait, et Nico se révélait plus paternel qu'elle aurait jamais pu l'imaginer. Heureusement ! songea-t-elle avec soulagement. Dans le cas contraire, jamais elle n'aurait accepté de lui confier Jason.

Avec un douloureux pincement au cœur, elle se rappela tout à coup qu'elle n'avait pas encore expliqué à son fils qu'elle ne le suivrait pas en Grèce. Pourvu qu'il accepte cette séparation mieux qu'elle...

Un soupir lui échappa.

— Fatiguée ? demanda Nico.

Surprise par sa sollicitude soudaine, elle lui jeta un coup d'œil à la dérobée. Sur la table basse, les bougies projetaient sur le visage de Nico une lueur chaleureuse, adoucissant ses traits et lui donnant tout à coup une expression presque juvénile qui ne faisait qu'accentuer encore, par contraste, son charme viril. Toute agressivité semblait l'avoir miraculeusement abandonné.

Voilà longtemps qu'elle ne s'était pas sentie aussi détendue… Ce devait être le vin, songea-t-elle. Le vin et la fatigue après cette longue journée. Elle s'installa plus confortablement encore dans le canapé, reposa son verre et ferma les yeux. Comme dans un rêve, elle sentit alors la main de Nico se poser sur la sienne, ses doigts enlacer les siens. Il n'y avait là rien d'anormal, tenta-t-elle de se convaincre. Il voulait juste faire la paix. Après tout, ils s'étaient donné la main au zoo…

A présent, Nico lui massait doucement la paume, avec des gestes si doux et experts à la fois qu'elle ferma les yeux et s'abandonna aux sensations délicieuses qu'il faisait naître en elle. Puis il s'attarda sur son poignet et remonta enfin jusqu'à son coude. Elle ne bougeait pas, de peur de le décourager. C'était si bon qu'elle aurait voulu qu'il ne s'arrête jamais…

Quand il la massa au creux du coude, elle réalisa, bouleversée, que sa caresse avait changé. Nico ne cherchait plus seulement à la décontracter : ses doigts étaient devenus possessifs, leur pression franchement sensuelle, et elle comprit qu'il la désirait. Bouleversée, elle retint le soupir qui lui montait aux lèvres… Il ne devait pas savoir qu'un seul geste de lui l'enflammait, que la simple caresse de ses doigts sur son bras réveillait en elle le feu qu'il avait allumé à leur première rencontre, lorsqu'il avait fait d'elle une femme à part entière. En huit ans, ce feu ne s'était pas éteint, bien au contraire : il couvait, prêt à se déchaîner.

Il porta soudain la main d'Alex à sa bouche et déposa un long baiser au creux de sa paume. Un baiser qui n'avait rien de chaste, bien au contraire. Ses lèvres se firent insistantes et leur pression s'accentua, rappelant à Alex d'autres baisers beaucoup moins innocents dont le seul souvenir la brûlait.

Un incontrôlable accès de désir s'empara d'elle. Affolée par la violence de sa propre réaction, elle retira sa main et se leva brusquement.

— Peut-être vaudrait-il mieux que tu partes..., suggéra-t-elle alors dans un souffle.

Il lui jeta un regard ironique, comme pour lui faire comprendre qu'il se moquait de ce qu'elle venait de dire.

— Je t'en prie..., insista-t-elle, éperdue.

Il la regarda longuement. Un instant, elle crut qu'il allait passer outre et la prendre dans ses bras. Mais, soulagée et déçue à la fois, elle le vit se lever.

— Comme tu voudras, déclara-t-il.

Sa voix était parfaitement maîtrisée, mais elle lut dans son regard le même désir que le sien. Son cœur se serra à la pensée qu'il lui suffirait d'un simple hochement de tête, d'un petit sourire complice pour qu'il l'attire à lui et que la nuit soit toute à eux. Une nuit où plus rien ne compterait que leurs deux corps enlacés et le plaisir qu'ils savaient si bien se donner l'un à l'autre...

Mais après ? songea-t-elle avec dépit. Si leur relation se bornait à une simple entente physique, à quoi bon la poursuivre alors qu'elle rêvait d'un véritable engagement avec Nico ? Mieux valait couper court, même si renoncer à lui la déchirait.

Il lui prit la main et lui sourit.

— Tu peux tout de même me raccompagner jusqu'à la porte, suggéra-t-il à voix basse.

La gorge nouée par l'émotion, Alex acquiesça de la tête. En se dirigeant vers l'entrée, ils passèrent devant la chambre de Jason.

La porte était ouverte. Pelotonné sous sa couette, le petit garçon respirait paisiblement, son nounours dans les bras, son nouveau ballon de football au pied du lit.

Sans se concerter, ils s'arrêtèrent tous les deux sur le seuil et, épaule contre épaule, contemplèrent leur fils dans un silence attendri.

Soudain, Alex sentit que Nico l'observait. Tournant la tête, elle constata en effet qu'il avait les yeux fixés sur elle et l'intensité de son regard empli de gravité la troubla.

— Jason est un beau petit garçon, murmura-t-il enfin. Beau et intelligent comme sa mère. Tu l'as merveilleusement bien élevé, Alexandra…

Elle baissa les yeux, profondément touchée par ces paroles. Jamais dans ses rêves les plus fous elle n'aurait pu imaginer que Nico reconnaisse ainsi ses qualités de mère.

A son tour, elle aurait voulu lui dire combien elle était heureuse des liens profonds qui l'unissaient déjà à Jason, mais elle fut incapable d'articuler le moindre mot.

Soudain, elle sentit qu'il glissait le bras autour de sa taille et l'attirait doucement à lui. Puis la pression de sa main sur ses hanches se fit plus forte et il la plaqua contre lui. Paralysée par l'émotion de sentir l'évidence de son désir contre son ventre, Alex s'abandonna enfin, laissant le désir déferler en elle comme un fleuve déchaîné rompant ses digues.

Il l'embrassa avec une tendresse qui acheva de la faire chavirer. Ses lèvres effleurèrent les siennes comme s'il voulait d'abord s'assurer qu'elle souhaitait bien ce baiser. C'était une invite plus qu'une exigence : pour la première fois depuis qu'il avait refait irruption dans sa vie, elle sentit qu'il attendait d'elle autre chose que la simple satisfaction d'un désir physique. La voyait-il autrement, à présent ?

Elle ignorait pourquoi et comment, mais il était clair que quelque chose en Nico avait changé. Quelque chose qui le lui rendait encore plus précieux, plus attirant…

Il s'écarta brusquement et la dévisagea d'un air interrogateur. Un instant, elle faillit céder à son appel, laisser libre cours aux pulsions qui la poussaient vers lui, mais un ultime sursaut de lucidité la retint. Se donner encore une fois à lui, ce serait souffrir plus encore lorsqu'il partirait. Car il partirait, n'avait-il pas été assez clair sur le sujet ?

Il recula d'un pas et elle comprit, la mort dans l'âme, qu'il ne s'imposerait pas à elle. C'était mieux ainsi, car, s'il l'avait fait, elle n'aurait pas eu le courage de lui résister… D'un doigt léger, il lui effleura le visage et essuya une larme sur sa joue.

— Il faut que tu partes…, chuchota-t-elle, emplie de tristresse.

Il la suivit vers l'entrée. Mais, une fois devant la porte, il marqua un temps d'arrêt et se retourna vers elle. Elle eut un coup au cœur en voyant qu'il avait retrouvé son expression habituelle, décidée et assurée.

— Tu n'as pas aucune inquiétude à te faire pour Jason, déclara-t-il de but en blanc. Il sera dans de bonnes mains en Grèce. Dimitri m'a recommandé une dame de toute confiance.

Alex se figea.

— Que veux-tu dire ? demanda-t-elle d'une voix sans timbre.

— Que j'ai engagé quelqu'un pour s'occuper de lui, expliqua-t-il tranquillement. Tu comprends, je voyage beaucoup…

La vision atroce de Jason en sanglots, abandonné dans une maison inconnue sous la surveillance d'une vieille marâtre, assaillit soudain Alex. Comment osait-il lui enlever son fils si c'était pour ne pas s'en occuper ? Comment avait-il la cruauté de le retirer à sa mère pour le confier à une parfaite inconnue ?

— C'est insensé ! s'exclama-t-elle d'une voix étranglée. Tu me le prends, et tu ne vas même pas t'en occuper !

— Je ne te le *prends* pas, corrigea-t-il d'un ton sec. Je le *récupère*…

— Mais tu imagines combien tout va lui manquer ? s'écria-t-elle. Ses amis, sa maison, son école, toute sa vie ! Tu es la seule personne qu'il connaîtra en Grèce, et tu ne seras pas là !

— Il aura une nouvelle vie, rétorqua Nico. Une vie qui lui plaira, je te l'assure. Je ferai tout pour ça.

— Mais, si tu es absent, qui va prendre soin de lui ? poursuivit-elle, anéantie. Laisse-moi venir avec lui, je t'en prie !

— Non.

— S'il te plaît ! Il sera heureux puisque je serai là, et son adaptation n'en sera que plus facile. Je n'ai plus de travail, je peux mettre ma maison en location, je suis libre comme l'air ! Renonce à ton projet d'engager quelqu'un pour le garder et prends-moi à la place ! Je saurai me faire discrète, je te le promets.

— Non.

— Mais pourquoi ? s'écria-t-elle dans un sanglot. Pourquoi ?

— Tu sais pourquoi, asséna-t-il d'une voix dure.

— Pour me punir ?

Il poussa un soupir agacé.

— Oh, je t'en prie, ne joue pas les martyrs ! coupa-t-il. Disons que c'est mon tour de vivre avec Jason. C'est aussi simple que cela.

Son regard était dur, le timbre de sa voix inflexible. Alex comprit qu'il était inutile de prolonger cette confrontation et détourna la tête pour qu'il ne voie pas les larmes dans ses yeux.

Il fouilla dans sa poche pour y chercher sa clé de voiture.

— N'oublie pas de me tenir informé dès que le passeport de Jason sera prêt, rappela-t-il en ouvrant la porte.

Elle fut incapable de lui répondre. Dans un brouillard, elle le vit descendre le perron et monter dans sa voiture. Après qu'il fut parti, ce fut le silence. Alors, secouée de sanglots, Alex s'effondra sur un fauteuil.

Ainsi, il ne lui pardonnerait jamais, songea-t-elle, ivre de chagrin. Peut-être appréciait-il ses qualités de mère, mais toute sa vie il chercherait à lui faire payer ses huit années de silence… Comment avait-elle pu être assez naïve pour croire un instant qu'il accepterait d'oublier ?

Il ne voyait en elle que celle qui lui avait volé son fils et, accessoirement, une femme avec laquelle il pouvait prendre du plaisir. Peut-être un peu plus de plaisir qu'avec ses autres maîtresses, et encore… En tout cas, rien de plus…

Nico roulait le long de la côte sans avoir la moindre idée de sa destination. Il avait pris la route dans l'espoir de se changer les idées et d'oublier sa conversation avec Alexandra, mais c'était peine perdue. Il aurait pu parcourir des centaines de kilomètres sur cette voie express, il n'aurait pas cessé de penser à elle et aux sentiments curieusement ambivalents qu'il éprouvait à son égard.

Leur journée au zoo avait été un enchantement, un moment de grâce, la joie communicative de Jason formant entre eux un trait d'union. Et puis, une fois de retour chez elle, tout avait basculé.

Il ne comprenait toujours pas pourquoi il n'avait pas été plus insistant quand, une fois dans ses bras, elle l'avait repoussé. Car, à cet instant, il était certain qu'elle brûlait du même désir que lui et qu'il lui aurait suffi d'un baiser un peu plus long, d'une pression un peu plus forte de la main sur ses hanches pour vaincre ses dernières hésitations.

Cependant, quelque chose l'avait retenu… et, à présent, il le regrettait. Car il la voulait comme jamais il n'avait voulu aucune femme. Loin d'étancher la soif qu'il avait d'elle, la nuit passionnée qu'ils avaient passée ensemble n'avait fait qu'exacerber le désir violent qui le tenaillait dès qu'il pensait à elle. Il lui fallait se rendre à l'évidence : il ne pouvait plus vivre sans elle…

Pourtant, il ne lui pardonnait toujours pas de l'avoir privé de son fils pendant si longtemps. Et, surtout, il ne parvenait pas à comprendre les raisons de son comportement.

Il se reposa pour la millième fois la question qui le taraudait. Pourquoi Alexandra n'avait-elle rien dit ?

Pourquoi ce silence, ce mensonge par omission ? N'y avait-il pas eu déjà assez de secrets dans sa famille, avec leur lot de conséquences tragiques ?

Ainsi, Stavros était mort parce que sa femme lui avait menti. Il avait refusé de douter d'elle, au point de ne pas se soumettre à un test ADN pour établir sa paternité comme le lui avait prudemment conseillé l'avocat de la famille. Sa femme avait profité de sa crédulité et des sentiments qu'il éprouvait pour elle. Aveuglé par la passion, il n'avait rien soupçonné, rien compris. Et il avait fini par payer sa faiblesse de sa vie…

Certes, Alexandra, elle, n'avait pas agi par intérêt, mais son mensonge était aussi lourd de conséquences. Et, tout comme la femme de Stavros, elle méritait d'être punie.

Mais il devait reconnaître que le parallèle s'arrêtait là. Il réalisa soudain qu'Alexandra aurait pu essayer de monnayer sa maternité, voire le poursuivre en justice et obtenir une pension pour elle et Jason. Elle n'en avait rien fait, absolument rien, bien au contraire, choisissant de tirer le diable par la queue.

Mais cela ne l'excusait en rien, songea Nico en faisant demi-tour, acceptant enfin d'admettre que tous les kilomètres du monde ne suffiraient pas à le distraire de ses sombres pensées.

Sans être vénale, Alexandra l'avait privé de la petite enfance de son fils. La seule chose qui comptait pour lui à présent était de rattraper le temps perdu avec Jason, et il allait s'y employer.

En apprenant à son tour à se passer du petit garçon, Alexandra comprendrait peut-être enfin la cruauté de ce qu'elle lui avait fait subir…

Agenouillée sur la moquette à côté du petit lit de bois blanc, Alex mettait la dernière main à la valise de Jason.

Son passeport était arrivé l'avant-veille. Quand elle avait ouvert la lettre et reconnut le papier à en-tête de l'ambassade, elle avait failli se trouver mal. Le dernier obstacle au départ de son fils s'évanouissait, la mettant devant la plus cruelle des évidences : dans deux jours, il monterait dans l'avion aux côtés de son père et tous deux s'envoleraient pour l'Europe. Elle resterait seule à Sydney.

Par bonheur, elle avait réussi à convenir avec Nico qu'elle rendrait visite à son fils trois mois après leur départ. Trois mois qui seraient autant de siècles…

Une voiture se gara dans la rue. Une portière claqua.

— Il est là, il est là ! hurla Jason, surexcité, en dévalant l'escalier quatre à quatre.

Elle l'entendit ouvrir à son père et lui dire bonjour en grec, qu'ils parlaient à présent ensemble le plus souvent. Elle perçut des éclats de rire, reconnut le timbre chaud de la voix de Nico. Plus que quelques heures, pensa-t-elle, le cœur serré, et la maison serait silencieuse…

Au prix d'un douloureux effort, elle délaissa la valise pour aller saluer Nico.

Il était plus séduisant que jamais dans un simple jean qui soulignait ses longues jambes et un T-shirt noir à manches courtes qui mettait en valeur sa large carrure et ses bras musclés. Sa barbe naissante jetait une ombre sur son menton volontaire.

La gorge d'Alex se contracta et elle toussota pour dissimuler son trouble. Etait-ce l'aura de sensualité brute qui émanait de lui, le souvenir de leurs ébats passionnés, le regret de ce qui, entre eux, ne serait jamais plus ? Elle n'aurait su le dire, mais, quand il était là, elle n'était plus la même…

— Bonjour, lança-t-elle en affectant un air dégagé.

— Bonjour. Je t'ai apporté une valise supplémentaire, déclara-t-il. Au cas où…

— Merci, enchaîna-t-elle en évitant son regard. Jason a beaucoup de vêtements… et des monceaux de jouets.

— Quand est-ce que tu vas commencer ta valise à toi ? demanda Jason à sa mère.

Nico jeta un coup d'œil surpris au petit garçon, puis son regard interrogateur se fixa sur Alex.

— A quelle heure le papa de Matt vient-il te chercher pour l'entraînement ? enchaîna celle-ci comme si elle n'avait rien entendu.

— Justement, je crois que c'est lui qui arrive, répondit Jason en entendant une voiture dans la rue. J'y vais. A tout à l'heure !

A peine eut-il quitté la pièce que Nico, courroucé, se tourna vers elle.

— Tu ne lui as encore rien dit ? s'exclama-t-il d'un ton réprobateur.

Elle se mordit la lèvre.

— Je comptais le faire demain, balbutia-t-elle.

— J'espère que tu n'as pas l'intention de lui annoncer la nouvelle à l'aéroport, dans le but de le faire pleurer au milieu des voyageurs et qu'une foule hostile m'accuse de vouloir te l'enlever !

— Bien sûr que non, protesta-t-elle. Si je n'avais pas voulu qu'il parte, j'aurais tout simplement refusé de signer les papiers l'autorisant à quitter le territoire. N'oublie pas que c'est moi qui en ai la garde !

— Pour l'instant..., fit observer Nico. En tout cas, je ne comprends pas pourquoi tu attends pour lui dire la vérité ! C'est une habitude chez toi, on dirait, de ne passer à l'action que quand tu y es vraiment obligée !

Elle lui lança un regard furieux.

— Si j'ai attendu si longtemps pour lui annoncer qu'il partirait seul, c'était pour qu'il apprenne à te connaître, précisa-t-elle. Je voulais m'assurer que vous aviez une bonne relation tous les deux, et qu'il t'appréciait.

— Et alors ?

— Je suis rassurée. Même si parfois je me dis que c'est de la folie de le laisser partir avec quelqu'un qu'il ne connaît que depuis dix jours...

— Tu oublies juste que ce « quelqu'un » est son père, corrigea Nico.

— Peut-être, mais c'est vers moi qu'il a l'habitude de se tourner quand quelque chose ne va pas, précisa Alex d'une voix faible.

— Il apprendra à remplacer sa mère par son père, c'est tout, décréta Nico. D'ailleurs, il le fait déjà... A quelle heure rentre-t-il ?

— Pourquoi ?

— Parce que je préfère me charger personnellement de l'avertir que tu ne viens pas avec lui, vu ta propension à garder le silence quand quelque chose te gêne, expliqua-t-il d'un ton abrupt.

— Je ne t'ai jamais menti, protesta-t-elle. Ta famille n'aurait pas accepté ma grossesse, et j'ai choisi de me taire quand je l'ai compris. Ce n'était pas un mensonge.

— Si, par omission.

Elle eut un rire amer.

— Tu fais la même chose, non ? rétorqua-t-elle. D'accord, tu vas annoncer à Jason que je ne viens pas... Mais vas-tu lui préciser que je voulais l'accompagner et que tu as refusé ? Que tu as prévu d'être sans arrêt en voyage, et qu'une parfaite inconnue va s'occuper de lui ?

Elle vit son visage se contracter de colère.

— Cela n'a aucun rapport ! Toi, tu m'as volé mon fils ! Tu ne vaux pas mieux que la femme de Stavros... ajouta-t-il dans un souffle.

Elle lui jeta un regard révolté, mais se calma soudain en voyant une infinie douleur dans ses yeux noirs.

— Nico, ce n'est pas moi qui ai tué Stavros, comme tu sembles presque le croire parfois, rappela-t-elle alors d'une voix à peine audible. Quand donc cesseras-tu de faire l'amalgame entre cette horrible femme et moi ? Quand arrêteras-tu de me punir pour un crime que je n'ai pas commis ?

11

— Je ne t'ai jamais rendue responsable de la mort de mon frère ! protesta Nico, furieux.

— Peut-être, mais dans ton esprit tout se mêle, déclara Alex, décidée à mettre enfin les choses au point. Le malheur a voulu que Stavros soit assassiné le jour où Jason est né, mais là s'arrête le rapport entre toutes nos histoires ! Si cette tragédie n'avait pas eu lieu, j'aurais eu le courage de te parler, je te le jure. Mais, dans ce contexte dramatique, je n'ai pas pu… J'admets avoir manqué de courage. J'ai préféré le silence plutôt que d'accepter les critiques et la suspicion de tes parents, de ta famille tout entière.

Sa voix s'étrangla et elle dut s'interrompre un instant.

— J'ai été faible, Nico, je le sais. Je me suis réfugiée dans le souvenir merveilleux de ce que nous avions partagé en Crète, et j'ai cru que mon amour de mère suffirait à Jason. A présent que je le vois si épanoui avec toi, je sais que je me suis trompée…

— Ne te dévalorise pas ainsi, Alexandra, murmura Nico après un silence. Il suffit de regarder Jason aujourd'hui pour comprendre quelle mère merveilleuse tu es pour lui. Bien plus forte que tu ne le penses…

— Après, quand il a grandi, j'ai attendu pour te prévenir, tant je redoutais que tu me l'enlèves, reprit-elle comme si elle n'avait rien entendu. Beaucoup trop attendu… Mais, tu vois, j'avais raison d'avoir peur, puisque aujourd'hui tu l'emmènes loin de moi.

— Pourquoi ne t'y opposes-tu pas ?

— Je n'ai pas le choix. Je serai infiniment malheureuse sans Jason, mais il a besoin de toi et tu as le droit de vivre avec lui au quotidien. C'est ton tour à présent, ajouta-t-elle dans un souffle.

Il y eut un silence, si chargé d'émotion qu'elle en était presque palpable.

— J'ai beaucoup d'admiration pour toi, Alexandra, déclara enfin Nico d'une voix grave, car je sais combien cette démarche t'est douloureuse.

Tout en parlant, il leva lentement la main et lui effleura la joue avec une telle tendresse qu'elle ferma les yeux, bouleversée.

— Je suis désolée, Nico, articula-t-elle avec difficulté. Je ne me pardonnerai jamais de t'avoir privé si longtemps de Jason.

Elle ne put retenir ses larmes. Alors Nico l'enlaça et l'attira doucement à lui. Puis, comme il aurait consolé un enfant, il la berça en lui caressant les cheveux.

Ils restèrent un long moment immobiles dans les bras l'un de l'autre. Peu à peu, les larmes de la jeune femme se tarirent, sa respiration s'apaisa.

Profondément troublé par la confession d'Alexandra, Nico réfléchissait intensément. Bien sûr, il lui en voulait toujours, mais, en replongeant dans le passé, au cœur de ces heures tragiques, il comprenait presque qu'elle ait choisi de se taire. Ou tout au moins il lui trouvait des excuses. Car elle avait probablement raison : brisés par le chagrin, ses parents ne l'auraient pas acceptée, ni elle ni Jason. Ils n'avaient pas cru Stavros quand il leur avait affirmé être le père de l'enfant, pourquoi l'aurait-il cru, lui, quand il leur aurait affirmé que l'enfant d'Alexandra était le sien ? Ils auraient été dévastés par ce qui leur serait nécessairement apparu comme une cruelle répétition de ce qu'ils venaient de vivre…

Il inspira profondément pour mieux s'imprégner du parfum délicat de la jeune femme, et déposa un baiser furtif sur ses boucles blondes.

— Tu n'as pas à t'excuser, Alexandra, lui chuchota-t-il à l'oreille. Je sais combien la situation était difficile à gérer pour toi à l'époque.

Elle frissonna tout à coup entre ses bras et il la sentit s'animer, comme si elle reprenait vie. Elle leva la tête et le dévisagea, les yeux brillants d'émotion.

— Tu penses vraiment ce que tu viens de dire ? balbutia-t-elle.

Même avec ses yeux rougis par les pleurs, ses cheveux défaits et ses joues humides, elle était plus belle que jamais, songea Nico, ébloui. Si forte et si fragile à la fois ! Oui, d'une bouleversante fragilité, qui lui donnait envie de la protéger et de la rassurer.

Elle le dévisageait toujours, et ses lèvres entrouvertes étaient un tel appel au baiser qu'il n'y résista pas. Il avait envie d'elle comme jamais il n'avait eu envie d'aucune autre femme… Mais le besoin qu'il avait d'elle n'était pas seulement physique : tout en elle lui était précieux. Il la respectait infiniment pour sa lucidité, pour son honnêteté, pour son courage.

Allait-elle le repousser de nouveau ? songea-t-il en se penchant vers elle. Cette fois, il n'y survivrait pas…

Leurs lèvres se joignirent. Nico contenait avec peine le feu qui s'embrasait en lui. Il ne voulait pas effrayer Alexandra, mais au contraire lui faire comprendre combien il compatissait à sa peine, à la détresse qui avait dû être la sienne quand elle avait renoncé à affronter les Santos.

Serrés l'un contre l'autre, les yeux clos, bouche contre bouche, ils communièrent longtemps ainsi, retardant délibérément le moment où, ils le savaient, ce simple baiser ne leur suffirait plus. Ils laissaient monter en eux la fièvre qui s'apprêtait à les submerger, comme pour mieux savourer l'instant où elle se déchaînerait. Unis dans une bulle de tendresse, ils se suffisaient à eux-mêmes…

Mais, au-delà de l'émotion intense qu'ils ressentaient, le désir grandissait en eux, impérieux comme au premier jour. Le rythme de leur baiser s'accéléra peu à peu. Puis

Nico détacha ses lèvres de la bouche d'Alexandra et déposa une pluie de baisers sur son visage, sur sa gorge. La tête en arrière, elle offrait son cou fin et délicat à ses lèvres avides, frémissant sous leur caresse. Avec des gestes impatients, Nico déboutonna son chemisier et dégrafa son soutien-gorge sans cesser de l'embrasser, comme s'il avait peur de la perdre.

Haletante d'émotion, Alex l'aida à retirer son chemisier. Elle cherchait le contact de sa peau contre la sienne, elle voulait tout de ce corps viril dont la force et la puissance l'enivraient. Elle cambra la poitrine pour mieux s'offrir à son regard, heureuse de lire l'éclat d'un désir fou dans ses yeux.

Comment avait-elle pu vivre tant d'années loin de lui ? songea-t-elle quand il se pencha enfin vers ses seins, dont il embrassa voluptueusement les mamelons durcis. Dans ses bras, elle lui semblait reprendre vie…

A son tour, il retira son T-shirt, qu'il lança à terre. Elle se lova contre lui et il l'enlaça de ses bras musclés, la pressant contre son large torse.

Mais cette étreinte ne leur suffisait déjà plus. Avec une sorte de rage impatiente, Nico souleva la jupe d'Alexandra, dévoilant son string en dentelle noire. A son tour, elle déboutonna son jean, avide de le voir entièrement nu, prêt à lui faire l'amour.

Quelques secondes leur suffirent pour se débarrasser du reste de leurs vêtements. Quand enfin ils furent face à face, ils se contemplèrent longuement.

C'était aussi beau que la première fois, songea Alex, les larmes aux yeux. Quand, la sachant vierge, il lui avait demandé d'un ton grave si elle était sûre de vouloir faire l'amour avec lui. Alors trop bouleversée pour parler, elle s'était contentée de hocher la tête en se serrant contre lui, impatiente de découvrir avec lui ce monde inconnu qui l'effrayait et l'attirait à la fois.

Ils avaient été amants, et, depuis, elle avait porté et mis au monde leur enfant. Mais elle était aussi émue que huit ans auparavant, quand elle s'apprêtait avec une joie empreinte d'appréhension à se donner à lui pour la première fois…

— Et Jason ? demanda soudain Nico d'une voix rauque. Quand rentre-t-il ?

— Après le dîner, répondit-elle dans un murmure.

Rassuré, Nico la prit dans ses bras. Les heures à venir allaient être les plus belles de sa vie, pensa-t-il en la serrant contre lui à l'étouffer.

— Alexandra, murmura-t-il.

Elle l'enlaça à son tour, puis ses mains partirent à la redécouverte de son corps d'athlète. Elle voulait imprimer sa marque sur chaque centimètre de sa peau. Longtemps, elle caressa ses larges épaules, puis ses mains descendirent vers la toison brune de son torse, son ventre dur et musclé, puis plus bas encore, vers le cœur même de sa virilité.

La caresse de la jeune femme était si excitante que Nico ne put retenir un gémissement. A son tour, il parcourut le corps d'Alexandra, s'attardant sur ses seins gonflés, la courbure de ses hanches, le creux de ses reins. Elle ouvrit les jambes en une invite si érotique qu'il faillit la prendre sur-le-champ. Mais il voulait amener le désir d'Alexandra aux limites du supportable pour l'entendre le supplier de la pénétrer.

Alex gémit. De ses doigts audacieux, de ses lèvres avides, il enflammait ses sens, osant des caresses qui la laissaient chancelante.

Toute pudeur les avait abandonnés : plus rien ne comptait que la volonté de se fondre l'un dans l'autre. Leur respiration se fit de plus en plus saccadée.

— Maintenant, supplia-t-elle, oui, maintenant !

Alors, n'y tenant plus, Nico la souleva contre lui, tandis qu'elle lui passait les bras autour du cou et croisait les jambes autour de ses hanches.

Quand elle le sentit enfin en elle, Alex ne put retenir un cri de bonheur.

Leur union fut si intense qu'ils crièrent ensemble

de plaisir et qu'ils mirent ensuite plusieurs minutes à reprendre conscience du monde extérieur.

Jamais elle n'avait vécu une expérience d'une telle intensité, songea Alex quand elle ouvrit enfin les yeux.

Toujours appuyée contre le mur, elle caressait la tête de Nico posée contre son épaule. Elle l'aimait comme au premier jour, se dit-elle avec une soudaine lucidité, et elle n'aimerait jamais que lui. Il était l'homme de sa vie, le père de son fils… et il s'apprêtait à la quitter.

Pourtant, elle avait eu l'intime conviction, pendant les moments magiques qu'ils venaient de partager, qu'elle n'était pas seulement pour lui une femme désirable. Elle aurait juré qu'il éprouvait pour elle des sentiments véritables. Mais ne prenait-elle pas ses rêves pour la réalité ? Car jamais depuis son arrivée à Sydney il n'avait dit un mot dans ce sens, jamais elle n'avait pu deviner ce qu'il ressentait dans le secret de son cœur.

Tout à coup il s'écarta d'elle et tapa du poing contre le mur.

— Bon Dieu ! s'exclama-t-il, furieux. Comment ai-je pu ?

Elle le dévisagea avec une incrédulité horrifiée.

— Tu regrettes déjà ? demanda-t-elle, la gorge nouée.

— Non, bien sûr ! Je veux parler du fait que je ne me suis pas protégé, expliqua-t-il d'un ton plus calme. Je suis désolé, Alexandra, je ne comprends pas…

— Tu as peur que je sois enceinte encore une fois ? demanda-t-elle avec un sourire teinté d'amertume.

— Non, c'est-à-dire que… Oui. Et puis il y a d'autres risques, aujourd'hui…

Elle lui sourit pour le rassurer.

— Alors, tu n'as pas à t'en faire. D'abord, mon cycle est presque fini et, de ce point de vue, je crois que l'histoire ne se répétera pas. Et par ailleurs…

Elle fit une pause, trop émue pour enchaîner immédiatement.

— … Il n'y a jamais eu d'autre homme que toi dans ma vie, Nico, acheva-t-elle.

Il la dévisagea avec stupéfaction.

— Tu veux dire que depuis huit ans… ?

— Je n'ai eu personne, confirma-t-elle. Tu vois, il n'y a pas de problème.

— Si, insista-t-il, buté. Je ne vais pas te laisser ici alors que tu es peut-être enceinte, même si tu m'affirmes que non.

— Ne t'en fais pas, assura-t-elle. Je suis sûre d'avoir raison.

— Non, reprit-il en ramassant ses vêtements, qu'il enfila rapidement. Je veux que tu viennes en Grèce avec moi. Au cas où…

Elle attrapa sa jupe et son chemisier jetés à terre et se rhabilla à son tour. Cette conversation n'avait aucun sens, pensa-t-elle avec amertume. Et Nico n'avait pas prononcé les paroles qu'elle avait rêvé d'entendre… et qu'il ne prononcerait jamais.

— Je ne te comprends plus, Nico, reprit-elle. Il y a quelques heures à peine, je te suppliais de me laisser venir et tu refusais. Et à présent, tu voudrais me convaincre de te suivre. Pourquoi ? Pour m'avoir près de ton lit plus facilement, au gré de tes envies ?

Elle acheva de reboutonner son chemisier et le regarda droit dans les yeux.

— Dans ces conditions, c'est non, asséna-t-elle d'un ton sans appel. Je ne veux pas être la geisha de service !

A son tour, il la fixa. Dans ses yeux noirs brillait une étrange lueur.

— Alors épouse-moi, déclara-t-il.

12

Jamais elle n'avait entendu une proposition aussi insensée, songea Alex, le premier choc passé.

Mis à part les rares moments où, quand ils avaient fait l'amour, elle avait eu l'impression — ou l'illusion — qu'il ressentait pour elle autre chose qu'un simple désir physique, Nico n'avait eu de cesse de lui faire comprendre qu'il ne la voyait que parce qu'elle était la mère de son fils, que sa vie était en Grèce et la sienne en Australie !

Ce brusque revirement parce qu'il y avait un risque infime qu'elle soit enceinte ? C'était absurde !

— Tu es fou, Nico, balbutia-t-elle, partagée entre le désarroi et la colère.

— Pas du tout ! Si tu viens en Grèce avec nous, cela résout tous les problèmes. On peut se marier ici ou là-bas, peu m'importe. Tu auras la sécurité, pour toi et pour Jason.

La sécurité ? Il avait vraiment un curieux sens de l'humour ! songea-t-elle avec une ironie douloureuse. Jamais elle ne pourrait se sentir en sécurité en épousant un homme qui ne l'aimait pas.

— Non, il n'en est pas question, dit-elle.

— Mais pourquoi ?

— Parce qu'aussi curieux que cela puisse te paraître tu n'es pas capable de m'offrir la seule chose que je veuille de toi.

Brusquement, elle se dit qu'il fallait qu'il sache. De toute façon, elle n'avait plus rien à perdre…

— Je t'aime, Nico, articula-t-elle. Je n'ai jamais aimé

que toi depuis le premier instant où je t'ai vu, et mon seul désir est que tu m'aimes en retour.

Nico pâlit. Si sûr de lui d'ordinaire, il semblait soudain perdu, décontenancé.

— J'ai beaucoup de respect pour toi, Alexandra, beaucoup de…

— Oh, je t'en prie, coupa-t-elle, la gorge nouée, épargne-moi ce genre de réflexion ! Tu ne m'aimes pas, c'est tout. Et, dans ce cas, insister pour que je te suive en Grèce est absurde.

Elle eut un petit rire désabusé.

— A moins que tu ne cherches à me surveiller, de crainte que je n'enlève Jason...

Un éclat métallique étincela dans le regard de Nico.

— Si c'est ainsi que tu vois les choses, alors ne viens surtout pas ! lança-t-il d'un ton rageur. J'emmènerai Jason en Grèce et tu resteras ici, seule et malheureuse. Mais il sera trop tard pour changer d'avis et tu n'auras plus que tes yeux pour pleurer !

Tout à coup, Alex entendit du bruit et se retourna vivement. L'espace d'un instant, elle aperçut une ombre derrière Nico. Jason… Elle eut le temps de voir une expression horrifiée sur le visage de son fils. Glacée d'horreur, elle l'entendit émettre un cri plaintif et le vit s'enfuir à toutes jambes vers la rue. Atterrée, elle comprit qu'il avait entendu la fin de leur conversation.

— Jason ! hurla-t-elle.

Sans plus se soucier de Nico, elle se lança à la poursuite de son fils. Mais, quand elle déboucha sur le perron, il était déjà sur le trottoir.

A quelques mètres de lui, elle reconnut le père de Matt, qui venait vraisemblablement de déposer Jason et qui s'apprêtait à repartir. Il avait la main sur la portière de sa voiture quand il vit le petit garçon. Celui-ci courait si vite que l'homme se figea, prenant sans doute conscience qu'il se passait quelque chose d'étrange.

Tout à coup, deux motos déboulèrent en vrombissant de

l'autre côté de la rue. Jason, courant toujours, s'apprêtait à traverser sans rien regarder, quand Alex, épouvantée, comprit ce qui allait se passer. Les deux motards allaient vite, trop vite : jamais ils ne verraient l'enfant surgir sur la chaussée entre deux voitures, il était trop petit. Mais elle, ils la remarqueraient…

Alors, elle se précipita dans la rue, agitant les bras pour attirer l'attention des deux hommes et les contraindre à s'arrêter.

Les motards freinèrent dans un terrible crissement. Dégageant une horrible odeur de caoutchouc brûlé, le premier s'arrêta à moins d'un mètre de l'enfant. Mais le deuxième n'eut pas le temps d'éviter Alex…

Nico sortait de la maison à l'instant même où la moto heurtait de plein fouet la jeune femme.

— Alexandra ! hurla-t-il, épouvanté.

En une seconde il fut auprès d'elle. Elle gisait, immobile, les yeux fermés, les jambes repliées sous elle. L'espace d'un instant, il eut presque l'illusion qu'elle dormait paisiblement… Le cœur battant à tout rompre, il s'approcha d'elle et scruta son visage avec angoisse.

Elle était morte ! se dit-il en retenant un sanglot. Elle était morte, et sans elle la vie n'avait plus de sens…

Mais, tout à coup il vit la poitrine de la jeune femme se soulever et il ressentit une joie intense, un profond sentiment de gratitude. Elle vivait…

Jason arriva en sanglotant, se précipita vers sa mère et l'entoura de ses bras. Le motard qui venait de se relever après sa chute s'approcha lui aussi. Il semblait légèrement commotionné, mais indemne.

— C'est grave ? demanda-t-il d'une voix à peine audible.

— Je ne sais pas, balbutia Nico. Peut-être a-t-elle des blessures internes. Vite, appelez une ambulance : il faut la transporter d'urgence à l'hôpital !

Depuis la disparition de Stavros, Nico détestait les hôpitaux, pour lui évocateurs de maladie et de mort, avec leurs interminables couloirs blafards et leur odeur d'éther.

A peine avait-il franchi le hall d'entrée qu'une sourde appréhension le saisit, au fur et à mesure que remontaient à sa mémoire les souvenirs de ce jour tragique où il était allé reconnaître son frère à la morgue de l'hôpital central d'Athènes.

C'est la petite main de Jason serrée dans la sienne qui lui permit de tenir, et la pensée de cette femme merveilleuse qui avait risqué sa vie pour sauver son fils… leur fils.

Alexandra… La femme qu'il aimait, la seule femme qu'il ait jamais aimée.

Etait-il trop tard pour le lui faire comprendre ?

Une angoisse terrible s'empara de lui. Elle ne pouvait pas mourir maintenant, au moment précis où il réalisait enfin que sans elle sa vie n'avait pas de sens, où il était prêt à tout pour la reconquérir et rattraper ces huit longues années passées l'un sans l'autre... Non, ce serait trop cruel !

Assis tous les deux sur d'inconfortables chaises dans la minuscule salle d'attente attenante aux urgences, Nico et Jason se tenaient par la main. Soudain, le petit garçon fut secoué d'un sanglot silencieux. Déchiré, Nico l'attira à lui et le prit sur ses genoux. Puis, avec une infinie douceur, il lui caressa les cheveux jusqu'à ce qu'il se détende un peu.

Alors, Jason s'écarta et fixa son père d'un regard grave.

— Maman va mourir ? demanda-t-il.

Nico retint ses larmes et trouva miraculeusement la force de masquer son angoisse.

— Non, affirma-t-il.

— Comment tu le sais ?

Nico sortit un mouchoir de sa poche et essuya les larmes de son fils.

— Parce que nous ne le permettrons pas, répondit-il d'un ton calme.

Jason fronça les sourcils. Il semblait réfléchir intensément, partagé entre le doute et la volonté de croire son père.

— C'est ma faute, déclara-t-il enfin d'une voix tremblante.

— Non, protesta Nico. Je ne te laisserai pas dire ça !

— Si, insista le petit garçon. Si je n'avais pas couru…

— Non ! Si quelqu'un est responsable, c'est moi. J'ai dit des choses idiotes, des choses méchantes que je ne pensais pas. J'étais en colère, et tu sais qu'on dit des bêtises quand on est en colère. C'est pour ça que tu as couru, n'est-ce pas ? Parce que tu m'as entendu ?

Jason baissa la tête.

— Je ne veux pas que maman reste toute seule ici, avoua-t-il dans un souffle.

Nico serra les poings. Il avait la confirmation de ce qu'il craignait : Jason s'était enfui en entendant les mots terribles qu'il avait prononcés. Comment se pardonnerait-il jamais ? Surtout si…

— Moi non plus, enchaîna-t-il d'une voix à peine audible, moi non plus…

L'arrivée de Tilly interrompit soudain leur tête-à-tête. La jeune femme, livide, avait les yeux rougis par les pleurs.

— Jason ! Nico ! s'écria-t-elle, en larmes. Comment va Alex ?

Jason se précipita dans le bras de sa tante, tandis que Nico se levait pour la saluer.

— Nous ne savons rien de plus que lorsque nous sommes arrivés, expliqua-t-il. Elle a une jambe cassée, et nous attendons le résultat des examens pour savoir s'il existe des lésions internes. Le médecin ne devrait plus tarder. Ah, justement, le voilà…

En effet, un homme en blouse blanche venait de pénétrer dans la salle d'attente.

— Vous êtes la famille d'Alexandra Hammond ?

— Oui, dit Nico d'une voix rendue à peine audible par l'émotion. Comment va-t-elle ?

— Monsieur Hammond, votre épouse a eu beaucoup de chance.

Tilly et Nico échangèrent un sourire radieux, tandis que le regard de Jason s'illuminait.

— Elle n'a rien ? interrogea Tilly.

— Une fracture du tibia et des plaies sans gravité sur le crâne. Aucune lésion interne, c'est le plus important. Elle a retrouvé presque toute sa conscience, mais bien sûr elle est encore choquée…

— On peut la voir ?

— Oui, pas trop longtemps. N'oubliez pas qu'elle est très faible.

— Monsieur ? lança tout à coup Jason à l'adresse du médecin.

— Oui, mon garçon ?

— Il ne s'appelle pas M. Hammond, expliqua alors Jason d'un ton grave en désignant son père. Il s'appelle Nico Santos.

Le médecin fronça les sourcils.

— Vous n'êtes pas un parent de la malade ? interrogea-t-il, décontenancé.

— Pas officiellement, répondit Nico.

— Mais c'est mon papa, précisa Jason.

— Et il fait partie de la famille, renchérit Tilly.

Nico sourit faiblement.

— Il ne me reste plus qu'à en convaincre Alexandra…, murmura-t-il.

Les yeux clos, immobile entre ses draps blancs, Alex était entourée d'une impressionnante batterie d'appareils médicaux, mais elle avait repris quelques couleurs.

Apeuré, Jason n'osait pas avancer, et Nico lui caressa la tête pour le rassurer. Alors, apaisé, il s'avança vers le lit et glissa sa petite main dans celle de sa mère.

— Je t'aime, maman, murmura-t-il.

— Moi aussi, mon chéri, murmura Alex d'une voix si faible qu'ils durent se pencher tous les trois pour l'entendre.

— Alex ! murmura Tilly en retenant des larmes de joie. Tu nous as fait une sacrée peur !

— Et les motards ? demanda Alex. Ils n'ont rien ?

— Non, mais ils l'ont échappé belle eux aussi, expliqua Tilly.

L'arrivée d'une infirmière les interrompit.

— Désolée, annonça celle-ci, mais j'emmène Mme Hammond à la radio pour vérifier que la fracture est bien réduite. Vous la verrez tout à l'heure.

— Mademoiselle, intervint Nico, m'accorderiez-vous quelques minutes ? Je voudrais lui parler seul à seule…

Le ton de sa voix était si grave que l'infirmière n'osa pas refuser.

— Très bien, dit-elle. Mais ne soyez pas trop long, monsieur Hammond…

Cette fois, Jason ne le corrigea pas. Il se retira discrètement, suivant l'exemple de sa tante.

Plus ému qu'il ne l'avait jamais été de sa vie, Nico s'approcha du lit et prit la main d'Alex dans la sienne avec une infinie douceur.

— Pourquoi t'a-t-il appelé « M. Hammond » ? balbutia la jeune femme.

— Il croit que je suis ton mari…

Elle sourit faiblement.

— S'il savait…, murmura-t-elle.

— Je n'ai pas renoncé à t'épouser, Alex, déclara alors Nico en dévisageant la jeune femme avec intensité. C'est même ce que je souhaite le plus au monde.

Au prix d'un effort visible, elle écarquilla les yeux.

— C'est vrai ? Même si j'ai refusé ta proposition ?

— Oui, mais les choses ont changé, Alexandra, murmura-t-il en lui caressant la main. Si je te demande maintenant en mariage, c'est parce que j'ai compris que je ne pouvais pas vivre sans toi. Je ne cherche pas à t'imposer quoi que ce soit, mais mon seul souhait est que nous formions une famille tous les trois, que nous donnions des frères et sœurs à Jason, que nous rattrapions tout ce temps que nous avons passé éloignés l'un de l'autre.

Elle redressa la tête. Sous l'effet de l'émotion, ses joues avaient rosi.

— Tu veux dire que…

Alex fut incapable d'achever sa phrase, tant elle avait peur de se tromper.

— Oui, je t'aime, lui chuchota-t-il à l'oreille. Je t'aime de toute mon âme depuis notre première rencontre en Crète, mais j'étais trop stupide pour le comprendre. Il a fallu cet accident pour que je prenne conscience que toi seule comptes dans ma vie. Je ne peux pas vivre sans toi, Alexandra, conclut-il d'une voix étranglée. Ne me rejette pas, je t'en supplie.

Il serra sa main et la porta à ses lèvres.

— Veux-tu devenir ma femme ? demanda-t-il.

— Bien sûr que je le veux, répondit-elle en souriant. Je n'ai jamais rien souhaité d'autre…

Épilogue

— Essaye de m'attraper, papa ! hurla Jason, surexcité.

Le petit garçon se mit à courir sur le sable, poursuivi par son père, qui n'avait mis que quelques secondes à relever le défi. Saisissant son fils, qui se mit à gigoter comme un beau diable entre ses bras, Nico se précipita avec lui dans les flots bleus de la Méditerranée.

Le printemps crétois était plus merveilleux encore que l'été, songea Alex en regardant le père et le fils faire la course dans l'eau. Le soleil déjà vif réchauffait le sable, et ils étaient seuls sur cette magnifique plage où, huit ans auparavant, Jason avait été conçu.

Elle s'étira voluptueusement sur sa serviette moelleuse. Jamais elle n'aurait imaginé être un jour aussi heureuse, songea-t-elle. Elle avait à ses côtés les deux hommes de sa vie, et une relation merveilleuse unissait Jason à son père. Elle se remémora, bouleversée, le moment où, juste après le mariage religieux, Jason avait demandé à Nico s'il pouvait à présent l'appeler papa. A cet instant, elle avait vu les yeux de son époux s'emplir de larmes. Incapable d'articuler une parole, il s'était contenté d'attirer à lui sa femme et son fils et de les serrer fort contre lui, au risque de les étouffer…

Jason et Nico sortirent de l'eau en riant et s'approchèrent d'Alex. Ils avaient la même silhouette élégante, songea-t-elle en les voyant arriver. A coup sûr, Jason deviendrait un aussi bel homme que son père, comme en témoignait son charme déjà bien affirmé pour son jeune âge…

Debout au-dessus d'elle, Nico l'observait avec, dans les yeux, une lueur admirative. Depuis deux mois qu'ils étaient mariés, ils ne pouvaient se rassasier l'un de l'autre, et chaque nuit était un enchantement. Elle frissonna sous la caresse de son regard et se redressa sur ses avant-bras. Ses yeux noirs s'attardèrent sur sa poitrine mise en valeur par le soutien-gorge pigeonnant, puis sur ses cuisses, et elle ressentit un plaisir intense.

Puis Nico s'assit et déposa un baiser léger sur sa joue.

— Tu n'as plus mal à la jambe, j'espère ?

La sollicitude de son mari émerveillait Alex. Après toutes ces années de solitude, l'amour de Nico la comblait au-delà de ses rêves les plus fous.

— Non, plus du tout, assura-t-elle. Dis-moi, je sais que c'est encore loin, mais je pensais à Noël. C'est une merveilleuse idée que tu as eue d'inviter ma famille à Athènes pour les fêtes de fin d'année.

— Ne me remercie pas, ma chérie. Je suis heureux de pouvoir tous nous réunir.

— Sans oublier Sofia ! ajouta Alex. Je suis ravie qu'elle vienne aussi. Tu crois qu'elle va épouser Dimitri ?

— C'est bien possible. En tout cas, il est très amoureux…

— Autant que toi ? demanda-t-elle avec un sourire taquin.

Il l'attira à lui et, profitant du fait que Jason était absorbé dans la construction d'un château de sable, l'embrassa passionnément sur la bouche.

— Ça, c'est impossible ! murmura-t-il enfin.

— Vantard ! protesta-t-elle en riant.

Il s'écarta d'elle et l'observa avec une soudaine gravité.

— Tu es si belle quand tu ries, souffla-t-il d'une voix tremblante d'émotion. Plus belle chaque jour…

— C'est parce que tu me rends heureuse, répondit-elle d'un ton grave. Heureuse comme aucune femme ne l'a jamais été…

Elle regarda autour d'elle.

— Te rends-tu compte que c'est ici même que tout a

commencé ? ajouta-t-elle. Ici que nous avons fabriqué Jason ?

— Oui. D'ailleurs, peut-être que le climat crétois a une incidence sur ta fertilité ?

— C'est une théorie intéressante, fit-elle observer avec une œillade complice.

— Une théorie qu'il convient de confronter à l'épreuve des faits. Et dès ce soir…

— Tu as raison, acquiesça-t-elle en riant tandis qu'il la prenait tendrement dans ses bras. La science n'attend pas…

KATHRYN ROSS

Un irrésistible milliardaire

Traduction française de
ANNE DAUTUN

HARLEQUIN

Titre original :
KEPT BY HER GREEK BOSS

Ce roman a déjà été publié en 2015.

Prologue

« Je ne suis peut-être pas enceinte, après tout », pensa Katie, farouchement, en contemplant les toits de Londres, que le soleil nimbait de rose. Elle n'avait qu'une semaine de retard, et son cycle avait tendance à être irrégulier… Il était néanmoins préférable de faire le test de grossesse au plus vite et le moment était particulièrement propice puisque les bureaux étaient déserts.

Oui, mais si le test était positif ?

Certes, son patron était l'homme le plus beau et le plus fascinant qu'elle eût jamais rencontré. Leur liaison la comblait. L'ennui, c'était qu'il s'agissait *seulement* d'une liaison…

Alexi n'était pas du genre à se ranger, il avait été très clair là-dessus, et, pour sa part, cet accord lui convenait à la perfection, au départ. Elle s'était imaginé qu'elle maîtrisait la situation. Mais aujourd'hui, elle ne portait plus du tout le même regard sur leur relation. Et cela lui faisait peur.

Alors qu'elle allait saisir son sac pour y prendre le test de grossesse, un bruit dans la pièce voisine l'alerta. Elle n'était pas seule ! Elle se retourna vivement : Alexi était planté sur le seuil de son bureau.

Comme toujours en sa présence, elle sentit son cœur s'emballer. « Beau à se damner », ainsi l'avait-elle décrit une fois, et cette description convenait à la perfection au nabab grec qui lui faisait face.

— Tout le monde est rentré chez soi, lui fit-il observer.

— J'avais des budgets à vérifier, répondit-elle en se rasseyant à son bureau.

— Où en es-tu ?

— J'ai presque terminé. Le contrat sera finalisé dans quelques jours.

Et, dans quelques jours, elle ne travaillerait plus ici, chez Demetri Shipping.

Katie leva les yeux vers Alexi, qui était entré dans la pièce. Elle aimait son style vestimentaire chic et flamboyant, sa silhouette élancée et athlétique. Mais ce n'était pas ce qui l'attirait le plus. Ce qui la fascinait vraiment, c'était son aura d'assurance et de pouvoir, sa décontraction mêlée d'arrogance. Elle aurait aimé se dégager de l'emprise qu'il exerçait sur elle et sur ses sens… mais, contre cela, elle ne pouvait *rien* !

Alors qu'il parvenait près de son bureau, elle s'efforça de refouler ses émotions.

— Tu as bien travaillé, lui dit-il. Il faut que nous discutions, que nous envisagions l'évolution des choses.

De quoi voulait-il parler ? se demanda-t-elle, la gorge sèche. Sur quel terrain voulait-il l'attirer ? Le terrain sentimental ?

— J'aimerais que tu restes, ajouta tranquillement Alexi.

Envahie d'une émotion qu'elle n'osa analyser, elle demanda avec circonspection :

— A quel titre ?

— Au même titre. J'acquiers une nouvelle entreprise, j'aimerais que tu supervises un projet comparable.

Déçue, Katie s'efforça de dompter sa déconvenue. Ce n'était évidemment pas l'affectif qui était en jeu, elle aurait dû s'en douter ! Alexi ne parlait jamais d'émotions ni de sentiments. Pour lui, c'était tabou !

— Et… et nous ? se contraignit-elle à demander.

Il riva sur elle son regard sombre en esquissant un sourire.

— Nous pouvons continuer comme avant, non ? Savourer notre plaisir réciproque.

— Nous en discuterons plus tard, répondit-elle, avec une fausse désinvolture.

Il fronça les sourcils comme s'il n'avait pas prévu une telle réaction, puis il se pencha en avant et posa les mains sur son bureau.

— Passons à la question suivante, ajouta-t-il : chez toi ou chez moi ?

Il passait sans transition du rôle d'homme d'affaires à celui d'amant ! songea-t-elle. Elle se sentit déroutée, et soudain nerveuse. Elle le désirait tant ! Elle avait tant envie de se blottir dans ses bras ! L'ennui, c'était qu'il ne se contenterait pas d'une étreinte. Il lui ferait l'amour jusqu'à ce qu'elle soit saturée de sensations, comblée au-delà de toute attente. Puis, avec ce sourire satisfait qui lui était coutumier, il lui dirait qu'elle était merveilleuse, et recommencerait aussitôt à… parler affaires.

Etrangement, ce soir, pour la première fois depuis leur rencontre, elle avait l'impression de ne plus pouvoir gérer cette situation. Envahie d'une anxiété perturbante, cherchant à gagner du temps, elle biaisa :

— Je croyais que tu avais rendez-vous avec le P.-D.G. de Transworth ?

— Oui, mais ça ne devrait pas être long, dit-il en contournant le bureau pour se percher dessus, tout près d'elle. Je serai libre vers 22 heures.

— Ecoute, j'ai travaillé comme une folle, aujourd'hui, et je…

— Chercherais-tu à te défiler ? coupa-t-il.

— Eh bien, oui, dit-elle d'un ton qui se voulait léger. Une femme a besoin de sommeil pour être fraîche.

— Fraîche ? Tu sembles prête à t'enflammer, au contraire, murmura Alexi. Mais je consens à t'accorder ta liberté pour ce soir. Du moment que tu réfléchis à ma proposition de job.

Il avait posé la main sur son bras, et ce léger contact, associé à sa voix rauque, éveilla chez elle un âpre désir.

— Tu sais parler aux femmes, toi ! s'efforça-t-elle de plaisanter.

Il caressa les contours de son visage, enfonça ses doigts dans sa longue chevelure brune. Puis, inclinant la tête, il prit sa bouche, lui arrachant un soupir saccadé.

Quand Alexi l'embrassait, elle se sentait prise d'ivresse, elle avait l'impression de flotter… et elle ne songeait plus qu'à se donner à lui corps et âme. Du moins, il en avait été ainsi tout au long de ces derniers mois. A présent, elle craignait l'envoûtement qu'il exerçait sur ses sens.

Elle ne voulait plus ressentir ces émotions, pensa-t-elle, sans pouvoir, cependant, se délivrer du trouble délicieux qui l'avait envahie.

Tout à coup, le téléphone mobile d'Alexi sonna, rompant le silence. Il commença par l'ignorer, puis finit par se détacher d'elle en déclarant avec brusquerie :

— Désolé, il vaut mieux que je réponde.

Elle adopta une attitude indifférente tandis qu'il répondait à Mark, du bureau de New York. Comment pouvait-il manifester tant de passion puis reprendre son empire sur lui-même en une seconde ? se demanda-t-elle. La réponse lui vint aussitôt : parce qu'il n'avait pas de véritables sentiments pour elle.

Et cette situation était catastrophique ! Elle devait à tout prix se ressaisir ! Elle se leva et prit son sac, murmurant à Alexi qui l'avait suivie du regard :

— Je n'en ai que pour une minute.

Il hocha la tête tout en répondant sèchement à Mark :

— Règle le problème, c'est tout. Je n'accorde jamais une deuxième chance. Ce type a tout loupé, point final.

Alexi était un homme d'affaires redoutable, pensa Katie en longeant le couloir. Et elle avait lu suffisamment d'articles sur lui pour savoir qu'il était tout aussi implacable dans sa vie privée. Après un premier mariage, il avait divorcé et depuis, changeait de compagne au gré de ses humeurs. Elle n'ignorait pas les rumeurs sur la cause de son divorce : son ex-femme voulait des enfants, et lui non…

Si son test de grossesse se révélait positif, elle serait contrainte de se débrouiller seule, c'était clair ! D'autant que leur liaison ne signifiait rien pour lui.

Comment était-il possible qu'elle se retrouve dans une telle situation ? Elle avait pourtant été élevée par une mère célibataire, et cela n'avait pas été facile ! Elle en conservait des souvenirs qui la hantaient.

Si le test était négatif, elle mettrait l'occasion à profit : elle romprait avec Alexi une bonne fois pour toutes.

1

Frémissant d'excitation, Katie pénétra dans l'imposante réception du siège de Madison Brown. C'était son premier jour de travail, et elle avait hâte de relever le défi de ce nouvel emploi !

Il lui avait fallu un bon mois pour dénicher ce poste ! Heureusement, elle l'avait obtenu, et au bon moment ! Elle n'en pouvait plus de ruminer toute seule dans son appartement, de penser à Alexi, de se dire qu'il lui manquait.

Aujourd'hui encore, quand son nom lui traversait l'esprit, elle éprouvait une douleur sourde qu'elle tentait de refouler avec colère. Car enfin, c'était elle qui avait quitté Demetri Shipping, elle qui avait rompu avec Alexi… et elle avait eu raison !

— Bonjour, dit-elle à la réceptionniste. Je suis Katie Connor, la nouvelle chef de projet.

— Bonjour, mademoiselle. Vous pouvez monter au dernier étage. Le nouveau directeur désire vous voir avant que vous ne preniez votre poste.

Katie se dirigea vers l'ascenseur en s'efforçant de contrôler sa soudaine nervosité. « Il n'y a pas de problème, voyons ! », s'encouragea-t-elle. L'agence de placement lui avait précisé qu'elle avait été la seule retenue pour un entretien parmi tous les candidats présentés. De plus, le cadre de Madison Brown qui lui avait téléphoné pour lui proposer ce poste ne lui avait pas caché que ses antécédents professionnels avaient impressionné le comité d'embauche. De toute évidence, sa réussite chez Demetri Shipping avait parlé en sa faveur !

Son futur employeur lui avait précisé qu'au moment de son entrée en fonctions, Madison Brown serait devenue la société satellite d'une grosse entreprise : Tellesta — presque aussi importante que Demetri Shipping. Elle aurait l'occasion de développer ses talents et d'effectuer des voyages à l'étranger, car Madison Brown possédait des bureaux à Paris et à New York. Elle avait hâte de se mesurer à cette épreuve.

Quand elle sortit de l'ascenseur au dernier étage, la jeune femme de la réception, qui s'appelait Claire, la conduisit dans son bureau. Katie regarda avec intérêt autour d'elle en longeant le couloir. Les bureaux, très modernes, offraient un panorama spectaculaire sur Londres. La salle de conférences qu'elles traversèrent était vaste et très bien équipée.

— Ça a vraiment de l'allure, murmura Katie en s'attardant sur le seuil.

— La salle vient d'être aménagée, déclara fièrement Claire. La nouvelle maison mère a rénové les lieux sans restriction de budget. Nous avons même un héliport. Ainsi, les cadres ne perdent pas de temps pour se rendre à l'aéroport.

— Impressionnant, commenta Katie.

— N'est-ce pas ? Et voici votre bureau.

Katie n'en crut pas ses yeux. Elle était installée dans une vaste pièce d'angle offrant une large vue sur le quartier d'affaires de Canary Wharf — rival de la City ! Détachant à grand-peine son regard de ce spectacle, elle jaugea l'énorme pile de dossiers qui encombrait sa table de travail.

— On m'a demandé de rassembler pour vous des dossiers à examiner, murmura Claire tandis que Katie examinait rapidement les premiers feuillets. Vous avez une réunion dans la salle de conférences à 10 heures.

— C'est noté. J'ai cru comprendre que le directeur de projets veut s'entretenir avec moi ?

— Oui, mais il a dû se rendre dans un bâtiment annexe. Il vous verra tout à l'heure dans la salle de conférences. Au fait… il aimerait que vous examiniez ces budgets et que vous présentiez un rapport préliminaire au comité d'administration. Il aimerait connaître vos suggestions pour les améliorer.

— A 10 heures ? s'étonna Katie, la gorge soudain sèche.

— Je crains que oui, répondit Claire avec une grimace expressive. Il est du genre pressé !

Dès qu'elle fut seule, Katie ôta la veste de son tailleur et la suspendit près du meuble-classeur. Puis elle se mit à examiner les dossiers en se disant que c'était ce qu'elle voulait. Un travail prenant qui lui fasse oublier le passé.

Elle avait aimé avec passion son ancien emploi… ou bien son enthousiasme permanent avait-il été un effet de la présence d'Alexi ? Elle refoula cette pensée perturbante, et tenta de se concentrer. Mais elle eut beau s'y évertuer, Alexi s'était emparé de son esprit : il était près d'elle… il l'embrassait, la caressait, la possédait…

Cherchant à se ressaisir, elle se remémora la période où elle avait cru être enceinte, et la peur qu'elle avait alors ressentie… Dieu merci, ses craintes s'étaient révélées sans fondement !

Car Alexi n'était pas le moins du monde prêt à s'engager. Il n'avait qu'une priorité : le travail. Il l'avait toisée presque avec froideur quand elle lui avait annoncé qu'elle ne resterait pas chez Demetri Shipping.

— C'est une décision professionnelle ou personnelle ? s'était-il enquis.

— Quelle importance ?

— Si tu obéis à un motif personnel, c'est que tu ne réfléchis pas convenablement.

Elle n'avait pu s'empêcher de rire tant cette réaction était typique de sa personnalité !

— Si je comprends bien, une bonne raison est *forcément* d'ordre professionnel ?

— Oui. Nous avions une véritable connivence, n'est-ce pas ? Nous avons eu un petit à-côté, mais nous étions convenus que cela n'influerait pas sur le travail.

— Et cela a été le cas, avait-elle répondu. Je refuse ce poste parce que je veux aller de l'avant, relever un nouveau défi.

Malgré son calme apparent, elle avait été blessée et cette blessure n'était toujours pas cicatrisée. Elle aurait aimé qu'Alexi montre un peu de sentiment, de tendresse. Or il s'était contenté de dire qu'il laisserait le poste vacant quelque temps, et qu'elle n'aurait qu'à reprendre contact avec lui si elle changeait d'avis. Puis, lui souhaitant bonne continuation, il avait quitté le bureau.

Au moment de son départ, il était en voyage d'affaires aux U.S.A. C'était bien la preuve qu'elle n'avait pas compté pour lui ! Il n'aurait pas donné la priorité au travail, sinon...

Bon sang ! Pourquoi perdait-elle son temps à ruminer alors que son nouveau patron attendait un rapport ? s'admonesta-t-elle. A vingt-quatre ans, elle n'allait pas se comporter en adolescente énamourée ! Elle s'était crue capable de gérer une liaison sans se laisser dominer par ses sentiments. Eh bien, elle avait commis une erreur. Il était temps d'oublier ça !

Prenant une profonde inspiration, elle se concentra sur ses dossiers. Elle repéra en rouge les données chiffrées qui lui semblaient contestables, puis prit des notes... A 9 h 30, elle avait esquissé un rapport préliminaire qui se tenait. Elle pourrait soulever quelques points intéressants pendant la réunion.

Consciente que le temps passait vite, elle alla prendre un verre d'eau à la machine qu'elle avait remarquée en passant dans le couloir. Brièvement, elle examina son reflet dans la glace proche du distributeur. Elle s'était maquillée pour dissimuler des cernes dus au manque de sommeil, et ses yeux bleus en prenaient plus d'éclat. La nuance de son rouge à lèvres faisait ressortir ses cheveux bruns. Pourtant, elle ne se reconnaissait pas vraiment. Elle avait un style plus naturel, en général.

Et alors, se dit-elle, on ne l'avait pas engagée pour son style, mais pour ses idées ! Là-dessus, elle revint sur ses pas, et poussa la porte de son bureau.

Elle s'immobilisa sur le seuil, croyant s'être trompée : ayant tourné le fauteuil pivotant face à la baie, quelqu'un était assis à sa place et s'entretenait au téléphone. Elle ne vit qu'un dos masculin, de longues jambes dépassant sur le côté. Mais, c'était incroyable… l'intrus lisait ses notes ! Il ne manquait pas de toupet !

Elle toussota :

— Hum, hum, puis-je vous aider ?

— Je te rappelle, Ryan, je dois voir une nouvelle recrue avant la réunion, continua le gêneur.

Sa voix professionnelle et décidée était pourtant grave et mélodieuse, avec un léger accent méditerranéen, et Katie la reconnut aussitôt ! En état de choc, elle dévisagea l'importun qui venait de pivoter pour lui faire face. C'était Alexander Demetri.

« J'ai une hallucination ! » pensa-t-elle.

Quant au visiteur, ayant enfin raccroché, il se renversa dans le fauteuil et lâcha :

— Bonjour, Katie.

Son intonation froide et sardonique, et la lueur inquiétante de son regard n'étaient que trop réelles. Une hallucination ? Allons donc ! C'était un véritable cauchemar !

2

— Mais qu'est-ce que tu fiches ici ? s'écria Katie, à la fois étourdie et incrédule.

— Eh bien, je t'offre un poste dont tu prétendais ne pas vouloir. Comme le monde est petit, n'est-ce pas ?

— J… je… je ne comprends pas, bredouilla-t-elle, l'esprit emporté dans un tourbillon. Tu voulais m'engager chez Demetri Shipping, non ?

— Demetri possède désormais Tellesta et Madison Brown. J'en ai pris le contrôle voici six semaines, déclara Alexi.

Tout en parlant, il la détailla du regard. Qu'elle était belle ! se dit-il. En chemisier blanc et tailleur noir, Katie portait une tenue strictement professionnelle. Pourtant, sans le vouloir, elle était désirable. Cela tenait à la large ceinture noire qui soulignait sa taille de guêpe, au rouge à lèvres qui veloutait sa bouche… Elle avait toujours été beaucoup trop attirante, pensa-t-il.

Sous son regard scrutateur, Katie se sentit de plus en plus nerveuse. Que pensait-il ? Etait-il content de la revoir, ne fût-ce qu'un peu ?

Elle se reprocha aussitôt sa sottise. Elle n'était qu'une conquête de plus à son palmarès, bon sang ! N'avait-elle donc rien compris ?

— Alors, tu avais déjà racheté ces entreprises quand nous… travaillions ensemble ? demanda-t-elle.

Elle s'était retenue de justesse ! Elle avait failli dire :

« lorsque nous *étions* ensemble ». Mais ils n'avaient jamais formé un véritable couple !

Elle continua :

— Je l'ignorais. Quand j'ai postulé pour ce job, je ne savais pas que je travaillerais pour toi.

— C'est ce que j'ai cru comprendre.

Quelle arrogance ! pensa-t-elle, exaspérée par sa désinvolture. Elle aurait bien aimé le voir perdre pied, ne fût-ce qu'une fois !

Mais plus que contre lui, sa colère était tournée avant tout contre elle-même, car il lui fallait s'avouer qu'une part d'elle-même était contente de le revoir. Et elle détestait sa faiblesse. Elle était si sûre d'en avoir fini avec Alexi !

Elle le trouvait séduisant, soit. Mais après tout, n'importe quelle femme se serait laissé troubler par sa beauté virile. Il les attirait toutes !

Elle s'efforça de ne pas le regarder, de ne pas être sensible à d'absurdes petits détails tels que la longueur de ses cheveux qui effleuraient à présent le col de son veston marine, ou le dessin sensuel de sa bouche, au pli presque cruel. Quand elle se laissait aller à remarquer ces choses, elle se remémorait ce qu'elle avait ressenti dans ses bras, sous ses caresses…

— Est-ce que tu savais que j'étais engagée et que tu me verrais aujourd'hui ? demanda-t-elle.

— Bien sûr, voyons ! dit-il d'un air amusé. Ton nom est apparu sur mon bureau il y a près d'une semaine.

— Qu'allons-nous faire, Alexi ? Je ne peux pas retravailler pour toi !

Il l'examina en plissant les yeux. Une émotion étrange, qu'il n'aurait pas su nommer, s'empara de lui. De la colère, sans doute. Il avait été furieux que Katie ait refusé son offre et quitté l'entreprise sans états d'âme. Si irrationnel que ce fût, il n'avait toujours pas décoléré. Il avait l'habitude d'obtenir ce qu'il voulait, de voir les gens se plier à sa volonté. Or, Katie était partie alors qu'il n'était pas prêt à lui rendre sa liberté.

— Je suis surpris de ta réaction, dit-il, cherchant à mesurer ses propos. J'aurais cru que tu te montrerais plus… professionnelle. Tu viens de signer un contrat de quatre mois avec Madison Brown. Tu dois tout de même tenir à ce job !

Elle le foudroya du regard. De quel droit l'accusait-il de manquer de professionnalisme ? Il n'avait pas précisément respecté les règles professionnelles en couchant avec elle ! Elle se retint de le lui rétorquer, bien entendu. Il aurait souligné à juste titre qu'elle était autant à blâmer que lui. Et puis, à quoi bon revenir sur le passé ?

— Je voulais ce job, oui ! répondit-elle. Mais c'était avant de savoir que tu possédais cette société !

— En quoi cela fait-il une différence ? Personnellement, je ne vois aucun inconvénient à te réengager. Où est le problème ?

Katie sentit la panique la gagner. Pour lui, c'était simple parce qu'il n'était pas impliqué affectivement. Alors que, pour sa part, elle l'était. Pas très profondément, se hâta-t-elle de se rassurer. Cependant, elle n'arrivait pas à adopter une attitude purement pragmatique à l'égard de leur passé commun. C'était une des raisons qui l'avaient poussée à décliner son offre chez Demetri Shipping.

Il avait l'habitude de faire défiler les femmes dans son lit et de les oublier, comprit-elle. Et elle avait beau y avoir souscrit, elle condamnait ces pratiques. Avant Alexi, elle n'avait eu qu'un amant. Mais elle n'allait certes pas le lui révéler.

— Je n'ai aucun problème, prétendit-elle. Je voulais aller de l'avant, c'est tout.

Alexi observa son air déterminé et plein de défi avec contrariété. C'était lui, d'ordinaire, qui prenait les initiatives. Et voici que, pour la deuxième fois, Katie le traitait par la désinvolture. Il n'aimait pas cela du tout !

— Nous avions un bon arrangement, fit-il observer. Il nous convenait très bien.

— Eh bien, les gens changent. Ce qui était bon hier ne l'est pas forcément aujourd'hui.

— Certes. Cela m'amène à m'apercevoir que nous nous ressemblons : nous convenons que nous nous sommes donné du bon temps et que nous passons maintenant à autre chose. Cela ne me pose aucune difficulté. Je t'ai choisie parce que tu es particulièrement apte pour occuper ce poste. Cet engagement est strictement professionnel.

— Je sais ! Je voulais juste m'assurer qu'il en allait de même pour toi !

Elle eut la satisfaction de voir passer dans son regard un éclair de colère, ou simplement de contrariété. En tout cas, elle avait réussi à entamer son impassibilité ! Mais sa jubilation fut de courte durée, car il ajouta en haussant les épaules :

— Sois bien certaine que le travail passe avant tout. Cela a toujours été ma priorité absolue.

Cette déclaration n'était pas de nature à la surprendre, au contraire. Pourtant, elle la blessa, et annihila son sentiment de triomphe. N'ayant pas d'autre choix, elle répondit :

— Dans ce cas, nous voilà d'accord.

— Parfait, dit-il avec un large sourire. Puisque les choses sont claires, nous pouvons repartir comme avant.

Repartir comme avant ? Voilà une tournure qu'elle n'aimait guère et qui lui mettait même les nerfs à vif. Soudain, la réalité de sa situation la frappait de plein fouet : elle avait signé un contrat. Autant dire qu'elle s'était elle-même passé les menottes ! Quant au nouveau job supposé lui faire oublier le passé, il venait d'être réduit en cendres.

— Bon, si nous revenions à nos moutons ? lança Alexi en consultant sa montre. La réunion commence dans cinq minutes. Tu veux qu'on revoie rapidement ton rapport ?

Indignée par sa froideur arrogante, elle lui opposa un refus indirect :

— Je le présenterai à la réunion, comme prévu.

— Tu es bien sûre de toi.

— Ton entreprise m'emploie parce que je suis compétente dans ma partie. Je n'ai pas besoin qu'on me chaperonne !

— Ce n'était nullement mon intention. Mais ce projet est très important. Il me semblait utile d'en discuter.

Si elle comprenait bien, pensa-t-elle, il était passé la voir uniquement à cause de ce projet.

— Nous n'avons pas le temps, riposta-t-elle d'un ton un peu sec. Si tu as des observations, tu pourras les faire tout à l'heure.

— O.K., fit Alexi, serrant les mâchoires.

Il appréciait l'intelligence de Katie, son aptitude à travailler sous pression. S'il lui avait demandé un rapport dans un délai si bref, c'était pour la tester. Et elle avait relevé le défi, comme toujours. Ayant pris connaissance de ses notes, il savait qu'elle tenait les choses bien en main.

— Simple mise en garde, reprit-il. Tu pourrais rencontrer des résistances pendant la réunion. Certains membres du conseil d'administration te trouvent trop jeune pour de telles responsabilités.

— Je vois. C'est bizarre, non ? répondit la jeune femme, masquant son inquiétude. Les jeunes de mon âge réussissent plutôt bien, de nos jours. De plus, j'ai déjà de l'expérience.

— Certes. Ne te fais pas de souci. De toute façon, c'est moi qui ai le dernier mot.

— Je ne me fais *aucun* souci. Je saurai régler le problème, si problème il y a.

— Je n'en doute pas une seconde.

— Bon, je crois que nous avons tout dit. Je te rejoins dans la salle de réunion dans une minute. Juste le temps de souligner certains passages pour ordonner plus facilement mon intervention.

Alexi haussa les épaules, et se leva. Elle avait presque oublié qu'il était si grand. Bien qu'elle fût plutôt élancée, pour une femme, il la dominait du haut de son mètre quatre-vingt-dix ! Les sens exacerbés, l'esprit en alerte, elle soutint son regard alors qu'il se plantait devant elle et laissait tomber d'un ton vaguement sardonique :

— Au fait, je suis ravi de te retrouver.

Elle eut très envie de répliquer que ce n'était pas du tout réciproque, et qu'elle tolérait leur collaboration à contrecœur, mais elle se contint.

— A tout de suite, ajouta-t-il avec un sourire railleur, comme s'il n'était pas dupe.

Dès qu'il eut refermé la porte derrière lui, Katie eut l'impression qu'elle allait se trouver mal. Bon sang ! Comment avait-elle pu commettre un tel faux pas ? Elle avait pourtant effectué des recherches sur Madison Brown ! Nulle part elle n'avait vu, dans les pages financières des journaux, que la société avait été rachetée par Demetri Shipping.

Il fallait qu'elle arrête de s'affoler, ça ne servait à rien, se réprimanda-t-elle en se rasseyant à son bureau. Mais, à l'idée de côtoyer Alexi pendant quatre mois, elle avait des sueurs froides. Comment allait-elle conserver une attitude calme et détachée alors qu'il avait le don de la troubler plus que de raison ? S'il recommençait à lui sourire, à la toucher, à…

« Cela n'arrivera pas », décréta-t-elle en son for intérieur. Elle était résolue à ne pas renouveler son erreur ! Le travail avant tout. N'allait-elle pas affronter, dans une minute à peine, un « peloton » d'hommes d'affaires hostiles ?

D'ailleurs, elle ne verrait probablement pas Alexi autant qu'avant. Il avait deux compagnies supplémentaires à diriger, désormais. Et sans doute avait-il aussi une nouvelle compagne.

Soudain, elle se souvint de quelle façon sa propre mère n'avait cessé de tomber sous le charme d'hommes qui n'en valaient pas la peine. Ceux qui la séduisaient étaient des coureurs de jupons, pour qui les femmes n'étaient que des objets, et jamais des êtres gentils, aimants et attentionnés. N'avait-elle pas juré qu'elle ne suivrait pas le même parcours ?

Renforcée par cette pensée, elle se leva, renfila sa veste, ramassa ses documents, et gagna la salle de réunion.

La majeure partie du conseil y était déjà assemblée lorsqu'elle fit son entrée. Quelques places étaient encore libres, cependant, et elle prit soin d'occuper le fauteuil le plus éloigné de celui d'Alexi.

Ce dernier était installé au bout de la longue table. Leurs regards se croisèrent, et elle détourna les yeux aussitôt. Pas question de se laisser distraire. Elle tenait à réussir sa présentation.

Dès que les derniers membres du conseil d'administration furent assis, Alexi appela l'attention de tous, faisant naître aussitôt le silence.

— Messieurs, je me réjouis de vous voir presque tous présents bien que cette réunion ait été convoquée sans préavis, commença-t-il. J'aimerais d'abord accueillir parmi nous notre nouveau chef de projet, Katie Connor. Je suis sûr qu'elle s'intégrera à la perfection dans notre équipe, et je compte sur une collaboration étroite et harmonieuse.

De nouveau, Katie croisa son regard. Elle ne recherchait pas du tout une collaboration « étroite et harmonieuse » ! Du moins, pas avec Alexi !

Détournant les yeux une fois de plus, elle s'efforça de se concentrer tandis qu'il présentait les divers membres de son équipe. Puis il lui donna la parole.

Elle se leva en s'adjurant de ne surtout pas le regarder, puis elle entama son exposé.

Calé dans son fauteuil, Alexi l'écouta avec attention. Katie s'exprimait avec assurance, jaugeant la position de l'entreprise sur le marché, et détaillant ses propres propositions pour renforcer ses parts de marché. De toute évidence, elle avait effectué des recherches approfondies avant son entrée en fonction. Il comprenait qu'elle ait eu un choc en le voyant tout à l'heure. Jusqu'ici, il avait réussi à éviter que le rachat de Madison Brown et Tellesta fût révélé dans les médias, afin de déjouer la concurrence. Si cela lui avait de surcroît permis de reprendre Katie dans ses filets, il n'en était pas fâché ! Il avait toujours su qu'elle serait parfaite pour ce job.

Un instant, il laissa errer son regard sur sa silhouette voluptueuse. Soudain remué par un violent accès de désir, il s'avoua qu'il ne la voulait pas uniquement pour des raisons professionnelles. Sous son apparence collet monté, elle était en réalité passionnée et très sensuelle. Elle avait un corps superbe qu'il avait pris plaisir à explorer. Il l'avait désirée dès qu'il l'avait rencontrée, dès qu'il avait croisé le regard de ses étonnants yeux bleu-mauve, à la fois innocents et provocateurs.

Et il la voulait toujours, pensa-t-il. Jusqu'à l'obsession !

C'était tout de même insensé ! Il aurait pu la remplacer cent fois, et par des femmes plus belles les unes que les autres ! Alors, pourquoi avait-il voulu la récupérer à l'instant même où elle avait mis fin à leur relation ? Vraiment, cela ne lui ressemblait pas.

Depuis son divorce huit ans plus tôt, il n'avait pas eu de véritable relation sentimentale et affective. Il n'était certainement pas près de s'attacher de nouveau à une femme ! Pourtant, il n'avait pas accepté le départ de Katie. Il s'était efforcé de reprendre son rythme habituel, mais, bien qu'il eût racheté deux sociétés et eût un travail insensé, elle n'avait cessé de hanter ses pensées, jour et nuit. La nuit surtout !

En la revoyant, il avait tout à coup déterminé la raison de son obsession : c'était parce que Katie avait écorné son ego, tout simplement. D'habitude, c'était *lui* qui mettait un terme à ses liaisons. Dès que la situation se compliquait, ou qu'il était lassé d'une femme, il passait à autre chose. Or, Katie avait rompu avant qu'il se fût lassé d'elle. Ils avaient encore quelque chose à régler. Et ce quelque chose s'appelait *désir*.

Eh bien, il était facile de remédier au désir sexuel. Il n'avait, pour cela, qu'à remettre Katie dans son lit, et jouir d'elle jusqu'à satiété.

Comme, à ce moment, elle se tournait dans sa direction, il lui sourit. Il vit le feu soudain de son regard et sa rougeur révélatrice. Elle détourna les yeux aussitôt, mais elle n'était pas aussi indifférente qu'elle cherchait à le prétendre ! Il n'aurait pas de mal à la reprendre, et selon ses propres règles, pensa-t-il avec assurance. Ce serait lui, cette fois, qui mettrait le point final à leur liaison !

— Quelqu'un a-t-il des questions ? demanda-t-elle.

Ainsi qu'il l'avait prédit, certains membres du conseil intervinrent, lui donnant du fil à retordre. Elle leur tint tête et il ne tarda pas à constater qu'elle emportait déjà leur conviction.

— Eh bien, merci, Katie, je crois que vous avez tout dit, déclara-t-il d'une voix égale.

Elle acquiesça, et referma son dossier.

— Si vous voulez bien m'excuser, messieurs... Je vous laisse pour me remettre à ma tâche.

— Je vous en prie, fit Alexi. Une dernière chose, toutefois : le bureau de New York se réunit demain, et j'aimerais que vous soyez présente.

— Demain ? A New York ? Vous me prenez de court.

— Cette décision n'a pas été de mon ressort.

— Cette réunion a lieu quand ? demanda-t-elle en ouvrant son agenda.

— Ne vous souciez pas des horaires. Vous pourrez voyager avec moi sur le jet de la compagnie.

Katie tressaillit. Ce futur tête-à-tête avec Alexi n'était pas une bonne nouvelle. Elle aurait aimé pouvoir répondre : « Je n'irai pas, il n'en est pas question ! » Mais cela n'aurait pas été très professionnel... Comme plusieurs membres du conseil s'entretenaient maintenant en aparté, elle aurait souhaité tirer profit du brouhaha pour murmurer à Alexi qu'elle ne pouvait accepter, qu'elle était incapable d'agir comme si rien ne s'était produit entre eux.

Mais sa fierté l'emporta et elle concéda d'une voix tendue :

— Oui, j'imagine.

— Je passe vous prendre ce soir à 19 heures.

Etait-ce un effet de son imagination ou bien le regard noir d'Alexi avait-il laissé transparaître une expression de triomphe ?

Détournant le regard, elle lâcha :

— A tout à l'heure.

Comment aurait-elle pu réagir autrement ? Le travail avant tout.

Alexi avait réussi à la placer dans une situation intenable ! se rendit-elle compte avec fureur.

3

19 heures approchaient, et Katie n'avait pas cessé d'arpenter son appartement. Elle était nerveuse. Professionnellement, elle était prête à ce voyage. Affectivement, en revanche…

En fait, quand Alexi lui avait téléphoné un peu plus tôt pour préciser l'heure du vol, et celle à laquelle il passerait la prendre, elle avait tenté d'annuler ce déplacement.

— Est-il bien nécessaire que je quitte mon poste ? Ne vaudrait-il pas mieux que je m'adapte ici avant de me familiariser avec le versant américain de l'entreprise ? Sans parler de toute la paperasserie qui m'attend déjà…

— Tu pourras expédier une partie du courrier pendant le voyage, avait tranché Alexi. Je veux que les choses avancent le plus vite possible. Alors, sois prête.

Là-dessus, il avait coupé la communication. Quel toupet ! Il était le patron, d'accord. Mais elle n'était pas pour autant taillable et corvéable à merci ! Il aurait tout de même pu avoir la courtoisie de la prévenir dans un délai raisonnable !

Le vibreur de son mobile bourdonna, signalant l'arrivée d'un SMS. Le message émanait d'Alexi. Qu'il était étrange de revoir son nom sur l'écran après tout ce temps, pensa-t-elle. Elle aurait pourtant parié qu'il avait effacé son numéro de sa mémoire électronique. Pour sa part, elle avait été résolue à supprimer le sien de son répertoire. Mais elle n'était pas parvenue à s'y résoudre.

Elle lut rapidement le message : « Je t'attends dehors. Ne sois pas longue. » Un élan de colère la souleva. Après quatre semaines de silence, il ne trouvait rien de mieux que de lui expédier un ordre !

Cependant, elle se ressaisit : il s'agissait du travail, et de rien d'autre. Quand elle gagna la fenêtre pour regarder à l'extérieur, elle constata que la limousine familière était en effet garée en bordure du trottoir. Quel choix avait-elle ? Envoyer paître Alexi, et perdre le travail qu'elle avait eu tant de peine à trouver ? C'était impossible. Elle accordait la plus grande importance à sa carrière et à l'indépendance qu'elle lui procurait. Elle n'allait pas la compromettre à cause d'une liaison révolue.

Quand elle apparut sur le trottoir, Alexi s'apprêtait justement à la rappeler. Il rangea son mobile dans sa poche avec un sourire de satisfaction. Tout se déroulait pour le mieux. Katie respectait la primauté du travail, comme prévu, et d'ici leur retour à Londres, il l'aurait remise dans son lit ! pensa-t-il en suivant du regard le manège de son chauffeur, qui logeait le bagage de la jeune femme dans le coffre puis lui ouvrait la portière.

— Salut, dit-elle brièvement en s'asseyant sur le siège opposé au sien.

Il sentit les effluves de son parfum, fleuri et léger mais incroyablement sensuel. Elle portait un jean noir et un chemisier blanc, et avait noué ses cheveux sur sa nuque. Elle était belle et en forme. Presque trop en forme pour quelqu'un qui sortait d'une longue journée de travail.

— Tu es en retard, commenta-t-il, sarcastique.

— A peine, répliqua-t-elle. Et estime-toi heureux que je sois là alors que j'ai été prévenue à la dernière minute. J'aurais pu avoir d'autres engagements.

— Ce n'est pas le cas.

— Peu importe. J'ai besoin d'être avertie assez tôt pour des déplacements de ce genre.

— J'en tiendrai compte la prochaine fois.

— Ah, parce que nous serons amenés à effectuer d'autres voyages de ce type ?

— Tout à fait. Il faudra aplanir les problèmes qui ne

manqueront pas de surgir. Et pour ça, rien de tel que le contact personnel.

— Je vois, murmura-t-elle, regardant à travers la vitre.

Elle semblait effrayée, constata Alexi. Pour quelle raison ? Ce ne pouvait pas être à cause du voyage, son travail chez Demetri Shipping l'avait habituée aux déplacements fréquents. Redoutait-elle d'être seule avec lui ?

Pourquoi avait-elle mis fin à leur relation ? se demanda-t-il encore dans un regain de colère. Elle s'était toujours montrée passionnée. Qu'est-ce qui avait bien pu la faire changer ainsi ?

La mallette qu'elle avait posée près d'elle tomba alors que la voiture prenait un virage serré. Il se pencha pour la ramasser en même temps que Katie, et leurs mains se touchèrent à l'instant où elles tentaient de se refermer sur la poignée en cuir.

Katie retira ses doigts comme si elle s'était brûlée, et il remit la mallette en place.

— Merci, murmura-t-elle, fuyant son regard.

— Tout va bien ?

— Oui, pourquoi ?

Mais ses pommettes avaient rosi, et son regard était plus brillant que de coutume. S'il avait le pouvoir de la troubler avec un contact de hasard, qu'en serait-il s'il la caressait ? Avant, ces attouchements avaient toujours provoqué leur embrasement instantané.

Il avait une folle envie de savoir si la magie d'autrefois serait encore au rendez-vous. Il avait une folle envie de se pencher vers elle, de la saisir entre ses bras et de l'embrasser comme un perdu… Il se voyait en train de déboutonner son chemisier… Il se remémorait sa réceptivité, ses élans…

Se dominant avec difficulté, il se cala sur son siège et s'efforça de prendre son mal en patience. Il ne tenait pas à précipiter les choses. Il voulait qu'elle soit ravagée de désir, avide de se donner à lui lorsqu'il la reprendrait !

— As-tu apporté les documents dont tu as parlé ?

— Oui, je les ai, dit-elle en commençant à ouvrir son bagage. Ce n'est pas encore terminé, évidemment, mais...

— Nous nous occuperons de ça dans l'avion.

— Oh, d'accord, entendu.

Un silence s'installa entre eux. Katie jeta un coup d'œil vers Alexi. Dans son costume foncé, il avait tout de l'homme d'affaires énergique qui a brillamment réussi. Pendant un instant, elle eut presque du mal à croire qu'il avait été son amant, qu'il s'était montré tendre avec elle, et lui avait fait passionnément l'amour.

Comme il levait les yeux vers elle, elle détourna précipitamment le regard. Elle ne devait pas se laisser aller à de telles pensées, cela ne lui vaudrait rien de bon !

— Alors, Katie, comment va la vie ? demanda-t-il.

— Très bien. Pourquoi cette question personnelle ?

— Parce que je m'intéresse à ce que tu deviens, dit-il avec amusement. Pour quelle autre raison te la poserais-je ?

— Qui sait, dit-elle, s'efforçant de se détendre bien qu'elle fût mal à l'aise de le voir si proche. Soyons francs, Alexi : tu n'as jamais eu la moindre propension à t'intéresser au quotidien.

— Tu trouves ? Il me semble pourtant que nous avons eu quelques échanges.

Elle n'avait pas très envie de penser aux échanges auxquels il faisait allusion...

— Il n'y a pas eu que le travail entre nous, continua-t-il nonchalamment. Nous avons eu aussi pas mal de petites... récréations.

— Ce n'est pas un sujet à aborder ! s'emporta-t-elle.

— Vraiment ?

— Nous sommes passés à autre chose, je te rappelle.

— Oh, oui, au fait...

Il laissa errer son regard sur ses lèvres, et elle se remémora ce qu'elle avait ressenti quand il l'avait embrassée et caressée... Elle était si intensément vivante, alors ! Envahie d'une nostalgie presque douloureuse, elle se tourna de nouveau vers la vitre, regardant défiler le paysage. Elle avait besoin d'oublier le passé. Alexi n'était pas de ces hommes auxquels on pouvait s'attacher, et leur liaison était terminée. Définitivement.

— C'est bien que nous continuions à travailler en bonne entente, tu ne trouves pas ? reprit-il.

— Oui…

— Si tu me racontais un peu ce que tu es devenue, depuis tout ce temps. Qu'as-tu fait ?

— J'ai passé une semaine en France, chez ma sœur, répondit-elle avec effort.

— J'ignorais que tu en avais une.

— Ah ? Sans doute parce que nos conversations tournaient autour du travail. Tu ne sais pratiquement rien sur moi, en réalité, fit-elle sèchement.

Alexi s'avoua qu'elle venait de toucher une corde sensible. Il était vrai qu'il avait tendance à mettre en avant leur relation professionnelle, et qu'il n'était pas porté sur les conversations sérieuses et introspectives. Mais elle lui ressemblait sur ce point. Il avait noté plus d'une fois qu'elle se réfugiait derrière le travail.

Et l'air de vulnérabilité qu'elle avait parfois, lorsqu'elle ne pensait pas être observée, ne lui avait pas échappé.

— Je sais qu'un homme t'avait fait souffrir, au moment où nous nous sommes connus, dit-il.

Katie fut surprise par cette remarque. Elle avait mentionné Carl une fois, au début de leur liaison. Mais elle n'avait pas eu l'impression qu'Alexi y eût pris garde !

Il continua :

— Voyons, que m'avais-tu dit, déjà ? Ah, oui ! Que tu avais eu une relation sérieuse, et que tu étais fatiguée du romantisme effréné. Qu'une simple relation sexuelle et des conversations légères te suffiraient amplement.

Elle le dévisagea, atterrée. Elle avait bel et bien tenu ces propos la première fois qu'ils avaient couché ensemble ! C'était au moment où Alexi avait revendiqué le fait de ne pas porter son cœur en bandoulière. Pour ne pas être en reste, elle avait lâché ce commentaire désinvolte.

— On peut te faire confiance pour retenir ces choses-là ! murmura-t-elle sans réussir à cacher son embarras. Mais tu ne te rappelles même pas que j'ai une sœur !

Il lui décocha un regard taquin qui la troubla, et elle s'en voulut aussitôt. L'attendrissement n'était pas de mise avec un homme tel que lui !

— Au fait, reprit-il avec décontraction, fais-moi penser à réexaminer nos estimations budgétaires. Il faut aussi qu'on peaufine le calendrier.

— Entendu, répondit-elle sur le même ton, bien qu'elle fût, comme toujours, surprise par sa versatilité.

Il était passé, en deux secondes, de la provocation amoureuse au travail. Les affaires, il n'y avait que ça de vrai pour lui ! pensa-t-elle alors qu'ils arrivaient à l'aéroport.

Elle avait eu l'illusion de pouvoir assumer une liaison avec lui. En réalité, il l'avait troublée et fascinée. Elle s'était mise à imaginer des choses qui n'existaient pas. Oh, Alexi ne lui avait jamais raconté d'histoires, n'avait jamais prétendu qu'elle était spéciale à ses yeux, ni quoi que ce fût de ce genre ! Cependant, ses baisers et son attitude au lit avaient constitué une sorte de mensonge en soi. Tout en devenant dépendante de leurs échanges sensuels, elle s'était fallacieusement convaincue que les émotions n'y entraient pour rien. Mais, à la vérité, elle n'avait pas très bien su séparer les deux.

Ç'avait été une erreur monumentale de sa part. A croire qu'elle avait traversé une période de folie ! Ou alors, elle avait inconsciemment choisi de se mentir pour se prémunir contre un homme qui n'était qu'un bourreau des cœurs, un séducteur invétéré.

Heureusement, elle savait aujourd'hui faire la distinction entre réel et illusion. Alexi, homme d'affaires impitoyable : là était le réel. Alexi, amant chaleureux et passionné : là était l'illusion.

Il ne leur fallut pas longtemps pour être à bord du jet de la compagnie. Katie y avait déjà voyagé avec Alexi, pour assister à une conférence à Paris et elle n'avait aucune envie de se remémorer à quoi ils avaient occupé cette heure de vol...

Elle sortit des documents, et les posa sur le siège proche du sien avant de ranger sa mallette dans le compartiment prévu à cet effet. Puis elle s'assit près du hublot, et boucla sa ceinture de sécurité.

La porte de communication entre la cabine et le cockpit était ouverte. Elle voyait Alexi qui s'entretenait avec le pilote. Qu'il était beau ! pensa-t-elle sans même s'en rendre compte. A trente-cinq ans, il était dans la fleur de l'âge. Son costume sombre mettait en valeur sa silhouette magnifiquement bien découplée, et sa chemise blanche exaltait son teint bistré, ses yeux et ses cheveux noirs.

Elle détourna vivement les yeux alors qu'il revenait vers elle et, ôtant son veston, le flanquait sur le bras du fauteuil. Ayant logé sa valise dans le compartiment à bagages, il lui apprit en souriant :

— La météo est bonne, le vol se déroulera sans turbulences. Nous avancerons le boulot dès que nous aurons décollé, et après, nous pourrons dormir un peu.

Dormir ? A condition qu'elle oublie sa séduction infernale ! ironisa-t-elle intérieurement.

Les vastes sièges qu'ils occupaient étaient convertibles en lits, lui avait expliqué Alexi lors du voyage à Paris. Mais, dans leur hâte, ils s'étaient contentés de rabattre les accoudoirs, et Alexi l'avait prise dans ses bras...

Il fallait qu'elle oublie ça ! se réprimanda-t-elle, sentant monter en elle une excitation indésirable.

Le pilote ferma la porte de séparation, et, un instant plus tard, l'avion roulait pour gagner l'orée de la piste. A travers le hublot, Katie regarda tomber le crépuscule.

— Te rappelles-tu notre voyage à Paris ? demanda soudain Alexi.

— N... non, pas vraiment, mentit-elle.

Devant son sourire, qui indiquait qu'il n'était pas dupe, elle choisit de répondre par le persiflage :

— Je suis surprise que tu t'en souviennes. Une partie de jambes en l'air de plus ou de moins, quelle différence pour toi ?

— C'est ce que tu penses ? fit-il en haussant les sourcils.

Elle prit un air indifférent. Tout à coup, il énonça quelque chose en grec. Elle était toujours surprise quand il s'exprimait dans sa langue maternelle — car son anglais était parfait. Les modulations de sa belle voix grave ne manquèrent pas de la troubler.

— Traduction ? fit-elle.

— J'ai dit que ce jour-là, notre « partie de jambes en l'air », comme tu l'appelles, a été sensationnelle.

Il rit en la voyant rougir jusqu'à la racine des cheveux.

Il semblait prendre un plaisir pervers à la mettre à cran. Comment allait-elle supporter leur proximité ? Elle ne pourrait jamais être de nouveau à l'aise en sa présence. Se laisser aller serait trop dangereux. Alexi avait l'art de susciter chez elle des comportements qui ne lui ressemblaient pas.

Quelques instants plus tard, ils avaient décollé. Les lumières de Londres ne tardèrent pas à se fondre dans le lointain, et ils purent déboucler leurs ceintures.

Tout en se levant pour prendre sa mallette et sortir des documents, Alexi reprit :

— Au fait, dans quelle région de France vit ta sœur ?

— Dans le Sud-Ouest. Elle habite dans un petit village.

— Elle a épousé un Français ?

— Non. Lucy est célibataire.

Sa sœur n'était pas mieux inspirée qu'elle dans le choix de ses compagnons, se dit-elle. Il fallait croire que c'était un trait de famille… Les erreurs sentimentales de leur mère étaient proverbiales, et toutes deux en avaient subi les rudes conséquences dans leur enfance. Il n'y avait pas lieu de s'étonner si elles ne donnaient pas facilement leur cœur, et étaient d'une indépendance farouche.

Katie s'était juré de ne pas répéter les errements de sa mère. Elle s'était liée avec Carl une fois persuadée que c'était un homme fiable et équilibré. Elle avait attendu d'en être sûre avant de se donner à lui. Mais il s'était avéré qu'il n'avait vu en elle qu'un défi à relever. Après avoir obtenu ce qu'il voulait, il s'était tourné vers une autre conquête.

Elle s'empressa d'infléchir le tour trop personnel de la conversation.

— J'ai réfléchi au moyen de doper notre stratégie pour rentabiliser nos nouvelles options. J'ai pas mal d'idées.

— Vraiment ? Je me disais bien que j'avais des raisons de t'engager.

Etait-ce une plaisanterie ? Ou ne songeait-il déjà plus qu'au travail ? Difficile de savoir, pensa-t-elle en ouvrant son dossier et en développant son point de vue d'une voix brève et énergique, focalisée sur la tâche en cours.

Alexi la regarda mordiller inconsciemment sa lèvre inférieure — une manie qu'elle avait quand elle s'efforçait de se concentrer. Il avait presque oublié, se dit-il, le curieux mélange de professionnalisme et de vulnérabilité qui la caractérisait, son assurance dans le travail et son air pourtant un peu perdu. Il y avait encore une certaine innocence en elle.

C'était d'ailleurs ce qu'il avait pensé quand il avait couché avec elle pour la première fois. En dépit de son attitude affranchie sur les liaisons sans attaches, il avait soupçonné qu'elle s'était exprimée en ces termes pour dissimuler une déception amoureuse.

Il s'était très vite rendu compte que, sans être vierge, elle n'avait pas une grande habitude des relations physiques. Elle avait eu presque peur de se donner à lui, tout en se montrant avide de baisers et de caresses. Ce mélange l'avait fasciné, et il avait été heureux de lui apprendre à recevoir et à donner du plaisir.

En y repensant, il sentait se raviver le désir qu'elle lui inspirait.

Tout en s'efforçant de se concentrer sur ce qu'elle

disait, il sentait croître son ardeur et son impatience. Oui, il avait hâte de la remettre dans son lit ! En fait, il se sentait à cran, énervé par la violence de son propre désir. Une situation totalement inédite pour lui.

4

Katie ouvrit les yeux et regarda par le hublot : les lumières de Manhattan scintillaient sur le velours obscur du ciel.

— L'atterrissage est prévu dans vingt minutes, dit Alexi, rangeant les documents qu'il venait de consulter.

Elle prit conscience, en tressaillant, qu'elle avait dû sommeiller. Comment avait-elle pu y parvenir alors qu'Alexi était assis juste en face ? Elle avait pourtant résisté à un terrible accès de fatigue, et refusé de mettre son fauteuil en position lit pour se reposer, comme il avait tenté de l'en convaincre. Elle n'avait pas voulu baisser sa garde en sa présence… et voici quel était le résultat !

Elle passa les doigts dans ses cheveux, s'efforçant de remettre en place les longues mèches qui s'échappaient de sa chevelure bouclée. Elle devait avoir une mine de déterrée, pensa-t-elle, embarrassée.

— Zut, je ne voulais pas m'endormir… Tu as terminé le planning ?

— Oui, tout est en ordre. Il aurait mieux valu que tu dormes convenablement. J'espère que tu auras les idées claires à la réunion.

Bien entendu, il ne se souciait que du travail, pas de son bien-être ! songea-t-elle, froissée par ce commentaire. Elle répliqua aussitôt :

— Je les aurai autant que toi !

La vivacité de sa réaction le fit sourire. Un instant, il s'autorisa à l'envelopper du regard. Tandis qu'elle dormait pelotonnée auprès de lui, il avait dû s'interdire de la contempler : sa présence le rendait fou ! Et le travail, entretemps, n'avançait pas. Il avait été fasciné par la perfection de sa peau satinée, l'épaisseur de ses longs cils, le charmant désordre de sa chevelure encadrant son visage. Sans parler de ses courbes voluptueuses…

Relevant les yeux avec effort, il s'aperçut soudain qu'elle était extrêmement pâle.

Katie esquiva le regard d'Alexi, et tenta désespérément de surmonter la nausée qui lui soulevait le cœur. Bon sang, que lui arrivait-il ? Elle n'allait tout de même pas avoir un malaise devant lui ! Ce serait si gênant !

Prise de panique, elle inspira plusieurs fois, et, à son grand soulagement, ses haut-le-cœur se calmèrent. Le nouveau travail, la pile de documents à traiter, et par-dessus tout, le voyage à New York, il n'y avait pas lieu de s'étonner qu'elle ne se sente pas bien ! Elle était surmenée.

Sans compter qu'il n'avait pas été facile de travailler avec Alexi. Depuis leur bref échange d'avant le décollage, ils n'avaient parlé que du travail, et l'aisance de leur ancienne collaboration lui avait grandement fait défaut.

Après une bonne douche et quelques heures de sommeil réparateur, elle se sentirait beaucoup mieux, conclut-elle, consultant sa montre et reprogrammant l'heure en fonction du décalage horaire.

— La réunion a lieu quand ? demanda-t-elle.

— A 9 h 30. Ça nous laisse le temps d'aller à mon appartement pour dormir un peu.

— Ton appartement ? Je croyais que nous résiderions à l'hôtel.

— J'ai un logement à Central Park, c'est bien plus pratique.

Le jet amorça sa descente, et le bruit accru du moteur masqua le silence tendu qui venait de s'installer entre eux. Katie ferma les yeux, tentant de juguler sa panique, essayant de s'imaginer qu'elle était ailleurs. Mais elle n'avait plus qu'une idée en tête : ils allaient se retrouver seuls dans un lieu clos !

Au moment où ils s'apprêtaient à quitter la cabine, elle déclara brusquement :

— Alexi, je crois que je devrais descendre dans un hôtel.

— Pourquoi ça ? fit-il, amusé.

— Parce que… parce que c'est une situation embarrassante.

— Mon appartement comporte plusieurs chambres, tu sais.

— Ce n'est pas de ça que je parle !

— Ah ? De quoi, alors ? Aurais-tu peur d'avoir trop envie de revenir dans mon lit ?

— Comme si je me souciais de ça ! explosa-t-elle, exaspérée et consternée par cette plaisanterie vaniteuse. Cela ne me traverse même pas l'esprit !

— Dans ce cas, je ne comprends pas ton problème. Au fait, tu as rédigé un mémo sur les contraintes environnementales ?

— Euh, oui, bien sûr, balbutia-t-elle, déstabilisée par ce retour abrupt au travail.

— Parfait. Nous aborderons ça à la réunion. Je pense que tes idées seront bien reçues, dit-il en lui passant sa mallette qu'il venait de sortir du compartiment à bagages.

— J'en suis sûre.

Elle préféra ne pas insister au sujet de l'appartement. D'ici qu'il s'imagine qu'elle redoutait de retomber dans ses bras !…

Sa question trop perspicace l'avait désarçonnée. Elle sentait qu'il avait raison, au fond. Dès qu'elle avait affaire à lui, elle perdait son sang-froid. Cela ne lui ressemblait pas du tout. Mais après avoir perdu la tête une première fois, elle tenait à ne pas renouveler cette folie. Elle avait besoin de se tirer de ce mauvais pas le plus vite possible.

— Quand rentrerons-nous à Londres ? s'enquit-elle.

— Demain, je suppose. Cela dépendra du déroulement des réunions, dit-il d'un air impatienté tandis que, la porte de l'avion étant ouverte, il la précédait sur la passerelle puis se mettait à marcher à grands pas.

Tout en s'efforçant de soutenir son allure, elle s'étonna :

— *Les* réunions ? Je croyais qu'il n'y en avait qu'une.

— Non, deux. La première, la plus importante, se tiendra en ville, à notre siège. La deuxième aura lieu cet après-midi sur mon paquebot, l'*Octavia*. Il est à quai, et les comptables sont à bord. Nous les verrons à 15 heures.

— Je vois. Donc, nous pouvons reprendre l'avion dès ce soir.

— En théorie seulement. Je donne une réception au champagne sur l'*Octavia*, et j'aimerais que tu y assistes, ça te donnera l'occasion de rencontrer certaines personnes.

S'il y avait une chose dont elle n'avait pas du tout envie, c'était d'assister à une soirée avec lui !

— Tu ne m'avais pas prévenue qu'il y aurait une réception ! Je n'ai rien à me mettre ! protesta-t-elle.

— Tu achèteras quelque chose dans une boutique du bord.

Pour Alexi, tout était simple. Mais, pour elle, cette soirée était un rappel nostalgique. Elle avait assisté une fois à une telle soirée, sur un de ses bateaux de croisière ancré à Southampton. Elle avait adoré le champagne, et les rencontres faites en sa compagnie. Elle n'avait pas eu la sensation de travailler bien qu'elle dût ensuite rédiger un rapport. Lorsque tout le monde était parti, ils avaient dansé sous les étoiles. Alexi avait ouvert la fermeture à glissière de sa robe et…

Il fallait absolument qu'elle évite cette soirée, pensa-t-elle, affolée par ces souvenirs. C'était dangereux. Ce voyage était dangereux. Elle avait l'impression de traverser un champ de mines.

Mais elle n'eut pas le temps de dire quoi que ce soit, car ils arrivaient devant le préposé du bureau d'immigration. Ensuite, ils gagnèrent la limousine qui les attendait.

— Ça n'a pas été long, commenta Alexi. Nous aurons le temps de dormir une heure ou deux.

Katie détourna les yeux et regarda le ciel de Manhattan. Un mois plus tôt, elle aurait été ravie de découvrir New York en compagnie d'Alexi. Elle aurait guetté avec impatience leurs moments de liberté pour visiter la ville, et l'instant de se retrouver dans ses bras. Mais aujourd'hui…

Alexi répondit à un appel téléphonique, et passa la majeure partie du trajet l'oreille collée à son portable, s'entretenant avec un employé de Londres au sujet de la décoration de la nouvelle chaîne de boutiques de Tellesta International. Avec lui, le travail ne perdait jamais ses droits, se rappela-t-elle. Du temps où ils sortaient ensemble, leurs moments d'intimité avaient toujours dépendu de leurs obligations professionnelles.

Reconnaissant des enseignes et des boutiques qu'elle n'avait vues que dans les magazines ou au cinéma, elle s'aperçut soudain qu'ils roulaient dans la Ve Avenue. La limousine s'arrêta devant un immeuble imposant avec une façade de verre.

Alexi mit fin à la communication, et ils descendirent de voiture, soudain plongés dans l'atmosphère bruyante de la ville. Le trafic était incessant bien qu'on fût à peine aux premières heures du jour.

Ils entrèrent, salués et escortés par un portier jusqu'à l'ascenseur, et furent bientôt emportés vers les étages supérieurs. Ils gardaient le silence, cependant Katie était consciente du regard d'Alexi posé sur elle, et se demandait ce qu'il pouvait penser.

« A-t-il une nouvelle compagne ? » s'interrogea-t-elle soudain. Elle se reprocha aussitôt la stupidité de sa question. Il n'avait pas dû attendre plus d'une journée pour la remplacer, et il sortait sans doute avec une riche et belle héritière ou un mannequin en vue !

Pour sa part, elle n'avait pas levé les yeux sur un autre homme. Mais cela allait changer ! se promit-elle.

— Tu es pâlotte, Katie, dit soudain Alexi.

— Ah ? fit-elle d'un air surpris. C'est sans doute à cause des lumières.

Il acquiesça, et, un instant, leurs regards se croisèrent. Elle regretta aussitôt d'avoir levé la tête. Il avait les plus beaux yeux du monde, d'un brun chocolaté presque noir, incroyablement séduisants, et qui semblaient la transpercer jusqu'à l'âme.

Ce fut presque sans y prendre garde qu'elle le suivit hors de l'ascenseur, et se retrouva dans un vaste appartement donnant sur Central Park.

— Tu veux bien préparer du café pendant que je consulte mes mails ? dit nonchalamment Alexi, posant ses clés sur une table pour appuyer sur l'interrupteur et éclairer les lieux.

Il avait déjà oublié qu'elle était « pâlotte » et lui donnait des ordres ! maugréa-t-elle intérieurement en posant son sac de voyage et en gagnant la cuisine à l'américaine pour remplir la bouilloire électrique.

Elle remarqua que l'endroit avait du style : parquet à larges lames, meubles peu nombreux et épurés.

— C'est le même décorateur qui a arrangé ton appartement de Londres et celui-ci ? s'enquit-elle en sortant des tasses.

Comme il ne répondait pas, elle se retourna et s'aperçut qu'il disparaissait déjà au bout du couloir. Elle prit le même chemin un instant plus tard, avec une tasse de café fumant, et le trouva dans un petit bureau adjacent à une chambre.

— Café noir sans sucre, annonça-t-elle en plaçant la tasse près de lui alors qu'il triait une série de documents.

— Merci, Katie. On a toutes les références des dossiers d'aujourd'hui ?

— Oui, j'ai mis la liste avec les formulaires que j'ai complétés tout à l'heure.

— Parfait. Tu peux aller dormir.

— Quelle chambre puis-je occuper ?

— La mienne se trouve au bout du couloir. Tu n'as qu'à choisir celle qu'il te plaira, répliqua-t-il avec une espièglerie soudaine.

Optant pour la désinvolture, elle répondit :

— N'importe, pourvu que ce ne soit pas la tienne.

Il parut amusé :

— A ta guise. Si c'est ce que tu veux.

Comme il se levait pour contourner son bureau, un signal d'alarme retentit dans l'esprit de la jeune femme.

— Oui, c'est ce que je veux ! lança-t-elle avec force.

— Katie… nous nous connaissons depuis suffisamment longtemps pour renoncer à cette petite comédie, tu ne crois pas ?

— Je ne comprends rien à ce que tu racontes. Je ne joue aucune comédie.

— Vraiment ? lança Alexi en s'appuyant nonchalamment contre le bureau et en l'examinant d'un air songeur. Je crois que c'est tout le contraire. En fait, la persistance de notre attirance sexuelle te rend malade.

Quelle fatuité inouïe ! pensa-t-elle. Elle se réfugia dans la seule attitude qui pût la protéger contre elle-même et lui permettre de préserver sa fierté : la dénégation.

— Je ne vois pas de quoi tu parles !

— Tu en es sûre ? Alors, pourquoi cet air affolé ?

— Affolée, moi ? Tu délires !

Alexi ne manqua pas de saluer cette réplique mensongère d'un sourire railleur.

— Chérie, fit-il, il va bien falloir que nous affrontions ce problème.

— Je ne suis pas ta *chérie*, et il n'y a aucun problème ! explosa-t-elle avec une fureur soudaine.

Elle était en colère contre lui, mais surtout contre elle-même : il venait d'énoncer la stricte vérité, et elle ne voyait pas comment elle parviendrait à collaborer avec lui, considérant ce qu'elle ressentait.

Elle voulut le dépasser pour gagner le seuil, mais il la retint en lui posant la main sur le bras.

— Ecoute, Katie, cessons de jouer à cache-cache. Nous ne nous sommes jamais menti, n'est-ce pas ?

— Sur ce point, tu as raison : il y avait de l'honnêteté

entre nous, dit-elle avec feu. Nous savions dès le départ que notre relation ne se prolongerait pas au-delà de la durée de mon contrat avec Demetri Shipping.

— Pourtant, elle a duré, dit-il d'une voix rauque, la contraignant à pivoter vers lui. Contrairement à toute attente, ça, je te l'accorde. Notre complicité sensuelle est toujours présente…

Elle secoua la tête avec véhémence. Mais, la prenant par le menton, il la força à lever les yeux.

L'effleurement de ses doigts virils sur sa chair fut intensément perturbant. Elle aurait aimé qu'il accentue le contact, glisse sa main dans ses cheveux et, attirant sa tête vers lui, prenne sa bouche. C'était un désir intense, lancinant.

— En fait, elle est encore plus forte, persista-t-il. Le souvenir de ce que nous avons vécu passe dans chaque regard que nous échangeons. C'était là hier, là pendant le voyage, et dans l'ascenseur…

— Tu dis n'importe quoi !

— Je dis la *vérité*. Il ne sert à rien de le nier, ça ne marche pas.

Katie aurait aimé démentir vigoureusement cette affirmation. Mais comment l'aurait-elle pu ? Au contact d'Alexi, ses sens s'étaient emballés, elle était la proie d'un désir dévorant.

Il continua d'une voix rauque :

— La question est : que faisons-nous ?

Assommée, elle déclara d'une voix mal assurée :

— Rien du tout. Nous savons que notre liaison était transitoire. Une fois qu'on est passé à autre chose, on ne revient pas en arrière.

— Mais on ne passe pas à autre chose tant que la magie est encore là. C'est un pas de deux, Katie. Sauf si on rencontre quelqu'un d'autre.

Il marqua un arrêt, puis se força à demander :

— C'est ça qui s'est produit pour toi ?

— Non ! s'exclama-t-elle, incapable de lui mentir. Cela n'a rien à voir.

Il sourit. Elle murmura aussitôt d'une voix enrouée :

— Je refuse que tu continues à faire la loi, c'est tout.

— Mais tu me désires quand même. Je le vois dans ton regard, dit-il en effleurant doucement son cou et en lui arrachant un frisson de plaisir. En fait, tu aimerais que je te prenne, là, tout de suite…

Sa proximité, son murmure tentateur étaient pour elle à la fois une douceur et un tourment. Oui, elle le voulait. Il était le seul à lui faire éprouver ces choses. Et, en se remémorant leurs échanges passionnés, elle se sentait happée dans un courant de tentation.

Humectant ses lèvres, elle dit avec un regard noyé :

— Alexi, arrête…

— Quoi ? De dire la vérité ?

— Tu es d'une prétention incroyable, murmura-t-elle, les nerfs à fleur de peau. Ton arrogance n'a pas de bornes.

— Si je t'embrassais en souvenir du bon vieux temps, tu ne ressentirais rien, c'est ça ?

Les yeux bleu-mauve de Katie se troublèrent, et il commenta avec satisfaction :

— Ah, tu vois ! Tu es loin d'être indifférente. Notre attirance est loin d'être dissipée.

Comme pour prouver son pouvoir sur elle, il l'enlaça par la taille, l'entourant de ses bras, et elle éprouva aussitôt un délicieux frisson. Elle avait envie qu'il laisse remonter ses doigts, et les pointes de ses seins, déjà raidies, aspiraient à ses caresses.

Il l'enveloppa d'un regard hardi et possessif, jouissant de lire, dans ses prunelles voilées par le trouble, une faim ardente.

— C'est plus fort que nous, dit-il, la caressant d'une manière qui la fit tressaillir.

— Alexi, je t'en prie…

— Oui ? Quoi ?… Je t'écoute…

Sa phrase s'était achevée dans un murmure rauque,

révélant qu'il était loin d'être aussi maître de lui qu'il voulait le paraître. Curieusement, ce fut en prenant conscience de cette faiblesse qu'elle sentit s'amenuiser ses propres défenses.

Instinctivement, leurs lèvres se rencontrèrent, et elle l'embrassa.

Envahi d'une sensation de triomphe, il lui accorda un instant l'initiative, savourant sa timidité, sa docilité, son désir. Puis il prit le contrôle des opérations, embrasant sa bouche d'un baiser avide. Maintenant qu'il avait pris l'offensive, il ne voulait plus s'arrêter. Il voulait Katie, avec une violence emportée et impérieuse qu'il n'avait jamais éprouvée. Cette sensation l'ébranla, et le mit aussi en colère contre lui-même. Il n'avait jamais eu *besoin* d'une femme, bon sang ! Il avait toujours su rompre sans états d'âme ! Qu'y avait-il de particulier chez celle-ci, pour qu'il éprouve de telles choses ? Il refusait de se sentir accro ! Et la brutalité même de son propre refus, loin de le calmer, semblait au contraire alimenter sa frénésie.

Katie se pendit à son cou et se noya dans la magie de l'instant. Après tout, quel mal y aurait-il à ce qu'elle se laisse aller, à ce qu'elle fasse l'amour une dernière fois avec Alexi ? Il lui avait tant manqué… elle avait tant besoin de lui ! Quand il commença à déboutonner son chemisier, elle fut incapable de lui résister. Pourtant, une autre émotion se mêlait à son désir : la peur. Elle était effrayée d'être aussi dépendante. D'autant qu'Alexi n'était pas du tout l'homme qu'il lui fallait. Elle n'avait aucune envie qu'il se serve d'elle pour assouvir son fantasme et la jette ensuite au rebut.

— Il ne faut pas…, murmura-t-elle alors qu'il ouvrait la fermeture à glissière de son jean.

— Pourquoi ?

— Parce que ce n'est qu'un coup de chaleur, dit-elle farouchement, choisissant ces mots à dessein, même s'il lui en coûtait. Cela ne signifie rien. Rien du tout.

Un instant, il riva sur elle un regard flamboyant :

— Nous n'avons pas besoin de trouver une signification à ce désir. Ce n'en est pas moins une drogue. Nous le savons tous les deux.

Ces mots n'auraient pas dû avoir le pouvoir de la faire souffrir. Pourtant, elle en fut blessée.

— Arrêtons, souffla-t-elle. Avant que ça aille trop loin !

Ces paroles, prononcées d'une voix frémissante, l'amenèrent à s'écarter d'elle un instant, à tenter de contenir la déferlante de son désir, si difficile que ce fût. A quoi jouait-elle ? se demanda-t-il soudain.

Cherchait-elle à jouer l'effarouchée pour l'émoustiller et user de son empire sur lui ? Eh bien, ce serait peine perdue ! Il ne lui permettrait pas d'avoir le contrôle. C'était lui qui menait le jeu, lui qui décidait s'il en avait assez ou pas…

— Tu ne veux pas vraiment que ça s'arrête, n'est-ce pas ? dit-il. Tu n'attends que ça, au contraire.

Il glissa une main entre ses cuisses avec un à-propos diabolique, et elle s'avoua, dans l'excès de son plaisir, qu'il avait raison. Comment pouvait-il la deviner avec tant de précision et de savoir-faire ?

Comme il s'interrompait, elle rouvrit les yeux.

— Tu as raison, le moment est peut-être mal choisi, dit-il en retirant sa main.

Le cœur battant, les sens affolés, elle se sentit prête à le supplier de continuer, cette fois. Un instant, ils se dévisagèrent. Alexi sourit. Il devinait qu'elle se débattait contre elle-même. Il savait qu'il pouvait la prendre, s'il le voulait, et il avait follement envie de lui faire l'amour.

Il n'en ferait rien, pourtant. Car il ne pouvait se satisfaire que d'une acceptation totale de sa part. Il voulait qu'elle se donne entièrement, et non pour un instant passager, le temps d'assouvir leur envie mutuelle.

Or, la privation était une arme redoutable. Il allait la sevrer, pour le moment. La fête n'en serait ensuite que plus grande. Et c'était lui qui en déterminerait les règles.

Il la regarda rajuster sa tenue avec des mains tremblantes, et déclara suavement :

— L'épreuve du réel est concluante. Nous nous désirons toujours. Et nous déciderons plus tard de la manière de céder à cette attirance. A bord de l'*Octavia*, peut-être.

Il faisait preuve d'une présomption si éhontée qu'elle s'insurgea, soulevée par un élan de révolte :

— Il n'arrivera rien de tel ! Je veux que tu gardes tes distances avec moi !

Cette réplique le fit rire, et elle se sentit plus tourmentée que jamais. Elle avait beau vouloir se réjouir qu'il ait si brusquement battu en retraite, elle n'arrivait pourtant pas à se délivrer du lancinant désir qui la ravageait. Et, pour couronner le tout, il était clair qu'Alexi en avait conscience.

— Je pense ce que je dis, lui martela-t-elle. J'attends tout autre chose d'une relation. Bien plus que tu ne peux donner !

Elle s'aperçut qu'il semblait soudain sur ses gardes, et, si elle avait éprouvé moins de souffrance, elle en aurait ri volontiers.

— Oh, rassure-toi, lui dit-elle avec force, tu es le dernier homme que je choisirais si je voulais m'engager dans la durée. Je n'ai nullement l'intention de jeter mon dévolu sur toi. Alors, bas les pattes ! Laisse-moi tranquille ! Notre petite aventure est terminée !

— Tu feras bien d'en convaincre ton corps, ta peau et tes lèvres, lui répliqua-t-il. Redis ça à ta bouche quand tu m'embrasses, et à tes yeux quand tu me provoques du regard.

— C'est à *toi* que je le dis ! Maintenant !

Sur ces mots, elle le bouscula, passant outre pour quitter la pièce. Elle sortit la tête haute, mais elle tremblait intérieurement. Elle savait pertinemment qu'elle le désirait toujours.

Comment pouvait-elle être si faible ? Comment pouvait-elle s'autoriser de tels sentiments après tout ce qu'elle avait déjà traversé ?

5

Entre veille et sommeil, Katie ne cessa de penser à Alexi. Il lui manquait. C'était un sentiment familier depuis leur séparation, mais elle avait espéré que cette souffrance s'estomperait. Or, voilà qu'elle était plus vive que jamais.

Elle se retourna en soupirant, sans trop savoir où elle se trouvait exactement. A travers la fenêtre qui lui faisait face, elle entrevoyait un éclat de ciel bleu, et le soleil inondait le lit.

Soudain, elle se redressa en sursaut, rappelée à la réalité : son nouveau travail, le long voyage en avion, son séjour dans l'appartement d'Alexi…

Son cœur se mit à battre à coups redoublés. L'image du visage d'Alexi, lorsqu'elle lui avait dit qu'une liaison passagère n'avait aucun attrait pour elle, venait de s'imposer à son esprit. Elle avait nettement vu dans son regard une expression circonspecte, un malaise. Cela n'avait rien de surprenant, étant donné sa phobie d'un engagement durable.

Heureusement, elle avait préservé sa propre fierté en lui affirmant qu'elle ne voulait pas d'une relation sérieuse avec lui. Et c'était vrai, bon sang ! Elle ne voulait pas s'engager avec un homme qui se lasserait d'elle, une fois que la nouveauté et l'intensité de leur passion réciproque se seraient affadies. Malheureusement, le côté passionné de son caractère ne se satisfaisait pas de paroles raisonnables. Bien qu'elle fût consciente des limites d'une telle relation, elle aspirait à être caressée, embrassée… par Alexi.

« Comme quand on est dépendant d'une drogue, j'imagine », pensa-t-elle. Elle désirait Alexi tout en sachant qu'il ne lui vaudrait rien de bon.

Elle aurait tant aimé se débarrasser de ces sentiments illogiques, irrationnels.

Certes, Alexi faisait merveilleusement bien l'amour. Mais elle ne voulait pas de lui. C'était son corps qui lui jouait des tours, en réalité. Il lui rappelait avec une précision tyrannique tous les plaisirs qu'il avait connus dans ses bras, alors qu'Alexi ne possédait aucune des qualités qu'elle recherchait vraiment chez un homme.

Consultant sa montre, elle s'aperçut avec effarement qu'il était près de 8 heures !

Elle rabattit les draps, et passa son peignoir bleu. Comme sa chambre ne comportait pas de salle de bains adjacente, elle avait prévu de se préparer le plus tôt possible et de regagner sa chambre avant qu'Alexi ne se levât. Et voilà qu'elle avait dormi trop tard !

Elle s'approcha de la porte et tendit l'oreille. Pas un bruit alentour. Il fallait faire vite, pensa-t-elle en prenant sa trousse de toilette et en sortant hâtivement.

Par un manque de chance pervers, il apparut à l'autre bout du couloir à l'instant où elle s'y précipitait, et il s'en fallut de peu qu'elle le percutât.

— Bonjour, dit-il avec un sourire qui la mit sens dessus dessous.

— Bonjour, répondit-elle, hésitant à continuer car sa carrure imposante semblait occuper tout le passage.

Il était déjà habillé de pied en cap, très chic dans un élégant costume en lin clair et une chemise bleu pâle. Elle fut aussitôt sensible au regard qu'il promenait sur elle, un peu trop enveloppant, un peu trop évocateur pour la tranquillité de son esprit et de ses sens.

— Nous devons partir dans trente minutes, dit-il avec nonchalance.

— Je serai prête.

— Je descends prendre un café et un en-cas chez le traiteur du coin. Tu veux que je te rapporte quelque chose ?

— Non, merci.

— Tu en es sûre ?

— Certaine. Et maintenant, si tu veux bien m'excuser, je vais prendre une douche.

— Je t'en prie…

Soucieuse de garder avec lui le plus de distance possible, elle fit observer :

— Ce serait peut-être plus facile si tu t'écartais pour me laisser passer, non ?

— Bon sang, Kats, il y a toute la place qu'il faut ! s'esclaffa-t-il.

Il y avait une éternité qu'il ne lui avait pas donné ce petit nom, « Kats », qu'il lui réservait autrefois quand ils faisaient l'amour. Emue, elle protesta :

— Ne m'appelle pas comme ça !

— Pourquoi ? Ça te plaisait, avant.

— Eh bien, plus maintenant ! Nous avons entamé une nouvelle relation professionnelle. Et nous devons la commencer comme nous entendons la poursuivre.

Il sourit, provoquant en elle un élan de colère. Mais cette colère ne tarda pas à se dissiper sous son regard indolent et scrutateur. Bon sang ! Comment réussissait-il ce tour de passe-passe ? songea-t-elle. Comment arrivait-il à éveiller son désir en un quart de seconde ?

— Tu ne me verrais pas dans cette tenue si ma chambre avait une salle de bains attenante, souligna-t-elle.

— C'est un appartement de quatre chambres, Katie. Et tu as choisi la seule qui n'ait pas de salle de bains adjacente.

— Pourquoi ne m'en as-tu rien dit ?

— Eh bien, nous avions autre chose en tête, n'est-ce pas ?

Il sourit de la voir rougir. Il jubilait de l'asticoter, et de provoquer sa fureur.

— Franchement, tu es impossible ! maugréa-t-elle

en le dépassant pour entrer dans la salle de bains et en claquer prestement la porte.

Ayant sorti son gel lavant de sa trousse de toilette, elle ouvrit la douche et s'apprêta à ôter son peignoir. Soudain, une nausée l'envahit.

Que pouvait-elle bien avoir ? se demanda-t-elle, surprise par ce nouveau malaise. Ce ne pouvait être le manque de sommeil — elle avait bien dormi ; ni la nourriture, puisqu'elle n'avait encore rien avalé ; et elle ne pouvait pas non plus être enceinte, le test avait été négatif.

A peine cette pensée l'eut-elle traversée qu'elle fut prise d'appréhension. Elle n'avait toujours pas ses règles, cela faisait plus de deux mois de retard ! Il ne fallait pas qu'elle s'affole, s'admonesta-t-elle. Les résultats du test étaient clairs, et elle n'avait jamais eu des cycles très réguliers…

Oui, mais tout de même ! Plus de deux mois ! C'était bien la première fois qu'elle avait un retard aussi prononcé…

Elle s'examina dans la glace, frappée d'avoir le teint cireux. Bien qu'elle fût sûre de ne pas être enceinte, elle se dit qu'elle avait peut-être intérêt à faire un deuxième test, histoire de se rassurer tout à fait…

Il régnait une chaleur accablante dans la salle de conférences où un nombre impressionnant de personnes était réuni. Katie se trouvait coincée entre Alexi, qui présidait la rencontre, et un homme trapu qui semblait résolu à empiéter sur son espace vital. Chaque fois qu'elle tentait de s'écarter de lui, son mouvement la rapprochait d'Alexi. Et c'était la dernière chose à laquelle elle voulût consentir.

Décidément, cette réunion était un enfer ! Il était si étrange de se retrouver en contact étroit avec un homme qui vous avait intimement connue. Comment faisait-on pour oublier ces choses ? Comment arrivait-on à partager le même appartement « en tout bien tout honneur » après avoir été amants ?

Et comment ferait-elle si elle découvrait qu'elle attendait un enfant d'Alexi ?

Sa main se crispa sur son stylo tandis qu'elle s'efforçait de se concentrer et de prendre des notes. Alors que, sur les instructions d'Alexi, tout le monde passait à la page du rapport concernant l'extension des parts de marché, elle s'efforça de recouvrer son calme. Elle n'était pas enceinte, voyons ! Il était plus probable qu'elle souffrait de troubles digestifs. D'ailleurs, elle se sentait mieux…

Quant au partage de l'appartement, il ne se prolongerait guère que jusqu'au lendemain. Et puis elle finirait sans doute par s'habituer à être de nouveau en contact avec Alexi, fût-ce sur un tout autre plan.

— Katie, voudrais-tu récapituler tes prévisions ? lui demanda tout à coup Alexi.

— Oui, bien sûr, dit-elle en s'efforçant d'adopter son attitude la plus professionnelle.

Mais elle avait une conscience aiguë de son regard tandis qu'elle se levait et allumait le projecteur, afin d'éclairer son exposé avec des éléments visuels.

Alexi tenta de se focaliser sur les graphiques qu'elle présentait, mais ses pensées ne cessaient de dériver ; Katie était sensationnelle dans ce petit tailleur gris qui dessinait ses courbes…

— Comme vous le voyez, disait-elle en passant au schéma suivant, les ventes montent dans ce secteur, et les estimations des services financiers sont plutôt excitantes.

Pas aussi excitantes que leur baiser de ce matin, pensa-t-il, ni que la vision qu'elle lui avait offerte dans son peignoir court. Il revoyait ses boucles emmêlées cascadant autour de son visage, son corps voluptueux esquissé sous le tissu de soie. Elle était presque trop sexy, bon sang !

Il la suivit du regard tandis qu'elle distribuait des graphiques à chacun des participants. Elle avait à présent une coiffure sévère, ses cheveux ramenés en arrière mettant en valeur l'ovale de son visage et ses pommettes bien dessinées. Elle avait l'air sophistiqué, efficace. Et il la trouvait tout aussi sexy… Il s'imaginait très bien en train de chasser tout le monde de la salle de conférences pour la renverser à même la table et la prendre, là, tout de suite !

Comme si elle avait senti quelque chose, elle leva les yeux dans sa direction et leurs regards se croisèrent. Ce fut comme si le monde, autour d'eux, venait de se dissiper en fumée.

Puis elle baissa de nouveau les yeux sur ses notes.

Quoi qu'elle pût prétendre, leur attirance sexuelle restait vive. Ce n'était qu'une pulsion, soit, mais elle était d'une force incroyable — jamais il n'avait rien ressenti de tel !

Ainsi, au petit matin, quand ils s'étaient embrassés… Il avait été vraiment secoué. Il avait dû faire appel à tout son empire sur lui-même pour se ressaisir. Quant à Katie, elle avait eu beau feindre l'indifférence, il savait que, s'il l'avait touchée, elle se serait enflammée comme de l'amadou.

Elle affirmait qu'elle cherchait désormais une relation sérieuse. Pour sa part, ce n'était vraiment pas le cas. Il ne croyait pas à l'amour, et cela ne l'intéressait pas. Mais il désirait Katie. Et elle aussi le désirait. Il venait de le lire une fois encore dans son regard.

Ils devaient aller au bout de ce qu'ils avaient commencé. Ensuite, ils pourraient passer à autre chose, pensa-t-il en reportant son attention sur les documents étalés devant lui.

Ce qui était étrange, c'était qu'elle semblait exercer sur lui une sorte de fascination, comme si elle lui avait jeté un sort. Depuis qu'elle l'avait quitté, un mois plus tôt, il était incapable d'aller de l'avant. Chaque fois qu'il décidait de prendre une autre maîtresse pour l'oublier, il voyait surgir dans son esprit la vision de son joli corps parfaitement proportionné, il se remémorait son regard bleu taquin et plein de défi, le sourire si prometteur de ses lèvres… et cela le rendait comme fou.

Il avait *besoin* de cette femme. Il avait besoin de

sentir son corps souple contre le sien. « C'est un truc de macho », se dit-il avec colère. Elle l'avait quitté, alors, il voulait la reprendre : question de fierté masculine. Une fois que ce serait fait, ces sentiments se volatiliseraient.

Nom d'un petit bonhomme, il en oubliait le travail ! se rendit-il compte, s'avisant qu'il avait cessé de rester attentif. Ce soir, quand ils en auraient fini avec le travail, il réglerait la situation. Elle renoncerait à ses petits jeux, bon sang ! Il aurait ce qu'il voulait…

En ce moment, elle répondait à un feu roulant de questions. Soudain, elle suggéra :

— Peut-être pourrais-tu expliquer ce point précis, Alexi ?

Saisissant l'expression paniquée de son regard bleu, il s'empressa de rassembler ses notes :

— Oui, bien sûr…

Tout en se lançant dans un exposé concis, il la suivit des yeux tandis qu'elle allait prendre un verre d'eau à la fontaine. Elle aurait pu répondre sans difficulté à la question posée. Alors, pourquoi s'en était-elle défaussée sur lui aussi brusquement ? Et pourquoi cet air affolé ?

Il s'aperçut qu'elle avait pâli, et se leva en la voyant chanceler :

— Katie ? Est-ce que ça va ?

— Oui, pas de problème, affirma-t-elle avec un sourire. C'est juste qu'il fait un peu chaud, ici.

Elle n'avait pas l'air bien du tout, au contraire. Il avait même l'impression qu'elle était au bord de l'évanouissement. Il décida alors de mettre fin à la réunion. Après tout, ils avaient vu l'essentiel. Et l'atmosphère était plutôt étouffante, ici, en effet. L'air conditionné devait être mal réglé.

— Eh bien, messieurs, conclut-il, s'il n'y a pas d'autres questions, nous en resterons là pour le moment.

Il y eut des murmures de désaccord, mais sa décision était prise. Il traita les quelques affaires en suspens, et, un moment plus tard, les participants rassemblaient leurs documents pour quitter les lieux.

Katie lui en fut immensément reconnaissante. Elle avait été prise de vertiges, quelques instants auparavant, et elle avait bien cru qu'elle allait s'évanouir — bien que cela ne lui fût jamais arrivé de sa vie.

— La rencontre s'est bien déroulée, je crois, murmura-t-elle à Alexi qui l'avait rejointe, tandis que, un à un, les membres du conseil franchissaient le seuil.

— Oui, exception faite de ton malaise. Qu'est-ce qui ne va pas, Katie ?

— Il n'y a aucun problème ! s'exclama-t-elle.

Rien ne lui échappait donc jamais ? pensa-t-elle, énervée par la perspicacité de son regard. Mais elle commençait à s'affoler, en réalité. Que lui arrivait-il ? Etait-elle… enceinte ?

Cette éventualité lui traversa l'esprit une fois de plus, et elle s'avoua qu'elle ne saurait réellement pas comment réagir. Alexi serait horrifié d'apprendre qu'elle attendait un enfant de lui, si cela se confirmait ! Lui qui ne voulait déjà pas d'une relation sérieuse…

S'efforçant de paraître désinvolte, elle ajouta :

— Je crois qu'il fait trop chaud, ici, c'est tout.

— Je crois plutôt que tu aurais mieux fait de prendre un petit déjeuner, ce matin.

— Epargne-moi tes leçons de morale ! Et ne te mêle pas de mes affaires.

— Ce sont aussi les miennes. Je n'ai pas envie que tu sois obligée de t'absenter parce que tu ne te nourris pas convenablement ! Nous allons devoir travailler dur, ces prochaines semaines. J'ai besoin que tu sois en forme.

— Merci de t'inquiéter pour moi, c'est touchant, ironisa-t-elle.

— C'est le rôle d'un patron, commenta-t-il avec un sourire espiègle.

Oh, pourquoi était-elle si bouleversée lorsqu'il souriait comme ça ? C'était insensé… Détournant les yeux, elle redirigea la conversation sur le travail — bien résolue à imiter Alexi sur ce point.

— Au fait, le comptable t'a transmis les éléments que nous lui avions demandés ?

— Oui, par courriel. Je t'en ferai faire un tirage, répondit-il, admiratif.

De toute évidence, elle n'allait pas bien. Pourtant, elle restait professionnelle. Bravo !

— Nous verrons ça après le repas, continua-t-il. Nous déjeunerons à bord de l'*Octavia*. Notre prochaine réunion n'est qu'à 15 heures.

Katie consulta sa montre. Elle ne voulait pas rester avec lui pendant la pause. Elle avait besoin d'acheter un test de grossesse en pharmacie.

— Vas-y, je te rejoins, dit-elle.

— Autant partir ensemble, tu n'as plus grand-chose à faire ici.

— J'aimerais donner mes notes à une dactylo pour qu'elle les mette au net.

— Je confierai ce soin à une secrétaire sur l'*Octavia*.

— Il faut aussi que je fasse les boutiques, fit-elle valoir avec autant de décontraction qu'elle put.

— Si c'est une robe pour la réception que tu veux, les boutiques du bord feront parvenir une sélection dans mes appartements privés. Presque tous les grands stylistes sont représentés, tu trouveras sûrement quelque chose qui te plaira.

— Merci, mais j'ai aussi besoin d'effets personnels.

— Dans ce cas, je te laisse faire tes courses. J'irai au port en taxi. De cette manière, Fred, mon chauffeur, pourra t'emmener où tu le désires et t'attendre devant les boutiques. On se retrouve sur l'*Octavia* pour déjeuner dans… quarante-cinq minutes ?

Katie accusa le coup. Elle avait besoin d'être seule. Mais, après tout, le chauffeur ne verrait rien d'extraordinaire à ce qu'elle s'arrête dans une pharmacie. Ensuite, elle lui demanderait de la déposer devant un grand magasin, où il lui serait possible d'effectuer son test dans les toilettes…

— D'accord, merci, dit-elle.

Tout était bon pour se débarrasser d'Alexi !

6

Incrédule, Katie regarda fixement la mince barre bleue. Selon le test, elle était *enceinte* ! Comment était-ce possible ? Alors qu'il avait été négatif quatre semaines plus tôt ?

Elle avait peut-être fait le premier test trop tôt. Ou alors, celui-ci était erroné, pensa-t-elle dans son affolement.

Mais, tout au fond d'elle-même, elle sentait que ce résultat était le bon. Conservant la notice explicative, elle jeta le reste. Puis, en état de choc, elle quitta les toilettes des dames pour se mêler aux clients du grand magasin bondé.

Il était étrange, songea-t-elle, de découvrir sa grossesse chez Saks, sur la Ve Avenue. Elle allait de stand en stand, désorientée. Mais l'aurait-elle moins été si elle avait fait cette découverte dans l'appartement d'Alexi ? Ou à bord de l'*Octavia* ? Peut-être aurait-il mieux valu qu'elle connaisse la réponse à l'époque où elle se trouvait encore chez Demetri Shipping, et n'avait pas rompu avec Alexi…

Elle s'avoua que cela n'aurait pas fait grande différence. Dans tous les cas de figure, cela restait une catastrophe !

Grands dieux ! Comment allait-elle lui annoncer la nouvelle ? pensa-t-elle pour la énième fois.

Il valait peut-être mieux ne rien lui dire du tout, en fait. Elle avait peut-être intérêt à entrer secrètement dans une clinique pour régler le problème. C'était, en tout cas, ce qu'Alexi attendrait d'elle, si les rumeurs qui couraient sur la rupture de son mariage étaient exactes.

Il ne lui avait jamais beaucoup parlé de cette union. Elle savait uniquement qu'elle avait duré douze mois en tout et pour tout. Chaque fois qu'elle avait tenté de l'amener à en parler, il s'était fermé comme une huître, ou bien avait changé de sujet. En dépit de sa curiosité intense, elle n'avait pas insisté. Elle devinait qu'il avait aimé Andrea. Sinon, il ne l'aurait pas épousée. Mais leurs objectifs avaient divergé, et cela avait dû le déterminer à se garder d'une nouvelle relation sérieuse. Voilà huit ans qu'il était célibataire désormais.

Tout en marchant, elle s'aperçut qu'elle s'était engagée dans le rayon « enfants et femmes enceintes ». Elle rebroussa chemin aussitôt. Elle ne pouvait pas supporter de voir ces photos de femmes au ventre rond, rayonnantes de bonheur… Et ce petit berceau rose, si attendrissant…

Aurait-elle le cœur d'avorter ?

Et sinon, comment élèverait-elle son bébé ? Elle s'était toujours juré d'avoir un enfant au bon moment, afin de lui donner tout ce dont elle avait manqué dans son enfance ; afin de lui offrir la sécurité et l'amour au sein d'une famille unie. Or, cela impliquait la présence d'un père.

Cette situation était très éloignée de son idéal. D'autant qu'elle avait un travail prenant qui exigeait de nombreuses heures de labeur. Comment pourrait-elle mener de front sa carrière et son rôle de mère ?

La lumière vive du soleil lui blessa les yeux lorsqu'elle ressortit sur le trottoir et se réinstalla dans la limousine qui l'attendait. Comme la voiture se réengageait dans le trafic, elle se rappela l'air circonspect d'Alexi au moment où elle lui avait dit qu'elle recherchait une relation sérieuse. Oui, le mot « paternité » était bien fait pour l'épouvanter. Car un enfant représentait un engagement majeur dans une vie.

Jamais Katie ne s'était sentie aussi seule. Elle éprouva le besoin pressant de se confier, de parler à sa sœur Lucy. C'était la seule qui pouvait comprendre ce qu'elle ressentait en ce moment.

Sans même songer au décalage horaire avec la France, elle sortit son mobile et l'appela. Mais elle n'obtint qu'un répondeur. Déçue, elle raccrocha. On ne pouvait annoncer une telle nouvelle par messagerie interposée.

Les yeux clos, elle tenta de se détendre et de réfléchir. Elle était enceinte de deux mois, si elle calculait bien. Il fallait donc tout d'abord qu'elle voie un médecin pour une visite de contrôle.

Elle prit soudain conscience que le chauffeur s'arrêtait, et, quand il lui ouvrit la portière, une brise tiède et iodée vint lui effleurer le visage. Elle inspira à pleins poumons, puis descendit, marchant vers l'*Octavia*.

Le paquebot était ancré à quelques mètres, superbe avec sa coque si bien dessinée. C'était l'un des plus prestigieux navires de la flotte d'Alexi. Il offrait des équipements luxueux, des salons de réception, un centre commercial, des restaurants gastronomiques de réputation internationale, et même une chapelle. En d'autres circonstances, elle aurait été ravie de monter à bord. Mais, en cet instant, elle ne songeait qu'à échapper à la rencontre qui l'attendait.

Comment pourrait-elle déjeuner avec Alexi comme si de rien n'était ? Auparavant, la situation était tendue, difficile. Mais maintenant, elle était devenue intenable !

Au bas de la passerelle, elle fut accueillie par un marin en uniforme qui demanda à consulter son passeport.

— Bienvenue à bord, mademoiselle Connor, lui dit-il. M. Demetri vous prie de le rejoindre dans ses appartements. Bonne journée !

Elle monta, puis prit l'ascenseur qu'on lui indiqua au bout de la galerie. Dès que les portes s'ouvrirent et qu'elle sortit sur le pont supérieur, sa première pensée fut pour Alexi. Il fallait qu'elle le lui dise.

Ce n'était pas une chose qu'elle pouvait garder secrète. Il s'agissait d'un enfant, d'un être vivant. Elle n'était plus seule en cause. Alexi avait le droit de savoir.

Elle trouva sa suite privée sans difficulté. Alors que,

hésitante et pensive sur le seuil, elle cherchait désespérément à se donner une contenance, la porte s'ouvrit toute grande et Alexi, en conversation au téléphone, lui fit signe d'entrer.

— Ce n'est pas la première fois, disait-il d'un ton péremptoire. Je ne peux pas permettre qu'un membre de l'équipe commette des erreurs de cette sorte. Il faut s'en débarrasser tout de suite. Il n'y a pas à tergiverser.

S'en débarrasser tout de suite. Ces mots la heurtèrent de plein fouet et elle prit conscience, avec un coup au cœur, que ce n'était pas du tout son désir. Elle voulait garder ce bébé !

— Rappelez-moi dès que vous aurez réglé la situation, conclut Alexi.

Ayant raccroché, il leva les yeux vers elle. Un instant, ils se dévisagèrent en silence.

— Alors, cette séance de shopping ? dit-il en se débarrassant de son veston.

Un instant distraite par le spectacle de sa haute silhouette athlétique, elle répondit :

— Pas de problème.

— Tu as trouvé ce que tu voulais ?

— Oui, merci, prétendit-elle, troublée par son regard insistant.

Elle regarda autour d'elle. Une porte grande ouverte révélait une chambre avec un vaste lit double — dont elle se hâta de détourner les yeux, se concentrant sur le salon où ils se trouvaient. Ses larges baies donnaient sur un pont privé avec piscine. Les gratte-ciel de Manhattan formaient, en arrière-fond, un décor spectaculaire.

— Tu semblais songeuse, devant la porte.

Elle tressaillit à ce commentaire d'Alexi et demanda, rembrunie :

— Comment ça ?

Il lui désigna la caméra de sécurité placée dans la galerie, et elle comprit qu'il l'avait observée pendant qu'elle attendait devant le seuil.

— Il y en a partout. Ça fait partie des nouvelles mesures de sécurité que j'ai instaurées.

— Merci, Big Brother, commenta-t-elle insolemment.

— C'est parfois utile. Au fait, j'ai commandé notre repas. Je me suis risqué à choisir pour toi. Salade maison… et une petite assiette de frites en surplus. Est-ce que ça te convient ? acheva-t-il avec un air espiègle.

C'était ce qu'elle avait eu coutume de commander lorsqu'ils déjeunaient entre deux séances de travail — prétendant que les frites seraient son « péché mignon » de l'après-midi. « On en reparlera tout à l'heure », plaisantait Alexi, sachant qu'elles ne dureraient pas jusque-là.

Elle n'avait pas envie de se rappeler ces moments de complicité ni leur passion sensuelle. Car ce n'était qu'une tromperie. Et cela ne l'aidait pas à affronter la situation présente.

— Je n'ai pas très faim, murmura-t-elle avec un haussement d'épaules. Mais je dois me nourrir un peu, tu as raison. Merci.

— Tu ne te sens pas mieux ? s'enquit-il d'un air assombri.

— Si, si, ça va…

Il n'eut pas le temps d'ajouter quoi que ce fût : on frappait à la porte pour leur apporter leur repas. Heureuse de cette diversion, elle regarda le steward installer une table sur le pont, à l'ombre, et y disposer une nappe blanche et de l'argenterie. C'était un décor intime, une invite. Rien qui évoquât un déjeuner de travail.

C'était une bonne occasion de lui parler, pensa-t-elle, le cœur battant, tandis que le personnel se retirait, les laissant en tête à tête.

Alexi ouvrit la porte vitrée pour qu'elle s'engage la première sur le pont, et, tout en avançant, elle répéta mentalement la phrase qu'elle avait méditée : « *Je crois que je suis enceinte. Mais ne t'inquiète pas, je me débrouillerai seule.* »

Cela lui fit l'effet d'une douche glacée. Il serait dur d'être mère célibataire, vraiment dur. Et si elle répétait malgré elle les erreurs que sa mère avait commises ? Et si elle allait de mauvaise rencontre en mauvaise rencontre, et que son bébé ne connaisse jamais ni la sécurité ni l'affection d'un père ?

Il fallait qu'elle se calme ! s'adjura-t-elle. Beaucoup de femmes élevaient seules un, ou même plusieurs enfants, et remarquablement bien. Elle serait comme elles ! Elle ne tenait pas *du tout* de sa mère !

— Je te sers du vin ? demanda Alexi alors qu'ils s'attablaient.

— Non, merci. Nous aurons du travail à abattre, cet après-midi.

— Tu es toujours si raisonnable, commenta-t-il.

Elle avait plutôt l'impression, au contraire, de sombrer dans un océan d'incertitudes et d'irrationalités ! Cependant, elle s'efforça de sourire et de préserver la légèreté de l'ambiance :

— C'est pour ça que tu aimes travailler avec moi, non ? C'est ce que tu prétendais, en tout cas.

— C'est une des raisons, oui… L'autre, c'est que tu maries tellement bien la sensualité et le travail. C'est un mélange rare et irrésistible.

— Ne te moque pas de moi.

Il fronça les sourcils, frappé par son expression vulnérable. Elle semblait tout à coup très jeune, et très fragile.

— Je ne me moquais pas de toi, assura-t-il doucement.

Pendant quelques instants, ils se dévisagèrent, pris dans un courant d'émotions que ni l'un ni l'autre ne parvenait à cerner. Katie n'était consciente que d'une chose : elle avait désespérément envie qu'il la prenne dans ses bras.

Or, si elle l'autorisait à la toucher, à la conduire dans son lit, ils auraient un échange sexuel, mais rien de plus. Alexi ne s'impliquerait pas. Il songerait à sa prochaine conquête.

Le moment n'était sans doute pas si bien choisi qu'elle l'avait pensé pour lui parler, se rendit-elle compte. Elle ne se sentait pas assez forte. Elle avait d'abord besoin de réfléchir. D'être sûre de savoir où elle en était avant d'aborder ce sujet avec lui.

Cherchant une échappatoire, elle se rabattit sur le travail, comme de coutume.

— Est-ce que mes idées ont été bien reçues, à ton avis ? demanda-t-elle, tout en enlevant sa veste.

Alexi ne fut pas dupe de son manège. Il l'observa, le regard attiré malgré lui par l'échancrure de son chemisier, qui laissait entrevoir un soutien-gorge en dentelle. Son excitation monta d'un cran, et il fut tenté de ne pas la laisser s'en tirer si facilement.

Mais, croisant son regard, il y lut, mêlé au désir, un sentiment de détresse qu'il n'y avait jamais vu. Après une hésitation, il lui accorda un répit.

— Certains semblaient douter que tu puisses atteindre de tels objectifs dans un délai si bref. Mais, dans l'ensemble, tes idées ont été très appréciées.

Que pouvait-elle bien avoir en tête ? se demanda-t-il, remplissant leurs verres d'eau fraîche. Il savait qu'elle avait toujours du désir pour lui, mais, soudain, il eut la conviction qu'il y avait autre chose, qu'il ne s'agissait pas seulement pour elle « d'aller de l'avant », comme elle l'avait prétendu.

— Je pense que tu devras assigner un budget plus important à la publicité, ajouta-t-il. Dans ce domaine, tes estimations sont un peu faibles.

— Je ne suis pas d'accord ! protesta-t-elle. C'est une campagne très équilibrée entre chaînes de télévision et presse écrite. Cela suffira pour un lancement initial.

— Mais nous ne voulons pas d'un lancement raisonnable, fit-il. Nous voulons quelque chose d'extravagant qui frappe les esprits.

Là-dessus, il la regarda s'animer alors qu'elle défendait son projet avec enthousiasme. Elle sortit ses notes et les posa près d'elle. « Comme une barricade », pensa-t-il. Eh bien, il n'allait pas lui permettre de se défiler ! Il était temps d'en venir au cœur des choses !

— Nous discuterons de ça plus tard, déclara-t-il. Nous avons d'autres choses à aborder pendant le déjeuner.

Elle fut aussitôt sur ses gardes.

— Si tu fais allusion à ce qui s'est produit entre nous ce matin, je considère qu'il n'y a plus rien à dire.

— Vraiment ?

Elle se sentit rougir devant l'énormité de son propre mensonge. Il y *avait* quelque chose à dire… quelque chose d'*important*, dont il devait être informé !

Comme son mobile sonnait, elle le tira de son sac et consulta l'écran. C'était sa sœur Lucy.

— Excuse-moi, je dois rép…

— Pas question !

Il allongea la main pour lui subtiliser l'appareil et coupa la communication.

— Tu n'as pas le droit ! s'écria-t-elle, se levant d'un bond et le foudroyant du regard.

— Tu rappelleras ton interlocuteur plus tard, décréta-t-il en reposant le téléphone sur la table.

Quelque chose ne tournait pas rond. Quoi ? Il n'en savait rien. Peut-être était-il tout simplement désorienté parce qu'elle soufflait le chaud et le froid. Il n'aimait pas ça ! Il se sentait à cran et mal à l'aise.

— Rassieds-toi, lui ordonna-t-il.

Elle finit par céder à l'intensité implacable de son regard, et obtempéra, le cœur battant la chamade.

— Nous devons tirer les choses au clair, Katie.

— Nous n'y arriverons pas ! Je dois donner ma démission !

Elle avait lancé ces propos comme malgré elle, sans réfléchir. Elle n'avait certes pas projeté de se retrouver enceinte et au chômage. Mais elle trouverait un autre travail, n'importe lequel. Pourvu qu'elle puisse s'en aller !

Oui, c'était évident. Elle ne pouvait pas rester, maintenant qu'elle attendait son enfant. Ce serait un désastre, sinon.

— Cela s'appelle prendre la fuite, Katie, commenta Alexi.

— Cela s'appelle être réaliste, rétorqua-t-elle en le toisant.

— Tu as signé un engagement de quatre mois, voilà où est le réalisme, lui asséna-t-il.

Puis il continua d'un air intrigué et rembruni :

— Katie… Tu viens juste de commencer à travailler sur ce projet. Et tu veux tout plaquer à cause de notre désir réciproque ? Cela ne te ressemble pas.

Alexi paraissait en colère, nota-t-elle. Elle devait lui parler du bébé… tout de suite !

Un léger coup de vent souleva la liasse de documents qu'elle avait posée près d'elle, et soudain, les feuilles s'éparpillèrent sur le pont. Ils se levèrent de concert, entreprenant de les ramasser.

Leurs mains se rencontrèrent au moment où ils saisissaient ensemble le dernier feuillet. Katie écarta la sienne aussitôt, comme au contact d'un objet brûlant. Lentement, ils se redressèrent. Alexi était très proche. Elle se sentit vaciller en avant, prête à tomber dans ses bras.

— Eh bien, fit-il doucement, que se passe-t-il ? Tu ne vas tout de même pas me dire qu'il s'agit seulement du baiser que tu m'as donné ce matin ? Ou de notre attirance persistante ?

Elle remarqua qu'il lui attribuait l'initiative du baiser, et prit conscience, avec humiliation, qu'il avait raison : c'était elle qui s'était jetée dans ses bras.

Alors que son mobile recommençait à sonner, elle alla décrocher. Lorsqu'elle eut Lucy en ligne, elle lui expliqua qu'elle rappellerait plus tard. Tout en parlant, elle suivait du coin de l'œil le manège d'Alexi, qui venait d'ouvrir sa mallette pour y ranger la liasse qu'ils avaient récoltée.

Elle se raidit : il venait d'apercevoir la notice du test qu'elle y avait logée quelques heures plus tôt.

Il la fixa un moment, puis s'en saisit.

— Que fait ce prospectus dans tes papiers ? Katie, que se passe-t-il ?

7

Alexi fut choqué de la voir pâlir. Tout à coup, il voyait clair ! Se rapprochant d'elle, il lui mit la notice sous les yeux et énonça d'une voix calme, que démentait le feu de son regard :

— Je t'ai posé une question, Katie. Qu'est-ce que c'est que ça ?

Mal à l'aise, elle murmura :

— C'est à cause de ça que je ne peux pas rester… Je suis enceinte, Alexi.

C'était difficile de deviner ce qui se passait dans l'esprit d'Alexi, pensa-t-elle. Il semblait figé, une veine battait à la naissance de son cou.

— Est-ce que le bébé est de moi ? finit-il par demander.

— Bien sûr ! s'écria-t-elle, blessée par cette interrogation.

— Et il y a combien de temps que tu me caches ça ?

— Je ne te le cache pas ! Je viens de te l'apprendre !

— Parce que tu y étais forcée !

Elle avait deviné qu'il serait furieux. Mais à ce point ! C'était à faire peur.

— Ce n'est pas vrai, dit-elle avec lassitude. J'essayais d'y venir, mais je ne savais pas comment m'y prendre.

Comme il demeurait silencieux, elle continua :

— Pour être tout à fait franche, je n'ai pas eu le temps de digérer la nouvelle, moi non plus. J'essayais de réfléchir, de savoir ce que je voulais avant d'en discuter avec toi.

— Et tu comptais le faire quand ? demanda-t-il avec

une hostilité qu'elle ne lui avait jamais connue. Avant de te débarrasser du bébé ou après ?

— Comment oses-tu me dire une chose pareille ! s'écria-t-elle avec colère.

— Et toi, comment oses-tu me cacher une chose pareille ? rétorqua-t-il en lui opposant un visage tendu et réprobateur. C'est pour cette raison que tu as quitté Demetri Shipping ?

— Non ! Je ne savais pas que j'étais enceinte à ce moment-là ! Avant notre séparation j'ai fait un test qui s'est révélé négatif. Cela m'a causé une peur bleue. J'ai pris conscience que notre petite liaison était dangereuse.

Il s'écarta brusquement d'elle. Elle continua :

— Et puis ce matin, j'ai eu des nausées. Après, j'ai failli m'évanouir à la réunion. Je me suis demandé si le test était valable. J'étais affolée. Je suis allée en acheter un autre, et… et… je n'en revenais pas que le résultat soit positif ! Je… je ne savais pas quoi faire…

— Donc, tu as choisi de plaquer ton travail ; d'essayer de t'en aller sans me mettre au courant, fit-il sèchement.

— Arrête, bon sang ! Je ne sais plus où j'en suis ! Je reconnais que ce n'était pas très sensé, mais je suis en état de choc !

Il acquiesça comme s'il consentait à reconnaître cette réalité. Pourtant, le silence qui s'installa entre eux fut terriblement tendu.

— C'est à ça que tu pensais, ce matin, quand tu as dit que tu recherchais une relation sérieuse ? finit-il par demander sans ambages.

— Non ! J'étais à mille lieues d'imaginer la réalité ! Mais tu n'as pas à t'inquiéter, ça ne te concerne pas. C'est mon bébé. Si je décide de le garder, je ne te demanderai rien, bien au contraire ! Tu ne seras tenu à rien.

— Je te conseille d'y réfléchir à deux fois, assena-t-il. Je suis impliqué dans cette affaire, que tu le veuilles ou non !

— Tu ne peux pas me contraindre à prendre une

décision qui ne me convient pas ! Je ferai ce qui est bon pour m…

— Il ne s'agit pas seulement de toi ! coupa Alexi avec colère.

— Comme si je ne le savais pas ! Je me sens écrasée par cette nouvelle responsabilité.

Résolu, il enchaîna :

— C'est bien pourquoi nous devons la partager.

— Rien ne nous y oblige !

— Ne t'oppose pas à moi là-dessus, Katie. Parce que tu perdras.

Il avait énoncé cela d'un ton si péremptoire qu'elle se sentit frémir. Se rapprochant de la baie, Alexi contempla les gratte-ciel de Manhattan. Un instant, ils gardèrent le silence.

— Tu ne me forceras pas à avorter si je ne le veux pas ! explosa-t-elle enfin d'une voix frémissante.

— Je n'ai pas mentionné ce mot, lui dit-il avec calme.

— Peut-être, mais je sais ce que tu penses. Tu te dis que tu t'absoudras de ta part de responsabilité en payant une clinique privée et une opération. Tout ce que tu désires, c'est te débarrasser du problème.

— Tu n'as pas la moindre idée de ce que je pense !

— Je te connais, va ! Tu as la phobie de l'engagement. Rien ne te déplairait davantage que de devenir père.

— Je reconnais m'être tenu à l'abri d'une relation sérieuse depuis la fin de mon mariage. Mais cela ne te donne pas le droit de me juger en ce qui concerne la situation présente.

Elle l'examina en plissant les yeux :

— Tu ne voulais pas d'enfants quand tu étais marié. Alors, pourquoi en voudrais-tu maintenant ? Je suis au courant des rumeurs, figure-toi.

— Vraiment ? fit-il en se figeant.

— Oui ! Tu ne voulais pas d'enfants, alors que ton ex-femme en désirait un, déclara Katie qui ne se souciait guère, en ces circonstances, de ce qu'il penserait. Alors, arrête les faux-semblants. Si tu t'imagines que tu vas réussir à m'égarer, et me pousser à entrer dans une clinique, tu te trompes !

— Tu ne sais pas de quoi tu parles, répliqua-t-il avec une fureur rentrée qui lui fit peur.

Momentanément désorientée, elle murmura :

— Désolée, je n'aurais pas dû dire ça.

— Certes pas !

— Tu ne m'as jamais parlé de ton couple, alors je…

— Alors, tu n'as rien trouvé de mieux que de croire aux commérages, lui assena-t-il avec mépris. Soyons clair, Katie : j'aimais ma femme, et j'aurais fait n'importe quoi pour elle. Mais tu as raison, après la rupture de mon mariage, j'ai décidé qu'il valait mieux se tenir à distance de ce genre d'engagement. J'ai décidé de ne plus m'investir dans une relation. Je me contentais parfaitement de liaisons sans lendemain, et je n'avais pas le moins du monde l'intention de fonder une famille.

Katie s'efforça d'ignorer la souffrance diffuse que lui causait cette déclaration. Ne savait-elle pas qu'elle ne représentait rien pour Alexi ?

— Eh bien, tu n'as nul besoin de te soucier de ma grossesse. Car je ne te demande aucun engagement, d'aucune sorte, déclara-t-elle, en redressant le menton. J'ai vu ta réaction ce matin lorsque j'ai parlé d'une relation sérieuse. Cela n'avait rien d'une insinuation, rassure-toi ! J'ignorais que j'étais enceinte à ce moment-là. Et quand j'ai dit que nous deux, ça ne pourrait pas marcher, je le pensais. Ce n'était qu'une passade, ce n'était pas supposé se terminer comme ça !

— Non, en effet, admit-il avec calme. Nous avons pris des précautions. Mais un accident peut toujours arriver. Ce qui compte, c'est ce que nous allons faire à dater de maintenant.

Ils échangèrent un regard tendu, et elle finit par acquiescer, la gorge nouée.

Alexi s'avisa qu'elle semblait lasse, qu'elle était pâle ; et il se rappela qu'elle avait eu un malaise le matin même.

— Tu ferais mieux de t'asseoir, dit-il brusquement.

Elle n'accueillit pas avec plaisir son inquiétude soudaine. Cela ne l'aidait pas à se ressaisir.

— Je ne suis pas malade, tu sais. Inutile de me traiter comme telle.

Il sourit à cette réplique :

— Cela n'entrait pas du tout dans mes intentions, sois-en sûre. Mais tu devrais te mettre à table et manger un morceau. Tu n'as rien avalé de la journée.

Elle n'avait pas envie de manger, et surtout pas en compagnie d'Alexi. Elle avait la gorge serrée par l'émotion, et se sentait incapable d'avaler quoi que ce fût. Pourtant, elle obtempéra, et prit un verre d'eau.

Pendant quelques instants, un silence palpable s'installa entre eux. Puis Alexi demanda d'un ton plus décontracté :

— A quel stade de ta grossesse en es-tu, selon tes estimations ?

— Au deuxième mois. Enfin, je crois. Je me le ferai confirmer par un médecin.

— Je prendrai rendez-vous pour que tu voies Richard Hall cet après-midi, dit Alexi. C'est le médecin du bord, ajouta-t-il en voyant son air dérouté et interrogateur.

— Comme c'est pratique.

— Oui. Et ensuite, nous aviserons.

— On dirait que tu organises une campagne professionnelle, maugréa-t-elle.

— Nous devons être pragmatiques, Katie.

Si elle l'avait pu, elle lui aurait volontiers dit qu'elle aurait donné n'importe quoi pour qu'il oublie les aspects pratiques de la situation et la prenne dans ses bras. Cependant, il avait raison. Aussi hocha-t-elle la tête.

Il continua en consultant sa montre :

— Repose-toi cet après-midi, cela vaudra mieux.

— Je préférerais avoir de l'occupation. De plus, nous avons une réunion à 15 heures.

— Nous avons traité les questions importantes ce matin. Tu peux très bien manquer ce rendez-vous.

Sur ce, son mobile se mit à sonner. Il décrocha, répondant d'un ton impatienté :

— J'arrive dans une minute.

Puis, ayant raccroché, il indiqua à Katie qu'il devait partir, qu'il préviendrait le médecin afin qu'il la voie, et qu'ils discuteraient ensuite.

Katie ne protesta pas. Elle savait que c'était inutile, lorsqu'il se montrait aussi catégorique.

Richard Hall était un homme agréable, d'une cinquantaine d'années. Après avoir examiné Katie, il lui avait annoncé qu'elle était en très bonne santé, et enceinte d'un peu plus de deux mois.

— Félicitations, lui avait-il dit. Vous aurez un cadeau de Noël très spécial : le bébé devrait naître aux alentours du 20 décembre.

Maintenant, allongée sur le lit de la cabine, Katie réfléchissait. Elle essayait d'imaginer son petit appartement avec les décors de Noël habituels, le sapin, les cartes de vœux et le berceau du bébé. Cela lui semblait irréel…

Pourtant, elle désirait cet enfant de toute son âme. Plus le temps passait, plus ce sentiment se renforçait. Et, quoi qu'Alexi pût dire ou faire, elle ne changerait jamais d'avis !

Bien sûr, elle aurait du mal à s'en tirer seule, y compris financièrement. Il valait mieux qu'elle garde son poste auprès d'Alexi, même si ce n'était qu'un CDD de quatre mois. Cela lui permettrait de se constituer un petit pécule pour bien accueillir le bébé à sa naissance. Ensuite, elle devrait trouver un travail à temps partiel.

Malheureusement, toutes ces pensées raisonnables ne l'empêchaient pas de se demander si elle serait assez forte pour continuer à collaborer avec Alexi. Elle demeurait tentée de donner sa démission. Car il allait lui demander de se débarrasser du bébé et, à cela, elle opposerait un refus catégorique.

Quand bien même il aurait accepté sa paternité, ce n'aurait été que par conformisme et elle ne voulait pas de sa charité !

Elle se rappela sa réaction lorsqu'elle lui avait annoncé la nouvelle. D'abord, il avait été encore plus furieux qu'elle ne l'avait anticipé. Et puis, il avait paru se figer dans une sorte de résignation têtue. C'était affreux.

Des phrases qu'il avait prononcées résonnaient douloureusement dans sa mémoire… *Soyons clairs, Katie : j'aimais ma femme, et j'aurais fait n'importe quoi pour elle. Mais tu as raison, après la rupture de mon mariage, j'ai décidé qu'il valait mieux se tenir à distance de ce genre d'engagement. J'ai décidé de ne plus m'investir dans une relation. Je me contentais parfaitement de liaisons sans lendemain, et je n'avais pas le moins du monde l'intention de fonder une famille.*

— Nous nous débrouillerons sans lui, murmura-t-elle en posant sa main sur son ventre.

Elle se redressa en entendant s'ouvrir la porte de la cabine principale, et se leva, vérifiant son apparence dans le miroir de la coiffeuse. Elle était pâle et ses cheveux étaient un peu en désordre. Elle se peigna avec les doigts, et se pinça les joues pour leur redonner un peu de couleur.

— Katie ? fit la voix d'Alexi, derrière la porte.

Il frappa un coup contre le battant et entra sans attendre de réponse.

— Comment te sens-tu ? demanda-t-il.

— Bien, mentit-elle.

Elle aurait aimé rajouter avec insolence : « Et je suis toujours enceinte ! » Mais elle se contint. Elle maîtrisait mal ses émotions devant le tableau qu'il lui offrait, avec son veston jeté sur l'épaule et sa chemise entrouverte, dans un style décontracté qui le rendait encore plus séduisant et troublant à ses yeux.

Ne sachant que dire, elle s'en tint aux banalités.

— La réunion s'est bien déroulée ?

— Ton projet a impressionné le service financier. Tu apprécieras de savoir qu'ils le soutiennent à cent pour cent.

— Tant mieux.

Alexi avait déposé son veston sur le dossier d'une chaise, et il avait reporté son attention sur elle, à présent. De l'extérieur, on les aurait sûrement pris pour un couple. Mais c'était loin d'être la réalité, et cela la mettait mal à l'aise.

— J'ai vu le médecin, reprit-elle avec gêne.

— Oui, il m'en a informé. Tu es enceinte d'un peu plus de deux mois.

— Il te l'a dit ?

— Cela te pose problème ?

— Oui ! C'est mon bébé, et j'aimerais qu'on respecte ma vie privée.

— Elle est respectée. Et, comme je l'ai précisé à Richard en prenant ce rendez-vous, c'est aussi *mon* bébé.

— Alexi, arrête !

— Arrête quoi ?

— D'essayer de me court-circuiter.

— Te court-circuiter ? répéta-t-il, vaguement amusé.

— Je te connais ! Je sais quel genre de manipulateur tu es. Tu traites cette situation comme s'il s'agissait d'un projet professionnel dont tu as la charge. Eh bien, ce n'est pas ça du tout ! C'est moi qui mène cette affaire.

L'air amusé d'Alexi s'effaça aussitôt.

— Attention, Katie. Je t'ai déjà dit que je ne me laisserais pas évincer. C'est mon enfant. Je suis impliqué, que cela te plaise ou non. Et… je veux ce bébé.

— Tu le *veux* ? fit-elle, le dévisageant avec surprise.

— Oui.

Soupçonneuse, elle insista :

— Tu le veux *vraiment* ?

— Oui, je te le répète.

— Quoi ? Monsieur « je ne m'engage pas » désire endosser la plus grande responsabilité qui soit : un enfant ?

— Pas de persiflage, Katie. Ça ne te va pas.

— Je t'en prie ! Reconnais tout de même que c'est un sacré revirement de ta part.

Il haussa les épaules :

— Chaque jour est un nouveau jour, et nous avons franchi une étape, non ? Il n'y a pas de retour en arrière possible.

Un intense réconfort, un soulagement inattendu envahirent Katie. Elle n'aurait osé espérer entendre de telles paroles. Cédant à son émotion intime, elle murmura :

— Moi aussi, je veux ce bébé. Je le veux tellement que ça me fait presque mal.

— Dans ce cas, nous sommes d'accord, dit-il avec douceur en soutenant son regard. J'en suis heureux, Katie. Cela simplifie tout. Un bébé a besoin d'un père et d'une mère.

Alors qu'elle avait l'impression de se noyer dans son regard, il continua :

— Donc, nous allons nous marier.

— P… pardon ? dit-elle, persuadée d'avoir mal entendu.

Il répéta avec une assurance imperturbable :

— Nous allons nous marier. Dès que je pourrai arranger ça.

Pendant un instant, elle se laissa aller à caresser cette hypothèse. Puis elle murmura :

— Mais… nous ne nous aimons pas.

— Est-ce que ça compte ? demanda-t-il avec gravité. Les sentiments ne font que compliquer les choses, en général.

— Bien sûr que ça compte !

— Katie, l'important, c'est de bien élever notre enfant. Réfléchis, voyons. Tu ne pourras pas t'en tirer toute seule. Tu as un minuscule appartement, en plus.

— Je me débrouillerai très bien ! s'indigna-t-elle.

— Rien ne t'y oblige. Tu attends mon héritier. Je veillerai sur toi.

— En contrôlant ma vie !

— En faisant ce qu'il faut.

— Eh bien, je ne veux pas que tu fasses ce qu'il faut ! s'écria-t-elle, prise d'une inexplicable envie de pleurer. Si c'est l'idée que tu te fais d'une demande en mariage, tu peux la garder pour toi !

Rivant sur elle un regard scrutateur, il rectifia avec calme :

— C'est l'idée que je me fais d'une solution.

— Eh bien, elle ne me plaît pas.

— Qu'est-ce que tu suggères, alors ? Tu préférerais que j'attende la naissance du bébé pour t'attaquer en justice et demander la garde ?

— Tu ne ferais quand même pas ça ! s'exclama-t-elle d'une voix étranglée.

— Je suis prêt à tout, si j'y suis contraint. Je te déconseille de devenir mon ennemie, Katie. Parce que j'ai l'argent, le pouvoir et les relations nécessaires pour aller jusqu'au bout. Et je gagnerai la partie, sois-en sûre.

— Un juge ne te donnera jamais la garde ! Aucun individu sensé n'enlèverait un bébé à sa mère !

— Voyons, quel serait le cas de figure, exactement ? Enlever un bébé à son milieu monoparental pour le transférer dans le nid douillet d'une des plus puissantes familles d'Europe ?

Katie eut l'impression d'étouffer. Son soulagement initial en découvrant qu'Alexi voulait garder le bébé s'était mué en peur panique.

— Je n'arrive pas à croire que tu puisses dire des choses pareilles. Enlever un bébé à sa mère… C'est de la barbarie !

— Je ne tiens pas du tout à en arriver là. J'espère que tu reviendras à des sentiments plus raisonnables.

Des sentiments raisonnables… Il parlait véritablement comme s'il s'agissait d'une négociation d'affaires.

— Tu as peut-être plus d'argent que moi, mais ça ne remplace pas l'amour ! Un juge prendra en considération les deux éléments de l'équation.

— Tu penses que je n'aimerai pas mon enfant ? Tu dois avoir une bien piètre opinion de moi, si tu en es convaincue. Soit, ni toi ni moi ne sommes amoureux l'un de l'autre. Mais cela ne signifie pas que je suis incapable d'amour. Et je veux ce qu'il y a de mieux pour mon enfant, y compris une bonne mère. Une famille aimante.

Déroutée par cette tirade, la jeune femme ne trouva rien à répondre.

— Tu es un élément de cet ensemble, Katie, reprit alors Alexi. Je veux que tu fasses partie de ma vie.

Mais il ne voulait pas d'elle au sens où un homme désire partager la vie d'une femme quand il la demande en mariage, pensa-t-elle.

— Dis plutôt que tu veux une nounou, lâcha-t-elle avec amertume.

— Non, je veux une épouse. Dans mon lit.

Il s'approcha d'elle et lui effleura la joue. C'était une caresse douce, presque tendre, et elle eut envie de se lover dans ses bras, de renverser son visage vers lui pour recevoir un baiser.

Mais elle se reprit aussitôt, s'efforçant de rester concentrée sur l'instant présent.

— Un mariage sans amour ne peut être qu'un échec, affirma-t-elle.

Alexi sentit un élan de colère le soulever. Il n'arrivait pas à croire qu'elle le rejetait ! Il n'avait pensé à rien d'autre tout l'après-midi durant. Et plus il avait réfléchi, plus sa solution lui avait paru sensée. En fait, il ne parvenait pas à comprendre l'intensité douloureuse, lancinante, avec laquelle il voulait Katie. C'était à cause du bébé, bien sûr. Pas parce qu'il la désirait toujours. Il n'avait qu'à claquer des doigts pour obtenir toutes les femmes qu'il voulait, il n'avait pas besoin d'elle. Mais il *l'aurait*, bon sang !

— Nous ne sommes peut-être pas amoureux fous l'un de l'autre, mais nous nous entendons très bien, surtout au lit, fit-il valoir.

Un instant, il posa son regard sur ses lèvres, et elle se

remémora ce qui s'était produit entre eux le matin même. Il avait raison. Elle n'avait jamais éprouvé autant de désir pour un homme. Quelle que fût l'émotion qui les jetait l'un vers l'autre, elle allait jusqu'à l'envoûtement.

— Il suffit que je te touche pour que tu t'enflammes, murmura-t-il.

Elle savait qu'il avait raison, mais pour rien au monde elle ne le lui aurait avoué.

— Tu es d'une prétention inimaginable ! s'écria-t-elle.

— Tu as déjà dit ça ce matin… avant de m'embrasser.

Il sourit, regardant la rougeur qui colorait son visage et ses lèvres qui s'entrouvraient comme malgré elles.

— Je suis dans le vrai, Katie. Je sens ton désir quand je te touche, quand je t'embrasse…

Il se rapprocha et, sans lui laisser le loisir de rompre le charme, s'empara de sa bouche. Elle éprouva un élan sensuel si violent qu'elle en fut ébranlée. Elle lui rendit son baiser, le cœur battant, les tempes bourdonnantes. Oui, elle le voulait, elle voulait qu'il la touche, qu'il lui fasse l'amour.

Ce fut lui qui rompit l'envoûtement.

— Ah, tu vois ? fit-il en s'écartant, sourire aux lèvres.

Son assurance et sa fatuité la piquèrent au vif.

— Je ne vois rien du tout, prétendit-elle, tentant de se reprendre.

— Tu veux qu'on réessaie ?

— Alexi, arrête ! s'écria-t-elle, affolée.

— Il est clair que ça marchera entre nous, affirma-t-il avec un petit rire. Alors, pourquoi veux-tu tout compromettre en faisant cavalier seul ?

— Si tu étais quelqu'un de raisonnable, cela ne compromettrait rien !

— Mais je suis raisonnable, Katie. Je te propose le mariage. Je ne veux pas que notre enfant se retrouve tiraillé entre deux parents, à la merci des décisions d'un juge. Je veux qu'il ait l'enfance protégée que j'ai eue moi-même en Grèce.

— Tu l'emmènerais là-bas ? s'exclama-t-elle, horrifiée.

— Evidemment. C'est là que sont ses origines. De plus, j'ai une grande famille. Il sera à l'abri dans ce réseau.

— Et si c'était une fille ? Tu serais peut-être moins empressé.

— Le sexe du bébé n'a aucune importance à mes yeux. Tu penses qu'une fille n'a pas besoin d'un père, c'est ça ?

Cette question atteignit Katie en plein cœur. Elle était bien placée pour savoir que tout enfant, garçon ou fille, avait besoin de se sentir protégé au sein d'une famille unie.

— Alors, Katie, s'obstina Alexi, vas-tu donner la priorité à notre enfant, ou allons-nous devoir nous battre par avocats interposés ?

— Je vais y réfléchir, renâcla-t-elle, lui tenant tête en s'efforçant de dissimuler sa peur.

— Tu me donneras ta réponse ce soir à la réception.

— Non ! Je refuse d'être bousculée.

— Et moi, je refuse qu'on me fasse lanterner. Je ne suis pas d'un naturel très patient, dès lors que j'ai pris une décision.

A cet instant, on frappa à la porte. Alexi consulta sa montre.

— C'est sûrement la boutique, je leur ai demandé d'apporter une sélection de robes de cocktail. Je les ferai entrer en partant. Et je te retrouve tout à l'heure pour avoir ta réponse. Vers 18 h 30, avant qu'il y ait trop de monde.

Impuissante, Katie le suivit du regard alors qu'il quittait les lieux. Elle savait qu'Alexi était d'un naturel déterminé, elle l'avait souvent constaté dans le travail. Mais elle ne l'avait jamais vu à l'œuvre sur le terrain personnel, intime. C'était décidément un homme redoutable ! S'il l'attaquait au tribunal, il gagnerait !

8

Accoudé au bastingage du paquebot, Alexi contemplait l'océan, que le soleil couchant embrasait de reflets d'or.

Si, le matin même, quelqu'un lui avait affirmé qu'il ferait une demande en mariage avant la fin de la journée, il lui aurait ri au nez ! Et voilà qu'il attendait la réponse de Katie — qui plus est avec nervosité et impatience, et non une indifférence décontractée.

Il s'était toujours fié à son instinct, dans l'existence, et c'était ce qui lui avait permis de donner à son entreprise familiale l'étendue et la puissance d'une multinationale.

Il n'avait commis qu'une faute : son mariage.

Mais il s'était dit que chacun avait droit à une erreur, et s'était juré de ne jamais renouveler celle-là. Il ne se remarierait pas, il n'aimerait plus.

Il avait été sincère et résolu. Mais la vie avait le don de se rire des hommes et de leurs promesses, de leur ouvrir d'autres voies que celles qu'ils avaient voulu emprunter, et de les contraindre à des choix difficiles.

Soit, ce n'était pas un mariage d'amour. Plus jamais il n'aimerait comme il avait aimé Andrea — de cette forme d'amour qui ne menait qu'à la souffrance.

Mais Katie allait avoir un enfant de lui ! Et il la désirait… il la désirait follement, violemment. Il y avait des semaines qu'il voulait la remettre dans son lit, que cela le rongeait littéralement. Il n'avait pas pu se défaire de cette obsession, même quand elle lui avait déclaré qu'elle voulait une relation plus solide et plus sérieuse.

Lorsqu'il avait découvert qu'elle était enceinte, des émotions farouches l'avaient envahi. Une part de lui-même s'était retrouvée transportée dans le passé. Il n'avait pu regarder Katie sans voir aussi Andrea… et sans se remémorer ce jour lointain où il avait découvert la vérité.

Le passé était révolu, s'était-il dit fermement. Katie et son bébé représentaient l'avenir.

Aussi, quand elle avait affirmé vouloir garder cet enfant, il avait su, sans l'ombre d'un doute, que le mariage était la bonne solution.

Il avait trente-cinq ans, et ne rajeunissait pas. Il faudrait bien qu'il lègue son empire à un héritier, un jour. Son père le lui serinait depuis des lustres.

La tiédeur du soir lui rappela la Grèce, et ses pensées dérivèrent vers sa terre natale. Il y possédait une maison superbe, sur dix arpents en bord de mer, avec une vue spectaculaire, un verger, une piscine. Il en avait hérité de ses grands-parents, et avait espéré y habiter avec sa femme et ses enfants. Mais cela n'avait pas été du goût d'Andrea, qui préférait la vie citadine. La demeure avait donc été fermée pendant toutes ces années. Il ne s'y rendait que très rarement. Elle était trop vaste pour un célibataire. Ses appartements d'Athènes, Londres et New York étaient bien plus pratiques.

Mais voici que tout avait changé ! Soudain, il se surprenait à se demander de quoi le jardin aurait l'air à l'approche de l'été, qui n'était pas loin. Il imagina le verger en fleurs, l'odeur délicieuse des figues mûres… Quoi de plus beau que la Grèce ? pensa-t-il avec nostalgie, se rappelant son enfance idyllique. Oui, c'était ce qu'il voulait pour son fils ou sa fille. Il avait une folle envie de retourner là-bas, tout à coup.

Demain ! Demain, il partirait avec Katie pour Athènes. Mais d'abord, ils se marieraient ici, sur l'*Octavia*, dans la chapelle du bord.

A quoi bon tarder, puisque sa décision était prise ? Il avait déjà vu ses avoués, mis les choses en branle. Un délai de vingt-quatre heures était légalement nécessaire, mais tout était arrangé. Il avait parlé à un juge de paix, au capitaine. Il ne manquait plus que l'accord de Katie. Et il l'aurait !

Se détournant de l'océan, il regarda l'orchestre qui accordait ses instruments en vue de la soirée. Plusieurs buffets étaient dressés, ainsi que des tables pour une centaine d'invités. Une piste de danse avait été aménagée autour de la piscine.

Il donnait cette réception pour remercier son équipe, qui s'était donné du mal afin de terminer à temps les travaux de réaménagement du paquebot. Quelques convives arrivaient déjà : les hommes en smoking, les femmes en robes du soir.

Où était Katie ? Il n'avait pas pu revenir à bord plus tôt et la rejoindre. Le travail l'avait absorbé pendant la majeure partie de l'après-midi. Du coup, il avait préféré se doucher et se changer en ville, c'était plus rapide.

Un de ses associés l'aborda, escorté de son épouse. Il les salua et échangea avec eux quelques propos courtois, mais il avait l'esprit ailleurs. Bon sang ! Où était donc Katie ? Elle aurait dû être déjà là, puisqu'il n'était pas loin de 19 heures ! A l'instant où il allait s'esquiver à sa recherche, elle apparut enfin sur le pont.

Captivé, il la regarda, tandis qu'elle s'avançait, gracieuse, jusqu'au bastingage pour contempler l'horizon. Elle était superbe dans sa robe bustier noire, qui gainait ses formes, exaltant sa silhouette sans défaut et ses jambes sculpturales et élancées. Elle portait lâchées ses opulentes boucles auburn qui effleuraient la chair crémeuse de ses épaules.

Comme si elle avait senti sa présence, elle se retourna, et leurs regards se croisèrent. Il sentit s'enflammer son désir.

S'excusant auprès de ses invités, dont il avait à peine écouté les propos depuis un instant, il se dirigea vers sa proie.

Katie regarda, au-delà des eaux, le profil des gratte-ciel de Manhattan en s'efforçant d'adopter une pose nonchalante. Mais elle était consciente de l'approche d'Alexi, et le regard qu'il venait de lui lancer avait déclenché en elle un tourbillon de peur et de désir.

Il voulait une réponse. Et elle ne la connaissait toujours pas. Ces dernières heures, elle avait essayé de rassembler ses idées, de se dire qu'elle ne devait pas précipiter sa décision. Malheureusement, Alexi n'était pas la patience incarnée ! Et en le voyant venir, si résolu, si chargé d'intention, elle sentit se volatiliser le peu de calme qu'elle avait reconquis.

— Bonsoir, Katie. Tu es en retard !

— Vraiment ? fit-elle avec un haussement d'épaules. J'ai relu mes notes de ce matin, j'ai dû oublier l'heure.

C'était un mensonge éhonté, bien entendu. Elle n'avait cessé de ruminer la demande en mariage d'Alexi.

Il se rembrunit. Il avait toujours apprécié qu'elle fût, comme lui, un bourreau de travail. Mais, à présent, cela le mécontentait.

Il constata qu'elle était à peine maquillée : une touche d'or le long des cils, un soupçon de brillant à lèvres. Elle semblait jeune et naïve, ainsi, le visage presque à nu.

— Ma foi, ça valait la peine d'attendre, murmura-t-il d'une voix rauque. Tu es ravissante.

— Merci, murmura-t-elle en rougissant.

Cela le fit sourire. Il était fasciné par les facettes contrastées de son caractère. Tantôt, c'était une femme d'affaires forte et sûre d'elle ; tantôt, elle redevenait sa jeune maîtresse — celle qui l'accueillait avec une douceur hésitante comme si la violence de leur passion lui faisait peur, celle qui le contentait si merveilleusement au lit.

Comment lui avait-il permis de s'échapper, tout au long de ces dernières semaines ? se demanda-t-il, furieux contre lui-même. Une chose était sûre : cela ne se renouvellerait pas, il y veillerait !

— Alors, as-tu réfléchi à mon offre ? lança-t-il de façon abrupte.

Elle rétorqua, sarcastique :

— De quoi parles-tu ? Du travail, ou de ta demande en mariage ?

— Tu sais pertinemment de quoi il est question.

— Oui, hélas. En revanche, je n'arrive pas à comprendre que tu abordes le mariage comme une négociation d'affaires.

— Mais *c'en est une*, que cela te plaise ou non. C'est un partenariat légal.

— On croirait entendre un avocat, murmura-t-elle. Mais il est vrai que c'est ta formation initiale.

— Qu'est-ce que ça a à voir là-dedans ?

Katie redressa le menton d'un air altier.

— Je n'ai aucune envie d'être piégée dans une union d'affaires glacée, Alexi !

— Chérie, qu'est-ce que tu racontes ? s'esclaffa-t-il. Nos relations sont plus incandescentes que la lave d'un volcan !

Comme il laissait errer son regard sur elle, elle ne perçut que trop la véracité de cette remarque. De quelle façon pouvait-on combattre des sentiments aussi à fleur de peau que les siens ? se demanda-t-elle.

Cependant, elle avait sa fierté. Elle n'était pas sûre de vouloir s'unir à un homme qui ne l'aimait pas. Elle n'était pas sûre de pouvoir le supporter. Fût-ce pour le bien-être de son bébé.

Mais avait-elle les moyens d'agir autrement ? s'interrogea-t-elle avec angoisse.

— Alexi… étais-tu sérieux en prétendant que tu demanderais le droit de garde ?

— Je ne parle jamais à la légère, répondit-il. Mais je ne tiens pas à y être acculé. Je ne veux pas te faire de mal.

— Alors, ne m'en fais pas !

— Ne me contrains pas à t'en faire ! rétorqua-t-il. Il ne s'agit pas seulement de toi, Katie. Il s'agit d'un enfant… de l'héritier de l'empire Demetri !

— C'est tout ce qui compte pour toi, n'est-ce pas ? Régenter la vie de ton précieux héritier.

— Est-ce répréhensible ? D'ailleurs, le verbe « régenter » est bien dur. Je désire être un bon père.

— Et me régenter, moi ?

Il sourit :

— Katie, le contrôle que je veux exercer sur toi est d'une tout autre nature.

Elle savait précisément à quoi il faisait allusion ! Elle ne se rappelait que trop bien le poids de son corps viril sur le sien, sa bouche ravageant la sienne, ses mains caressantes qui la possédaient…

— Il y a une véritable alchimie sexuelle entre nous, continua-t-il doucement. D'ailleurs, voudrais-tu que notre enfant grandisse en côtoyant les partenaires que nous pourrions être amenés à choisir, et qui affecteraient son existence ?

D'un geste instinctif, elle posa sa main sur son ventre. Les mots qu'il venait de prononcer évoquaient le pire de ses cauchemars. Un instant, elle se remémora certains compagnons de sa mère, partenaires de quelques semaines. Elle se rappela l'un d'entre eux, en particulier, qui l'avait prise en grippe alors qu'elle était toute jeune encore.

— Katie ? fit Alexi en la voyant pâlir.

— Tu as raison, murmura-t-elle, je ne veux pas d'une telle situation.

— Alors, laisse-moi prendre soin de vous deux, d'accord ?

Il lui releva le menton, et elle fut contrainte de croiser son regard. Elle connaissait Alexi. Elle savait qu'il était sincère et qu'il tiendrait sa promesse.

— Je peux te donner tout ce que tu souhaites, ajouta-t-il.

« Sauf l'amour », pensa-t-elle. Et elle désirait tant qu'il lui en donne. « Pourquoi ? » se demanda-t-elle. Pourquoi cela revêtait-il une si grande importance à ses yeux ?

Parce qu'elle l'aimait ! comprit-elle, comme si un spot lumineux, ayant soudain jailli sur la vérité, l'éclairait d'un relief spectaculaire.

Voilà pourquoi elle avait eu si peur de rester avec lui ! Voilà pourquoi elle cherchait encore à le fuir !

Tous les hommes qui l'avaient approchée lui avaient fait du mal. Et Alexi était celui qui avait le pouvoir de lui nuire plus encore que tous les autres. Non pas physiquement, mais affectivement. Or, les blessures qu'il était susceptible de lui infliger étaient les plus difficiles à guérir.

L'amour non payé de retour était un sentiment difficile à appréhender et à résoudre. Elle avait tenté inconsciemment de s'en protéger en coupant toutes relations avec Alexi. Cela n'avait pas marché. Et maintenant, elle s'enfonçait davantage. Car comment pouvait-on cesser d'avoir des relations avec le père de son enfant ?

Même si elle refusait de l'épouser, Alexi resterait présent à l'arrière-plan de sa vie.

— Katie, j'ai besoin de connaître ta réponse !

Elle s'écarta de lui, rejetant et aimant à la fois l'assurance obstinée dont il faisait preuve. Si elle répondait non, le regretterait-elle pendant toute son existence ?

Qu'est-ce qui était préférable ? Vivre avec ou sans lui ? Et puis, il y avait le bébé. Il devait avoir la priorité, bien sûr.

— D'accord, laissa-t-elle tomber, dans un murmure.

C'était une réponse circonspecte et presque inaudible. Alexi en éprouva pourtant une sensation d'euphorie extraordinaire, une joie que même la conclusion d'un contrat de plusieurs millions de dollars, après des mois de négociation acharnée, ne lui avait pas fait éprouver. Katie serait à lui !

— Affaire conclue, continua-t-elle rapidement, de crainte de se laisser envahir par le doute. Mais à mes conditions. Nous aurons de longues fiançailles et…

— Pas question ! coupa-t-il, résolu à ne lui laisser aucune échappatoire qui pût lui permettre une nouvelle fois de lui faire faux bond. Ce sera comme je l'ai décidé ou rien.

— Alexi ! s'écria-t-elle, révoltée.

— J'ai pris des dispositions pour que le capitaine Roberto nous marie ici, sur l'*Octavia*, avant notre départ en Grèce demain.

— Hé, attends ! Je…

— Non, Katie ! Tu seras une épouse obéissante et, en échange, je te traiterai avec respect et générosité : voici mes conditions.

Blessée, elle protesta :

— Je ne suis pas une de tes possessions !

— *Pas encore*, riposta-t-il. Mais je veux te posséder, encore et encore.

En voyant la passion qui brûlait dans ses yeux, elle eut soudain une envie folle de se rapprocher de lui. Soit, il n'avait pas d'amour pour elle. Mais il la désirait avec force. Et, lorsqu'il prit ses lèvres avec une fièvre impérieuse, elle fut incapable de le repousser.

Peut-être aimait-elle assez pour deux, pensa-t-elle, en répondant avec emportement à son baiser.

Quand il la relâcha, elle était haletante, secouée de frissons. Tandis que résonnaient autour d'eux la musique et le brouhaha des conversations, Alexi ajouta :

— Je te veux, Katie. Mais nous ferons les choses comme il convient. Ce soir, tu dormiras ici, seule. Demain, nous consommerons notre mariage.

Un officier d'équipage aborda Alexi, et elle saisit cette occasion pour s'écarter.

— Nous sommes prêts pour le feu d'artifice, monsieur. Désirez-vous prononcer quelques mots avant que nous commencions ?

— J'arrive, dit Alexi au marin, le congédiant d'un geste.

Ils se retrouvèrent seuls, de nouveau. Katie était effrayée par l'évolution trop rapide de la situation, effrayée par ses propres sentiments.

— Alexi, souligna-t-elle, le bébé ne naîtra pas avant six mois.

— Nous pourrons mettre ce laps de temps à profit pour

mieux faire connaissance, pour savourer notre entente, dit-il en la couvant d'un regard ardent.

Elle eut beau tenter de se persuader qu'elle ne devait pas éprouver tant d'émoi, et qu'elle ne devait pas lui permettre de la traiter en objet sexuel, son corps refusa d'entendre. Alexi sourit en notant son trouble.

— Demain, tu m'appartiendras de nouveau, continua-t-il avec une implacable douceur. La chapelle est réservée pour 15 h 30. Ensuite, nous nous envolerons pour la Grèce, pour une lune de miel de quelques jours. Nous avons bien des choses à rattraper…

Katie n'eut pas le temps d'émettre un commentaire, il s'éloignait déjà. S'accoudant au bastingage, elle tenta de rassembler ses esprits.

Avait-elle eu raison d'accepter ? Elle désirait tant Alexi ! Beaucoup trop…

L'ambiance devenait de plus en plus animée parmi les convives. Une bonne centaine d'invités se massait sur le pont, et l'orchestre jouait un air entraînant. Elle suivit Alexi du regard, tandis qu'il évoluait parmi la foule avec aisance. Il s'approcha de la scène, et échangea quelques mots avec le quatuor à cordes qui allait bientôt prendre la relève de l'orchestre.

Puis, comme les musiciens achevaient leur morceau, il monta sur scène et quelqu'un lui tendit un micro. Une salve d'applaudissements salua son apparition. Katie ne put réprimer un sourire. Tout le monde l'aimait, pensa-t-elle. Il était dur en affaires, mais il avait le don de conquérir la sympathie des gens. Sans doute parce qu'il était juste et fiable. Avec lui, on savait où on allait.

Pour sa part, elle aurait presque préféré qu'il lui eût menti au lieu d'être honnête, qu'il lui eût fait une déclaration d'amour. Mais cela n'entrait pas dans son caractère. Et d'ailleurs, aurait-elle voulu être payée de fausses promesses et de belles paroles ? Sûrement pas !

Il prit la parole, remerciant chaleureusement son équipe, et la foule lui répondit par des hourras bruyants. Puis il enchaîna :

— J'aimerais aussi vous annoncer mes fiançailles avec Katie. Certains d'entre vous la connaissent sans doute, car elle a été chef de projet chez Demetri Shipping pendant plusieurs mois. Désormais, elle travaille avec moi chez Madison Brown. Elle a accepté d'être ma femme, et nous nous marierons demain ici même, sur l'*Octavia*.

Les invités saluèrent cette annonce par des applaudissements déchaînés. Un projecteur, balayant soudain le pont, emprisonna Katie dans son faisceau de lumière.

Elle en fut affreusement gênée. Pourquoi claironnait-il ainsi leur future union ?

Le projecteur s'éteignit assez vite, cependant, et, ayant précisé que le feu d'artifice était imminent, Alexi conclut :

— Le morceau qui va suivre est dédié à ma future épouse… à Katie.

Le quatuor à cordes entama un morceau de musique classique envoûtant et bouleversant, l'un des préférés de Katie. Elle lui avait dit, un jour, combien elle aimait ce morceau, alors qu'ils écoutaient l'enregistrement dans son appartement. Elle fut surprise qu'il eût gardé ce fait à la mémoire. Des larmes lui montèrent aux yeux, et elle s'éloigna de la foule massée autour d'elle. Elle avait besoin d'être seule.

Elle trouva un endroit tranquille, dans l'ombre, du côté de la proue, d'où elle regarda les bouquets d'étincelles du feu d'artifice, qui trouaient les ténèbres.

— Alors, qu'en dis-tu ?

Elle se retourna en tressaillant, au son de la voix d'Alexi, désarçonnée de se retrouver tout près de lui.

— Ta proclamation m'a plutôt secouée ! avoua-t-elle.

— J'ai voulu devancer les commérages. C'est mieux comme ça.

— Je suppose…

— Nous avons oublié quelque chose.

— Ah ? fit-elle en fronçant les sourcils.

Il sortit de sa poche un petit écrin, dont il souleva le couvercle.

— Je l'ai achetée cet après-midi, juste pour le cas où.

Sur un fond de velours noir, un magnifique solitaire étincelait, réverbérant les éclairs de lumière du feu d'artifice.

— Elle est magnifique ! murmura-t-elle.

Puis, levant les yeux vers lui, elle ajouta :

— Tu étais donc si sûr que je répondrais « oui » ?

— J'ai pensé que le bon sens prévaudrait.

« Comme c'est étrange », pensa Katie, la gorge nouée. Le décor était romantique à souhait, la bague une vraie merveille. Et Alexi était l'homme de ses rêves… Pourtant, elle se sentait le cœur brisé.

9

La première chose qui frappa le regard de Katie, quand elle s'éveilla le lendemain, fut sa bague de fiançailles. Le soleil matinal, dardant ses rayons sur la pierre, y allumait des éclats turquoise et feu.

C'était le jour de son mariage ! pensa-t-elle. Le jour où elle allait épouser Alexander Demetri !

Elle eut l'impression d'être parcourue par un courant électrique. Tout allait trop vite ! La découverte de sa grossesse, d'abord, et puis maintenant, cette noce improvisée. Elle se sentait totalement désorientée, comme si elle dévalait un circuit de montagnes russes. Comme si elle devait être bientôt happée dans une vertigineuse dégringolade.

Elle se leva, se répétant avec véhémence qu'une conclusion malheureuse de cette union n'était pas une fatalité.

La veille, au coucher, elle avait téléphoné à sa sœur pour lui annoncer la nouvelle. Lucy en était d'abord restée sans voix. Puis elle s'était exclamée :

— Tu n'es pas obligée de te marier parce que tu es enceinte ! Je sais que notre enfance a été dure, mais le passé ne doit pas grever ton avenir !

— Lucy, j'essaie juste de faire preuve de sens pratique, avait-elle plaidé avec calme. C'est dur d'élever seule un enfant. Et ma situation financière n'est pas florissante, avec les grosses traites que j'ai à payer pour l'achat de mon appartement. D'ailleurs, Alexi tient à ce mariage, il veut ce bébé. C'est un homme puissant, tu sais, très influent.

— Il te fait chanter pour que tu l'épouses, c'est ça ?

Un instant songeuse au souvenir de cette conversation, Katie regarda machinalement autour d'elle. Dans un coin de la cabine trônait une valise neuve, contenant ce dont elle aurait besoin en Grèce. Et, dans le dressing, une sélection de toilettes parmi lesquelles elle choisirait sa robe de mariée. Toutes ces choses l'attendaient déjà la veille, lorsqu'elle était revenue dans la suite. En fait, elle n'avait pas l'impression d'être soumise à un chantage. Plutôt d'être une femme entretenue. Alexi la traitait comme une… une concubine ! Elle n'avait de prise sur rien.

Mais le plus perturbant, dans cette situation irréelle, était qu'elle ne voulait pas d'un retour en arrière — au demeurant impossible. Elle désirait épouser Alexi parce qu'elle l'aimait.

La veille, elle l'avait avoué à sa sœur. Aussitôt, Lucy s'était détendue :

— Pourquoi ne l'as-tu pas dit plus tôt ? Ça change tout !

Katie ne lui avait pas précisé que ces sentiments n'étaient pas payés de retour, et qu'Alexi l'épousait à cause du bébé. Elle n'avait pas eu le cœur d'en faire part à sa sœur en dépit de leur complicité. C'était trop douloureux. Et sa fierté aurait été mise à mal !

Prise d'un brusque malaise, elle se précipita dans la salle de bains. Etait-ce une manifestation de sa grossesse ou de sa nervosité ? Car elle se demandait sans cesse, depuis la veille, si le parti qu'elle avait choisi était le bon.

Elle s'interrogeait encore au moment où, sortant de la douche, elle examina les vêtements suspendus dans l'armoire. Elle fixa son choix sur la première toilette qu'elle enfila, à la fois habillée et discrète, adaptée à la situation. La veste crème était ravissante avec son encolure en cœur, et la robe droite qu'elle complétait flattait sa silhouette.

Alors qu'elle achevait de se coiffer et de se maquiller, on frappa à la porte. D'abord affolée à l'idée de se retrouver face à Alexi, elle constata avec soulagement, en regardant l'écran de contrôle, que c'était le fleuriste. Il apportait un bouquet de mariée superbe : un mélange de roses et d'orchidées. Elle lut la carte tout en refermant la porte :

« Ces fleurs t'accompagneront quand tu marcheras vers l'autel. Nous nous retrouvons à 15 heures. Alexi. »

Il n'avait même pas réussi à enjoliver la situation sur cette carte, pensa-t-elle. Il n'était pas allé jusqu'à écrire : « Affectueusement, Alexi. »

C'était mieux ainsi, au fond. Oui, il était préférable qu'il soit honnête.

Une fois encore, on frappa à la porte. Elle l'ouvrit toute grande, s'attendant à quelque nouvelle livraison. Mais c'était Alexi qui se trouvait sur le seuil. Il était très beau dans son costume sombre — d'une beauté grevée de tension, presque sombre.

— Déjà ! s'exclama-t-elle, follement troublée. Ta carte disait « 15 heures » ! Serais-tu venu t'assurer que je ne jouerais pas les filles de l'air ?

Elle s'était efforcée de plaisanter, mais sa voix manquait d'assurance.

— C'est ce que tu ressens ? fit Alexi. L'envie de t'enfuir ?

— J'ai plutôt l'impression de flotter dans le brouillard. Tout va trop vite.

— Si cela peut te rassurer, c'est plus ou moins ce que je ressens aussi.

Une idée soudaine la traversa.

— Et c'est pour ça que tu as précipité les choses ? Par peur de changer d'avis ?

— Je ne changerai pas d'avis, Katie. Nous agissons vite à cause du bébé… et parce que nous avons besoin de nous accoutumer à vivre ensemble avant qu'il vienne au monde.

A l'entendre, il ne s'agissait que de faire preuve d'esprit pratique. Mais il y avait aussi ce regard qu'il posait sur elle, comme pour la dévêtir en pensée.

— Tu es ravissante.

— Merci.

— Eh bien, vas-tu m'autoriser à entrer ? Ou allons-nous discuter dans le couloir ?

— Pardon, désolée, dit-elle en lui livrant passage.

— Il faut que tu signes des documents avant la cérémonie, dit-il avec décontraction.

Elle s'aperçut qu'il apportait une chemise cartonnée, et observa avec circonspection :

— Je croyais qu'on signait *après*.

— Ce n'est qu'un accord prénuptial. Rien de bien méchant.

— Je vois, lâcha-t-elle, le cœur battant.

— Ne me regarde pas comme ça. Il faut bien que nous établissions un contrat prénuptial. Les avocats l'exigent pour la protection de l'entreprise.

— Et les affaires passent avant tout, évidemment !

Elle s'était essayée à l'insolence mais, en réalité, elle tentait de masquer sa souffrance.

— C'est une précaution inévitable.

— Bien sûr, fit-elle, feignant l'indifférence.

— Tu vas signer, alors ?

— Ai-je le choix ?

— Non. Mais lis-le soigneusement, et si tu veux changer quelque chose, nous en discuterons.

— Je n'ai pas tellement le temps !

— C'est un contrat honnête et en bonne et due forme, Katie. Vu ton expérience, dix minutes te suffiront pour en prendre connaissance.

— Et il te suffira de trente secondes pour me dire qu'il n'est pas négociable. Je te connais, je t'ai vu à l'œuvre.

— Nous nous connaissons si bien ! répondit-il avec un sourire.

Comme elle restait silencieuse, il la saisit par les bras pour l'attirer plus près, et la caressa doucement. Elle aurait dû se sentir insultée par ses attouchements, qui contrastaient si crûment avec les précautions financières dont il s'entourait. Pourtant, elle était troublée, dominée par son désir.

— Tu le trouveras très acceptable, dit-il. Je t'accorde une pension plus que généreuse pendant toute la durée de notre mariage.

Elle redressa le menton d'un air de défi.

— Tu m'offres un paiement pour services rendus, en quelque sorte ?

— Te voilà bien cynique !

— Mais dans le vrai.

— Si tu tiens à voir les choses sous cet angle…, lâcha-t-il avec un haussement d'épaules. Personnellement, je considère qu'il vaut mieux être prévoyant. Ensuite, nous pourrons nous marier, et commencer notre vie à deux.

Elle vit qu'il fixait ses lèvres, et sentit son cœur s'emballer. Furieuse contre elle-même, elle se dégagea de son étreinte.

— Alors, autant que je le lise tout de suite.

Tandis qu'elle tournait les feuillets, Alexi la contempla, laissant errer son regard sur ses formes gainées par son ravissant tailleur. Il avait hâte de l'en dépouiller.

— Nous devrons rejoindre l'aéroport tout de suite après la cérémonie, murmura-t-il. Le vol jusqu'à Athènes est long, nous serons donc encore à bord pour le petit déjeuner. L'avantage, c'est que la journée ne sera pas trop entamée quand nous débarquerons.

— Je ne vois pas pourquoi nous partons en Grèce. A quoi bon cette parodie de lune de miel ? Nous savons très bien que ce n'est qu'un mariage de convenance.

— Cela ne nous empêche pas de prendre un peu de bon temps. Et c'est l'endroit rêvé pour commencer notre existence de couple marié.

Une partie d'elle-même était séduite mais la peur ne la quittait pas pour autant. Elle tenta de répondre avec désinvolture :

— Tu veux dire : quel meilleur endroit pour consommer notre mariage que le cœur de ton empire financier ?

— Exactement ! approuva Alexi, dont le sourire s'élargit.

Elle prit le stylo qu'il avait posé près du contrat, hésita un instant, puis, d'une main tremblante, apposa sa signature sur les deux pages du document.

— Tiens, fit-elle en se tournant vers lui. Voilà. Tu as ce que tu veux.

— Pas encore, Katie, murmura-t-il en l'enveloppant d'un regard torride qui la fit frissonner. Pas encore. Mais cela ne saurait tarder.

Alors que le pilote amorçait la descente vers Athènes, Alexi referma son dossier et leva les yeux sur Katie, assise en face de lui. Elle dormait profondément depuis plusieurs heures. Ce n'était pas étonnant, pensa-t-il. Leur séjour à New York avait été riche en péripéties.

Il se remémora son air vulnérable lorsqu'il lui avait passé l'alliance au doigt, dans la chapelle. Le service nuptial avait duré vingt minutes. Pourtant, cet instant ne cessait d'occuper son esprit avec une obstination perturbante.

Il ne comprenait pas la raison de cette obsession, car il n'avait pas le moindre doute au sujet de cette union. Il voulait ce bébé avec une intensité farouche, et était convaincu qu'un enfant avait besoin de ses deux parents. Il désirait aussi Katie, et avec ferveur. Le mariage était donc la solution idéale, se redit-il en la contemplant. Elle était si jeune, si belle.

Soudain, elle ouvrit les yeux, et leurs regards se croisèrent.

— Bon après-midi, madame la marmotte, dit-il avec un sourire.

Un instant, elle lui rendit un sourire ensommeillé et rêveur qui lui rappela la toute première fois où ils avaient fait l'amour. Elle lui avait avoué son émerveillement en s'éveillant auprès de lui. « C'est comme un rêve… », avait-elle murmuré.

« Un rêve classé X », avait-il répondu en riant, ce

qui l'avait gênée et fâchée. Mais il l'avait embrassée de nouveau et…

— Quelle heure est-il ? demanda-t-elle.

Refoulant ses souvenirs troublants, il répondit :

— Presque 14 h 30, heure d'Athènes. Nous attendons l'autorisation d'atterrir.

— Je n'arrive pas à croire que j'aie dormi si longtemps !

— Le vol était long, et tu étais fatiguée.

Katie acquiesça. Elle se sentait épuisée affectivement. Sinon, elle n'aurait jamais sombré dans les bras de Morphée.

La gorge serrée, elle se remémora leur mariage. La cérémonie avait été si rapide ! Et elle avait été étonnée qu'il y ait tant de personnes présentes. C'étaient tous des employés qui avaient tenu à leur présenter leurs vœux de bonheur et qui, les croyant amoureux fous, leur avaient déclaré qu'ils formaient un beau couple.

Elle s'était aperçue, non sans souffrance, que leurs propos semblaient parfois amuser Alexi. Et elle s'était sentie gênée. Surtout lorsqu'il l'avait embrassée à la fin de la cérémonie, et que tout le monde avait applaudi.

Un trouble intense l'envahit alors qu'elle se rappelait ce baiser si sensuel. Elle avait cru qu'il l'embrasserait de nouveau ainsi, une fois à bord du jet, mais il n'en avait rien été. En fait, accueillis par un personnel très stylé, ils avaient dîné à une table élégamment dressée et savouré des mets délicieux. Tout cela lui avait semblé si bizarre.

Alexi la regarda alors qu'elle lissait sa toilette. Il avait eu toutes les peines du monde, jusqu'ici, à ne pas la toucher. Mais il tenait à ce que ce soit en Grèce qu'ils fassent l'amour pour la première fois en tant que mari et femme. Il tenait à ce qu'ils aient tout le temps devant eux, à ce que ce soit un moment très spécial.

— Quel est notre programme ? demanda-t-elle.

Mais elle regretta d'avoir parlé aussi étourdiment quand elle vit le regard embrasé qu'il promenait sur elle. Il murmura d'une voix rauque :

— Je vais t'emmener à la maison, t'enlever ce ravissant petit ensemble et… te prendre… te reprendre encore.

Elle s'empourpra. Taquin, il commenta :

— Tu rougis comme une vierge.

— Il est certain que je ne le suis pas, bougonna-t-elle, vu mon état.

— Au fait, comment va bébé ?

— Bien. En tout cas, je n'ai plus de malaises. Ce qui est une sacrée amélioration.

— Avec un peu de chance, il se tiendra comme il faut pendant les mois prochains, et tu pourras te détendre.

— Je n'en sais rien. Je vais avoir une montagne de travail. En fait, j'aurais dû travailler au lieu de dormir.

Alexi éclata de rire :

— Pas de problème, tu es avec le *big boss*. Tu peux profiter de ton congé en toute impunité. Et puis tu vas arrêter de travailler, bien sûr. Je trouverai quelqu'un pour te remplacer.

— Je suis parfaitement capable d'assumer ma charge !

Elle avait besoin de s'occuper et de conserver son indépendance, songea-t-elle.

— Et je veux continuer à travailler après la naissance du bébé, déclara-t-elle avec fermeté.

— Si tu y tiens… Mais ce ne sera pas nécessaire, je t'assure.

— Je tiens à être autonome financièrement, soutint-elle. Je ne veux pas de l'allocation que tu m'as attribuée. En fait, je ne veux rien de toi. Inutile de faire ces yeux-là ! Je parle sérieusement, Alexi. Je refuse ta charité.

— De la charité ? Katie, voyons ! Tu es ma femme, la mère de mon enfant. La charité n'a rien à voir là-dedans. Je tiens à prendre soin de vous deux.

— Je suis parfaitement capable de prendre soin de moi-même !

Un instant, il l'observa, intrigué par la violence de sa réaction. Maintenant qu'il était amené à y réfléchir, il se rendait compte qu'il l'avait toujours vue se comporter avec un grand esprit d'indépendance, en femme qui ne compte que sur elle-même. Autrefois, il avait admiré ce trait de caractère. Maintenant, il s'interrogeait sur les origines de cette attitude. Qu'est-ce qui motivait ce désir de se débrouiller seule, révélateur d'une profonde vulnérabilité ?

— En tant qu'époux, je tiens à te protéger. Et j'en ai les moyens.

— Merci, mais c'est non, dit-elle avec un sourire trop appuyé.

Certes, il voulait la protéger et protéger son enfant. Mais que se passerait-il si sa grossesse tournait mal ? se demanda-t-elle. Elle n'en était qu'au début, il pouvait se produire n'importe quoi d'ici son accouchement. Si elle perdait le bébé, suggérerait-il un divorce rapide ? Cela n'aurait pas été fait pour la surprendre.

C'était une raison de plus pour rester indépendante, se dit-elle.

Alors que le silence s'installait entre eux, elle regarda, par le hublot, le ciel couleur de cobalt et les lignes douces de la côte athénienne inondée de soleil.

Elle se demanda si Alexi l'emmènerait dans son appartement d'Athènes, dont il lui avait parlé lors d'un premier voyage, strictement professionnel, en Grèce. Elle était rentrée seule à Londres car il s'était attardé pour rendre visite à une de ses sœurs, qui venait d'avoir un bébé. Elle avait pensé qu'elle n'avait aucun désir de l'accompagner, ni de connaître sa famille. Mais elle s'avouait à présent qu'elle avait été déçue de ne pas être invitée.

Il fallait qu'elle arrête de ruminer ! se réprimanda-t-elle. Soit, il n'avait pas jugé bon, à l'époque, de la présenter à sa famille. Mais aujourd'hui, la famille d'Alexi, c'était elle ! Peut-être un jour en viendrait-il à l'aimer ?

Elle regarda son mari avec cet espoir au cœur, et demanda :

— Nous séjournerons où ?

— Je possède une maison pas très loin de chez mes

parents. J'ai pensé que nous pourrions y passer ces quelques jours.

Tandis que l'avion amorçait sa descente, Katie songea à la nuit à venir…

10

Aucune limousine n'attendait Alexi à la sortie de l'aéroport. Il se dirigea vers le parking, et ouvrit la portière d'une voiture de sport — une décapotable rouge.

— Elle est à toi ? s'étonna Katie en s'installant sur un siège en cuir capitonné.

— Bien sûr, dit-il avec amusement, se tournant vers elle après avoir logé leurs bagages dans le coffre. J'en ai toujours une, ici. J'aime conduire quand je ne travaille pas.

— Cela ne doit pas t'arriver très souvent !

Il s'installa au volant, et ouvrit le toit. Katie offrit son visage au soleil.

— Tu as toujours été un bourreau de travail ? Ou ça t'a pris sur le coup de la trentaine ? continua-t-elle alors qu'il s'engageait dans le trafic.

Il rit.

— J'ai toujours adoré mon job. Il est excitant et gratifiant. Après mon divorce, il m'a paru préférable à une vie sociale un peu vaine. Et toi ? Tu as toujours eu cette passion du travail ?

— Je te ressemble énormément, en fait. Divorce mis à part, commenta-t-elle en souriant. J'aime relever des défis, comme toi.

— Et ce type… celui qui t'a fait du mal ? Que s'est-il passé, exactement ?

Cette question personnelle inattendue la fit hésiter.

— Ça n'a pas marché, c'est tout. Je pensais qu'il tenait à moi, mais… il s'est avéré que j'avais tort.

Bien qu'elle eût parlé d'un ton léger, Alexi sentit que c'était plus important qu'elle ne le laissait paraître.

— Tu l'aimais ? s'enquit-il.

Katie avait cru aimer Carl. Elle pensait maintenant que ses sentiments pour lui étaient loin, très loin d'avoir égalé ceux qu'elle éprouvait pour Alexi ! Comme il guettait sa réponse, elle dit avec un haussement d'épaules :

— Ça n'a plus guère d'importance, non ?

— J'imagine, murmura Alexi.

Cela n'aurait pas dû en avoir, en effet. Pourtant, étrangement, cela comptait. Bon sang, mais qu'est-ce qui lui prenait ? se dit-il avec colère. Il n'était pas d'un naturel jaloux, et ne le serait jamais. Et puis, ce type faisait partie du passé. Katie était *à lui*, désormais. L'abstinence sexuelle lui portait sur le tempérament, ironisa-t-il intérieurement, s'amusant de sa propre réaction. Il allait rattraper ça avec Katie… au lit… dans la cuisine… n'importe où quand il lui en prendrait l'envie… et cela finirait bien par le calmer !

Alentour, le paysage se modifia subtilement. Ils venaient d'emprunter une route côtière sinueuse, bordée d'un côté par des pentes montagneuses boisées descendant vers la mer. De l'autre côté, on entrevoyait, çà et là, un bout de plage désert et immaculé.

— Comme c'est beau, murmura Katie.

— Oui, dit-il en se garant soudain sur le bas-côté pour répondre à un appel téléphonique.

Tout en se laissant bercer par la voix chaude, incroyablement sensuelle d'Alexi, la jeune femme contempla la côte et, au-delà, les voiles blanches dansant sur l'immensité de la mer turquoise. Juste au creux de la baie, nichée dans le feuillage de la colline, elle apercevait une jolie maison blanche avec un toit de tuiles.

— Que penses-tu de cette villa ? demanda Alexi, qui venait de raccrocher.

— Elle est magnifique.

— Je suis content qu'elle te plaise. Parce que c'est la mienne. Et j'aimerais que tu t'y installes avec moi.

Dominant l'émotion que lui causaient ces paroles, elle s'écria :

— Elle est immense ! Je croyais que tu n'aimais que les nids de célibataire dans des lieux branchés.

— Je les aime, oui. Mais je vais être père de famille, maintenant. Mes priorités ne sont plus les mêmes.

Elle fut si enchantée de cette déclaration qu'elle se sentit troublée. Mais il ne fallait pas qu'elle perde la réalité de vue ! se réprimanda-t-elle. C'était pour le bébé qu'il avait changé d'attitude. Pas pour elle !

— Evidemment, c'est un endroit qui te paraîtra un peu isolé, si tu tiens à poursuivre ta carrière, continua-t-il. Cependant, tu pourrais travailler à Athènes.

— Il faudrait d'abord que je parle grec !

— Je peux t'aider dans ce domaine ! Quelques leçons privées, dit-il en posant ses yeux sur ses lèvres.

Si seulement il pouvait l'aimer ! pensa-t-elle, perturbée par son regard de braise.

Alors qu'il redémarrait, elle tenta de refouler cet élan de nostalgie douloureuse. Cela ne l'aiderait en rien de caresser de tels désirs.

L'allée d'accès de la villa était noyée dans la verdure. Ils roulèrent à travers des jardins bien entretenus, puis prirent un virage, et la maison apparut devant eux dans toute sa splendeur. De près, elle semblait plus immense encore. Quant à la vue sur la côte et la mer, elle était à couper le souffle.

Katie descendit de voiture, et admira les lieux, ébahie. Jamais elle n'aurait imaginé vivre un jour dans cette somptueuse demeure.

— La tradition veut que je te porte dans mes bras pour franchir le seuil, dit Alexi.

— Nous ne sommes pas un couple tradition…

Elle n'eut pas le temps d'en dire plus. Il avait joint le geste à la parole et elle n'eut pas d'autre choix que de se cramponner à son cou viril. Un flot de souvenirs l'envahirent… Elle se remémora leur première nuit d'amour ; la tendresse d'Alexi et, tout à la fois, la domination farouche qu'il avait exercée sur son corps. Ebranlée, en proie au désir, elle lutta pour résister.

— Tu vas me poser, tout de même ? dit-elle alors qu'ils traversaient le vestibule.

— Sûrement pas !

Il continua à marcher, grimpant l'escalier incurvé, traversant le palier et la galerie du premier. Puis, poussant une porte, il pénétra dans une chambre et la déposa à terre.

Un instant, elle demeura plantée devant lui, le cœur battant la chamade. Rivant sur elle un regard brûlant, il leva une main vers sa joue et effleura le contour de sa mâchoire.

— Eh bien, madame Demetri, te voici exactement où je le voulais. C'est ici que je t'ai imaginée pendant toute la journée.

Katie avait anticipé elle aussi cet instant depuis le lever du jour. Et elle désirait tant Alexi ! Cependant, elle était taraudée par la peur. Elle redoutait de trahir ses sentiments véritables. Elle craignait de se donner corps et âme pour le payer chèrement par la suite.

Le souffle court, elle guetta l'instant où ses lèvres, si proches, s'empareraient des siennes pour le baiser passionné auquel elle aspirait. Désespérément, elle tenta de contrecarrer ses propres émotions.

— Moi, prétendit-elle, je n'ai cessé de me défier de toi depuis que nous retravaillons ensemble.

Il lui en avait coûté de proférer ces mots. Cependant, elle n'oubliait pas qu'il n'avait pas cherché à la retenir lorsqu'elle l'avait quitté. Et qu'il n'avait pas voulu d'une vraie relation avec elle avant qu'elle ne lui avoue être enceinte.

Loin d'être démonté, il répliqua en riant :

— Alors, j'ai entièrement rêvé la scène de ce matin ?

Elle se remémora avec embarras leur baiser fou.

— Il… il y a des moments où je n'ai même pas de sympathie pour toi ! maugréa-t-elle.

— Vraiment ? Il n'empêche que tu aimes mon corps, et ce qu'il t'apporte.

Il promena sa main sur sa poitrine, caressant ses seins à travers le tissu. Comme elle fermait les yeux, submergée par des frissons de volupté, il profita de son trouble pour prendre sa bouche avec fougue, plaquant son corps contre le sien. Elle lui rendit aussitôt son baiser avec ardeur.

— Ah, tu vois, murmura-t-il contre ses lèvres. Quoi que tu puisses prétendre, nous avons une complicité sensuelle incroyable et tu me désires toujours.

En parlant, il avait commencé à lui enlever sa veste, qu'il fit glisser de ses épaules et laissa tomber au sol.

— Tu m'appartiens, maintenant, continua-t-il.

Cette déclaration arrogante, accompagnée d'un baiser au creux du cou, embrasa Katie. Elle se laissa aller contre lui, défaillante, savourant son odeur familière et l'étreinte de ses mains qui enserraient sa taille.

Quand, un instant plus tard, il l'eut dépouillée de sa robe, et qu'elle fut devant lui, uniquement vêtue de ses sous-vêtements de soie, il promena son regard sur son corps. Comme elle était belle ! pensa-t-il.

Elle avait perdu un peu de poids depuis leurs derniers ébats, mais sa silhouette avait tout de même conservé sa perfection : ses seins étaient fermes et haut placés, sa taille fine, ses hanches joliment arrondies. En la contemplant, il éprouvait un plaisir inouï.

Katie eut la sensation de fondre sous son regard ardent et approbateur. Quand leurs lèvres se rencontrèrent de nouveau, et qu'il accompagna son baiser de caresses délicieuses, elle fut secouée d'un long frisson et toute pensée rationnelle la déserta. Elle promena ses mains sur son torse, le long de son dos viril, se pressant contre lui dans un élan fiévreux.

Avec un rire rauque, il la souleva dans ses bras pour la déposer sur le lit, et acheva de la dévêtir.

— Ma petite Kats est de retour, murmura-t-il, la caressant et l'embrassant jusqu'à la rendre folle de plaisir.

Elle tenta à son tour de le déshabiller, mais ses doigts tremblaient tant qu'il dut venir à son aide, enlevant lui-même sa chemise.

— Tu es magnifique, murmura-t-elle, lâchant de petits gémissements sourds alors qu'il caressait les pointes de ses seins.

— Tu aimes ça, n'est-ce pas ?

Les yeux clos, elle se concentra sur ses sensations, aspirant à la complétude.

— J'ai tellement envie de toi… Mais… mais où vas-tu ? murmura-t-elle en rouvrant les yeux alors qu'il venait de s'écarter.

— Nulle part, sois tranquille, lui assura-t-il en riant.

Il avait eu, jusque-là, toutes les peines du monde à se contenir, et, maintenant qu'il la voyait prête, il voulait savourer pleinement ce moment.

— Redis-moi que tu me veux, ordonna-t-il en achevant, étape par étape, de se déshabiller.

— Tu le sais très bien, gémit-elle en coulant vers lui un regard d'invite et de désir.

Au comble de l'excitation, il la rejoignit en murmurant avec élan :

— Tu m'as tant manqué.

A ces mots, la jeune femme ressentit un plaisir d'une acuité inédite, et une joie intense l'envahit alors qu'il roulait sur elle, l'embrassait, la caressait, prenait possession de son corps. Comme elle se pressait contre lui, enroulait ses jambes autour de ses reins, il continua d'une voix sourde :

— Voici la Katie dont j'ai gardé le souvenir…

Quand il entra en elle, il eut la sensation de sombrer. Il avait l'impression d'avoir été sevré, et cherchait confusément à se repaître en la possédant. Il la prit avec des mouvements puissants, murmurant en grec des mots sans suite, s'enfonçant en elle encore et encore, l'emmenant dans un royaume de sensations pures, oublieux du lieu et de l'instant.

Elle cria son nom à plusieurs reprises alors qu'ils exultaient de concert, secoués de frissons de volupté.

Pendant un long moment, ils demeurèrent liés l'un à l'autre, épuisés par l'intensité de leur échange. Katie sentait la chaleur du corps d'Alexi et le serrait contre elle, se blottissant mentalement dans ce cocon de tiédeur et de complicité. Elle avait tant aspiré à cet instant ! Elle était si heureuse d'être de nouveau dans ses bras qu'elle en aurait pleuré, et elle savourait la douceur de son aveu : elle lui avait manqué aussi.

Leur union serait peut-être réussie, après tout. Ils avaient peut-être une chance… Il n'était pas impossible qu'il commence à éprouver un peu d'amour pour elle, après tout, songea-t-elle, souriant dans son bien-être sensuel.

Alexi se détacha très légèrement d'elle, et embrassa du regard ses courbes pulpeuses. Il ne s'était jamais caché qu'il avait envie d'elle. Mais la sauvagerie de son désir l'avait terriblement surpris. Il avait perdu toute emprise sur lui-même ! C'était bien la première fois qu'une telle chose lui arrivait.

Mais il y avait pire à ses yeux : il avait déjà envie de la reprendre. Ce besoin lancinant n'était pas loin de le mettre en colère. Il ne voulait pas éprouver ces sensations ! Il aspirait à se sentir comblé, apaisé. Il souhaitait rompre le sort qu'elle semblait avoir jeté sur lui, et être le maître de ses envies. Il voulait maintenir un contrôle absolu sur ses émotions, bon sang !

Roulant sur elle-même, elle se redressa et posa sur lui son regard bleu si clair.

— Redis-moi que je t'ai manqué.

Cette prière le bouleversa.

— Tu sais très bien que tu m'as manqué, Katie. Tu es drôlement bonne au lit.

Il avait prononcé cette phrase d'un air à demi rembruni, et elle fut atteinte de plein fouet par la vulgarité machiste de ses paroles. Dans ses bras, elle avait oublié le réel, elle avait cru qu'il était sincère en disant qu'elle lui avait manqué. Mais ce n'était pas de son *être* qu'il parlait. C'était son corps qui l'intéressait. Rien de plus. Seigneur, qu'elle était donc stupide ! pensa-t-elle, envahie de honte au souvenir de sa fièvre torride et de son abandon.

Se forçant à s'éloigner d'elle, Alexi demanda :

— Tu veux boire quelque chose ?

— Je prendrais volontiers un verre d'eau.

Elle se hâta de ramasser ses vêtements épars, remit son soutien-gorge et tenta de l'agrafer avec des mains tremblantes. Momentanément distrait par son manège, Alexi la regarda. Il adorait l'air qu'elle avait après l'amour — ses cheveux emmêlés, sa chair rosie…

— On refera l'amour après, lâcha-t-il.

Il remarqua les gestes hâtifs et maladroits avec lesquels elle se rhabillait, lui dissimulant ses formes.

— Je vais prendre une douche et me changer, dit-elle.

Frappé par son expression, il la retint par un bras en demandant :

— Est-ce que ça va ?

— Bien sûr, répondit-elle, les yeux un peu trop brillants, le visage un peu trop pâle.

— Je ne t'ai pas fait mal, au moins ?

Un instant, troublée par sa douceur, elle crut qu'il avait compris ce qu'elle ressentait. Mais, comme il promenait son regard sur elle et l'arrêtait sur son ventre, elle sut qu'il s'inquiétait pour le bébé.

— Je n'ai pas été trop brutal ?

— Non, c'était bien.

— *Bien ?* Il me semble que c'était beaucoup plus que ça.

Ne résistant pas au besoin de lui faire mal, puisqu'elle souffrait, elle lança :

— Tu t'inquiètes de ta performance ? Rassure-toi, tu as été bon. Impeccable.

Elle vit s'assombrir son regard. Il était habitué à ce qu'on vante ses talents au lit, et à être idolâtré par les femmes. Il encaissait mal le coup, c'était clair.

— *Impeccable ?* fit-il.

Elle haussa les épaules et voulut s'esquiver, mais il la happa par le poignet et, d'un petit coup sec, la ramena à lui.

— Redis-moi un peu ça, insista-t-il, la faisant asseoir sur ses genoux.

Seigneur, qu'elle était sexy avec juste ses sous-vêtements et sa veste, et ses longues jambes d'une excitante nudité...

— Alexi, je veux aller me doucher. Je n'ai pas l'énergie de panser ton moral.

— Très drôle ! Eh bien, voyons voir si nous pouvons te redonner un peu d'allant.

Il la serra contre lui et écrasa ses lèvres sur les siennes. Un instant, elle tenta de résister, de rester indifférente. Mais, très vite, la passion reprit le dessus, et elle se mit à l'embrasser avec frénésie.

— Impeccable, disais-tu, murmura Alexi en glissant ses mains sous sa veste et en dégageant ses seins de son soutien-gorge pour en titiller les pointes.

— Arrête, souffla-t-elle, sentant son corps réagir aussitôt et effrayée de céder si facilement.

Mais, déjà, elle oubliait tout pour se concentrer sur son plaisir.

— Continue, l'implora-t-elle comme il retirait sa main.

— C'est bien mon intention, dit-il d'une voix rauque.

Renversant la tête en arrière, Katie s'offrit au jet de la douche. Elle avait besoin de se calmer après leurs débordements de passion. Comment était-il possible qu'Alexi ait sur elle un tel pouvoir sensuel ? se demanda-t-elle. Comment se faisait-il qu'elle se sentît si excitée, si vibrante entre ses bras ? Pourquoi cette passion insensée, et cette complétude après l'amour ? Et pourquoi, ensuite, éprouvait-elle une lancinante tristesse ?

Après leurs premiers ébats emportés, il venait de la prendre avec tant de douceur et de tendresse qu'elle en était émue aux larmes.

« Ce n'est que physique », se rappela-t-elle, farouche.

Il avait juste voulu lui prouver son ascendant sexuel. S'il avait été délicat, c'était parce qu'elle était enceinte. Et elle avait tort d'interpréter favorablement son attitude, d'espérer des mots d'amour. Cela ne rimait à rien !

Elle ferma le robinet, sortit de la douche et s'enveloppa dans un ample peignoir en éponge. Puis elle revint dans la chambre qu'il avait quittée une demi-heure plus tôt. Sans doute était-il revenu, car elle voyait à présent leurs bagages près du dressing. Elle ouvrit sa valise, se demandant quoi mettre.

Alexi avait mentionné un souper aux chandelles sur la terrasse. Tous les ingrédients d'une lune de miel romantique étaient au rendez-vous. Mais les sentiments, eux, faisaient défaut. Et puis… Alexi finirait par se lasser d'elle s'il pouvait jouir de son corps vingt-quatre heures sur vingt-quatre. Il était capable de jeter son dévolu sur une autre conquête, et de la reléguer dans un coin — elle, la petite épouse qui lui avait donné un héritier.

Pourquoi se torturait-elle comme ça ? se demanda-t-elle en se laissant tomber sur le lit. Elle devait cesser de ruminer ces pensées.

Devant la porte-fenêtre ouverte sur une large terrasse, la moustiquaire était soulevée par la brise. Songeuse, Katie se leva pour regarder dehors. La nuit était tombée. L'on devinait à peine les silhouettes obscures des cyprès, sur le fond du ciel nocturne et de l'océan qui miroitait au clair de lune. Après avoir aspiré l'air frais à pleins poumons, elle se sentit mieux, et se laissa bercer par le chant des cigales couplé au murmure du ressac.

Elle allait se présenter devant Alexi, et se comporter avec distance et réserve. Elle devait être forte, si elle voulait que leur union réussisse.

Elle enfila une robe estivale à motifs floraux, et se jaugea avec satisfaction dans le miroir. Puis, coiffée et légèrement maquillée, elle descendit au rez-de-chaussée alors que 9 heures approchaient. Le vestibule, illuminé par un grand lustre étincelant, ouvrait de part et d'autre sur deux salons de réception splendides, donnant sur la large terrasse qui ceignait la maison. S'avançant sur le seuil du premier salon, elle aperçut Alexi, perdu dans la contemplation de la mer.

A quoi pensait-il ? se demanda-t-elle. Avait-il vécu ici avec sa première femme ? Y avait-il des souvenirs ?

Comme elle s'apprêtait à revenir sur ses pas pour le laisser seul, il se retourna et l'aperçut.

— Viens donc avec moi sur la terrasse, lui dit-il. C'est une belle soirée.

Elle obéit. Il portait un jean et un T-shirt noirs, et il était si beau, si viril, si débordant de vie, qu'elle en eut l'estomac noué. Si elle l'avait osé, elle lui aurait pris la main. Mais c'était un geste trop possessif et trop intime. Ne devait-elle pas rétablir une distance entre eux pour se protéger ?

— La vue est superbe, murmura-t-elle, contemplant l'immense pelouse qui descendait vers la mer, la plage privée, et le quai où était amarré un petit yacht.

— Oui, c'est un bel endroit.

— Ce yacht t'appartient ?

Il ne répondit pas. Il semblait songeur.

— Alexi ?

— En fait, je l'avais acheté pour Andrea, lâcha-t-il.

Il se retourna vers elle et continua :

— Elle voulait apprendre à naviguer, mais elle n'avait pas de véritable goût pour la mer. Elle s'en est vite lassée. J'aurais dû m'en débarrasser. Je n'en ai pas trouvé le temps.

Ou l'envie, pensa Katie. Peut-être n'arrivait-il pas à se défaire de souvenirs doux-amers.

— Tu as vécu ici avec Andrea, alors ? demanda-t-elle d'un ton qui se voulait léger.

— Pendant quelques mois. C'est une citadine dans l'âme, alors nous sommes retournés à Athènes. Bref… cette maison appartenait à mes grands-parents qui me l'ont léguée. Je venais souvent ici quand j'étais enfant.

— Tu as dû avoir une enfance idyllique.

— Oui. J'ai eu de la chance. Je suis issu d'une grande famille très unie. Je me sentais très protégé. Je veux que notre enfant ressente la même chose.

— Moi aussi.

— Nous avons bien fait de nous marier, tu sais.

Elle hocha la tête. En réalité, elle se demandait s'il le pensait, ou s'il ne cherchait pas plutôt à s'en convaincre. Et à la convaincre elle aussi.

Alexi vit son expression de détresse, et dit avec douceur :

— Nous serons heureux, tu verras. Nous nous y efforcerons.

Heurtée par son pragmatisme, elle eut un accès de colère.

— C'est ça, nous ferons des efforts. Et notre manque d'amour deviendra tolérable comme par magie !

Un silence tendu s'installa. Soudain, la sonnerie du téléphone se mit à retentir. Alexi alla décrocher.

Elle le regarda s'éloigner, puis, de nouveau, se tourna vers la mer. Le yacht oscillait sur les eaux, avec un grincement léger, sous la brise. Tel un souvenir-fantôme du premier mariage d'Alexi, il semblait presque la narguer.

11

Le coup de fil émanait des parents d'Alexi, désireux d'organiser une grande réception familiale pour célébrer leur mariage. Ce ne fut pas sans une forte appréhension que Katie monta en voiture pour se rendre chez eux, le lendemain après-midi.

— Détends-toi, l'encouragea Alexi alors qu'ils roulaient sur la pittoresque route côtière. Tu n'as rien à redouter.

Apparemment, il s'amusait de sa nervosité ! pensa-t-elle avec agacement.

— Tu as bien dit qu'ils n'étaient pas enchantés de notre mariage, non ? Ça ne te paraît pas une bonne raison de s'inquiéter, peut-être ?

— Ils ne sont pas mécontents que je sois marié. Ils sont contrariés que je l'aie fait en secret, sans les avertir. Ils auraient aimé assister à un mariage en grande pompe, avec danses, musique et tous les à-côtés. Un mariage à la grecque, pour tout dire. Mais je suis déjà passé par là, et ce n'est pas le genre de cérémonie qui convenait pour nous. Ils comprendront quand je leur expliquerai.

— Tu comptes leur apprendre que nous ne nous aimons pas, et qu'une noce en grande pompe n'avait pas lieu d'être ?

— Bien sûr que non ! s'exclama Alexi, rembruni. Je leur expliquerai que c'était une décision précipitée.

— Tu vas les mettre au courant, pour le bébé ?

— C'est mon intention, oui.

— J'aimerais autant que tu t'en abstiennes. Il est

encore tôt, il pourrait se produire n'importe quoi. Nous n'aurions pas dû précipiter ce mariage. Nous aurions dû attendre les trois mois de grossesse avérés, pour être sûrs. Ou même patienter jusqu'à la naissance du bébé.

— Katie, tout se passera bien, bon sang !

— Tu n'en sais rien !

— En tout cas, je suis sûr que nous avons agi comme il faut. Alors, arrête de t'angoisser, d'accord ? Ça ne fera aucun bien au bébé que tu te mettes dans ces états.

Elle acquiesça, et tenta de se détendre.

— Si ça t'ennuie, ajouta-t-il doucement, je ne leur en parlerai pas pour le moment. Nous attendrons que tu te sentes prête à leur annoncer cette future naissance.

— Merci. Je crois que ce serait mieux.

Il y eut un silence. Alexi coula un regard vers Katie, tout en conduisant. Ce matin, elle avait pris un court bain de soleil près de la piscine. Dans sa robe blanche, elle avait l'air en forme. Ses lèvres roses brillaient, ses cheveux bruns étaient éclairés de reflets dorés. Pourtant, son air de fragilité le tracassait.

Elle n'avait pas très bien dormi, cette nuit. Elle avait prétendu souffrir du décalage horaire, ce qui n'avait rien d'invraisemblable. Cependant, il était obscurément convaincu que quelque chose de plus profond la tourmentait.

Même quand ils avaient refait l'amour, il avait senti qu'elle rentrait en elle-même, en dépit de sa passion apparente. Il se demanda soudain si elle regrettait leur mariage. L'avait-il poussée à une décision qui la rendait profondément malheureuse ?

Il se rembrunit, pensant qu'ils devaient faire passer l'intérêt du bébé avant tout, et qu'il faudrait qu'elle surmonte ses angoisses.

Ils arrivèrent chez les parents d'Alexi peu avant le coucher du soleil, et Katie se dit qu'elle n'oublierait jamais son premier aperçu de la maison. La demeure, entourée d'un superbe domaine, adossée à une immense forêt que le couchant nimbait de rose, offrait une vue spectaculaire sur la mer.

De nombreuses voitures s'alignaient dans l'allée, et une musique entraînante se répandait par les fenêtres ouvertes.

— La soirée a l'air déjà lancée, commenta Katie comme ils se garaient. Nous sommes en retard ?

— Non. Ils ont sûrement voulu que tout le monde soit là avant nous pour t'accueillir comme il convient. Je t'avertis : j'ai tant d'oncles, de tantes et de cousins qu'ils suffiraient à repeupler la cité perdue d'Atlantis. Alors, ne te tracasse pas si tu ne retiens pas leurs noms ou leur rang dans la famille. Moi-même, je m'y perds, expliqua Alexi en souriant.

Elle comprit ce qu'il voulait dire un instant plus tard, lorsqu'ils eurent traversé le vestibule après avoir salué et embrassé tant de gens qu'elle ne savait déjà plus où elle en était. Les parents d'Alexi se trouvaient dans le patio, veillant sur le barbecue.

Son père, Philip, était un grand et bel homme de soixante-cinq ans, qui avait conservé un physique athlétique et dont les cheveux noirs se teintaient à peine de fils blancs. Helen, sa mère, devait avoir dix ans de moins que son époux. D'une élégance discrète et raffinée dans sa robe noir et blanc, elle n'était ni hautaine, ni guindée et donnait l'impression de quelqu'un à qui pouvoir se confier en cas de besoin. Katie eut aussitôt de la sympathie pour eux.

Elle fut touchée de la réception pleine d'effusion qu'ils réservèrent à leur fils. Elle s'était placée en retrait, mais ils la happèrent dans leurs bras sans façons, l'accueillant comme leur fille.

— Nous sommes si heureux, lui répéta Helen à plusieurs reprises. Bienvenue dans notre famille, Katie.

En quelques minutes, la jeune femme se retrouva attablée devant une quantité impressionnante de victuailles, on lui tendit une flûte de champagne, et tout le monde se mit à lui parler en même temps…

Elle fit la connaissance des sœurs d'Alexi, deux séduisantes brunes. La benjamine, Alesha, avait quinze ans. Julia, à vingt-six ans, était mariée et déjà mère d'une adorable petite Georgia de deux mois. De toute évidence, elles adoraient leur frère. Elles l'étreignirent avec emportement. Puis Julia lui mit sa nièce dans les bras.

Katie ressentit une curieuse impression en le voyant bercer la minuscule petite fille avec douceur et aisance, lui murmurant des mots affectueux d'une voix tendre. Le nabab implacable avait cédé la place à un homme qu'elle n'avait jamais vu, et son amour pour lui en fut décuplé. « Ce sera un bon père, pensa-t-elle en refoulant des larmes d'émotion. Un très bon père… »

Leurs regards se croisèrent et restèrent soudés un instant l'un à l'autre. Il sourit.

— Alors, Katie, raconte-moi tout, insista Helen. Quand t'a-t-il demandée en mariage ? Où t'a-t-il épousée ?

Quantité d'autres questions suivirent. Katie répondit sincèrement :

— J'ai eu l'impression d'être emportée par un tourbillon. Je n'arrive toujours pas à y croire, en fait !

— C'est mon fils tout craché, ça ! Quand il veut quelque chose, il le lui faut tout de suite.

— Et ta famille, Katie ? s'enquit Philip. Tes proches t'attendent en Angleterre pour fêter ça, j'imagine ?

— Je n'ai qu'une sœur, malheureusement, et elle vit en France. Ma mère est morte quand j'avais seize ans, et je n'ai jamais connu mon père.

— Eh bien, tu nous as, maintenant, dit Helen chaleureusement.

— Oui, et je la plains, plaisanta Alexi. Elle entre dans une famille de fous.

— Ne l'écoute pas, Katie, rétorqua Helen en souriant. S'il continue comme ça, je te raconterai les mauvais coups dont il s'est rendu coupable dans son enfance.

Peu à peu, alors que le soleil disparaissait à l'horizon, et que des lanternes scintillantes illuminaient le jardin, d'autres invités arrivèrent, et Katie fut un instant séparée d'Alexi.

Comme c'était étrange, pensa-t-elle, qu'elle se sente ainsi chez elle, ici. Jamais elle ne s'était sentie acceptée de la sorte. Et elle aimait l'entente affectueuse qui liait Helen et Philip. Ils semblaient toujours amoureux l'un de l'autre après tant d'années de vie commune.

Est-ce qu'Alexi la regarderait un jour ainsi ? se demanda-t-elle, de nouveau au bord des larmes. Décidément, ses hormones lui jouaient des tours ! Elle n'était pas si émotive, d'habitude.

— Ah ! Voici sans doute l'heureuse épouse ! s'écria une femme qui avait soudain surgi près d'elle.

Environ du même âge qu'elle, dotée de longs cheveux blonds et d'une silhouette sublime — qu'elle aimait visiblement exhiber —, dans sa robe noire décolletée, elle se présenta :

— Je suis Natasha Scollini, une cousine éloignée d'Alexi.

— Enchantée, dit poliment Katie.

— Je dois reconnaître que je suis surprise. Vous ne correspondez pas du tout à ce que j'attendais.

Etonnée et agacée par le manque d'élégance de ces propos, Katie demanda sèchement :

— Et vous attendiez quoi ?

— Pardonnez-moi, mais je m'étais imaginé que vous ressembleriez à Andrea. Vous comprenez… Alexi était fou d'elle. Alors, je pensais voir quelqu'un qui lui ressemblerait.

— S'il avait dû épouser un clone d'Andrea, il l'aurait fait il y a huit ans, vous ne croyez pas ?

— Oui, bien sûr. Je n'aurais pas dû dire ça, s'excusa Natasha en souriant. J'ai vu Andrea très récemment, en fait. Elle était de passage à Athènes entre deux rendez-vous. Elle était éblouissante de beauté. Elle vient juste de faire la couverture de *Vogue*.

Julia, la sœur aînée d'Alexi, les rejoignit à ce moment-là,

et Natasha aborda quelqu'un d'autre, ne tardant pas à se fondre dans la foule.

— Qu'est-ce qu'elle racontait ? s'enquit Julia sans cacher son antipathie pour Natasha.

— Elle me parlait du succès et de la beauté d'Andrea, dit Katie, pince-sans-rire.

— Tiens donc ! Elle est sûrement jalouse que tu aies épousé Alexi. Quand il a divorcé, elle a cru avoir sa chance avec lui, mais il ne s'est jamais intéressé à elle !

— Je vois, dit Katie, un grand sourire aux lèvres. Et… c'est vrai qu'Andrea est mannequin ?

— Oui. Elle commençait sa carrière quand Alexi l'a connue, et elle travaille pour des couturiers très prestigieux, maintenant.

— Il ne parle jamais d'elle.

— Eh bien, il était plutôt secoué, après leur divorce. C'est bon de le voir heureux de nouveau. Je suis très contente pour vous deux, Katie. Surtout, ne tiens aucun compte des propos de Natasha.

— Ne tiens pas compte de quoi ? demanda Alexi, qui arrivait près d'elles et n'avait entendu qu'une partie du commentaire.

Julia répondit énergiquement :

— De Natasha. Quelle plaie, cette fille !

— Qu'est-ce qu'elle a encore raconté ? voulut savoir Alexi, tout en adressant à Katie ce sourire à la fois taquin et chaleureux qui ne manquait jamais de lui faire tourner la tête.

— Rien d'intéressant, prétendit Katie. Cette fête est très réussie. Tes parents sont adorables d'avoir organisé ça pour nous.

— As-tu envie de danser ?

Elle reporta son regard vers les couples qui évoluaient aux accents d'un air lent, très sentimental. Une nostalgie douloureuse lui étreignit le cœur, et elle répondit fermement :

— Non, merci.

Mais Alexi l'avait prise par la main et l'entraînait,

lançant un : « Excuse-nous, Julia ! » à sa sœur. Dès qu'ils parurent sur la piste, ils furent salués par une salve d'applaudissements. Katie eut soudain l'impression d'être la pire des hypocrites de cautionner cette attitude. Toute cette famille croyait Alexi amoureux d'elle… alors qu'il ne l'était pas, et ne le serait jamais.

Elle tenta de s'écarter, mais il l'enlaça en murmurant :

— Détends-toi…

Et il déposa un baiser sur sa joue. C'était sans doute pour satisfaire la galerie qu'il agissait ainsi. Mais c'était si bon qu'elle se laissa aller, s'abandonnant aux fantasmes, rêvant qu'ils venaient de se marier par amour…

— Cette soirée est un grand succès, lui souffla-t-il. Tout le monde t'adore.

« Excepté toi », pensa-t-elle douloureusement, savourant le plaisir doux-amer d'être entre ses bras. Mais, comme les musiciens entamaient une autre ballade romantique, elle s'écarta brusquement, incapable de supporter la situation.

— Est-ce qu'on pourrait s'en aller maintenant ? demanda-t-elle.

Plongeant son regard dans ses yeux bleus, il fut troublé de voir qu'elle semblait malheureuse.

— Est-ce que ça va ? s'enquit-il avec douceur.

— Oui, je suis juste un peu fatiguée…

— C'est vrai qu'il se fait tard. Et puis, c'est notre lune de miel, on nous pardonnera de fuir la société.

Il leur fallut plus de temps qu'elle ne l'avait espéré pour dire au revoir à tout le monde, d'autant que la mère d'Alexi insista pour qu'ils emportent des victuailles.

Lorsqu'ils furent enfin en voiture, Alexi commenta en riant :

— Elle croit que tu n'as pas assez à manger, ma parole. Quant au fait que j'ai une cuisine bien garnie et un chef à domicile, ça lui passe au-dessus de la tête !

— C'est ta mère et elle tient à prendre soin de toi, fit observer gentiment Katie. Ne t'en moque pas. Beaucoup de gens n'ont pas la chance d'avoir ce genre de relations avec leurs parents.

Un silence s'installa entre eux. La nuit était d'un noir d'encre, et seul le faisceau de leurs phares ouvrait un triangle de lumière sur la route.

— Tu as dit tout à l'heure que tu n'avais jamais connu ton père, dit soudain Alexi. Ça a dû être dur.

— Oui.

— Que lui est-il arrivé ?

— Rien. Je suis née, mais je ne l'intéressais pas. Tout le monde n'a pas ton sens du devoir, tu sais.

— Ce n'est pas par sens du devoir que j'accepte cet enfant, Katie. Mes sentiments pour notre bébé sont bien plus profonds.

— Oui, bien sûr.

— Ton père est parti à ta naissance ? Ou il n'a jamais vécu avec ta mère ?

— Ils n'ont jamais été ensemble, dit Katie, levant les yeux vers le ciel constellé d'étoiles.

Le manteau de ténèbres, étrangement, la rassurait, tel un cocon protecteur.

— En fait, avoua-t-elle, Lucy est ma demi-sœur. Maman a divorcé quand elle avait trois ans, et je crois qu'elle ne s'en est jamais remise. Le père de Lucy était le grand amour de sa vie, elle nous l'a dit à plusieurs reprises.

— Et le tien ?

— C'était juste un amant de passage, une liaison dont elle espérait qu'elle lui permettrait de se remettre de la séparation. Quand elle lui a annoncé qu'elle était enceinte, il n'a rien voulu savoir.

De nouveau, il y eut un long silence. Puis elle ajouta :

— L'ironie de la situation, c'est que le père de Lucy serait revenu avec maman si je n'avais pas été là, paraît-il. Il ne voulait pas de moi.

— Allons donc ! protesta Alexi. Il n'aimait pas vraiment ta mère s'il s'est laissé arrêter par le fait qu'elle attendait l'enfant d'un autre. Sinon, il n'en aurait tenu aucun compte. Il t'aurait aimée comme une part d'elle-même.

— Maman n'était pas très rationnelle en ce qui concerne les affaires de cœur… Elle n'a jamais oublié Brian. Et elle n'a pas arrêté de choisir des hommes qui n'étaient pas faits pour elle, qui finissaient par la quitter. Au bout de quelques années, Lucy s'est mise à fuir ce genre de situation en allant vivre de temps à autre chez son père et sa nouvelle épouse. C'étaient les pires moments pour moi. Quand elle n'était pas là, c'était intolérable. Nous dormions dans la même chambre, et je me sentais plus en sécurité avec elle.

Alexi sentit sa gorge se serrer. Dieu seul savait ce qu'elle avait pu subir ! pensa-t-il.

— Je me demande pourquoi je te raconte tout ça, dit Katie, soudain honteuse de s'être épanchée. D'ailleurs, maman était une bonne mère. Elle faisait tout son possible pour Lucy et moi. Ce n'est pas facile d'élever des enfants seule.

Dans un éclair de lucidité, Alexi comprit alors pourquoi Katie était si indépendante de nature. Elle n'avait jamais dû se sentir aimée lorsqu'elle était petite. Sa mère avait voulu la rendre responsable de l'attitude de son ex-mari — un homme incapable en réalité de résoudre leurs différences. C'était cruel. Comment pouvait-on blâmer un enfant d'être né ?

Katie avait dû se sentir très vulnérable lorsqu'elle avait découvert sa grossesse. Et il comprenait qu'elle eût accepté leur mariage pour apporter à leur bébé l'amour et la sécurité dont elle avait manqué. C'était sans doute très important pour elle. Plus important que son propre bonheur.

Un instant, il se remémora le regard qu'elle lui avait adressé au moment où il avait passé l'alliance à son doigt. Il eut un coup au cœur.

De toute évidence, elle n'avait eu aucune envie de l'épouser ! Mais elle s'efforçait désespérément de faire ce qu'il fallait. Elle devait se sentir piégée, malheureuse. Et il avait cristallisé ces sentiments en lui proposant le mariage, en la pressant de prendre une décision.

Alors qu'il se garait devant l'entrée de la villa, il voulut tenter de la réconforter, de la rassurer.

— Ecoute, je sais que ce mariage n'est sûrement pas l'idylle de conte de fées dont tu aurais rêvé. Mais je te promets de veiller sur toi. Toujours.

— Je t'ai déjà dit que je n'ai pas besoin qu'on s'occupe de moi, dit-elle en déglutissant avec peine, bien qu'elle s'efforçât de prendre un ton léger. Mais de notre bébé, si. Je veux qu'il ou elle ait tout ce que je n'ai pas eu. Et je ne parle pas d'argent.

— Je sais.

Un moment, ils demeurèrent silencieux. Katie aurait aimé qu'il la prenne dans ses bras, ou même, qu'il lui tienne seulement la main. Mais il n'en fit rien. C'était sans doute mieux ainsi. Elle avait les émotions à fleur de peau, et, dans un moment de tendresse, elle aurait sans doute lâché quelque sottise, voire avoué ses sentiments pour lui !

Elle devait être forte. Comme Alexi l'avait rappelé, ce qu'ils vivaient n'était pas une idylle romantique, mais un arrangement. Rien de plus.

12

— Tirez deux copies de ce document et envoyez-en une à Alexi, s'il vous plaît, dit Katie à sa secrétaire.

— Il est au bureau, aujourd'hui ? s'enquit Petra.

— Il y sera. Son avion arrive vers 14 h 30, et il viendra directement ici après.

Tout en disant cela, Katie éprouva une excitation mêlée d'impatience. Il y avait quatre jours qu'elle n'avait pas vu Alexi, parti en voyage d'affaires à New York. Il lui avait tant manqué !

Elle consulta sa montre, constata qu'il était midi et demi. Décidément, elle comptait les heures ! Elle qui avait juré qu'elle ne dépendrait jamais d'un homme…

En fait, elle était même tentée d'aller l'accueillir à l'aéroport. Ce serait une belle folie ! pensa-t-elle. Alors qu'elle essayait de rester posée, de maintenir une distance entre eux ! En courant se jeter dans ses bras, elle n'aurait abouti qu'à lui faire prendre la poudre d'escampette.

Comme Petra quittait la pièce, elle se leva et se posta près de la fenêtre. Les quelques semaines écoulées, depuis leur mariage, avaient passé en un éclair. Il avait été décidé qu'elle travaillerait au bureau d'Athènes et résiderait dans la villa. Elle aimait bien cet arrangement. Cela valait mieux que d'habiter l'appartement londonien d'Alexi — trop masculin, trop moderne, trop austère, et qui évoquait une époque qu'elle préférait oublier.

Parfois, en rentrant du travail, elle trouvait sur le répondeur des messages d'anciennes petites amies d'Alexi, l'invitant à dîner ou au cinéma. Au début, piquée, elle les avait effacés. Ensuite, elle les avait conservés pour voir sa réaction. Peine perdue. Il les avait supprimés sans même les écouter. Cela l'avait réconfortée, mais il était troublant de constater que des femmes cherchaient encore à renouer avec lui, bien qu'il fût désormais marié.

C'était elle qui avait proposé de travailler à Athènes — elle n'aurait à se rendre à Londres que toutes les deux ou trois semaines. Quant à Alexi, il semblait content d'être basé en Grèce. Il avait déclaré, d'ailleurs, qu'il voulait s'y réinstaller avec le bébé.

Katie aimait la maison de la côte, bien qu'elle fût associée au premier mariage d'Alexi. C'était un lieu paisible qu'elle pourrait marquer de son empreinte personnelle, car Alexi l'y avait encouragée. C'était le foyer qu'elle n'avait jamais eu. Et puis, parfois, quand Alexi était absent, elle recevait la visite de ses parents ou de ses sœurs, et cela lui donnait le sentiment d'y être à l'abri, et entourée d'amour. Même si cet amour ne venait pas de son mari.

Elle se rembrunit à cette pensée récurrente, venue une fois de plus obscurcir son riant horizon. Il fallait qu'elle oublie ça ! s'intima-t-elle.

Elle préféra se demander, plutôt, ce que dirait Alexi en apprenant qu'elle avait acquis un véhicule. Il avait laissé la limousine et le chauffeur à sa disposition. Mais elle était habituée à aller et venir à sa guise, en toute indépendance. Aussi s'était-elle acheté une voiture d'occasion, la veille. Et elle avait pris plaisir, le matin même, à emprunter la belle et pittoresque route côtière.

Comme le téléphone sonnait sur son bureau, elle se hâta de décrocher.

— Salut, c'est moi.

La voix familière et veloutée de son mari lui donna aussitôt le frisson.

— D'où appelles-tu ? fit-elle. Je te croyais encore en avion.

— Il y a un souci technique. Je suis à Paris. En fait,

il y a un problème dans notre succursale, j'ai dû m'y arrêter pour régler ça.

— Je vois, murmura Katie. Quand rentres-tu, alors ?

— Je n'en suis pas sûr. Plutôt demain, probablement.

— Eh bien, on n'y peut pas grand-chose, dit-elle avec une désinvolture qu'elle-même trouva un peu trop forcée.

Alexi allait deviner qu'elle était perturbée par la nouvelle, si elle n'y prenait garde ! Changeant aussitôt de sujet, elle lui annonça qu'elle avait acheté une voiture. Il s'inquiéta de savoir qu'elle s'était aventurée sur la route en lacets, mais elle lui affirma, assez sèchement, que cela ne lui posait pas le moindre problème. Il soupira, résigné.

— Comment va junior ? conclut-il.

C'était la question rituelle qu'il posait chaque fois qu'il téléphonait. C'était son principal, voire son seul souci. Mais elle était contente qu'il se préoccupe de leur bébé.

— Tout va très bien, assura-t-elle. J'ai rendez-vous pour une échographie la semaine prochaine.

— Parfait. Je t'accompagnerai. Bon, il faut que je te quitte, enchaîna Alexi, distrait par quelqu'un qui lui adressait la parole en arrière-fond. A bientôt. Prends soin de toi et du bébé.

Et il raccrocha. Elle reposa le récepteur en tâchant de surmonter sa déception et son sentiment de malaise. La femme qui l'avait interpellé devait être sa secrétaire, ou la comptable… Décidément, cela ne lui ressemblait pas d'être jalouse et soupçonneuse ! songea-t-elle en se remettant au travail.

Elle parvint à se concentrer mais, en rentrant à la maison ce soir-là, elle fut de nouveau prise de doutes. Pourquoi cette halte à Paris ? C'était bizarre… Ce n'était pas leur succursale la plus active. Le personnel y était réduit et il n'y avait pratiquement jamais de problèmes, là-bas. Qu'est-ce qui le retenait dans la capitale française ?

Elle se doucha, et alla se coucher en emportant une tasse de thé pour se détendre. Mais elle ne cessait de ruminer, et finit par se relever.

Andrea est à Paris.

Cette pensée surgit inopinément dans son esprit et s'y fixa. La femme qu'elle avait rencontrée à la soirée lui avait dit qu'Andrea avait un engagement à Paris.

« C'est juste une coïncidence », se raisonna-t-elle. Alexi et Andrea étaient divorcés depuis longtemps. S'ils avaient voulu renouer, ce serait fait depuis belle lurette.

Mais peut-être se revoyaient-ils juste de temps à autre pour coucher ensemble. C'était le genre d'arrangement qui convenait parfaitement à Alexi, songea-t-elle.

Tout à coup, elle ne se sentit pas très bien. Elle alla boire un verre d'eau dans la cuisine, puis sortit sur la terrasse. La nuit était chaude et moite. Elle s'assit sur un transat et contempla la mer, se laissant bercer par le bruit apaisant du ressac.

Elle délirait, pensa-t-elle. Alexi était au travail, et ne tarderait pas à rentrer.

Des éclairs traversèrent soudainement le ciel, le trouant de part en part à plusieurs reprises, accompagnés par des roulements de tonnerre lointains. Elle contempla le spectacle, effrayée et fascinée à la fois par l'étendue argentée et irréelle de la mer fugitivement révélée, et les grondements sonores, presque assourdissants.

Elle rentra dans le salon, et ce fut à cet instant que des douleurs lui nouèrent le ventre — légères d'abord, puis de plus en plus violentes alors qu'elle gagnait l'étage. Elle s'assit sur le bord du lit et inspira profondément. Que se passait-il ? *Allait-elle... perdre son bébé ?*

Plus effrayée par cette idée que par le tonnerre qui explosait maintenant par rafales, elle tenta de se raisonner. Mais une douleur fulgurante la traversa, l'amenant à se plier en deux. Non, pas ça ! Elle ne voulait pas perdre son bébé !

Crispée de souffrance, elle se força à respirer régulièrement, tandis que les échos du tonnerre résonnaient de toutes parts. Les élancements parurent diminuer.

Elle saisit son mobile, posé non loin du lit, et tenta

d'appeler Alexi mais elle obtint un message annonçant que la ligne était indisponible. Elle essaya alors de téléphoner à Philip et Helen, mais n'eut pas d'autre réponse que l'enregistrement impersonnel du répondeur. Elle commença à laisser un message, disant qu'elle ne se sentait pas bien, puis elle changea d'avis et raccrocha. A quoi bon les alerter s'ils n'étaient pas là ? Quant à Julia et son mari, ils étaient partis pour quelques jours de congé.

S'efforçant de garder la tête froide, elle constata qu'elle avait nettement moins mal, qu'elle ne perdait pas de sang. Peut-être pouvait-elle gagner l'hôpital où elle était suivie pour sa grossesse, si elle se sentait assez bien pour conduire ?

Elle se mit debout, et s'aperçut avec étonnement qu'elle ne ressentait plus aucune douleur. Malgré tout, il lui sembla préférable de consulter un médecin, pour être sûre. En toute hâte, elle enfila le pantalon en lin qu'elle avait laissé près d'elle sur une chaise, remplaça sa chemise de nuit par un T-shirt, prit son sac, ses clés de contact, et sortit.

Un instant plus tard, elle était en route. Pour le moment, ça allait, se dit-elle en empruntant les virages sinueux. Peut-être n'y avait-il pas lieu de s'inquiéter, après tout…

Des éclairs zébraient l'horizon, trouant les ténèbres. Elle roula prudemment pendant quelques kilomètres. Puis, tout à coup, la pluie se mit à tomber. Torrentielle.

Elle se retrouva comme emprisonnée par le ruissellement de l'eau, isolée du monde, ne distinguant pratiquement plus rien devant elle malgré le battement des essuie-glaces. Elle n'eut pas d'autre solution que de se rabattre à l'aveuglette vers le bas-côté et de se garer. « C'est juste un nuage qui vient de crever, ça va s'arrêter », pensa-t-elle, cherchant à toute force à se rassurer. Mais les minutes s'écoulèrent, et le répit attendu ne vint pas. En fait, l'orage semblait juste au-dessus d'elle, et les coups de tonnerre claquaient comme des salves, lui donnant l'impression de faire trembler la voiture.

La situation n'était pas sûre. Si quelqu'un roulait encore

sur la route, il risquait de ne pas voir son véhicule et de la percuter. Même s'il était probable que tout conducteur égaré au milieu de l'orage avait choisi, comme elle, de s'arrêter, elle alluma la petite lumière de l'habitacle. Ça pouvait être utile, se dit-elle. C'était toujours une précaution.

Alors que la pluie diminuait enfin, de nouvelles douleurs se manifestèrent, peu violentes, mais guère rassurantes. Elle posa instinctivement une main sur son ventre. Elle abordait le deuxième trimestre de sa grossesse et, à ce stade, les risques de fausse couche étaient moindres. Avec Alexi, ils avaient même prévu d'annoncer la nouvelle à ses parents ce week-end…

Quand les douleurs s'accentuèrent, elle eut les larmes aux yeux. Elle désirait tant garder cet enfant, devenir mère ! Si elle perdait le bébé, ce serait la fin de ses rêves d'avenir, de sa vie de famille… de son mariage !

Agrippant son mobile, elle appela de nouveau Alexi. Bien qu'il fût loin, à Paris, elle se sentirait mieux si elle pouvait entendre sa voix… Mais elle n'obtint même pas de sonnerie et, en consultant son écran, s'aperçut avec horreur qu'elle n'avait pas de signal. Elle se trouvait sûrement dans un endroit où les montagnes empêchaient toute réception.

Ayant raccroché, elle fondit en larmes. Elle n'en pouvait plus de faire semblant d'être forte, de prétendre vainement que tout irait bien.

La villa était éclairée a giorno quand Alexi y arriva. Pénétrant dans le vestibule, il appela Katie depuis le bas de l'escalier :

— Katie ! Chérie, où es-tu ?

Pas de réponse. Il jeta un coup d'œil dans la cuisine, qui était déserte. Pensant qu'elle s'était peut-être endormie, il mit la bouilloire sur le feu puis jeta un coup d'œil par la fenêtre. L'orage avait été violent. Il avait retardé l'atterrissage à Athènes, et l'avait contraint à faire un long détour en chemin, car la route, inondée en plusieurs endroits, était impraticable. Heureusement, les éléments s'étaient déchaînés en pleine nuit, et non à l'heure où Katie rentrait du bureau. Sinon, il se serait inquiété. Il espérait qu'elle avait acheté une voiture bien révisée et… Au fait, où était le fichu véhicule ? Il n'en avait vu aucun garé dans l'allée. Et il avait beau cligner des yeux et scruter les environs, il ne la repérait toujours pas !

Mû par un sentiment instinctif, il grimpa à l'étage, constata que le lit était défait mais vide, la salle de bains déserte. Une tasse de thé encore pleine, mais froide, se trouvait sur la table de nuit.

— Katie ? fit-il encore en fronçant les sourcils.

Puis il aperçut sa chemise de nuit abandonnée à terre. Il prit son mobile et lui téléphona aussitôt, sans aucun succès. A l'instant même où il coupait la communication, la sonnerie de son portable retentit. Il décrocha, espérant obtenir Katie. Mais c'était sa mère, inquiète, qui lui fit part du contenu du message tronqué qu'elle avait reçu, et précisa qu'elle avait vainement tenté de joindre Katie.

Alexi n'avait pas souvent eu affaire à la peur, dans son existence, mais elle se manifestait maintenant, l'envahissant peu à peu, sournoise et âcre.

— Je viens d'arriver, maman, dit-il, et il n'y a personne.

Si Katie s'était aventurée sur la route par cette tempête, elle gisait peut-être maintenant dans un fossé !

Il ne lui fallut que quelques secondes pour questionner sa mère, et lui arracher le seul renseignement qu'elle pût donner sur la nouvelle voiture : elle était rouge. Puis, lui ayant promis de rappeler dès qu'il aurait du nouveau, il se rua dehors au pas de course.

Si Katie s'était sentie mal, elle avait dû rouler vers Athènes, et un hôpital ! pensa-t-il, déjà au volant, démarrant sans tarder dans cette direction. La pluie s'était arrêtée, mais le tonnerre grondait toujours, et des éclairs, çà et là, déchiraient la nuit.

S'il était arrivé quelque chose à Katie, il ne se le pardonnerait jamais ! Jamais il n'aurait dû la laisser…

Les mains crispées sur le volant, il se rappela leurs adieux quelques jours plus tôt. Il la voyait encore, le visage levé vers lui, d'une beauté radieuse…

Devant lui, une fourgonnette de la sécurité routière hissait un véhicule hors du fossé à l'aide d'un treuil. Il ralentit, scrutant le petit groupe de personnes en bordure de la route, mais Katie n'était pas parmi eux.

Un agent de police lui fit signe, et il s'arrêta, baissant la vitre.

— La route est très mauvaise au-delà de ce point, monsieur, je vous conseille de rebrousser chemin, annonça le policier.

— Il faut que je continue. Ma femme est peut-être quelque part par là, seule, et elle est enceinte.

Alexi n'attendit même pas la réponse. Il remonta la vitre et redémarra.

Un peu plus loin, il tomba sur un glissement de terrain qui obstruait en partie la chaussée, et qu'il dut contourner pour poursuivre son chemin. Ce fut alors qu'il aperçut une voiture rouge, à demi bloquée par l'éboulement. Elle semblait intacte. Ses phares étaient allumés, ainsi qu'une petite lumière à l'intérieur.

Descendant de voiture sans même couper le moteur, il courut jusqu'à la portière et l'ouvrit.

— Katie ! Katie, chérie, est-ce que ça va ?

Elle était assise en biais sur le siège du passager, les pieds sur le rembourrage, les bras autour de ses genoux blottis contre sa poitrine, la tête inclinée. Elle releva la tête en l'entendant, et il vit qu'elle avait pleuré.

— Katie, est-ce que ça va ? redemanda-t-il d'une voix âpre.

Ses traits parurent se défaire ; elle murmura :

— Je crois que je suis en train de perdre le bébé, Alexi…

— Allons, allons, chérie, ne pleure pas, dit-il, s'agenouillant sur le siège du conducteur. Est-ce que tu peux bouger ?

Elle fit signe que non, et ajouta comme il tentait de téléphoner :

— Ça ne sert à rien, il n'y a pas de signal.

Elle avait raison. Il referma le téléphone, puis, doucement, la souleva peu à peu entre ses bras.

— Je suis désolée… je suis désolée, Alexi, chuchota-t-elle en se lovant contre lui. Je ne savais pas quoi faire… Je sais que tu veux ce bébé… et moi aussi…

Alexi ne s'était jamais senti aussi désemparé, inutile. Il prétendit pourtant :

— Calme-toi, tout ira bien. Je suis là, maintenant… Je vais m'occuper de toi, acheva-t-il, la gorge nouée par une étrange émotion.

— Je ne crois pas que tout ira bien, j'ai des contractions depuis deux heures, souffla-t-elle. Pour le moment, je n'en ai pas, mais ça vient par vagues…

— Nous allons à l'hôpital, et tu auras les meilleurs soins, d'accord ? dit Alexi en souriant légèrement.

Il lui effleura la joue, et elle ferma les yeux, cherchant vainement à refouler un nouvel afflux de larmes.

— Tu dois être forte…

— Je sais, c'est ce que je n'arrête pas de me dire, mais… Si je perds le bébé, ce sera la fin de notre mariage, n'est-ce pas ? Ce n'est pas la peine de faire semblant…

— Tu ne dois pas dire ça ! s'exclama-t-il à mi-voix. Il ne faut pas !

Il la fit glisser sur le siège du passager, l'installant au mieux. Puis, refermant la portière, il contourna la voiture pour se mettre au volant.

Il avait raison, pensa-t-elle, elle n'aurait pas dû dire ça. Cela donnait plus de poids et de réalité aux choses. Et elle avait bien vu à l'expression d'Alexi qu'il ne supportait pas l'idée de perdre le bébé.

Elle serra à son tour les mâchoires, traversée par de nouvelles contractions, s'efforçant de surmonter sa douleur.

13

Katie était si pâle, et semblait si fragile ! Cette vision hantait Alexi qui ne cessait d'arpenter le couloir d'hôpital.

Elle était en train de subir une échographie, et avait refusé qu'il soit présent. Il avait failli insister, mais elle lui avait adressé un regard suppliant, alors, il n'avait pas eu le cœur d'imposer sa volonté. Il faisait maintenant des allées et venues tel un possédé.

Une infirmière sortit en courant de la chambre, puis la réintégra quelques instants plus tard sans même le regarder. C'était insupportable…

Il passa une main dans ses cheveux, soupira. Il se rendait compte, tout à coup, qu'il avait commis bien des erreurs. Dieu, qu'il avait été aveugle, stupide !

« Si je perds le bébé, ce sera la fin de notre mariage, n'est-ce pas ? » Ces mots résonnaient dans son esprit, encore et encore…

Tout à coup, la porte s'ouvrit et le médecin sortit dans le couloir.

— Vous pouvez la voir, maintenant, lui dit-il. Mais allez-y doucement, elle est très fatiguée.

Katie leva les yeux vers Alexi lorsqu'il entra, et fut frappée par ses traits tirés, son air défait.

Elle déglutit avec difficulté. Elle n'avait pas voulu qu'il soit présent pendant que les médecins effectuaient les tests, car elle ne s'était pas sentie capable de faire face s'ils avaient dû annoncer la mort du bébé. Elle n'aurait jamais pu affronter Alexi sans s'y être préparée, ne fût-ce qu'un peu. Elle avait besoin de toutes ses forces !

— Alexi, ça va... Le cœur de notre bébé bat toujours, murmura-t-elle. Il est vivant...

Elle vit passer sur son visage une expression d'intense soulagement qui l'attendrit.

— Je suis désolée d'avoir refusé que tu restes... je... C'est juste que je n'aurais pas pu supporter ta déception, Alexi... pas en plus du reste...

Il s'assit près d'elle et lui prit la main. Elle continua :

— Rien n'est encore sûr... Ils ont besoin de faire d'autres examens, et ils disent que les prochaines vingt-quatre heures seront cruciales. Mais, au moins, il y a une chance que ça s'arrange, maintenant. Je suis suivie comme il faut.

— Oui, il y a une chance, dit-il en lui serrant très fort la main.

Un instant, il la contempla, se repaissant de sa beauté. Il ne manqua pas de remarquer que, même si elle était pâle et agitée intérieurement, elle avait dans les yeux cette petite lueur qu'il connaissait bien : elle avait recouvré sa combativité.

— Katie, est-ce que tu pourras me pardonner un jour ? lâcha-t-il tout à coup.

— Te pardonner ?

— De t'avoir piégée dans ce mariage. De t'avoir contrainte à accepter une chose dont tu ne voulais pas.

— Mais je veux ce qu'il y a de mieux pour notre bébé ! J'en ai besoin !

— Je sais, dit-il, atteint au cœur par ce cri d'angoisse. Je sais que tu as fait passer le bonheur de notre enfant avant le tien. Je le vois dans ton regard. Quelquefois, je le sens rien qu'à un silence de toi, ou...

— Alexi, ne...

— Et j'ai été si stupide ! coupa-t-il. Ce soir, j'ai compris quelque chose. J'ai compris que je serais encore plus désespéré de te perdre que de perdre notre enfant.

Un instant, elle crut avoir mal entendu. Mais il ajouta d'une voix rauque, qui se brisait presque :

— Je t'aime, Katie.

Elle fut si surprise et si bouleversée que les larmes lui montèrent aux yeux. Elle demanda avec hésitation :

— Est-ce que je rêve ? Ai-je imaginé ce que tu viens de dire ?

Ses paroles arrachèrent un sourire à Alexi.

— Non, tu ne rêves pas. Je crois que je t'ai aimée à l'instant où nous nous sommes rencontrés. Tu t'en souviens ? C'était chez Demetri, au beau milieu de ces fichus dossiers et…

— Bien sûr que je m'en souviens. Mais je ne pense pas que tu sois tombé amoureux… puisque tu m'as laissée partir.

— Et j'ai été un bel imbécile ! J'étais si obnubilé par le passé que je n'ai pas su voir ce que j'avais sous le nez !

— Tu aimais encore Andrea, je m'en rends compte.

Alexi la dévisagea avec étonnement.

— Rien n'est plus éloigné de la vérité ! Je n'aimais plus Andrea, et depuis des années !

— Je n'en crois rien, soutint Katie.

— Enfin voyons, fit-il en serrant ses deux mains entre ses paumes. J'ai été profondément blessé par Andrea, c'est sûr. Je l'aimais quand nous nous sommes mariés. Ou plutôt, j'étais… complètement entiché d'elle, j'imagine.

Elle acquiesça, dissimulant que cet aveu lui faisait mal. Très mal.

— Et tu ne t'en es toujours pas remis, dit-elle.

— Oh, si, j'en suis remis, crois-moi. Cependant, en un sens, tu as raison : mon expérience avec elle a entaché mon jugement. Je ne voulais plus jamais ressentir ce que j'avais éprouvé avec elle. Je ne voulais plus souffrir comme ça.

Katie hocha la tête. Elle ne comprenait que trop bien de quoi il parlait…

— Que s'est-il passé entre vous ? murmura-t-elle. Qu'est-ce qui t'a rendu comme ça ?

Il y eut un silence, et elle crut qu'il ne répondrait pas.

— Tu veux dire… en dehors du fait qu'elle a subi un avortement sans m'avertir ? fit-il soudain.

Il haussa les épaules, mais elle devina qu'il cherchait à minimiser les choses. Elle voyait dans ses yeux que la souffrance était encore là.

— Elle ne m'a même pas prévenu qu'elle était enceinte, continua-t-il. Elle est entrée dans une clinique en prétendant qu'elle se rendait à une séance de pose.

Katie se remémora la réaction d'Alexi quand elle lui avait annoncé sa grossesse, son expression quand il avait pensé qu'elle avait voulu la lui cacher. La vérité lui apparut avec clarté.

— Alexi, je suis désolée… Dire que je t'ai accusé de ne pas vouloir d'enfant… Je me fourvoyais complètement…

— Tu n'y es pour rien, j'aurais dû t'expliquer… mais c'était une chose dont je n'avais envie de parler avec personne.

— Les commérages ont tout déformé, en plus.

— Je préférais encore ça à ce que les gens sachent la vérité. J'ai essayé de comprendre Andrea, tu sais, vraiment essayé. Et je lui ai pardonné. La décision lui appartenait, au bout du compte. C'est la prérogative des femmes. Mais le fait qu'elle ne m'ait rien dit… Apparemment, on lui avait proposé un contrat important qui aurait lancé vraiment sa carrière, et c'était ce qui comptait pour elle.

De nouveau, il y eut un silence. Alexi finit par continuer avec un soupir :

— Quoi qu'il en soit, nous avons laissé ça derrière nous et tenté d'aller de l'avant. Je voulais que notre mariage réussisse, et j'acceptais qu'elle tienne à son métier. Mais à un moment donné, je me suis rendu compte que je ne pouvais pas continuer. Parce qu'Andrea était prête à tout pour réussir… y compris à coucher avec ceux qui pouvaient servir sa carrière.

Katie vit dans son regard de la colère, mais aussi de la souffrance. Soudain, elle s'expliqua sa réticence à s'engager, à mettre son cœur dans la balance. Elle comprit qu'il eût, par fierté, érigé autour de lui des barrières protectrices.

— Alexi, je suis tellement navrée... je n'avais rien imaginé de tout ça.

— Comment l'aurais-tu pu alors que j'avais rendu ce sujet tabou ?

Il secoua la tête, et une expression de tendresse modifia ses traits.

— Dire que, pendant tout ce temps, il y avait dans ma vie une femme douce et aimante, qui était même prête à se sacrifier pour le bonheur de son enfant.

— Alexi, je...

— Non, Katie, laisse-moi terminer : je sais que tu ne voulais pas m'épouser. Mais je t'en prie, essayons de faire en sorte que ça marche ! Donne-moi ma chance. Et même si nous devions perdre cet enfant — ce qu'à Dieu ne plaise —, ne permets pas que ça nous sépare ! Je ne pourrais pas le supporter, vraiment pas.

Essuyant les larmes d'émotion qui roulaient sur ses joues, Katie prit fermement la parole :

— Alexi, écoute-moi. Je ne suis pas aussi altruiste que tu sembles le croire. Je t'assure. Je me suis mariée avec toi parce que j'étais enceinte, c'est vrai. Mais la raison principale, c'est que je t'aimais. Je t'aime. Je t'ai toujours aimé.

Il la regarda d'un air interdit comme s'il peinait à se convaincre de cet aveu.

— Tu ne te sens pas... piégée ? fit-il enfin.

— Oh, Alexi ! Non ! Je voulais seulement que tu me rendes mes sentiments ! Ça me déchirait le cœur de t'aimer à ce point et de penser que je ne serais jamais payée de retour.

— Katie, pardon, murmura-t-il, l'enveloppant de ses bras. Je t'aime tellement...

Il l'embrassa, et elle lui rendit son baiser avec toute la

passion dont elle était capable. Puis, comme il s'écartait à demi, elle murmura :

— Dis-le-moi encore… dis-moi combien tu m'aimes…

— Voyons, laisse-moi réfléchir…, fit Alexi avec un sourire taquin. Je t'aime du matin au soir… et peut-être aussi du soir au matin…

Épilogue

La neige recouvrait le sol, et les arbres du verger étaient nappés de givre. Jamais la Grèce n'avait connu un hiver aussi glacial ! Mais le printemps ne tarderait pas à arriver, et avec lui, l'assurance de longues, belles et chaudes journées.

L'avenir s'annonçait si plein de promesses, pensa Katie, souriante, en se détournant de la fenêtre. Un instant, elle embrassa du regard la cheminée où flambait un bon feu, et le groupe installé tout auprès. Sa famille.

Etait-il possible d'avoir tant de chance ? se demandait-elle parfois. Surtout lorsque Alexi lui adressait ce sourire si particulier qu'il ne réservait qu'à elle. Elle regarda l'enfant qu'il tenait dans ses bras, et eut l'impression que son cœur allait éclater de bonheur.

Se rapprochant, elle se pencha pour embrasser son mari.

— Je ne sais pas ce que c'est encore que cette surprise dont tu m'as parlé, mais tu dois arrêter de me couvrir de cadeaux ! Je ne pourrais pas être plus heureuse que je le suis, Alexi. Et ce bonheur me suffit.

Il lui répondit en souriant :

— Il y a tout de même une chose qui rendrait parfaite cette journée. Continue à regarder par la fenêtre et tu verras.

Katie contempla leur fils. Théo Philip Alexander Demetri devait être baptisé dans l'après-midi, à 15 heures. Quoi de plus parfait que cela ?

Sa grossesse avait été difficile, elle avait dû souvent se reposer au lit. Mais Alexi l'avait aidée. Avec son amour et son soutien, elle avait mis au monde un beau garçon plein de santé. Et le petit Théo était si adorable dans sa robe de baptême brodée qui se transmettait dans la famille de génération en génération.

— Tout est *déjà* parfait, soutint-elle. Si parfait que ça me fait presque peur. Il ne manque que ma sœur, bien sûr…

Elle se tut brusquement en entendant une voiture dans l'allée. Puis, levant les yeux vers Alexi :

— Tu n'as pas… ?

— Si, répondit-il. Ce baptême n'aurait pas eu de sens sans Lucy, n'est-ce pas ? En tant que marraine, elle joue un rôle essentiel.

— Oh, Alexi ! Je t'aime tant ! s'exclama Katie, jetant les bras autour de son mari et de son bébé.

Ils restèrent un instant blottis, puis Alexi murmura avant de poser ses lèvres sur celles de sa femme :

— Moi aussi, je t'aime, Katie ! Plus que les mots ne pourraient l'exprimer.

NATALIE RIVERS

Scandale chez les Diakos

Traduction française de
ELISABETH MARZIN

HARLEQUIN

Titre original :
THE DIAKOS BABY SCANDAL

Ce roman a déjà été publié en 2015.

1

Kerry regarda le bâtonnet blanc dans sa main tremblante. Positif… Son cœur se gonfla de joie. Elle était enceinte !

Ce n'était pas prévu. Elle n'avait fait le test que par acquit de conscience, persuadée qu'il serait négatif. C'était une merveilleuse surprise ! Un bébé…

Elle se mordit la lèvre. Certes, la perspective d'avoir un enfant était exaltante. Mais un peu angoissante également, il fallait bien le reconnaître.

Comment Théo allait-il réagir ? Nul doute qu'il ne s'attendait pas lui non plus à un tel bouleversement…

Il y avait seulement six mois qu'elle vivait avec Théo Diakos, l'un des promoteurs immobiliers les plus riches d'Athènes. Il la traitait comme une princesse et elle avait été chaleureusement accueillie au sein de la famille par le frère de Théo, Corban, et femme de celui-ci, Hallie, qui habitaient l'appartement voisin.

Cependant, si elle n'avait aucun doute sur les sentiments qu'elle éprouvait pour lui, elle n'avait pas la certitude absolue qu'ils étaient partagés. Ils n'avaient jamais parlé d'amour. Jamais non plus ils n'avaient fait de projets d'avenir.

Ils vivaient comme dans un conte de fées, mais au jour le jour.

Calant ses longs cheveux blonds derrière ses oreilles, Kerry rangea le test et sortit sur la terrasse, transformée en véritable jardin. Lorsque Théo et elle se trouvaient à

Athènes, cette oasis de verdure au charme magique était son endroit favori.

Enveloppée par un parfum subtil, elle admira les rosiers grimpants tout en savourant le chant mélodieux de la fontaine. Quel calme délicieux ! Au milieu de cette profusion d'arbres et de plantes, il était difficile d'imaginer l'agitation qui régnait au pied de l'immeuble.

Ce havre de paix était perché sur le toit d'un luxueux palace — le plus beau fleuron de l'empire immobilier de Théo Diakos — situé en plein cœur de la ville.

La nuit commençait à tomber. Sur l'Acropole, le Parthénon éclairé, superbe et majestueux, se découpait sur le ciel. C'était un spectacle extraordinaire dont elle ne se lasserait jamais. Tout comme elle ne se lasserait jamais de vivre avec Théo… D'aussi loin que remontaient ses souvenirs, c'était la première fois qu'elle se sentait chez elle quelque part.

Au début elle avait eu du mal à croire qu'un homme aussi séduisant et sophistiqué puisse s'intéresser à quelqu'un comme elle, mais la passion toujours renouvelée qu'il lui témoignait avait fini par balayer ses doutes.

A vingt-trois ans, elle était heureuse pour la première fois de sa vie. Ses souvenirs douloureux s'étaient estompés peu à peu, et aujourd'hui elle se sentait enfin libérée de son passé. Même s'il ne lui avait jamais fait de serments d'amour, Théo tenait à elle. Il avait choisi de la garder auprès de lui. Pour elle, c'était une expérience toute nouvelle. Un cadeau inespéré.

Et elle avait bien l'intention d'offrir le même cadeau à son bébé dès sa naissance.

Envahie par une émotion indicible, elle posa les mains sur son ventre. Dire qu'elle portait l'enfant de Théo ! Elle avait encore un peu de mal à y croire. Mais une chose était certaine : son bébé se sentirait toujours désiré. Toujours aimé. Quoi qu'il arrive.

Un frisson d'excitation la parcourut. Il n'y avait aucune raison de craindre la réaction de Théo. Il serait aussi heureux qu'elle. N'était-il pas un oncle fantastique ? Il adorait son neveu Nicco et ce dernier le lui rendait bien. Oui, pas de doute, il serait le meilleur des pères.

Impossible d'attendre plus longtemps ! Il fallait absolument qu'elle lui annonce la nouvelle.

Kerry rentra dans l'appartement et gagna en courant le bureau de Théo. Comme elle avait hâte de voir son visage s'illuminer quand il apprendrait qu'il allait devenir papa !

Arrivée à proximité de la porte, elle s'immobilisa. Apparemment, Théo était en grande discussion avec son frère. Ce n'était pas le moment de le déranger... Tant pis, il faudrait attendre encore un peu avant de partager sa joie avec lui.

S'efforçant de surmonter sa déception, elle s'apprêtait à faire demi-tour lorsqu'une phrase de Théo la fit tressaillir. Ecouter aux portes n'était pas dans ses habitudes et elle ne parlait pas encore le grec couramment. Cependant, cela ne l'empêchait pas de comprendre les propos des deux hommes.

Elle déglutit péniblement. Théo conseillait à Corban d'enlever le petit Nicco à sa mère ?

Non, c'était impossible... Elle avait dû mal entendre. Le cœur battant à tout rompre, elle tendit l'oreille.

— Tu dois penser d'abord à Nicco. C'est ton fils, tu as le devoir de le protéger.

— Mais Hallie est ma femme, objecta Corban d'une voix hésitante. Elle a confiance en moi. Je ne peux pas lui faire ça.

— Il le faut. Nicco est un Diakos. Il est sous la responsabilité de notre famille. Hallie est incapable de s'occuper correctement de lui.

— C'est une solution si radicale... Ne vaudrait-il pas mieux lui laisser le temps de dire au revoir à son fils avant de l'emmener ?

— Non, surtout pas, répliqua Théo d'un ton impérieux. Ce serait encore pire. Si nous agissons tout de suite, Nicco peut être dans l'hélicoptère à destination de l'île avant qu'Hallie s'aperçoive de quoi que ce soit. Une fois Nicco à l'abri, nous pourrons nous occuper d'elle discrètement… la faire sortir du pays sans que cela provoque de remous. Il vaut mieux ne pas ébruiter l'affaire. Cela ne regarde personne en dehors de la famille.

Horrifiée, Kerry se couvrit la bouche pour étouffer un cri. Elle ne s'était pas trompée ! Théo et Corban voulaient enlever son enfant à Hallie !

Assaillie par des souvenirs insupportables, elle se mit à trembler de tous ses membres. C'était un véritable cauchemar ! Pourquoi Théo poussait-il son frère à commettre un acte aussi ignoble ? De quel droit jugeait-il Hallie incapable de s'occuper de son fils ? Sa propre mère avait subi la même injustice et elle ne s'en était jamais remise…

Impossible de rester sans rien faire ! Il fallait à tout prix prévenir Hallie. L'idée que son amie pourrait connaître le même sort que sa mère était insupportable. Si on avait permis à cette dernière de garder son bébé, elle serait peut-être encore en vie…

Les jambes tremblantes, Kerry fit demi-tour. Dire qu'elle se croyait définitivement débarrassée des fantômes du passé ! Quelle horreur ! Elle avait l'impression de devenir folle ! Mais ce n'était pas le moment de flancher. Il fallait garder la tête froide et agir au plus vite.

Prenant une profonde inspiration, elle gagna l'appartement voisin en courant et fit irruption dans la chambre d'Hallie. Assise devant sa coiffeuse, la jeune femme se brossait les cheveux.

— Kerry ! s'exclama-t-elle en écarquillant les yeux. Que se passe-t-il ?

— Excuse-moi, mais j'ai surpris une discussion entre Théo et Corban. Ils veulent emmener Nicco. Ce soir !

— Pourquoi ? Il est malade ?

Hallie se leva si brusquement que son tabouret se renversa.

— Non, pas du tout. Il va bien, mais ils veulent l'emmener en hélicoptère sans te prévenir.

— Non ! Ils n'ont pas le droit !

Les joues en feu, Hallie vacilla sur ses jambes.

— Je ne les laisserai pas faire !

D'un geste vif elle prit son sac sur la coiffeuse, renversant un verre de vin au passage. Puis elle saisit des clés sur une console et se dirigea vers la porte d'une démarche mal assurée.

— Ils ne me le prendront pas ! Jamais !

— Attends ! s'exclama Kerry en prenant machinalement des mouchoirs en papier pour éponger le vin sur la coiffeuse. Je viens avec…

Elle s'interrompit, l'estomac noué. Hallie avait bu du vin… Elle avait les joues rouges… et du mal à marcher. Elle n'était pas en état de conduire !

— Hallie !

Kerry se rendit dans la chambre de Nicco et son cœur fit un bond dans sa poitrine. Trop tard ! La pièce était vide. Gagnant le hall, elle regarda le panneau de l'ascenseur. Les voyants lumineux indiquaient que la cabine atteindrait bientôt le parking souterrain.

Oh, mon Dieu ! Si Hallie avait un accident elle ne se le pardonnerait jamais ! Que faire ? Affolée, Kerry resta indécise quelques secondes, puis elle se remit à courir.

Tant pis. Il fallait prévenir Théo. Elle n'avait pas le choix.

Elle arriva dans le bureau à bout de souffle.

— Hallie ! Elle… !

Théo la rejoignit aussitôt et lui prit les mains.

— Respire profondément.

Sa voix calme la rasséréna un peu et elle s'exécuta.

— Bien. Maintenant, explique-moi ce qui se passe.

Elle se mordit la lèvre, au comble de la confusion. L'attitude bienveillante de Théo suffisait à la réconforter. Pourtant, quelques minutes plus tôt il ordonnait pratiquement à son frère d'enlever Nicco à Hallie… Mais si cette dernière avait un accident… Non, il n'y avait pas à hésiter.

— Hallie a emmené Nicco en voiture, mais elle a bu du vin et…

Corban jura en grec et quitta la pièce en courant. Simultanément, Théo lâcha Kerry et décrocha le téléphone. Il appelait l'équipe de sécurité, comprit-elle. Pour qu'on empêche Hallie de quitter l'hôtel.

Elle croisa les bras, au comble de l'anxiété. Qu'avait-elle fait ? Certes, Théo et Corban n'avaient pas le droit de prendre Nicco à sa mère… Mais à cause d'elle, Hallie et son petit garçon étaient en danger. Oh, pourquoi n'avait-elle pas pris le temps de réfléchir ? Elle n'aurait pas dû réagir de manière aussi impulsive…

— Je vais aider Corban, déclara Théo en raccrochant. Hallie a déjà quitté l'hôtel.

La gorge nouée, Kerry refoula ses larmes. Si seulement elle s'était rendu compte plus tôt qu'Hallie avait bu du vin !

— Ne t'inquiète pas, tout va bien se passer. Merci de nous avoir prévenu. Tu as très bien fait. Tout va s'arranger.

Le temps qu'elle reprenne ses esprits, il avait disparu. Kerry fut parcourue d'un long frisson.

Théo était tout pour elle. Leur rencontre avait bouleversé sa vie. Depuis qu'elle le connaissait, elle était devenue une autre femme.

Lorsque son contrat temporaire de vendeuse à la boutique de l'hôtel avait pris fin, il lui avait demandé de rester avec lui, sans chercher d'autre emploi ; il voulait qu'elle soit libre de le suivre lors de ses nombreux voyages d'affaires, avait-il précisé. Stupéfaite et ravie, Kerry avait accepté. Comment aurait-elle pu refuser ? Elle avait été si heureuse de savoir qu'il voulait passer le plus de temps possible avec elle. Pour la première fois de son existence, elle avait eu le sentiment d'occuper une place essentielle dans la vie de quelqu'un.

Envahie par une douce chaleur, elle ferma les yeux. Chaque instant passé en compagnie de Théo était une vraie fête. Il était passionné et prévenant à la fois. Dire que même à l'instant, alors qu'il était très inquiet pour sa belle-sœur et son neveu, il avait tenu à la réconforter…

Une nouvelle bouffée d'angoisse l'assaillit soudain. Théo lui était reconnaissant de l'avoir prévenu… mais il ignorait que c'était elle qui avait provoqué la fuite d'Hallie !

Déglutissant péniblement, elle se dirigea vers la fenêtre. Quelque part au milieu de toutes ces lumières qui scintillaient dans la nuit, Corban et Théo étaient à la poursuite d'Hallie et de Nicco. Pourvu que tout se termine bien !

Théo Diakos traversa le hall de l'hôtel à grands pas, la mine sombre. Corban n'avait pas mis longtemps à rattraper Hallie, pour la bonne raison qu'elle avait eu un accident place Syntagma, à quelques mètres de l'hôtel.

Dieu merci, il n'y avait eu aucun blessé. Cependant, une voiture de sport qui percutait un kiosque sur l'une des places les plus fréquentées d'Athènes, à proximité du Parlement, voilà qui ne passait pas inaperçu… Une horde de paparazzi avait surgi de nulle part avant que Corban ait eu le temps de mettre sa famille à l'abri.

Théo crispa les mâchoires. S'il avait poussé son frère à agir plus tôt, rien de tout cela ne serait arrivé. Il y avait des mois qu'Hallie aurait dû être éloignée d'Athènes et de son fils. Sa dépendance à l'alcool était de plus en plus difficile à dissimuler et nul doute qu'après le fiasco de ce soir, elle allait être étalée au grand jour.

Pour l'instant, personne n'était encore au courant. Même Kerry ne semblait pas avoir pris conscience du problème. Au prix d'une vigilance de tous les instants, Corban avait réussi à dissimuler l'addiction de sa femme. Mais à présent, tous ses efforts risquaient d'être réduits à néant.

Théo jeta un coup d'œil à sa montre. Quelques minutes seulement s'étaient écoulées depuis qu'il avait appelé Kerry pour la rassurer, mais elle avait paru très perturbée. Mieux valait la rejoindre sans attendre.

Il était vraiment regrettable qu'elle soit mêlée à un problème familial aussi délicat. Heureusement qu'elle n'avait pas compris la gravité de la situation ! Sans doute était-elle trop candide pour imaginer une réalité aussi sordide. En tout cas, ce n'était pas elle qui aurait risqué de provoquer un scandale : elle était d'une discrétion et d'une modestie remarquables. Jamais il n'avait rencontré une femme à la fois aussi désirable et aussi facile à vivre.

Il l'avait remarquée pour la première fois un an plus tôt environ, alors qu'elle discutait avec un groupe de touristes dans le hall d'un de ses hôtels. C'étaient d'abord ses boucles blondes, ses immenses yeux pervenche et son teint de porcelaine qui avaient attiré son attention. Puis, dès la première soirée, il avait été subjugué par son naturel et sa douceur. Au sein du tourbillon incessant de ses affaires, sa compagnie était particulièrement délassante.

Il la trouva dans le jardin, sur le toit. Si son coup de téléphone n'avait pas suffi à l'apaiser, il connaissait un excellent moyen de lui faire tout oublier… Transpercé par un éclair de désir, il hâta le pas.

— Tout le monde va bien, c'est sûr ? demanda-t-elle d'un ton anxieux dès qu'elle le vit. Hallie et Nicco ne sont pas blessés ? Les gens dans la rue non plus ?

— Tout le monde va bien, ne t'inquiète pas, répliqua-t-il en la prenant dans ses bras.

A sa grande surprise, au lieu de se détendre, la jeune femme se raidit. Ecartant ses cheveux, il l'embrassa dans le cou.

— Tout est sous contrôle, ajouta-t-il d'une voix douce. Laisse-moi te changer les idées.

— Où sont-ils ? Ils sont tous les trois ensemble ?

S'écartant d'elle, Théo considéra Kerry avec perplexité. D'ordinaire, elle s'alanguissait dans ses bras dès qu'il les refermait sur elle, et en quelques secondes, la passion leur faisait perdre la tête à l'un et à l'autre. Pourquoi était-elle aussi tendue, ce soir ? Ses propos auraient pourtant dû la rassurer, non ?

— Oui, ils sont à bord de l'hélicoptère, en route pour l'île, répliqua-t-il en promenant les doigts sur ses bras. Je t'assure que tu peux cesser de t'inquiéter pour eux… et me laisser te réconforter.

Kerry prit une profonde inspiration. Il fallait absolument avouer la vérité à Théo sans attendre.

De toute évidence, il ne savait pas encore que c'était à cause d'elle qu'Hallie était partie en voiture, mais tôt ou tard il l'apprendrait. Et de toute façon, elle n'avait pas l'intention de lui cacher quoi que ce soit. D'autant plus qu'elle voulait absolument qu'il lui explique sa conversation avec Corban.

Ensuite, elle pourrait enfin lui dire qu'elle était enceinte. Mon Dieu ! Tout semblait si compliqué, tout à coup… Quelques heures plus tôt, elle était folle de joie à l'idée de lui annoncer qu'ils allaient avoir un enfant, mais à présent, elle se sentait complètement perdue.

— Voyons ce que je peux faire pour te changer les idées, murmura-t-il d'une voix profonde en cueillant deux roses sur le treillage.

Kerry déglutit péniblement. La nuit précédente, il l'avait portée jusqu'au jardin, lui avait enlevé sa chemise de nuit en dentelle et l'avait allongée nue sous les étoiles. Puis il avait parsemé son corps de pétales de roses avant de lui faire l'amour.

A présent, le parfum entêtant des fleurs qu'il tenait à la main la grisait et son corps brûlait déjà de s'abandonner au sien. Malheureusement, elle ne pouvait pas se permettre de céder à son désir. Ce n'était pas le moment.

Il fallait d'abord lui parler.

— Arrête, dit-elle d'une voix étranglée. Il faut que je te parle. Tout à l'heure je t'ai entendu discuter avec Corban. Tu lui conseillais d'emmener Nicco sans prévenir Hallie…

Le visage de Théo se ferma.

— Corban et moi te sommes très reconnaissants d'avoir donné l'alarme. Si tu ne nous avais pas prévenus aussi vite, la situation aurait pu tourner à la catastrophe.

Cependant, notre conversation était privée. Tu n'avais pas le droit de l'écouter. Nos histoires de famille ne te regardent pas.

Kerry déglutit péniblement. A en juger par la veine qui battait à sa tempe, Théo était encore plus irrité qu'il ne le laissait paraître. Comment allait-il réagir en apprenant ce qu'elle avait fait ?

— Hallie est mon amie, déclara-t-elle d'une voix moins assurée qu'elle ne l'aurait voulu. Il est normal que je m'inquiète pour elle et pour Nicco.

Théo scruta son visage.

— Tu lui as répété ce que tu avais entendu, n'est-ce pas ?

Relevant le menton, elle soutint son regard sans ciller.

— Oui.

— Qu'est-ce qui t'a pris ? Ça ne te regardait pas.

— Bien sûr que si ! s'exclama Kerry avec feu. Hallie est mon amie. Je ne pouvais tout de même pas rester les bras croisés !

— A cause de toi, quelqu'un aurait pu mourir, ce soir ! Pas étonnant que tu aies été aussi inquiète.

— Je ne me suis pas rendu compte qu'elle avait bu du vin et…

— Inutile d'essayer de te justifier, la coupa sèchement Théo. Ta conduite est inexcusable.

— Mais…

— Je te répète que tes excuses ne m'intéressent pas. Non seulement tu as écouté aux portes, mais tu as pris une initiative stupide. Comment as-tu osé te mêler de nos affaires ?

— Hallie est mon amie.

— Et moi, que suis-je pour toi ? Tu aurais pu au moins me consulter au lieu d'agir derrière mon dos !

— Je…

Kerry était au comble de la confusion. Certes, elle avait réagi de manière un peu trop impulsive. Mais ça ne changeait rien à ce qu'elle avait entendu. D'ailleurs,

Théo n'avait pas nié qu'il envisageait de séparer Nicco et Hallie.

Or, depuis qu'elle avait surpris cette conversation, elle était de nouveau hantée par le souvenir de sa propre histoire. On l'avait enlevée à sa mère dès sa naissance et celle-ci ne s'en était jamais remise. Le désespoir l'avait fait sombrer dans la dépression et elle avait cherché le réconfort dans la drogue. Elle en était morte, seule, dans des circonstances sordides.

Le plus déchirant, c'est qu'elle-même n'avait appris la vérité que bien plus tard. Trop tard pour aider cette mère qu'on lui avait cachée. Trop tard pour connaître l'amour dont on l'avait privée. Elevée par sa grand-mère, elle s'était sentie indésirable pendant toute son enfance et son adolescence.

— Je ne veux plus de toi ici. Fais tes valises et va-t'en.

La voix méprisante de Théo la fit tressaillir.

— Quoi ? Je ne comprends…

Elle s'interrompit, effarée. Théo lui avait tourné le dos et il s'éloignait. Comme si elle ne faisait déjà plus partie de sa vie ! Et elle ne lui avait même pas annoncé…

— Attends ! J'ai quelque chose à te dire !

Il se retourna, le regard glacial.

— Ce soir, j'ai découvert que…

La voix de Kerry s'éteignit.

Cet homme qui la toisait d'un air méprisant, elle ne le reconnaissait pas. Elle avait l'impression de se trouver en face d'un inconnu. Jamais elle n'aurait pu imaginer qu'un jour, Théo la mettrait à la porte aussi brutalement.

Mais surtout, elle ne l'aurait jamais cru capable d'envisager de séparer un enfant de sa mère.

Et s'il était prêt à enlever Nicco à Hallie, qui était pourtant mariée avec Corban depuis des années, comment réagirait-il en apprenant qu'elle attendait un enfant de lui ?

Il ne voulait plus d'elle, certes, mais ne risquait-il pas d'exiger de garder le bébé ? Ne risquait-il pas de la juger elle aussi incapable d'élever correctement « un Diakos » ?

— Je t'écoute, déclara-t-il sans masquer son impatience.

Elle déglutit péniblement.

— J'ai découvert... que je ne te connaissais pas vraiment.

— C'est réciproque. Va-t'en.

2

14 mois plus tard

— Merci pour votre invitation.

Théo tendit la main au vieil homme qui buvait un café, assis à une petite table de bois, à l'ombre d'un olivier au tronc noueux.

— Votre île est vraiment superbe. Et le calme qui y règne, très agréable.

Ignorant la main de Théo, Drakon Notara garda les yeux baissés sur sa tasse.

— N'essayez pas de me faire croire que vous aimez le calme ! Je sais parfaitement pourquoi vous voulez m'acheter mon île. Vous allez la défigurer en y construisant un de vos hôtels hideux… et même sans doute plusieurs. Des bars, de la musique assourdissante, des hordes de touristes soûls du matin au soir…

Il daigna enfin lever les yeux vers Théo.

— Je ne veux pas de ça ici.

Théo s'exhorta au calme. Il fallait à tout prix éviter de braquer Notara.

S'il voulait cette île, c'était pour exécuter les dernières volontés de sa mère. Et contrairement à son habitude, il était prêt à avaler des couleuvres pour atteindre son objectif.

Il n'avait pas été invité à s'asseoir et on ne lui avait rien proposé à boire. Les dalles de la petite terrasse ombragée qui prolongeait la maison étaient jonchées de feuilles d'olivier. Elles n'avaient pas été balayées en son honneur.

Théo réprima une moue de dérision. De toute évidence, Notara avait décidé de se montrer à la hauteur de sa réputation de vieillard bourru et intraitable.

— Non, je n'ai pas l'intention de construire un hôtel sur cette île, déclara-t-il d'un ton posé. Si nous pouvions discuter…

— Discuter de quoi ? coupa Drakon d'un ton rogue. Nous n'avons rien en commun. Ce n'est pas parce que je passe la plupart de mon temps ici que je ne sais pas à quoi m'en tenir sur vous. Je lis les journaux, comme tout le monde. Vous et votre famille vous ne pensez qu'à l'argent et au plaisir. Il n'y a qu'à voir votre frère et son ivrogne de femme qui a eu un accident de voiture avec son fils.

Théo serra les dents. Chaque fois qu'il repensait à cette soirée, il était submergé par une bouffée de rage. Le drame avait été évité, Dieu merci, mais les conséquences en termes d'image avaient été catastrophiques.

— Vous êtes mal informé. Ma famille n'est pas telle que l'ont dépeinte les médias. Les journalistes ont parfois tendance à forcer le trait.

— Vous prétendez que cet accident est une invention ?

— Non, mais tout ce qu'on a raconté à ce sujet est loin d'être vrai. De toute façon, ma vie privée n'a rien à voir avec notre affaire. Si vous me permettez de vous exposer ma proposition, je pense que nous pourrions parvenir à un accord aussi satisfaisant pour vous que pour moi.

— Je n'ai aucune envie de discuter avec vous. Le baratin que vous avez préparé pour me convaincre ne m'intéresse pas.

Drakon s'appuya lourdement sur la table pour se lever.

— Si vous tenez vraiment à acheter mon île, venez y séjourner quelques jours, afin que j'aie le temps de me faire ma propre opinion sur vous. Et amenez donc votre compagne… la charmante jeune femme que j'ai eu le plaisir de rencontrer l'année dernière. Elle m'a beaucoup plu. Spontanée, intelligente, courtoise. Pas de grands airs ni de minauderies. Je dois dire que j'ai été surpris. Je vous aurais imaginé avec une femme plus… superficielle.

Théo parvint à rester impassible malgré sa stupéfaction. Le vieux renard parvenait à le prendre au dépourvu ! En quelles circonstances avait-il pu rencontrer Kerry, bon sang ? Parce qu'il ne pouvait s'agir que d'elle. Il fouilla fébrilement dans sa mémoire. Sans doute à un des nombreux galas de charité auxquels il l'avait emmenée.

Pour quelle raison Notara lui demandait-il de revenir passer quelques jours sur son île avec elle ? Pour le plaisir de lui compliquer la vie parce qu'il était au courant de leur rupture ? Ce serait bien son genre…

— A moins que vous ne l'ayez déjà remplacée ? reprit Drakon. Comment s'appelait-elle, déjà ?

— Kerry.

Théo crispa les mâchoires. Pas de doute, Notara se payait sa tête. Sinon, pourquoi ce ton sarcastique ? Et surtout, pourquoi parlerait-il de Kerry au passé ? De toute évidence, il savait parfaitement que leur relation était terminée.

— Elle *s'appelle* Kerry, rectifia-t-il avec un pincement au cœur.

Il n'avait pas prononcé son prénom depuis le soir où il l'avait mise à la porte. Mais curieusement, cela n'avait pas empêché son souvenir de s'imposer à lui plus souvent qu'il ne l'aurait voulu…

— Ah, oui, Kerry…, acquiesça Drakon. Une jeune femme absolument délicieuse. Elle m'a rappelé ma chère épouse dans sa jeunesse. Etant donné qu'elle ne vous quittait jamais, je m'attendais à lire l'annonce de votre mariage dans la presse. Mais ce n'était sans doute qu'une « fiancée » parmi d'autres.

Le vieil homme tourna le dos et se dirigea vers la maison d'un pas mal assuré.

— Comme je vous l'ai déjà dit, ma vie privée n'a aucun rapport avec l'affaire qui nous occupe.

Théo réprima un soupir. Autant parler à un sourd... De toute évidence, Drakon Notara avait décidé au contraire de considérer sa vie privée comme un élément déterminant. Et, pour tout arranger, il avait un faible pour Kerry...

— Je suis un vieil homme sentimental, attaché aux valeurs traditionnelles, lança Drakon par-dessus son épaule. Je n'aime pas la façon dont beaucoup de gens vivent de nos jours. Recherche du plaisir immédiat, relations éphémères...

— Si vous acceptiez de discuter avec moi, vous découvririez que je suis moi aussi attaché aux valeurs traditionnelles.

Théo jura intérieurement. Comment convaincre Notara qu'il ne construirait jamais d'hôtel sur cette île ? Il n'était pas question de lui dévoiler les raisons très personnelles pour lesquelles il souhaitait l'acquérir. Ses histoires de famille ne regardaient personne. Surtout pas un vieil homme buté qui s'érigeait en moraliste !

— Si vous tenez vraiment à discuter, revenez passer quelques jours ici.

Drakon fit une pause sur le seuil de la maison.

— Et n'oubliez pas d'amener Kerry avec vous ! ajouta-t-il avant de disparaître dans la pénombre de l'entrée.

Théo secoua la tête. Le vieil homme n'était peut-être plus très vaillant, mais il avait toujours un caractère impossible...

La gouvernante de Drakon Notara le rejoignit.

— Je vais vous raccompagner jusqu'à l'héliport, dit-elle.

— C'est inutile, merci. Je connais le chemin.

Théo quitta l'ombre des oliviers pour prendre le chemin de la corniche sous un soleil écrasant. Perdu dans ses pensées, il ne prêta pas la moindre attention à la vue superbe sur la mer Egée.

Il avait besoin de Kerry.

S'il voulait avoir la moindre chance d'acheter cette île et d'exécuter les dernières volontés de sa mère, il devait la retrouver.

— Merci infiniment pour votre aide précieuse, déclara le client en ouvrant la porte vitrée.

Un courant d'air glacé s'engouffra dans l'agence de voyages.

— Je suis certaine que vous passerez des vacances merveilleuses. Je ne suis allée qu'une seule fois en Crète mais j'aimerais beaucoup y retourner, répliqua Kerry avant que l'homme sorte sous la pluie.

Elle réprima un petit soupir nostalgique. Cela aurait été si agréable de passer ses journées sur la plage, sans rien d'autre à faire que se reposer et jouer avec Lucas, l'amour de sa vie, son petit bébé de six mois… Malheureusement, vu sa situation financière, ce rêve ne risquait pas de se réaliser dans un avenir proche.

Dire qu'elle avait quitté Athènes depuis quatorze mois… Elle n'avait pas remis les pieds en Grèce depuis cette horrible soirée où Théo Diakos lui avait brisé le cœur. Le retour à Londres avait été particulièrement pénible. Anéantie, sans argent, sans emploi et enceinte, elle avait vécu un véritable cauchemar.

— Il est presque l'heure de ta pause. Tu es certaine que ça ne te dérange pas de déjeuner tôt, une fois de plus ?

La voix de sa collègue Carol arracha Kerry à ses pensées.

— Ne t'inquiète pas. Etant donné que je me suis levée à 5 heures, ça m'arrange au contraire ! répliqua-t-elle en riant.

Lucas était adorable, mais il avait pris la fâcheuse habitude de se réveiller au lever du soleil…

La porte se rouvrit et une bourrasque de vent la fit frissonner.

— Oh, c'est incroyable, ce froid ! Je n'arrive pas à croire qu'on est déjà au mois de juin !

Relevant le col de sa veste d'uniforme, elle se tourna vers le nouvel arrivant.

— Bonjour, puis-je vous… ?

Elle s'interrompit, le souffle coupé. Depuis le seuil, Théo Diakos dardait sur elle un regard pénétrant.

Tétanisée, Kerry ne parvenait pas à détacher ses yeux de lui. Théo ? Ici ?

Grand et athlétique, il occupait entièrement l'entrée et sa présence magnétique semblait prendre tout l'espace de la boutique. Son épaisse chevelure noire brillait sous les gouttes de pluie qui la parsemaient.

Le premier moment de stupeur passé, une vive anxiété étreignit Kerry.

Que faisait-il là ? Avait-il découvert l'existence de Lucas ? Oh, non ! Pourvu qu'il ne sache rien !

— Puis-je vous aider, monsieur ? demanda Carol en se levant. Voulez-vous voir une brochure particulière ou bien n'avez-vous pas encore d'idée précise ?

Malgré son appréhension, Kerry faillit être prise d'un fou rire nerveux. Imaginer Théo Diakos — l'un des promoteurs immobiliers les plus riches de Grèce — poussant la porte d'une agence de voyages d'un quartier excentré de Londres pour y organiser ses vacances était comique. Non, ridicule !

— Je suis venu voir Kerry, répondit-il sans quitter cette dernière des yeux.

— Oh, vous vous connaissez ?

Sans même la regarder, Kerry devina l'air surpris de sa collègue. Elle avait toujours les yeux fixés sur Théo. Quelle impression étrange… Il lui semblait à la fois très familier et totalement étranger.

Cet homme, elle l'avait aimé à la folie. Jusqu'au jour où il lui avait brisé le cœur. Dire qu'après un an de vie commune, elle avait découvert à quelques minutes d'intervalle qu'il envisageait d'enlever un petit garçon à sa mère et qu'elle ne représentait rien pour lui !

— Carol, je te présente Théo, un ami d'Athènes.

La politesse l'obligeait à faire les présentations, mais pas question d'entrer dans les détails !

— Tu peux aller déjeuner tout de suite, suggéra sa collègue. Vous avez sûrement des tas de choses à vous dire.

Kerry déglutit péniblement. Se retrouver en tête à tête

avec Théo ? Pas question ! Mais avait-elle vraiment le choix ? Margaret, la directrice de l'agence, reviendrait bientôt de son rendez-vous chez le dentiste et elle n'apprécierait sûrement pas qu'elle reçoive une visite privée à l'agence. Or, elle avait trop besoin de son emploi pour prendre le risque de la contrarier.

— D'accord. Je vais chercher mon sac.

Elle se leva et se rendit dans le bureau à l'arrière de la boutique, en s'efforçant de masquer son désarroi.

Pourquoi Théo était-il à Londres ? Comment l'avait-il retrouvée ? Avait-il découvert l'existence de Lucas ?

La porte du bureau se referma derrière elle, la protégeant momentanément du regard pénétrant de ses yeux noirs. Les jambes tremblantes, elle prit une profonde inspiration.

Etait-il venu lui prendre son fils ?

Jamais ! Son petit garçon était toute sa vie. Jamais personne ne pourrait le lui enlever !

S'efforçant de surmonter son angoisse, elle jeta un coup d'œil dans la boutique à travers la glace sans tain. Théo était toujours là, aussi impénétrable qu'une statue grecque alors que Carol s'efforçait manifestement de lui faire la conversation.

Elle crut que son cœur allait s'arrêter de battre. Mon Dieu ! Et si, en toute innocence, Carol faisait allusion à Lucas ? Il fallait éloigner Théo au plus vite ! Saisissant son sac, elle regagna la boutique en toute hâte.

— Prends tout ton temps, déclara Carol. Je t'enverrai un texto en douce si Margaret revient. Profite de cette occasion pour évoquer les bons souvenirs et amuse-toi bien !

— Merci, répondit Kerry avec un sourire crispé.

Passant devant Théo sans un mot, elle poussa la porte et sortit sous la pluie.

Elle ne risquait pas de s'amuser ! Quant à évoquer les bons souvenirs… Elle réprima un frisson. Pourvu que Théo ne soit pas venu mettre sa vie en pièces !

Cette incertitude était insupportable… Il fallait absolument qu'elle en ait le cœur net.

— Que fais-tu ici ?

— Je suis venu te chercher pour te ramener en Grèce.

3

Théo considérait Kerry avec perplexité. Bouche bée, elle le fixait d'un air effaré. Rien d'anormal à cela, bien sûr. Il s'attendait à ce qu'elle soit surprise par sa démarche. En revanche, il n'aurait jamais imaginé la trouver aussi changée. Elle ne ressemblait plus à la femme avec qui il avait vécu pendant presque un an.

Certaines différences étaient évidentes. L'uniforme bleu marine peu flatteur et sa nouvelle coiffure. Ses boucles blondes étaient nouées sur sa nuque et sa frange trop longue lui tombait dans les yeux. Mais ce n'était pas tout. Il y avait quelque chose dans son visage…

Il plissa le front, déconcerté. Ses yeux, peut-être. Il aurait juré qu'ils étaient d'un bleu clair tirant sur le mauve, or ils étaient gris. Mais sans doute reflétaient-ils la couleur du ciel. Et de toute façon, il y avait encore autre chose. Mais quoi ? A vrai dire, c'était indéfinissable…

— Tu es fou ? s'exclama-t-elle, retrouvant enfin sa voix. C'est hors de question ! Pourquoi veux-tu m'emmener en Grèce ? Et surtout, qu'est-ce qui te fait croire que je pourrais accepter ?

— Tu me dois bien ça.

— Pardon ?

Kerry suffoqua d'indignation.

— Je ne te dois rien du tout ! J'ai arrêté de travailler pour vivre avec toi mais je n'ai jamais accepté l'argent que tu as voulu me donner ! J'ai dépensé toutes mes économies, si bien que lorsque tu m'as mise à la porte, je me suis retrouvée sans un sou.

De quoi aurait-elle pu lui être redevable ? C'était ridicule !

— J'ai même laissé chez toi tous les bijoux que tu m'avais offerts !

— Je ne parle pas d'un point de vue bassement matériel, rétorqua-t-il d'un ton vif.

— Alors que veux-tu dire ?

L'estomac de Kerry se noua. Aurait-il découvert l'existence de Lucas ? Non… il en aurait déjà parlé. A moins qu'il ait décidé de retarder ce moment pour la tourmenter ?

— Tu t'es mêlée de ce qui ne te regardait pas et ton intervention a failli avoir des conséquences dramatiques.

Elle déglutit péniblement. Bien sûr, elle regrettait amèrement d'avoir incité Hallie à prendre le volant alors qu'elle avait bu. Mais Théo lui avait déjà fait payer cette erreur, puisqu'il l'avait mise à la porte le soir même… Que lui fallait-il de plus ? Que voulait-il exactement ? Quelle était la véritable raison de sa présence à Londres ?

— C'est un miracle que personne n'ait été blessé, poursuivit-il. Mais de toute façon, cet accident a déclenché un lynchage médiatique. Les paparazzi s'en sont donné à cœur joie. Nous avons été harcelés pendant des mois. Hallie et Corban en particulier.

De toute évidence, ce n'était pas à cause de Lucas qu'il était venu… Submergée par un immense soulagement, Kerry s'enhardit.

— Et tu es furieux parce que l'attention des médias t'a empêché de prendre son fils à ta belle-sœur, c'est ça ?

— Dans ton propre intérêt, je te conseille de ne plus jamais faire allusion à ce que tu as entendu ce soir-là.

Le ton menaçant de Théo hérissa Kerry. Pour qui se prenait-il ?

— Pourquoi ? Tu as mauvaise conscience ?

Au comble de l'irritation, Théo crispa les mâchoires. Pas de doute, elle avait changé. Jamais il n'aurait imaginé qu'elle se montrerait aussi agressive. La femme qui avait été sa maîtresse pendant presque un an ne lui aurait jamais tenu tête avec un tel aplomb.

— Fais très attention à ce que tu dis, intima-t-il en s'avançant vers elle.

Relevant le menton, elle soutint son regard sans ciller.

— Pourquoi ?

Soudain, l'atmosphère se chargea d'électricité. Malgré la pluie et le vent glacial, une chaleur intense les enveloppa.

Submergé par une bouffée de désir, Théo dut faire appel à toute sa volonté pour garder son sang-froid. Bon sang ! S'il ne s'était pas contrôlé, il l'aurait réduite au silence par un baiser enflammé… Serrant les dents, il se contenta de darder sur elle un regard pénétrant. A en juger par ses pupilles dilatées, ses lèvres entrouvertes et sa respiration saccadée, elle partageait son trouble.

Quelques instants plus tôt, il avait eu du mal à la reconnaître mais à présent, elle lui était de nouveau très familière. Il savait exactement comment réagissait son corps. Après tout, ils avaient été amants pendant presque un an. Cette rougeur diffuse sur son visage et ce regard égaré étaient des signes très révélateurs.

Elle était en proie à un désir aussi intense que le sien.

Refermant les mains sur ses bras, il l'attira vers lui et l'obligea à se hisser sur la pointe des pieds. Il lui aurait suffi de se pencher imperceptiblement pour reprendre ce qui lui avait appartenu… Il savait qu'elle s'abandonnerait aussitôt.

Mais pas question de céder à sa libido. S'il était venu jusqu'à Londres, ce n'était pas pour se jeter sur Kerry à la première occasion. C'était uniquement pour se donner les moyens d'exécuter les dernières volontés de sa mère. Il ne devait pas perdre de vue cet objectif.

Il lâcha Kerry et s'écarta d'elle.

— Je ne suis pas venu pour ça.

Kerry était furieuse contre elle-même. Si Théo l'avait embrassée, elle n'aurait pas résisté une seule seconde… Elle lui aurait même répondu avec fougue. Mon Dieu !

Comment pouvait-elle encore être attirée par cet homme après la façon dont il l'avait traitée ? C'était insensé !

— Je ne vois pas ce que tu veux dire, déclara-t-elle.

— Bien sûr que si, mais peu importe. Parlons plutôt de ce qui m'amène ici.

— Il serait temps !

Jamais elle ne se serait crue capable de prendre un ton aussi désinvolte, songea-t-elle avec satisfaction. Etant donné que tout son corps vibrait encore de désir, c'était un véritable exploit !

Sous la pluie qui tombait de plus en plus dru, elle écarta sa frange mouillée et soutint le regard de Théo. Pas question de flancher de nouveau. Quoi qu'il fasse, elle ne se laisserait plus déstabiliser.

— Tu veux que nous allions prendre un verre quelque part ? demanda-t-il en regardant autour de lui. Il serait préférable de discuter à l'abri de la pluie.

— Non. Ma pause est presque terminée et de toute façon, je suis déjà mouillée. Je t'écoute.

Pas question de s'enfermer quelque part avec lui ! Même dans un café bondé. Cette idée était beaucoup trop perturbante…

— D'accord. Je veux acheter une île à un vieil homme un peu… buté et j'ai besoin que tu m'aides à conclure l'affaire.

Kerry en resta sans voix. Comment aurait-elle pu aider Théo à conclure une affaire ? Cela n'avait aucun sens !

— Je ne comprends pas.

— Le vieil homme en question n'a pas envie de traiter avec moi à cause du tourbillon médiatique déclenché par l'accident d'Hallie. L'image que les journalistes ont donnée de ma famille lui déplaît profondément. Il estime que je ne suis pas digne d'acheter son île.

— Je ne vois pas en quoi je pourrais t'aider, même si j'en avais envie.

— L'homme en question s'appelle Drakon Notara.

Il dit t'avoir rencontrée et apparemment, il t'apprécie beaucoup.

— Drakon Notara ? Je me souviens de lui, en effet. Nous nous sommes croisés dans une soirée et il m'a longuement parlé de son île. C'est un amoureux de la nature. S'il ne veut pas te la vendre c'est certainement parce qu'il craint que tu y construises un hôtel.

— En fait, il semble plutôt s'interroger sur mon attachement aux valeurs traditionnelles comme le mariage, répliqua Théo d'un ton crispé. Il m'a invité à séjourner quelques jours sur l'île en ta compagnie. Tu vas donc venir avec moi et faire comme si tu étais ma fiancée. En aucun cas il ne doit apprendre que nous avons rompu.

— Ta fiancée ? s'exclama Kerry, effarée.

— Oui. Pendant notre séjour chez lui, nous devrons lui donner l'image d'un couple très amoureux qui envisage de se marier dans un avenir prochain.

Elle crut suffoquer d'indignation.

— Tu n'imagines tout de même pas que je vais accepter de jouer une comédie aussi ridicule pour t'aider à tromper un vieil homme charmant ?

— Je viendrai te prendre chez toi demain matin.

— Chez moi ?

Elle sentit son sang se glacer dans ses veines.

— Tu ne sais pas où j'habite !

— Bien sûr que si. Sois prête pour 6 h 30.

Elle dut faire un effort surhumain pour surmonter la panique qui la submergeait. Quelle idiote ! S'il savait où elle travaillait, il connaissait également son adresse personnelle ! Mais dans ce cas… Non, de toute évidence, il n'avait pas encore découvert l'existence de Lucas… Et il fallait à tout prix l'en empêcher !

Elle déglutit péniblement. Il avait voulu enlever son neveu à sa mère. Mieux valait ne pas imaginer quelle serait sa réaction s'il apprenait qu'il avait un fils !

— 6 h 30, demain matin chez toi, répéta-t-il d'un

ton sans réplique. Inutile d'essayer de te cacher. Je te retrouverai où que tu sois.

Le lendemain matin, Kerry attendit sur le trottoir en bas de son immeuble à partir de 6 heures. Mieux valait être très en avance. En aucun cas Théo ne devait pénétrer dans son appartement : trop de signes trahissaient la présence d'un bébé.

Une demi-heure plus tard, lorsqu'elle monta dans la luxueuse limousine noire qui s'était arrêtée à sa hauteur, Kerry découvrit qu'elle voyagerait seule : Théo avait regagné Athènes la veille au soir.

— Votre billet, mademoiselle Martin, lui dit l'assistant londonien de ce dernier, en lui tendant une enveloppe. Vous avez une place sur un vol qui décolle d'Heathrow dans une heure. Quelqu'un vous attendra à votre arrivée à Athènes pour vous conduire auprès de M. Diakos.

— Merci, répondit-elle machinalement, déstabilisée par l'absence de Théo.

Etait-il donc absolument certain qu'elle se plierait à ses exigences ? se demanda-t-elle en regardant par la vitre teintée. Lui aurait-elle laissé le souvenir d'une femme aussi docile ? Il fallait croire que oui.

S'il savait qu'en réalité, elle ne suivait ses instructions que pour mieux lui cacher son secret…

Elle ferma les yeux, croisa les bras et se recroquevilla sur elle-même. Lucas lui manquait déjà terriblement… Pourtant, il y avait à peine une demi-heure qu'elle l'avait confié à Bridget, la seule personne au monde en qui elle avait entièrement confiance. Elles avaient été élevées ensemble comme deux sœurs, et même si elle avait appris par la suite que Bridget était en réalité sa tante, le lien très fort qui les unissait ne s'était jamais relâché.

Avec Bridget, qui avait elle-même plusieurs enfants, Lucas était en sécurité. Mais si elle se sentait rassurée, la séparation n'en était pas moins douloureuse.

Malheureusement, elle n'avait pas le choix. Pour protéger son fils, elle était obligée de le quitter pendant quelques jours. Et elle ne pouvait s'empêcher d'avoir le sentiment insupportable de l'abandonner.

Théo jeta un coup d'œil à Kerry en l'aidant à descendre de l'hélicoptère, qui venait d'atterrir sur l'île de Drakon Notara. Il l'avait rarement vue aussi pâle. De toute évidence, elle était très éprouvée par le voyage.

Autrefois, elle le suivait dans tous ses déplacements sans jamais se plaindre, mais il avait très vite deviné qu'elle souffrait du mal des transports. Par ailleurs, elle avait quitté Londres très tôt ce matin et il savait que la fatigue n'arrangeait rien. Nul doute qu'elle se sentait très mal. Mieux valait qu'elle reprenne des forces avant de rencontrer Notara.

— Ma fiancée a besoin de respirer un peu d'air pur, déclara-t-il à la gouvernante de ce dernier, venue à leur rencontre. Vous pouvez nous laisser, je connais le chemin de la maison. Nous arrivons dans quelques instants.

Il prit Kerry par la taille et la sentit se raidir.

— N'oublie pas que tu es censée être amoureuse, lui murmura-t-il à l'oreille, tandis que la gouvernante s'éloignait. Tu dois être crédible.

Prenant une profonde inspiration, Kerry s'efforça de se détendre. Apparemment, Théo avait compris qu'elle était malade. C'était surprenant. Autrefois, il n'avait jamais remarqué qu'elle était sujette au mal des transports. Il était vrai que l'anxiété aggravait encore son état et qu'elle devait avoir une mine épouvantable…

— Appuie-toi contre moi, ajouta-t-il en resserrant son étreinte.

Elle s'exécuta et se laissa entraîner sur le chemin rocailleux. Peu à peu, les sensations déclenchées en elle par le contact du corps de Théo contre le sien détournèrent son attention de ses nausées.

Leurs cuisses se frôlaient à chaque pas. Plus ils avançaient, plus elle sentait son trouble s'intensifier.

— Tu te sens un peu mieux ? demanda-t-il au bout d'un moment.

Au son de sa voix profonde, Kerry fut parcourue d'un long frisson. Mon Dieu, comme elle se sentait vulnérable, tout à coup…

Levant les yeux vers lui, elle croisa son regard. Il l'observait d'un air songeur. Jamais encore il ne l'avait regardée ainsi. Comme s'il essayait de lire dans ses pensées. Comme s'il pressentait qu'elle lui cachait quelque chose…

Mais peut-être était-ce un effet de son imagination. Après tout, autrefois elle n'avait jamais rien eu à lui cacher. Alors qu'aujourd'hui… Elle avait tellement peur qu'il découvre son secret qu'elle ne pouvait s'empêcher d'être constamment sur ses gardes.

— Nous sommes bientôt arrivés, dit-il en s'immobilisant.

Se tournant vers elle, il lui prit le visage à deux mains.

— Drakon Notara est âgé, mais il a encore l'esprit vif. Il va nous épier. Par conséquent, il faudra jouer consciencieusement ton rôle de fiancée, en toute circonstance.

— L'idée de lui mentir ne me plaît pas du tout, répliqua-t-elle en s'écartant légèrement de lui.

La rencontre avec Drakon lui avait laissé un bon souvenir. C'était un homme un peu bourru, mais dans le fond très sympathique.

— Cela me donne mauvaise conscience.

— Si nous sommes suffisamment convaincants, il ne te posera sans doute pas de questions délicates. Après tout, les actes sont plus éloquents que les paroles.

Avant qu'elle ait le temps de comprendre son intention, il l'attira contre lui et s'empara de sa bouche.

4

Malgré elle, Kerry répondit instinctivement au baiser de Théo. Les jambes tremblantes, elle se laissa aller contre lui et ses lèvres s'entrouvrirent d'elles-mêmes.

Il mêla sa bouche à la sienne avec une fougue qui la ramena plus d'un an en arrière. A l'époque où un simple baiser suffisait à l'enflammer tout entière.

Submergée par un désir irrépressible, elle noua les bras sur la nuque de Théo et se plaqua contre lui, l'encourageant à approfondir son baiser.

Quelques secondes plus tard, il l'interrompit brusquement.

Laissant échapper un petit cri étranglé, elle vacilla sur ses jambes tandis qu'il s'écartait d'elle.

— Très convaincant, commenta-t-il d'un ton neutre en scrutant son visage.

Elle le regarda avec effarement. Depuis leur séparation, elle avait souvent rêvé que Théo l'embrassait. Mais dans ses fantasmes, il mettait toute son âme dans son baiser. Il était revenu la chercher parce qu'il s'était rendu compte qu'il avait commis une terrible erreur. Il n'avait pas supporté leur séparation et il avait fini par comprendre qu'il l'aimait.

Jamais elle n'avait imaginé la scène telle qu'elle venait de se passer… Alors que ce baiser l'avait embrasée, il avait manifestement laissé Théo de glace !

Quelle humiliation ! Les joues en feu, elle baissa les yeux. Comment avait-elle pu être dupe de cette comédie ignoble ? Soudain, la honte laissa place à la colère. Relevant les yeux, elle plongea son regard dans celui de Théo.

— Tant mieux, répliqua-t-elle d'un ton froid qui la surprit elle-même. Je ne veux pas que Drakon Notara puisse soupçonner que je le trompe délibérément. Mais à présent que je t'ai démontré mes talents de comédienne, il n'y aura plus de démonstration gratuite. Je suis ici pour t'aider à convaincre Drakon de te vendre son île. Rien de plus.

Théo arqua les sourcils, visiblement surpris. Mais presque aussitôt, un sourire narquois apparut sur ses lèvres. Aurait-il deviné qu'elle mentait ? se demanda-t-elle avec dépit.

Il se contenta de la reprendre par la taille pour l'entraîner vers la maison.

— Il paraît que vous étiez souffrante à votre arrivée, déclara Drakon Notara en dardant sur Kerry un regard aigu. J'espère que vous vous sentez mieux ?

— Oui, beaucoup mieux. Merci.

Kerry lui sourit et but une gorgée de thé. Quel cadre idyllique ! La petite terrasse à l'ombre des oliviers offrait une vue spectaculaire sur la mer Egée, et Drakon était aussi charmant que dans son souvenir. Dommage que les circonstances de ce séjour soient aussi perturbantes…

— Kerry souffre du mal des transports, déclara Théo.

Elle lui jeta un coup d'œil surpris. A leur descente d'hélicoptère, elle avait cru que c'était juste sa mauvaise mine qui l'avait alerté. Mais de toute évidence, il était parfaitement conscient de son problème.

— En général, un peu de repos suffit à la revigorer, ajouta-t-il.

— Ça doit être très désagréable, déclara Drakon. Surtout quand on voyage aussi souvent.

Théo prit un air contrit.

— J'avoue que j'ai mauvaise conscience, mais je

l'emmène partout parce que je ne supporte pas d'être séparé d'elle.

— L'amour est parfois très égoïste, commenta Drakon en buvant une gorgée d'ouzo.

— C'est vrai.

Sous le regard pénétrant de Théo, Kerry fut assaillie par un trouble profond. Pour se donner une contenance, elle porta sa tasse de thé à ses lèvres. Le tour que prenait la conversation était très déstabilisant…

A l'époque où elle s'était installée chez lui, Théo lui avait dit la même chose. Il voulait qu'elle l'accompagne dans tous ses voyages parce qu'il ne supportait pas d'être séparé d'elle. A l'époque, elle en avait été bouleversée. Cet aveu lui avait donné le sentiment d'être quelqu'un de très précieux, ce qui ne lui était jamais arrivé.

Pendant toute son enfance et son adolescence, elle s'était sentie rejetée. Elle avait compris instinctivement qu'elle n'était pas aimée. A dix-huit ans, elle en avait eu la confirmation : sa grand-mère ne s'était chargée d'elle qu'à contrecœur. Par devoir sans doute et peut-être aussi, de manière perverse, pour punir sa fille adolescente.

Kerry déglutit péniblement. En réalité elle n'était pas plus précieuse pour Théo que pour sa grand-mère. S'il avait tenu à elle, il ne l'aurait pas chassée de chez lui aussi brutalement. Il ne l'avait jamais aimée et il ne l'aimerait jamais…

Voilà une chose qu'elle ferait bien de ne pas oublier. S'il l'avait amenée sur cette île, c'était uniquement parce qu'il avait besoin d'elle. Et tout ce qu'il pouvait dire ou faire était destiné à Drakon. Pas à elle.

— Si vous le permettez, nous aimerions visiter l'île demain, déclara Théo.

— Nous parlerons de ça plus tard, répliqua Drakon en se tournant vers Kerry. Il y a très longtemps que je ne vous ai pas vue, ma chère. Je sais que je ne quitte pas souvent cette retraite, mais ces derniers mois, je me suis quand même rendu plusieurs fois à Athènes, et j'ai assisté à des soirées où j'espérais vous rencontrer.

L'estomac de Kerry se noua. C'était le moment ou jamais de se montrer convaincante…

— En effet, j'ai été obligée de m'absenter. J'ai passé beaucoup de temps à Londres… dans ma famille.

Avec un pincement au cœur, elle écarta sa frange de ses yeux. Son bébé… comme il lui manquait !

— Rien de grave, j'espère ? demanda le vieil homme d'un ton plein de sollicitude. Personne de malade ?

— Non, pas du tout.

Kerry fut submergée par la culpabilité. C'était sans doute stupide, mais en cachant son existence, elle avait l'impression de trahir son fils.

Prenant une profonde inspiration, elle adressa au vieil homme un sourire qu'elle espérait rassurant.

— Ne vous inquiétez pas. Tout le monde va très bien.

— Je suis ravi de l'entendre.

Drakon s'appuya sur la table pour se lever.

— Je vais me reposer un peu avant le dîner. Visitez la maison, si ça vous intéresse. Demain, vous pourrez faire le tour de l'île.

Kerry se leva à son tour, tandis que Théo se dirigeait vers la porte de la maison pour l'ouvrir.

— Je suis capable de me débrouiller seul ! lança Drakon en roulant les yeux d'un air exaspéré. Je n'ai pas besoin de votre aide !

Kerry ne put s'empêcher de sourire. Décidément, leur hôte lui plaisait beaucoup. Il fallait reconnaître que le voir rabrouer Théo était réjouissant…

Mais elle surprit le regard pénétrant de ce dernier et son sourire se figea. Il semblait voir jusqu'au plus profond de son âme…

— Qu'y a-t-il de si drôle ? demanda-t-il lorsque Drakon eut disparu dans la maison.

Elle détourna les yeux.

— Rien de spécial. J'aime beaucoup Drakon, c'est tout. C'est un plaisir de le revoir.

Déglutissant péniblement, elle reporta son attention sur la vue. En contrebas de la maison se déployait une baie superbe. Des pins accrochés aux rochers semblaient se préparer à plonger dans l'eau émeraude.

Malheureusement, elle avait beau tenter de se concentrer sur le paysage, elle restait beaucoup trop consciente à son goût de la présence toute proche de Théo.

Soudain, elle sentit ses bras se refermer autour de sa taille dans un geste possessif qui la fit tressaillir. Il effleura du bout des doigts la fine bande de peau dénudée entre son T-shirt et sa jupe. A son grand dam, elle fut envahie par une vive chaleur.

— C'est un plaisir de *te* revoir, déclara-t-il en glissant une main sous son T-shirt.

Elle voulut s'écarter mais il la retint fermement contre lui.

— C'est un plaisir aussi de te toucher.

— Ce n'était pas prévu dans notre accord, protesta-t-elle, tandis que Théo glissait son autre main sous la ceinture de sa jupe.

— Nous n'avons conclu aucun accord, murmura-t-il à son oreille. Tu es venue parce que je te l'ai demandé. Et parce que tu en avais envie.

— Non ! Je…

Kerry s'étrangla. Théo lui embrassait la nuque, déclenchant une rafale de frissons.

Si seulement elle parvenait à garder son sang-froid ! se dit-elle avec désespoir. Mais comment réprimer les tremblements de son corps ? Si elle était sensible au moindre contact, c'était sans doute parce qu'il y avait longtemps que Théo ne l'avait pas touchée. Sentir son souffle chaud contre sa peau tandis qu'il parsemait sa nuque de baisers était l'une des expériences les plus sensuelles qu'elle avait jamais vécues…

A son grand dam, elle laissa échapper un soupir tremblant. Aussitôt, il plaqua son bassin contre ses fesses.

Au contact de sa virilité pleinement éveillée, elle fut submergée par une vague de désir qui lui coupa le souffle. Son cœur s'affola dans sa poitrine.

— Ça m'a manqué, murmura-t-il. Et je vois que ça t'a manqué autant qu'à moi.

— Pas du tout…

La voix de Kerry s'éteignit, tandis qu'il lui mordillait le lobe de l'oreille. Serrant les dents, elle s'efforça d'ignorer les sensations délicieuses qui l'assaillaient.

Il fallait absolument l'empêcher de continuer ! Elle avait trop envie de lui. Si elle se laissait aller, elle finirait par le supplier de lui faire l'amour. Or, il n'en était pas question. Pas après la façon dont il l'avait traitée…

Faisant appel à toute sa volonté, elle tenta de se dégager de son étreinte.

— Je veux voir la maison.. Tu devrais être impatient de la visiter, puisque tu veux acheter l'île.

Réprimant un sourire, Théo la lâcha. Il mourait d'envie de lui arracher ses vêtements, mais ce n'était pas le moment.

Son désir pour lui était intact, il en était persuadé. Comme autrefois, elle s'embrasait tout entière dès qu'il la touchait et elle était incapable de le cacher. Et à vrai dire, ses efforts pour se dérober la rendaient encore plus attirante…

Il la suivit sous les arbres. La vue sur la baie était sublime mais il n'avait d'yeux que pour les hanches de Kerry, qui ondulaient sensuellement à chacun de ses pas.

Bon sang, comme son corps superbe lui avait manqué ! Combien de fois avait-il regretté de ne plus pouvoir se perdre en elle ? Bien sûr, il ne lui pardonnerait jamais de s'être mêlée de ce qui ne la regardait pas, et elle ne partagerait plus jamais sa vie.

Mais dès cette nuit, elle partagerait de nouveau son lit.

— Drakon veut que cette île reste telle qu'elle est, déclara-t-elle soudain. Il tient à préserver la nature. Il ne supporterait pas qu'elle soit défigurée par du béton.

— Ce n'est pas mon intention, répliqua-t-il distraitement en s'efforçant de chasser de son esprit toutes les images érotiques qui s'y bousculaient.

— Je me demande où il a l'intention de vivre une fois qu'il l'aura vendue.

— En fait, je pense qu'il aimerait finir ses jours ici. Cependant, il veut laisser ses affaires en ordre pour sa fille qui vit sur le continent avec sa famille. Mais d'après ce que j'ai compris, elle n'est pas très disponible. Elle doit s'occuper de son mari, qui est resté handicapé après un accident. Drakon ne veut pas alourdir son fardeau.

— Ça ne m'étonne pas. C'est un homme plein de délicatesse.

La jeune femme s'immobilisa et se retourna vers Théo. La brise de mer faisait voler ses cheveux et elle écarta sa frange de ses yeux.

— Mais comment sais-tu tout cela ? Je ne pense pas que ce soit lui qui te l'ait dit. Il ne semble pas du genre à faire ce genre de confidences.

Sans répondre il lui prit la main, émerveillé par la finesse de ses doigts.

— Pourquoi t'es-tu coupé les cheveux ?

Visiblement surprise par cette question, elle écarquilla les yeux. Dans la lumière méditerranéenne, ils étaient bien bleu pervenche comme dans son souvenir, constata-t-il.

— J'avais envie de changer. Mais maintenant je laisse de nouveau pousser ma frange. C'est pour ça qu'elle me tombe sans arrêt dans les yeux.

Elle retira sa main de la sienne et ajouta :

— Je vais me changer pour le dîner.

— D'accord. Je vais faire un tour. Je te rejoindrai plus tard.

Elle tourna les talons et se dirigea vers la maison.

Théo la suivit des yeux, fasciné par sa démarche ondulante. Son corps semblait un peu différent… Plus épanoui, peut-être. Mais sans doute n'était-ce qu'une impression. Le désir qui le taraudait devait stimuler son imagination. Pourtant, ses seins lui avaient paru plus pleins également, tout à l'heure… Crispant les mâchoires, il dut faire appel à toute sa volonté pour ne pas la suivre.

Terriblement consciente du regard brûlant de Théo dans son dos, Kerry pénétra dans la pénombre de la maison avec un immense soulagement. Mon Dieu ! Elle n'aurait jamais dû accepter de l'accompagner. Ce séjour allait être un véritable enfer !

Une fois dans la chambre, elle prit une douche et se rhabilla en toute hâte. Il fallait absolument qu'elle soit prête avant l'arrivée de Théo. Ses intentions étaient limpides et elle avait bien trop peur de ne pas avoir la force de lui résister !

Dès qu'elle fut prête, elle s'empressa de quitter la chambre. Dans le couloir, elle admira les tableaux qui égayaient les murs blanchis à la chaux. Apparemment, ils représentaient tous des vues de l'île et avaient été peints par le même artiste. Pourquoi lui semblaient-ils familiers ? C'était étrange…

Elle était encore en train de les admirer lorsque Théo fit irruption dans le couloir, manifestement essoufflé. A son grand dam, elle sentit son cœur s'affoler dans sa poitrine lorsqu'il s'immobilisa à côté d'elle. La chaleur qui émanait de son corps et son parfum musqué la troublaient beaucoup plus qu'elle ne l'aurait voulu.

— J'ai mis plus longtemps que je ne le pensais pour remonter par le chemin de la falaise, déclara-t-il. Drakon nous attend pour dîner. Rejoins-le, j'arrive dans un instant.

Elle s'empressa de gagner la salle à manger. Discuter avec Drakon était moins dangereux que de rester en compagnie de Théo… Et elle avait des questions à lui poser au sujet des tableaux.

Théo les rejoignit quelques minutes plus tard et le repas commença dans une atmosphère détendue qui la rassura. A son grand soulagement, la conversation tourna autour de sujets généraux et Drakon ne lui posa aucune question personnelle. Il était certes un peu bourru, mais une grande sensibilité perçait sous ses remarques incisives.

Quant à Théo, il était charmant et plein d'attentions pour elle. Comme à l'époque où ils vivaient ensemble… Sauf que ce soir, ce n'était qu'une comédie. Et il fallait reconnaître qu'il jouait son rôle à la perfection.

Tout à coup, elle sentit un grand froid l'envahir. Peut-être lui avait-il *toujours* joué la comédie…

S'il était capable de se montrer aussi charmant aujourd'hui, alors qu'il n'avait plus la moindre estime pour elle, comment être certaine qu'il était sincère autrefois ? Peut-être n'avait-elle été pour lui qu'une maîtresse docile et peu exigeante, prête à le suivre partout et à rester à son entière disposition en toute circonstance…

Et s'il ne s'intéressait qu'à son corps depuis toujours ?

Cette pensée lui fit l'effet d'une gifle.

A en juger par sa prestation de ce soir, c'était un comédien hors pair. Alors, comment savoir si l'affection qu'il lui avait témoignée était sincère ? C'était impossible. Elle n'avait aucun moyen de connaître la réponse à cette question.

Bien sûr, elle savait déjà qu'il ne l'avait jamais aimée. Il le lui avait prouvé le jour où il l'avait chassée de chez lui. Mais de là à imaginer qu'il n'avait éprouvé aucun sentiment pour elle… Cela ne lui était jamais venu à l'idée. Malheureusement, ce n'était pas exclu.

Que faisait-elle ici avec lui ? Pourquoi avait-elle accepté de le suivre, une fois de plus ? Sa place était à Londres, auprès de son fils.

Une détresse accablante étreignit soudain Kerry. Comme Lucas lui manquait ! Elle n'avait jamais passé une seule nuit loin de lui. Bridget l'avait sans doute déjà couché. S'était-il endormi rapidement ? Ou bien avait-il pleuré parce que sa mère lui manquait ?

— Kerry ?

La voix de Théo la fit tressaillir. Apparemment, il lui avait parlé et elle n'avait pas entendu.

— Notre hôte se retire et nous souhaite une bonne nuit.

Elle leva un regard contrit vers Drakon. Les traits tirés, le vieil homme semblait épuisé. Pourvu qu'il n'ait pas remarqué qu'elle avait l'esprit ailleurs depuis un moment… Elle s'efforça d'arborer un large sourire.

— Ce dîner était délicieux et j'ai passé une soirée très agréable.

— Malheureusement, je n'ai plus la même résistance qu'autrefois.

Drakon s'appuya sur la table pour se lever.

Aussitôt elle bondit sur ses pieds.

— Laissez-moi vous aider.

— Avec plaisir. Comment pourrais-je refuser l'aide d'une jeune femme aussi charmante ?

Drakon s'efforçait de prendre un ton badin, mais il était visiblement à bout de forces. Kerry le soutint jusqu'au seuil de la pièce, où sa gouvernante l'attendait avec un fauteuil roulant. Il s'y laissa tomber avec un soulagement manifeste.

— J'aurais préféré vous épargner la vue de cet engin, marmonna-t-il. Je n'en ai pas réellement besoin, mais…

— Merci encore pour votre hospitalité, répliqua Kerry d'une voix douce, en se penchant vers lui pour déposer un baiser sur sa joue.

Lorsque sa gouvernante l'eut emmené, elle prit une profonde inspiration et se tourna vers Théo. Il la fixait d'un regard étincelant, constata-t-elle, l'estomac noué. Si seulement elle avait pu disparaître d'un coup de baguette magique ! Elle aurait tout donné pour se retrouver à Londres avec son bébé…

— Enfin seuls.

A son grand dam, la voix caressante de Théo l'électrisa. Elle serra les dents, furieuse contre elle-même. Pas question de tomber dans le piège.

— M'as-tu toujours joué la comédie ? s'entendit-elle demander d'un ton agressif.

5

— Je ne suis pas certain d'avoir compris ta question.

Théo rejoignit Kerry et referma les bras sur elle.

— Allons dans la chambre. Nous pourrons y discuter plus tranquillement.

— Je suis sûre que tu as très bien compris, au contraire ! rétorqua-t-elle en tentant de s'écarter de lui.

Il resserra son étreinte et l'entraîna vers la porte.

Réprimant un soupir, Kerry se résigna à le suivre. Impossible de lui résister sans faire une scène.

Si seulement il ne la serrait pas aussi étroitement contre lui… A chaque pas, elle sentait le mouvement de sa hanche et de sa cuisse contre les siennes et elle avait l'impression qu'un courant chaud émanant de son corps se diffusait dans le sien.

Peu à peu, elle se sentait envahie malgré elle par un trouble croissant. Son cœur battait de plus en plus vite et elle avait de plus en plus de mal à respirer normalement.

Non ! Il fallait à tout prix qu'elle se ressaisisse ! Cet homme n'était qu'un hypocrite et un manipulateur… Pas question de retomber sous son charme !

Avec l'énergie du désespoir, elle s'efforça de ranimer la colère qui s'était emparée d'elle quelques instants plus tôt. En vain. Son esprit était impuissant contre les sensations qui l'assaillaient de toutes parts.

— Si nous reportions notre discussion à plus tard ? suggéra-t-il en refermant la porte de la chambre derrière eux.

Il l'obligea à lui faire face et l'attira contre lui.

— J'ai d'autres idées, beaucoup plus exaltantes.

— Non, répliqua-t-elle en posant les mains sur son torse pour le repousser. Je veux que tu répondes à ma question. M'as-tu toujours joué la comédie ?

— La comédie ?

Il plongea dans le sien un regard étincelant qui l'électrisa.

— Comment peux-tu imaginer que je te joue la comédie ? Personne n'est capable de feindre une attirance aussi irrépressible.

— Je ne parle pas de l'attirance.

Kerry déglutit péniblement. Pourquoi le torse de Théo dégageait-il une telle chaleur ? Celle-ci était perceptible même à travers le tissu de sa chemise… Et elle n'avait qu'une envie, déboutonner celle-ci pour sentir sa peau nue sous ses doigts.

— Je voudrais savoir si…

Avant qu'elle ait le temps de terminer sa phrase, il captura sa bouche. Un petit cri de surprise lui échappa et il en profita pour plonger la langue entre ses lèvres ouvertes.

Aussitôt, Kerry fut submergée par une vague de désir qui lui arracha un gémissement. Sa volonté était réduite à néant par l'explosion de sensations pures qui l'embrasaient tout entière. Vibrante d'excitation, elle noua les bras sur sa nuque et s'alanguit contre lui.

Il la couvrit de caresses fébriles tout en approfondissant son baiser. Comment résister ? Elle ne s'appartenait plus… Perdant toute velléité de rébellion, elle lui rendit son baiser avec ardeur.

Lorsqu'elle sentit ses mains se glisser sous sa robe, elle crut défaillir. Oh, oui ! Comme elle avait envie de lui ! C'était plus fort qu'elle. S'il s'arrêtait brusquement, elle en mourrait…

La soulevant de terre, il la déposa sur le lit et se pencha sur elle. Le souffle court, Kerry regarda avec fascination son visage aux traits altérés par le désir.

Une des mains de Théo remonta lentement le long de sa cuisse, faisant courir des frissons dans tout son corps. Oh, oui… Comme elle était impatiente de s'unir de nouveau à lui… De ne faire plus qu'un avec lui…

Mais cela n'arriverait jamais. Pas réellement. Pas comme elle le voulait. Car il ne l'aimait pas. Il ne l'avait jamais aimée.

— Non !

La voix étranglée de Kerry était à peine audible, mais Théo se figea et sa main s'immobilisa en haut de sa cuisse.

— Ne me dis pas que tu n'as pas envie de moi.

— Non, pas comme ça, répliqua-t-elle en s'efforçant de réprimer les frissons qui la parcouraient.

Si seulement il pouvait enlever sa main… Au moindre mouvement, elle effleurerait la fleur de sa féminité et lui ferait perdre la raison.

— Je veux une réponse à ma question, ajouta-t-elle avec une assurance qu'elle était loin de ressentir.

— J'ai déjà répondu. Il est impossible de feindre un désir aussi intense.

Il pressa légèrement ses doigts sur sa cuisse et ce simple geste suffit à déclencher en elle des petites ondes de plaisir.

A son grand dam, un petit gémissement lui échappa. Désespérée, elle ferma les yeux. Pourquoi était-elle aussi faible ?

— Et tu as envie de faire l'amour autant que moi, alors où est le problème ?

Elle rouvrit les yeux.

— Ce n'est pas de l'amour.

— Non, en effet. C'est une façon de parler. Il n'a jamais été question d'amour entre nous.

Trouvant enfin la force d'écarter la main de Théo, elle se redressa contre les oreillers.

— Mais autrefois… j'avais l'impression que tu éprouvais quand même des sentiments pour moi.

— Des sentiments ?

Théo darda sur elle un regard outré. Comment osait-elle parler de sentiments ? Elle avait trahi sa confiance, semé le désordre en agissant derrière son dos. Elle avait même failli déclencher une véritable tragédie !

— Qu'est-ce qui te prend ? lança-t-il d'un ton méprisant. Où veux-tu en venir ? Tu essaies de me manipuler ? Tu t'imagines que je vais me laisser faire ?

Il observa attentivement la jeune femme. Ses joues étaient rouges, sa respiration rapide. Elle était aussi excitée que lui… Alors, pourquoi gâchait-elle tout ? Espérait-elle lui extorquer une déclaration d'amour ? C'était grotesque !

— Moi, te manipuler ? s'exclama-t-elle en reculant jusqu'à l'autre bout du lit. C'est toi qui as toujours tiré les ficelles de notre relation ! Et tu continues encore aujourd'hui, après m'avoir mise à la porte depuis plus d'un an.

— Notre liaison n'existe plus, objecta-t-il sèchement. Elle a pris fin le jour où tu as trahi ma confiance.

S'imaginait-elle vraiment qu'il avait l'intention de reprendre leur relation ? C'était ridicule ! Ce n'était pas parce qu'il la désirait encore qu'il allait de nouveau la faire entrer dans sa vie !

— Tu m'as jetée dehors il y a plus d'un an et aujourd'hui, tu renoues avec moi parce que ça t'arrange.

Il poussa un soupir exaspéré.

— Il n'a jamais été question que je renoue avec toi, bon sang !

— Mais tu m'as quand même demandé de t'accompagner ici. Et tu sèmes délibérément la confusion dans mon esprit en te montrant très attentionné et en te jetant sur moi à la moindre occasion.

— Tu connais parfaitement les raisons de ta présence ici. Je te les ai expliquées. Il faut donner à Notara l'image d'un couple de fiancés amoureux. Alors, ne fais pas semblant d'être surprise des attentions que j'ai pour toi devant lui. Et pour le reste, je ne vois pas de quoi tu te plains. Tu me désires autant que je te désire.

Au comble de l'humiliation, Kerry se mordit la lèvre, les joues en feu. Malheureusement, il avait raison. En dépit de tout, elle était toujours aussi attirée par lui.

— Je n'ai jamais compté pour toi, murmura-t-elle.

Pourquoi sa voix tremblait-elle autant ? Il ne manquerait plus qu'elle se mette à pleurer devant lui ! Furieuse contre elle-même, Kerry prit une profonde inspiration avant d'ajouter :

— Sinon, tu n'aurais jamais pu me mettre à la porte aussi brutalement.

Il la regarda d'un air incrédule.

— Après ce que tu as fait, tu t'étonnes que je t'aie mise à la porte ? C'est un comble !

Submergée par un profond désespoir, elle eut toutes les peines du monde à refouler ses larmes. Inutile de continuer à discuter. Elle venait d'avoir la preuve qu'il n'avait jamais tenu à elle. Voilà pourquoi il avait été aussi facile pour lui de rompre.

— Va-t'en. Je ne veux pas dormir dans la même chambre que toi.

— Pas question. Si je demande une autre chambre, cela va éveiller les soupçons de Notara.

— Alors, c'est moi qui m'en vais.

Elle se leva d'un bond et se dirigea vers la porte.

Théo fut rapide comme l'éclair. Il contourna le lit et la rattrapa juste au moment où elle tendait la main vers la poignée. La saisissant par le bras, il la fit pivoter sur elle-même et la plaqua contre le mur.

— Ne fais rien que tu pourrais regretter, dit-il d'une voix menaçante.

— Trop tard, répondit-elle, la mort dans l'âme. Je regrette déjà d'être venue ici avec toi.

Glissant une jambe entre ses cuisses, il plongea son regard dans le sien. Effrayée par la colère qui faisait étinceler ses yeux, Kerry retint son souffle.

Soudain, il la lâcha, si abruptement qu'elle bascula en avant.

Elle vacilla un instant et lorsqu'elle retrouva enfin son équilibre, elle promena autour d'elle un regard stupéfait. Elle était seule… Comment avait-il fait pour ouvrir et refermer la porte aussi silencieusement ? Il semblait s'être volatilisé.

Elle se laissa tomber sur le lit. Serrant les dents, elle retint les larmes qui lui brouillaient la vue. Non, plus jamais elle ne verserait une larme à cause de Théo Diakos ! Et plus jamais elle ne se laisserait déstabiliser à cause de lui.

Malheureusement, elle était liée à lui pour la vie. Elle aurait beau faire des efforts désespérés pour l'oublier, elle n'y parviendrait jamais.

Parce qu'elle était la mère de son fils.

Le lendemain matin, Kerry se réveilla au son de la douche, qui coulait dans la salle de bains attenante à la chambre. A l'évidence, Théo était revenu, mais quand ? Elle n'avait rien entendu. Elle avait eu un mal fou à trouver le sommeil, mais il ne l'avait pas réveillée en rentrant dans la chambre.

Venait-il juste de revenir pour prendre sa douche après avoir dormi ailleurs, ou bien s'était-il glissé dans le lit pendant qu'elle dormait ? Mieux valait ne pas chercher à connaître la réponse à cette question…

Elle s'empressa de se lever, prit des vêtements propres dans sa valise et s'assit dans un fauteuil avec un magazine. Dès que Théo sortirait de la salle de bains, elle s'y précipiterait. Car après leur dispute, elle préférait être lavée et habillée avant d'être obligée de lui adresser de nouveau la parole. Nul doute qu'il allait lui faire payer de ne pas s'être pliée docilement à sa volonté, la veille au soir…

Quelques instants plus tard, la porte de la salle de bains s'ouvrit.

— Bonjour.

La voix de Théo semblait plus rauque qu'à l'accoutumée. Sans doute n'avait-il pas beaucoup dormi. Cependant, son ton était neutre. Apparemment, sa colère était retombée. Soulagée, elle se retourna vers lui.

— Bonj…

Le souffle coupé, elle s'étrangla. Théo était entièrement nu à l'exception d'une serviette blanche drapée sur ses hanches. Cette vision l'électrisa et son esprit se vida instantanément de toute pensée cohérente.

Comme il était sexy avec ses cheveux mouillés tout ébouriffés et sa peau luisante parsemée de gouttes d'eau…

Tandis qu'il s'avançait vers elle, Kerry restait clouée sur place, incapable de détacher les yeux de son corps athlétique. Le mouvement de ses muscles sous sa peau hâlée était fascinant. Et très troublant, malheureusement…

Son regard ébloui se promena sur son torse puissant, son ventre plat, puis descendit encore…

Un éclair de désir la transperça. Le désir que Théo éprouvait était flagrant et il ne faisait aucun effort pour le dissimuler… Le corps en feu, elle se mordit la lèvre.

Incapable de réprimer son trouble, elle crispa les doigts sur les vêtements propres qu'elle avait préparés et les pressa contre sa poitrine avant de se lever, les jambes tremblantes. Il fallait absolument qu'elle s'échappe au plus vite. L'humiliation qu'elle avait subie hier avait été trop cuisante. Elle ne supporterait pas de revivre une expérience aussi pénible.

— Il est inutile de te presser, déclara-t-il en lui barrant le passage, Drakon ne peut pas nous voir pour l'instant.

— Oh…

Elle dut rassembler tout son courage pour affronter son regard. Son cœur s'affola de plus belle dans sa poitrine, tandis qu'il écartait une mèche de sa joue. Inutile d'être très perspicace pour deviner ce qu'il avait en tête… Et en dépit de tout, elle ne pouvait s'empêcher d'être tentée.

Lorsque ses doigts effleurèrent sa peau, elle réprima un frisson. Non ! Pas question de céder au désir qui la submergeait !

Les joues en feu, elle le contourna d'un mouvement

vif. Sa main quitta sa joue et effleura furtivement son bras, mais il ne tenta pas de la retenir.

Lorsqu'elle ressortit de la salle de bains entièrement habillée, Théo avait de nouveau disparu. Submergée par un immense soulagement, Kerry constata que le petit déjeuner avait été servi sur le balcon.

La table n'était dressée que pour une personne, parce que Théo ne prenait jamais de petit déjeuner. Comment pouvait-il travailler et prendre des décisions importantes sans avoir rien avalé de plus qu'un café ? Elle ne l'avait jamais compris. Pour sa part, si elle ne mangeait rien au lever, elle avait des vertiges.

Elle s'assit avec un petit soupir d'aise. Quel plaisir de se retrouver seule ! Et quelle vue fantastique ! De ce côté de la maison, le terrain descendait en pente douce vers la mer et le feuillage vert argent des oliviers chatoyait sous les premiers rayons du soleil. Plus loin, proche et lointaine à la fois, l'eau d'un bleu encore pâle était nimbée d'une légère brume qui ne tarderait pas à se dissiper.

Kerry finissait de manger lorsque Théo revint.

— Mauvaise nouvelle, déclara-t-il en la rejoignant sur le balcon. Drakon est souffrant et nous ne pourrons pas le voir ce matin. Cependant, il nous a donné le feu vert pour grimper au sommet de la colline.

— Oh… j'espère que ce n'est pas grave et qu'il va se remettre rapidement.

— Aucune idée, répliqua Théo d'un air indifférent.

Il se pencha par-dessus la balustrade.

— D'après ce que j'ai compris, sa santé n'est pas fameuse depuis quelque temps. Je pense que c'est d'ailleurs pour cette raison qu'il envisage de vendre l'île. As-tu apporté des chaussures de marche ? Le chemin risque d'être assez traître.

Kerry jeta un coup d'œil irrité à Théo. De toute évidence,

il se moquait éperdument que Drakon soit malade ! Tout ce qui l'intéressait, c'était l'affaire qu'il était venu conclure.

— Donne-moi quelques instants pour me changer, déclara-t-elle d'un ton sec en rentrant dans la chambre sans le regarder.

— L'île est petite. Elle ne mesure que quelques kilomètres de large et ne comporte aucune route praticable, expliqua-t-il quelques instants plus tard. Mais du haut de la colline, nous devrions avoir une bonne vue d'ensemble.

Théo s'écarta pour laisser Kerry franchir le seuil de la maison et promena un regard appréciateur sur ses courbes voluptueuses, mises en valeur par son pantalon moulant. Son corsage ample flottait dans la brise légère qui soufflait de la mer, se plaquant par instants contre ses seins.

— Pauvre Drakon ! dit-elle en voyant la table à l'ombre des oliviers. J'espère qu'il va se rétablir très vite. C'est tellement dommage de rester enfermé dans un si bel endroit…

Ils s'éloignèrent de la maison et commencèrent à monter à travers les arbres. Après une bonne heure de marche, ils atteignirent le bout de l'oliveraie. Devant eux, le chemin continuait en pente raide jusqu'au sommet de la colline.

— Tu veux te reposer un instant ? demanda Théo en se tournant vers Kerry.

Il n'avait pas prononcé un seul mot depuis qu'ils avaient quitté la maison et malgré son ton neutre, elle eut le sentiment qu'il n'avait aucune envie de faire une pause.

— Non, ce n'est pas la peine, s'empressa-t-elle de répondre.

De toute façon, elle n'avait aucune envie de s'asseoir avec lui en pleine nature…

Regardant droit devant lui, il se remit en route d'un pas vif. Elle le suivit vaillamment en s'efforçant d'ignorer ses courbatures. Cette colline avait tout d'une véritable montagne…

Lorsqu'ils atteignirent enfin le sommet, elle était moulue et essoufflée. Réprimant une grimace, elle s'assit sur un rocher pour reprendre son souffle et admirer le paysage, pendant que Théo explorait les environs.

La brume s'était levée, dégageant la vue sur l'île voisine, beaucoup plus grande. D'après Drakon, elle était moins sauvage que la sienne, mais peu peuplée.

— Nous pouvons redescendre, déclara Théo quelques minutes plus tard en la rejoignant.

— Nous venons à peine d'arriver ! s'exclama-t-elle avec stupéfaction.

— J'ai vu tout ce que j'avais besoin de voir. De toute façon, rien ne me fera changer d'avis. Je veux acheter cette île et je n'ai pas l'intention de rater la moindre occasion de faire avancer les négociations. Je préfère rentrer sans attendre, au cas où Drakon se sentirait suffisamment en forme pour discuter.

Indignée, elle le foudroya du regard.

— Il est malade ! Tu pourrais le laisser tranquille !

— Je n'ai aucune intention de troubler sa tranquillité. Je veux juste discuter de la vente. C'est pour ça que je suis ici. Pas pour faire du tourisme. On y va ?

Kerry serra les dents. Si encore ils avaient grimpé tranquillement en prenant le temps d'apprécier la promenade ! Mais non. Il l'avait entraînée jusqu'au sommet au pas de charge et il lui laissait à peine le temps de souffler avant de redescendre ! C'était pire que l'armée !

Etait-ce pour lui faire payer la dispute de la veille qu'il la soumettait à un tel régime ? En tout cas, il se moquait éperdument de ce qu'elle pouvait avoir envie de faire. Il ne considérait que son propre intérêt. Soudain, le souvenir de la conversation qu'ils avaient eue à leur arrivée sur l'île s'imposa à son esprit.

— Si tu savais que je souffrais du mal des transports,

demanda-t-elle soudain, pourquoi as-tu toujours feint de l'ignorer ?

Il haussa les épaules avec une désinvolture qui redoubla l'exaspération de Kerry.

— Je pensais que tu n'avais pas envie d'en parler. Que tu préférais ne pas en faire toute une histoire.

Elle le considéra un instant avec perplexité. Dans un sens, il n'avait pas tort. Elle avait toujours préféré ne pas s'appesantir sur ce problème. Et n'importe quelle occupation, à part la lecture, suffisait généralement à la distraire de ses malaises. Mais cela n'excusait en rien l'attitude de Théo, qui ne lui avait jamais manifesté la moindre sollicitude.

— Comment savais-tu que je n'allais pas bien ? insista-t-elle.

— C'était évident. Tu devenais très pâle, tu te mettais à trembler et tu ne disais plus un mot. Mais tu semblais toujours te remettre très vite une fois arrivée.

— Si tu savais que j'étais malade, pourquoi m'as-tu obligée à voyager aussi souvent ?

— Je pensais que tu avais décidé de ne pas laisser ce problème perturber ta vie. Tu n'as jamais aimé reconnaître que tu étais fatiguée. Comme aujourd'hui. Tu n'as rien dit, alors que de toute évidence cette ascension était trop pénible pour toi.

— Pas du tout ! protesta-t-elle, exaspérée par son ton condescendant. Allons-y.

Elle se leva d'un bond et chancela. Aussitôt, il la rejoignit et passa un bras autour de sa taille.

— Tu ne tiens pas debout.

Sa voix devint caressante.

— Si cette montée n'était pas trop pénible pour toi, ça doit être moi qui te fais cet effet, non ?

Il l'attira contre lui et écarta une mèche de cheveux de son visage.

— Après tout, il m'est souvent arrivé de te faire vaciller sur tes jambes, non ?

— Laisse-moi tranquille ! s'écria-t-elle en s'efforçant d'ignorer le feu qui se répandait en elle. Je ne veux plus que tu me touches. Plus jamais !

— Vraiment ? Je doute que cette affirmation soit entièrement honnête.

S'écartant d'elle, il ajouta froidement :

— Mais il semble que l'honnêteté n'ait jamais été le pivot de notre relation.

Elle suffoqua d'indignation.

— J'ai toujours été honnête avec toi !

— Même le jour où tu m'as trahi ?

— Ce n'était pas...

Elle s'interrompit. En réalité, elle était encore plus coupable qu'il ne l'imaginait. Certes, autrefois elle avait toujours été honnête aujourd'hui. Mais aujourd'hui ?

Aujourd'hui, elle lui cachait l'existence de son fils.

Submergée par une profonde tristesse mêlée de culpabilité, Kerry sentit sa gorge se nouer. Lucas se trouvait à des milliers de kilomètres et il lui manquait terriblement. Mais surtout, elle avait le sentiment insupportable de le trahir, lui aussi.

A chaque instant passé en compagnie du père de son fils, son secret lui pesait un peu plus.

6

Théo avait déjà commencé la descente, et Kerry le suivait en s'efforçant de ne pas se laisser distancer.

Quel mufle ! songea-t-elle avec irritation. Nul doute qu'il faisait exprès d'aller si vite. Elle se sentait de plus en plus faible et elle avait l'impression que ses jambes allaient la trahir d'un instant à l'autre.

Mais pas question de lui demander de ralentir.

Ecartant sa frange de son front humide de sueur, elle serra les dents en s'efforçant par ailleurs d'étouffer les remords qui la taraudaient.

Si elle avait décidé de cacher à Théo qu'elle avait eu un enfant de lui, c'est parce qu'elle avait eu peur qu'il ne la sépare de son bébé. Comment aurait-elle pu prendre le risque qu'il lui enlève Lucas ? Cependant, l'expérience lui avait appris que le mensonge pouvait avoir des conséquences désastreuses. Et elle se sentait terriblement coupable de priver son fils de son père.

Malgré tout, elle ne pouvait pas se résoudre à avouer la vérité à Théo.

Perdue dans ses pensées, elle buta sur une racine et bascula en avant avec un cri aigu. Elle tomba de tout son long sur le ventre dans un nuage de poussière.

— Kerry ? Ça va ?

La voix anxieuse de Théo lui sembla soudain très familière.

Quelques minutes plus tôt, elle était convaincue qu'il ne s'était jamais inquiété pour elle, mais elle se trompait.

La note de tendresse dans sa voix était douloureusement familière, songea-t-elle, les yeux noyés de larmes. Et il était impossible qu'il joue la comédie.

— Tu es blessée ? demanda-t-il en posant une main prudente sur son épaule.

— Non, ça va.

Elle voulut se redresser, mais des cailloux s'enfoncèrent dans la paume de ses mains, lui arrachant un petit cri.

Théo l'aida à s'asseoir et scruta son visage. Il y avait une telle intensité dans son regard qu'elle sentit son cœur se serrer. Heureusement qu'elle portait des lunettes de soleil… Elle n'avait aucune envie qu'il voie ses larmes.

— J'ai les jambes flageolantes, reconnut-elle, les joues en feu.

Dire qu'elle s'était étalée de tout son long devant lui… Quelle humiliation !

— Pourquoi n'as-tu pas insisté pour te reposer au lieu de prétendre que l'ascension n'avait pas été trop pénible pour toi ? Dans un endroit aussi isolé, c'est une attitude complètement irresponsable !

Elle suffoqua d'indignation. C'était un comble ! Il l'accusait d'imprudence, alors que c'était lui qui marchait au pas de course !

— Tu crains d'être obligé de payer un hélicoptère si je me foule la cheville ? lança-t-elle d'un ton hargneux.

— Si tu es assez stupide pour te fouler la cheville, je te porterai moi-même. Sur mon épaule.

Elle le foudroya du regard. De toute évidence, cette éventualité ne le perturbait pas le moins du monde. Comment pouvait-il être aussi insensible ?

Et si elle n'était pas en assez bonne condition physique pour suivre le rythme infernal qu'il lui imposait ?

Ces derniers temps, elle n'avait pas eu le temps de faire de l'exercice. Entre Lucas et son travail à l'agence de voyages, elle n'avait pas une minute à elle. Elle n'était plus une jeune femme oisive, toujours disponible et prête à suivre son amant partout !

— Rassure-toi, ce ne sera pas nécessaire, déclara-t-elle sèchement. Allons-y. Je croyais que tu étais pressé de rentrer.

Théo l'aida à se lever en l'observant attentivement. Elle n'avait rien de cassé, visiblement. Mais elle n'était toujours pas très solide sur ses jambes…

— Nous allons ralentir le pas, déclara-t-il.

Elle se contenta de lui jeter un regard noir.

Le reste de la journée parut interminable à Kerry. Ils étaient arrivés chez Drakon à l'heure pour le déjeuner, mais ce dernier se sentait toujours trop faible pour quitter sa chambre.

Après le repas, pendant que Théo travaillait sur son ordinateur portable, elle s'installa sur la terrasse avec un livre, à l'ombre des oliviers. C'était un endroit très agréable qu'elle appréciait beaucoup, mais elle était incapable de se concentrer sur sa lecture.

Lucas ne quittait pas ses pensées et une question la hantait. N'était-elle pas en train de commettre une erreur monstrueuse ?

C'était une chose de cacher sa grossesse puis son enfant à Théo alors qu'ils ne se voyaient plus du tout et n'habitaient pas le même pays. Mais à présent qu'elle était de nouveau en Grèce en sa compagnie, la situation lui apparaissait sous un jour tout différent.

Ce matin, lorsqu'il lui avait reproché de ne pas être honnête, elle avait été déstabilisée. Même s'il avait lancé cette accusation pour de mauvaises raisons, comment ne pas reconnaître qu'il n'avait pas tort ?

Elle était malhonnête avec tout le monde.

Avec Théo, bien sûr.

Mais surtout avec Lucas.

Elle était pourtant bien placée pour savoir qu'il était dévastateur de découvrir trop tard certaines vérités. Le mensonge provoquait des ravages.

Comment risquer de gâcher la vie de son fils en lui mentant ?

C'était impossible.

Lorsqu'elle regagna la chambre, Kerry était déterminée à révéler la vérité à Théo à la première occasion. Elle ne l'empêcherait pas de participer à la vie de son fils. Au contraire.

Mais il ne lui prendrait jamais Lucas. Elle ne se laisserait pas faire.

Elle ignorait pourquoi il avait considéré Hallie comme incapable d'élever correctement Nicco, mais pour sa part, elle ne lui donnerait jamais la moindre raison de douter de son dévouement ni de sa capacité à remplir son rôle de mère. S'occuper de son fils était son devoir, mais c'était aussi son droit. Personne ne pouvait l'en priver.

Toutefois, elle était prête à faire des concessions. Elle déménagerait à Athènes, où elle chercherait un nouvel emploi. Ainsi, Théo et Lucas pourraient se voir régulièrement.

— Finalement, Drakon est trop souffrant pour dîner avec nous.

La voix de Théo, qu'elle n'avait pas entendu entrer, l'arracha à ses pensées.

— J'espère qu'il va bientôt se rétablir, commenta-t-elle avec inquiétude.

— Le médecin doit venir demain. Ce soir, nous dînerons donc en tête à tête. Si tu prenais ta douche la première ? J'ai encore quelques coups de téléphone à donner.

— D'accord.

Kerry prit des vêtements propres et se rendit dans la salle de bains. Comme la situation était familière, tout à coup… Combien de fois avait-elle pris sa douche pendant que Théo parlait affaires au téléphone ?

Elle avait presque fini de se préparer lorsqu'il frappa à la porte.

— Kerry ?

Elle ouvrit aussitôt. Quelque chose dans la voix de Théo suggérait une catastrophe…

— Que se passe-t-il ?

— Ta sœur, Bridget, a appelé sur ton portable. J'ai fini par répondre parce qu'elle rappelait sans arrêt.

Kerry crut que son cœur cessait de battre. Pourvu qu'il ne soit rien arrivé à son fils !

— Elle a dit que Lucas était tombé, poursuivit Théo. Dans les escaliers, je crois. Ta sœur semblait affolée. Je pense qu'il vaudrait mieux que tu ailles la voir.

— Oh, mon Dieu !

Submergée par la panique, Kerry s'affaissa contre la porte. Soudain, elle était incapable de la moindre pensée cohérente. Une seule image s'imposait à son esprit. Celle de son petit garçon en train de tomber dans l'escalier.

Elle n'aurait jamais dû le laisser ! C'était sa faute. Lucas avait eu un accident parce qu'elle était loin de lui… Elle ne se le pardonnerait jamais. Comment avait-elle pu le quitter, même pour quelques jours ?

Interloqué par la violence de sa réaction, Théo la regarda un instant sans rien dire. Elle était devenue livide et elle tremblait de tous ses membres… Il étouffa un juron. Quel idiot ! Il s'agissait de son neveu : jamais il n'aurait dû lui annoncer la nouvelle aussi brutalement.

— En fait, je ne pense pas que ce soit très grave, déclara-t-il d'un ton apaisant en la secouant doucement pour la sortir de son état de choc. Ils l'ont emmené à l'hôpital, mais les médecins pensent que ce n'est rien.

— Il n'a que six mois !

Elle le regarda d'un air hagard, les yeux noyés de larmes. Théo eut un pincement au cœur. Avait-elle bien compris ce qu'il venait de lui dire ? Il fallait absolument trouver un moyen de la rassurer.

— Un hélicoptère est en route, dit-il. Et mon jet privé nous attend à Athènes pour nous emmener à Londres.

— Tu m'accompagnes là-bas ?

— Oui.

Il la guida vers un fauteuil et la fit asseoir. Il était inutile d'essayer de lui faire manger ou boire quoi que ce soit, comprit-il. Avec un peu de chance, elle parviendrait à avaler quelque chose une fois à bord de l'avion. Voyager l'estomac vide était très mauvais pour elle. Or, il fallait qu'elle soit en forme pour soutenir sa sœur à leur arrivée à Londres.

La laissant dans le fauteuil, il rassembla rapidement leurs affaires et fit les valises. Il n'y avait pas de temps à perdre. L'hélicoptère serait là d'un instant à l'autre.

A bord du jet privé, Kerry regardait par le hublot. Il faisait nuit noire et il n'y avait rien à voir. En réalité, elle était perdue dans ses pensées. En ce moment, Lucas aurait dû être dans son berceau, en train de faire de beaux rêves…

Au lieu de ça, il était aux urgences, à l'hôpital ! D'après ce qu'elle avait compris. En réalité, elle n'en était pas certaine. Oh, mon Dieu ! Elle ne savait même pas exactement où il se trouvait !

Elle avait rappelé Londres avant leur départ, mais Steve, le compagnon de Bridget, n'avait pas de nouvelles, l'utilisation des portables étant interdite à l'intérieur de l'hôpital.

Il était resté chez eux pour garder leurs enfants, avait-il expliqué. Mais dès que sa mère serait arrivée pour prendre le relais, il rejoindrait Bridget à l'hôpital et la rappellerait pour lui donner des nouvelles.

— Nous allons bientôt arriver, déclara Théo en s'asseyant à côté d'elle. Une voiture nous attend à l'aéroport.

— Merci. Rentrer en Angleterre en avion aurait pris beaucoup plus de temps. Cela aurait été un véritable cauchemar.

Théo jeta un coup d'œil sur la moitié de sandwich posée devant elle.

— Comment te sens-tu ?

— Ça va, mentit-elle en réprimant une nausée.

Etait-ce le mal des transports ou bien l'angoisse ? Elle ne pourrait pas le dire. Les deux sans doute.

— Je vais te chercher un autre verre d'eau, dit-il en se levant.

Elle le suivit des yeux, soudain assaillie par les souvenirs. Il avait eu la même attention pour elle des centaines de fois auparavant, au cours de leurs voyages.

En fait, il avait toujours été très prévenant. Mais elle avait été tellement choquée par la brutalité avec laquelle il avait rompu, qu'elle avait inconsciemment effacé de sa mémoire presque tous les bons souvenirs.

Comment ne s'en était-elle pas rendu compte plus tôt ? Il fallait reconnaître que depuis le coup de téléphone de Bridget, il lui apportait un soutien sans faille.

— Lucas va s'en sortir, déclara-t-il d'un ton apaisant en se rasseyant à côté d'elle. Si les nouvelles étaient mauvaises, je suis certain que Steve serait déjà au courant.

— Merci pour ton aide.

— La famille passe avant tout, répliqua-t-il avec une sincérité manifeste. Tu sais à quel point je tiens à mon neveu. C'est normal que tu ressentes la même chose pour le tien.

Kerry se mordit la lèvre, submergée par le remords. Théo pensait que Lucas était le fils de Bridget… Il devenait impossible de lui cacher plus longtemps la vérité.

L'estomac noué, elle prit une profonde inspiration.

— Lucas n'est pas mon neveu.

Par miracle sa voix ne tremblait pas, constata-t-elle avec satisfaction. En revanche, son cœur battait si fort qu'il en devenait assourdissant…

— C'est mon fils.

— Pardon ?

Incrédule, Théo la regarda avec effarement.

— Lucas est mon fils, répéta-t-elle.

Théo scruta son visage avec attention. La jeune femme était pâle et avait les traits tirés, mais elle soutenait son regard sans ciller. De toute évidence, elle était sérieuse.

Par conséquent…

Elle lui avait dit que Lucas avait six mois…

Soudain, il eut l'impression de recevoir un coup de poing dans l'estomac. Son univers, sur lequel il se targuait d'exercer un contrôle sans faille, vacilla.

Il avait un fils.

Comment était-ce possible ? Comment Kerry avait-elle réussi à lui cacher un fait aussi essentiel ? Comment avait-elle osé lui cacher qu'il avait un fils ? Pourquoi ne lui avait-elle rien dit ?

Mais peu importait. Ce n'était pas l'essentiel.

— Tu le regretteras, déclara-t-il d'un ton dangereusement posé.

— D'avoir eu un enfant de toi ? demanda-t-elle d'une voix mal assurée.

— De me l'avoir caché.

Crispant les mâchoires, il s'efforça d'endiguer le flot de rage meurtrière qui montait en lui.

Il avait un fils. Il était père depuis six mois.

Et Kerry venait seulement de le lui annoncer.

S'il n'avait pas eu besoin d'elle pour l'achat de l'île, il n'aurait jamais cherché à la revoir… Et il n'aurait jamais appris la vérité.

Alors qu'ils étaient ensemble depuis plus de vingt-quatre heures, elle avait continué à se taire ! Il avait fallu cet accident pour qu'elle passe aux aveux. Et encore, si elle s'était enfin décidée, c'était sans doute pour une seule raison : une fois à l'hôpital, il lui serait impossible de continuer à mentir.

— Tu ne me priveras pas de mon fils plus longtemps, déclara-t-il d'une voix vibrante de colère en dardant sur elle un regard étincelant.

Puis il se leva et s'éloigna.

Kerry le suivit des yeux, en proie à une angoisse insurmontable. Elle tremblait tellement qu'elle fut obligée de s'agripper aux accoudoirs de son siège. Qu'allait-il faire ?

Théo n'adressa plus la parole à Kerry, sauf après l'atterrissage, pour lui demander l'adresse de l'hôpital où se trouvait Lucas.

Le trajet en limousine s'effectua dans un silence tendu, mais Kerry était trop angoissée pour s'en soucier. Seul Lucas occupait ses pensées.

Dès qu'ils arrivèrent à l'hôpital, elle aperçut Steve et Bridget dans le hall. Un immense soulagement la submergea : Lucas était dans les bras de Bridget ! Il n'avait rien et les médecins n'avaient même pas jugé utile de le garder en observation, apprit-elle quelques secondes plus tard.

— Oh, mon chéri !

Elle le serra contre elle en le couvrant de baisers.

— Mon petit ange ! Maman est là…

Incapable de contenir son émotion, elle éclata en sanglots. Bridget lui pressa l'épaule d'un geste apaisant.

— Les médecins sont formels. Il va très bien. Je suis désolée, j'ai réagi de manière excessive. Mais quand il est tombé, je me suis affolée… J'ai eu si peur ! Je me sentais horriblement coupable.

Kerry couvait son bébé d'un regard éperdu. Ses grands yeux bleus étaient fixés sur elle, aussi pénétrants que jamais. Tout à coup, il eut un sourire éclatant et deux petites fossettes creusèrent ses joues.

Puis il se mit à rire, tandis qu'elle lui souriait à travers ses larmes. Le cœur gonflé d'une joie indicible, elle le serra contre elle.

Plus jamais elle ne le quitterait. Plus jamais !

Un peu à l'écart, Théo observait attentivement la scène. Dieu merci, tout allait bien. Son fils… Lucas n'avait rien.

Quand Kerry se tourna légèrement, il aperçut des boucles noires. Son fils avait les cheveux bruns et bouclés… Depuis qu'il savait qu'il était père, il ne s'était pas demandé un seul instant à quoi ressemblait son fils. Tous les bébés avaient la même tête, non ?

Assailli par un besoin irrésistible de regarder son fils

de près, il se rapprocha et entendit un bruit étrange. Que se passait-il ?

Son fils riait, comprit-il quelques secondes plus tard. C'était un son extraordinaire… Celui du bonheur de son fils retrouvant les bras de sa mère.

Assailli par une émotion inconnue, Théo sentit sa gorge se nouer. *Son* fils.

Personne ne le priverait plus jamais de lui pendant une seule seconde.

Pendant que Bridget lui racontait en détail ce qui s'était passé, Kerry ne cessait de se répéter : « Lucas va bien ! A part un bleu, il n'a rien ! »

Dire qu'elle s'était imaginé qu'il avait fait une chute d'au moins un étage ! En réalité, il avait juste roulé sur les trois marches qui séparaient la cuisine de Bridget de son cellier. Elle ne l'avait quitté des yeux que quelques secondes, mais il essayait déjà de marcher à quatre pattes et il avait essayé de la rejoindre.

Théo n'avait pratiquement pas ouvert la bouche, constata-t-elle soudain. Il avait été très courtois avec Bridget et Steve mais il était resté à l'écart. Pourtant, nul doute qu'il n'en pensait pas moins… Qu'allait-il se passer, à présent ? Mais peu importait. L'essentiel, c'était que Lucas ne soit pas blessé.

— Oh, et nous ne vous avons même pas remercié d'avoir amené Kerry aussi rapidement ! s'exclama soudain Bridget en se tournant vers Théo.

— Je vous en prie, c'est tout naturel, répliqua-t-il d'un ton neutre. Merci à vous de nous avoir appelés. Je vous suis très reconnaissant de tout ce que vous avez fait pour Lucas… mais à présent, vous devriez rentrer chez vous auprès de vos propres enfants.

— Je…

Bridget s'interrompit et regarda Kerry d'un air interrogateur.

— Il sait, déclara cette dernière.

— Oui, je sais que Lucas est mon fils, acquiesça Théo. Et à présent que je suis au courant de son existence, j'ai bien l'intention d'assumer mes responsabilités de père.

— Que voulez-vous dire ?

Manifestement inquiète, Bridget regarda tour à tour Kerry, Théo et Lucas, qui était en train de s'assoupir dans les bras de sa mère.

— Je veux dire qu'à partir de maintenant, je vais m'occuper de lui.

— De quel droit ? s'exclama Bridget d'un ton indigné. Vous avez mis Kerry à la porte !

— A l'époque, j'ignorais qu'elle attendait un enfant de moi. Aujourd'hui, la situation est très différente.

— Vous ne pouvez pas vous imposer du jour au lendemain et…

— Ne t'inquiète pas, Bridget, intervint Kerry. Ça va aller.

Bridget, qui avait appris en même temps qu'elle leur véritable lien de parenté, se considérait toujours comme sa sœur aînée et était toujours prête à prendre sa défense. Elle lui en était très reconnaissante, mais c'était à elle seule de régler le problème.

— Merci beaucoup pour tout ce que tu as fait, ajouta-t-elle. Mais Théo a raison, vous devriez rentrer chez vous. Vos enfants vous attendent. Ne t'inquiète pas pour moi. Je t'appelle demain.

— Mais…

— Allons, ma chérie, intervint Steve, visiblement épuisé. Ecoute ta sœur.

Kerry adressa à Bridget un sourire qu'elle espérait rassurant, puis la regarda s'éloigner en compagnie de Steve, en proie à un tourbillon d'émotions diverses.

Certes, la situation était pour le moins épineuse, mais Lucas était de nouveau dans ses bras.

Sain et sauf. C'était tout ce qui comptait.

Le cœur débordant d'amour, elle frotta sa joue contre

ses boucles soyeuses. Du moment qu'il était avec elle, tout se passerait bien.

— Nous allons finir la nuit à l'hôtel, annonça Théo. Et demain, nous discuterons de l'avenir.

Dans la limousine, le trajet s'effectua de nouveau dans le silence, mais la présence de Lucas dans son siège-auto suffisait à rasséréner Kerry.

Que se passait-il exactement dans l'esprit de Théo ? se demandait-elle. Avant leur arrivée à l'hôpital, il était furieux, ce qu'elle comprenait. Sa colère était palpable et à plusieurs reprises, il avait semblé sur le point d'exploser.

A présent, il était impossible de deviner ce qu'il pouvait ressentir ou penser. Son visage était impénétrable.

Lorsque la limousine s'arrêta devant l'un des plus grands hôtels de Londres, elle détacha Lucas de son siège et suivit Théo dans le hall de l'hôtel. On les conduisit immédiatement jusqu'à une immense suite au décor luxueux.

A la grande surprise de Kerry, Théo décréta qu'ils partageraient tous les trois la même chambre.

— Nous formons une famille, à présent, déclara-t-il en supervisant l'installation d'un berceau dans la pièce. Notre fils va bien, Dieu merci, mais puisqu'il vient de faire une chute, il dormira dans notre chambre pendant quelques nuits. Ensuite, il aura la sienne.

Kerry tressaillit. Avait-elle bien entendu ? Elle était tellement épuisée qu'elle avait dû mal comprendre…

— Dans notre chambre ?

Assaillie par une bouffée d'angoisse, elle leva vers lui un regard inquiet. Qu'avait-il en tête, exactement ?

— Que ce soit bien clair, déclara-t-il d'un ton posé comme s'il lisait dans ses pensées. Nous allons nous marier le plus tôt possible.

7

— Tu veux que je t'épouse ?

Kerry était abasourdie. Cette fois elle était certaine d'avoir bien entendu... mais elle n'arrivait pas y croire ! Après tout ce qui s'était passé, comment pouvait-il avoir envie de l'épouser ? Et surtout, comment pouvait-il imaginer qu'elle allait accepter ?

— Je n'en ai aucune envie, mais étant donné les circonstances, je n'ai pas le choix.

— Je ne t'ai rien demandé ! protesta-t-elle avec indignation. Et sache que moi non plus, je n'ai aucune envie de t'épouser !

— Etant donné que tu m'as caché mon fils jusqu'à aujourd'hui, je m'en serais douté, figure-toi.

— Alors, pourquoi parles-tu de mariage ?

— Parce que c'est la meilleure solution pour mon fils, répliqua Théo en traversant la pièce pour se pencher sur le berceau.

— *Notre* fils, rectifia Kerry, l'estomac noué.

Le regard possessif dont Théo couvait Lucas était très inquiétant...

— Tu crois vraiment qu'être élevé par des parents qui ne s'aiment pas soit une bonne solution pour Lucas ?

— Tu préfères qu'il grandisse dans un quartier défavorisé, gardé toute la journée par des étrangers pendant que sa mère travaille ?

— Nous ne menons pas une vie aussi sordide que tu sembles le croire ! s'exclama-t-elle, outrée. Pour l'instant, je ne suis pas encore à flot, mais bientôt je pourrai déménager et il aura sa propre chambre.

— « Bientôt, il aura sa propre chambre », répéta Théo d'un ton dédaigneux. Ne sois pas ridicule, voyons ! Il n'est pas question que mon fils continue à vivre dans ces conditions. Mais ce n'est pas le plus important.

— Heureuse de te l'entendre dire. Le plus important, c'est que je l'aime. C'est tout ce dont il a besoin.

— Non, il a également besoin de son père.

Kerry se mordit la lèvre. Théo avait raison, impossible de le nier. D'ailleurs, elle était rongée par la culpabilité. Seule la crainte qu'il veuille lui prendre Lucas l'avait poussée à lui cacher la vérité. Dieu merci, ce n'était visiblement pas dans ses intentions.

— Je vais déménager à Athènes, déclara-t-elle. Trouver du travail. Tu pourras voir Lucas autant que tu voudras.

— Je ne t'ai pas demandé ton avis, il me semble, répliqua-t-il d'un ton glacial. Ceci n'est pas une négociation. Nous allons nous marier, que ça te plaise ou non.

— Je ne peux pas t'épouser ! Tu ne m'aimes pas ! Ce mariage serait une imposture. Comment cette solution pourrait-elle être la meilleure pour Lucas ?

« Ou pour moi » ajouta une petite voix intérieure.

— Je vais te l'expliquer très simplement.

Théo s'avança vers Kerry.

— Je reconnais que je ne sais rien de ta vie ni de la façon dont tu as été élevée. Mais tu es visiblement très proche de Bridget. Tu dois donc être capable de comprendre l'importance de la famille.

— Ne me parle pas sur ce ton condescendant, s'il te plaît ! Et de toute façon, mon passé n'a rien à voir avec tout ça, ajouta-t-elle.

— Si tu ne comprends pas qu'il est important pour un enfant de grandir entouré de ses deux parents, ton passé y est sans doute pour quelque chose. A partir d'aujourd'hui, mon fils ne vivra plus jamais sous un autre toit que le mien. Il grandira dans la certitude que son père l'aime.

Jamais de toute sa vie il ne pourra douter de mon amour, même une seule seconde.

Bouleversée, Kerry sentit sa gorge se nouer. La véhémence qui faisait vibrer la voix de Théo ne laissait aucun doute sur sa sincérité. Il ne connaissait son fils que depuis une heure, mais il éprouvait déjà pour lui un amour inconditionnel.

Comment pourrait-elle priver Lucas d'un amour aussi précieux ?

Pour sa part, elle ne savait même pas qui était son père. Après avoir grandi dans une maison où elle se sentait indésirable, son vœu le plus cher était que son fils ne connaisse jamais le même sort.

— Lucas a besoin de son père et de sa mère, insista Théo. Je ne te pardonnerai jamais d'avoir voulu m'exclure de sa vie, mais je suis conscient qu'il a besoin de toi. Par conséquent, nous devons nous marier.

Kerry déglutit péniblement.

— D'accord.

Le lendemain, ils partirent pour la résidence familiale des Diakos, située sur une île privée à proximité d'Athènes. Pour que son fils et lui apprennent à se connaître, l'isolement et le calme seraient idéals, avait fait valoir Théo.

Il avait raison, reconnaissait Kerry. A Athènes, ou dans n'importe lequel des nombreux hôtels dont il était propriétaire, il avait rarement un instant de tranquillité. Cependant, cela signifiait qu'il passerait tout son temps avec eux… et qu'elle vivrait sur les nerfs en permanence.

Le premier jour, le seul répit auquel elle eut droit fut le moment que Théo passa au téléphone pour prendre des nouvelles de Drakon. Toujours déterminé à acheter l'île de ce dernier, il n'avait pas l'intention de manquer la moindre occasion de discuter avec le vieil homme.

Le lendemain, malgré son intention de passer la journée avec Lucas, Théo fut obligé de se rendre à Athènes pour ses affaires. Soulagée, Kerry sentit son estomac se dénouer dès que l'hélicoptère décolla. Enfin seule ! La veille elle avait été particulièrement éprouvée par le voyage. Sans doute parce que la tension n'avait cessé de croître entre Théo et elle.

Nul doute que les représailles ne tarderaient pas…

Mais d'ici là, elle avait bien l'intention de savourer chaque instant de cette parenthèse de tranquillité.

Toute une journée seule avec Lucas. Le rêve !

L'immense piscine à débordement où Théo avait l'habitude de nager tous les matins était beaucoup trop grande et profonde pour Lucas. Heureusement, il y avait également un petit bassin, conçu pour les enfants, dont un côté était abrité du soleil par un auvent.

C'était l'endroit idéal pour barboter avec un bébé de six mois.

Kerry examina les maillots de bain que la gouvernante, Sara, avait sortis pour elle. Il n'y avait que des deux-pièces. Elle se maudit. Comment avait-elle pu oublier de prendre le maillot une pièce qu'elle mettait lorsqu'elle emmenait Lucas à la piscine municipale, à Londres ?

Depuis sa grossesse, elle n'avait pas encore retrouvé tout à fait la ligne. Jusqu'à présent, cela ne l'avait pas perturbée outre mesure. Entre son travail et Lucas, elle n'avait jamais vraiment eu le loisir d'y penser.

Mais aujourd'hui, même en l'absence de Théo, elle n'avait pas très envie d'exposer son corps. Cependant, pas question de priver Lucas de bain. Elle enfila un deux-pièces, noua une serviette sur ses hanches et emmena son fils dehors.

L'eau était délicieuse. Juste à la bonne température et d'une limpidité extraordinaire. Lucas passa un bon moment à donner de vigoureux coups dans l'eau avec les pieds et les mains en riant aux éclats. Sans doute serait-il un bon nageur… comme son père.

Elle l'installa ensuite en haut des trois marches qui descendaient dans le bassin, de l'eau jusqu'à la taille, et s'assit juste en dessous de lui pour qu'il puisse s'amuser sans danger avec les bateaux et les animaux en plastique qu'elle avait trouvés dans la maison.

Ces jouets appartenaient sûrement à Nicco. Que devenaient Corban et Hallie ? se demanda-t-elle avec un pincement au cœur. Elle regrettait tellement ce qui s'était passé lors de sa dernière soirée à Athènes… Et il fallait reconnaître qu'elle était un peu nerveuse à l'idée de les revoir. Mais pour l'instant, ils voyageaient à travers l'Europe. Elle n'aurait donc pas à les affronter avant un certain temps.

— Attrape le petit bateau, mon chéri.

Ravi, Lucas se mit à jouer en gazouillant.

Dire qu'elle avait accepté d'épouser Théo ! Cette pensée ne la quittait pas un seul instant et il fallait reconnaître qu'elle était pour le moins déstabilisante… Ne prenait-elle pas un énorme risque ? Et si ce mariage était un piège ? Si les grands discours de Théo n'étaient qu'une façade pour masquer ses véritables intentions ?

Peut-être avait-il prévu de lui prendre Lucas, une fois sa paternité officialisée ? Il clamait qu'un enfant avait besoin de ses deux parents, mais il avait tout de même poussé Corban à enlever Nicco à Hallie…

Pourtant, il semblait si sincère… Elle avait du mal à croire qu'il pourrait lui enlever Lucas.

Tout à coup, un bruit caractéristique attira son attention. Elle leva les yeux et vit l'hélicoptère qui repartait. Mon Dieu, elle était tellement absorbée dans ses pensées qu'elle ne l'avait même pas entendu arriver ! Théo était de retour…

— J'ai réussi à rentrer plus tôt que prévu.

Le son de sa voix profonde la fit tressaillir.

Elle se tourna vers lui. Debout sur le bord de la piscine, il semblait immense dans son costume sombre. Des lunettes noires sur le nez, il avait les cheveux ébouriffés et sa cravate était desserrée.

L'estomac de Kerry se noua de nouveau. Il semblait encore plus hostile qu'à l'accoutumée…

— Je vais me changer et je vous rejoins dans l'eau.

— Non ! s'écria-t-elle d'une voix étranglée.

Surtout pas ça ! Elle n'avait aucune envie de se retrouver à moitié nue avec lui dans la piscine !

— Nous allions justement sortir, ajouta-t-elle en s'efforçant de prendre un ton plus calme. Lucas est fatigué.

A peine ces mots eurent-ils quitté ses lèvres qu'elle se maudit. Allons bon, si elle sortait de l'eau devant Théo, il la verrait en maillot de bain…

Non, elle ne pouvait pas se résoudre à s'exposer ainsi à son regard. Et malheureusement, elle avait laissé sa serviette sur le transat, à plusieurs mètres du bord !

— Peux-tu me passer la serviette ? demanda-t-elle d'un ton qui se voulait désinvolte.

En tenant Lucas contre son épaule, elle devrait parvenir à envelopper la serviette autour de sa taille. Elle leva les yeux vers Théo. Il avait un air bizarre. Que lui arrivait-il ? En tout cas, il ne semblait pas l'avoir entendue.

— La serviette ? répéta-t-elle d'un ton hésitant.

Sans répondre, Théo enleva ses lunettes de soleil pour mieux contempler Kerry. L'eau était si claire qu'on voyait parfaitement sous la surface, à peine déformées, ses hanches sensuelles, ses cuisses fuselées et ses longues jambes très fines.

Son regard appréciateur remonta vers le haut du maillot. Bleu pâle, ce dernier s'harmonisait à merveille avec la peau crémeuse de Kerry. Depuis combien de temps n'avait-il pas eu l'occasion d'admirer ce corps splendide presque entièrement dénudé ? Un éclair de désir le transperça.

Sur l'île de Drakon, il avait eu l'impression que ses seins étaient plus pleins. Il ne s'était pas trompé. Quel spectacle délicieux… Il était très tentant de glisser les mains sous les bonnets de son maillot pour caresser les deux globes rebondis et tourmenter leurs pointes hérissées…

Combien de fois l'avait-il déjà fait ? Combien de fois

s'était-elle alanguie dans ses bras dès que ses mains s'étaient refermées sur ses seins ? Jamais ils ne s'étaient baignés ensemble sans faire l'amour.

Mais aujourd'hui, Kerry n'était manifestement pas enchantée de le voir. Elle se tenait sur la défensive, comme elle le faisait en permanence depuis qu'ils avaient récupéré Lucas à l'hôpital. En fait, elle était même de plus en plus distante avec lui.

Théo crispa les mâchoires. La voir se raidir à son approche n'avait vraiment rien d'agréable. C'était même très vexant ! Autrefois — et même encore tout récemment, sur l'île de Drakon — elle vibrait de désir dès qu'il promenait son regard sur elle, ce qui était très excitant.

Mais aujourd'hui, tout avait changé. Depuis leur retour de Londres, l'atmosphère était de plus en plus tendue entre eux.

Manifestement, elle n'avait aucune envie de l'épouser.

Dire qu'elle avait osé lui cacher l'existence de son fils ! Théo fut assailli par une bouffée de colère. Il ne le lui pardonnerait jamais !

Un rire joyeux et de grands bruits d'éclaboussures l'arrachèrent à ses pensées, et son attention se reporta sur son fils.

Les boucles brunes de Lucas étaient parsemées de gouttes d'eau et ses yeux bleus pétillaient de joie. Il battait énergiquement des pieds et des mains dans l'eau en riant aux éclats. Fatigué ? Ce n'était pas du tout l'impression qu'il donnait. Mais après tout, il n'avait aucune expérience des bébés. Si Kerry affirmait que Lucas était fatigué, elle avait sans doute raison.

— Je vais le prendre, le temps que tu sortes de la piscine, dit-il en mettant ses lunettes de soleil dans sa poche.

Refermant les mains sur le petit corps tout chaud, il le souleva hors de l'eau d'un mouvement ample. Lucas poussa un cri aigu. Furieux contre lui-même, Théo se maudit. Bon sang, il avait été trop brusque et avait effrayé son fils !

Il le tint en l'air face à lui pour le regarder attentivement. Lucas poussa un nouveau cri et un vif soulagement submergea Théo. Son fils ne pleurait pas ! Au contraire, il criait de joie ! Apparemment, être dans les mains de son père lui plaisait beaucoup…

Lucas lui sourit en gazouillant, et Théo fut envahi par une émotion indicible. Ce petit être extraordinaire était son fils… la chair de sa chair !

Mais il tenait Lucas à bout de bras dans une position qui n'était sans doute pas très confortable pour lui. Peut-être fallait-il l'envelopper dans une serviette et le tenir contre son épaule ? Allons bon ! Jamais il ne s'était senti aussi maladroit… En fait, il ne savait pas du tout comment il devait tenir son fils.

Il se tourna vers Kerry, toujours assise sur les marches dans l'eau, les genoux repliés contre sa poitrine. Qu'attendait-elle pour se lever ? Pourquoi ne l'aidait-elle pas ?

Essayait-elle de prouver quelque chose en le laissant se débrouiller seul ?

— Passe-moi la serviette, dit-il d'un ton crispé.

Kerry n'entendit pas. Voir Théo tenir leur fils pour la première fois était très troublant. Le regard éperdu dont il couvait Lucas déclenchait en elle des sentiments contradictoires.

Bien sûr, l'idée que Lucas aurait la chance de grandir auprès d'un père en adoration devant lui était merveilleuse… mais en même temps, elle ne pouvait s'empêcher d'être assaillie de regrets.

Théo n'éprouverait jamais des sentiments aussi forts pour elle. Et cette pensée était très déprimante…

Mais il semblait mal à l'aise, constata-t-elle soudain. Apparemment, il ne savait pas trop comment s'y prendre avec son fils. Il fallait reconnaître que tenir un bébé mouillé qui n'arrêtait pas de gigoter n'était pas très facile, surtout quand on n'avait pas l'habitude !

Il fallait l'aider. Elle se leva en lui tournant le dos et prit la serviette sur le transat. Elle le rejoignit en tenant celle-ci devant elle.

— Je peux le prendre, proposa-t-elle.

— Ce n'est pas la peine. Aide-moi juste à l'envelopper dans la serviette.

Elle hésita. Elle avait besoin de celle-ci pour se cacher…

— Rassure-toi, je ne vais pas le faire tomber, déclara ce dernier d'un ton sarcastique.

— Ce n'est pas ça…

Au comble de la confusion, elle enveloppa Lucas dans la serviette et aida Théo à le caler contre son épaule. Puis elle croisa les mains sur son ventre avec embarras. Il n'y avait plus qu'à souhaiter que Théo continuerait à n'avoir d'yeux que pour son fils…

A son grand dam, cet espoir fut déçu. La regardant par-dessus la tête de Lucas, il promena sur elle un regard appréciateur, comme il l'avait déjà fait tant de fois dans le passé. Mais tout à coup, son regard s'immobilisa sur son ventre et un profond mépris se peignit sur son visage.

Sans un mot, il pivota sur lui-même et s'éloigna avec Lucas.

8

Kerry resta clouée sur place, les joues en feu. Jamais elle n'avait été aussi mortifiée !

Au comble du désarroi, elle s'efforça de refouler ses larmes. Dire qu'autrefois, elle lisait toujours de l'admiration et du désir dans le regard de Théo… Il aimait son corps et il le lui prouvait chaque fois qu'il posait les yeux ou les mains dessus.

L'idée qu'à présent il la trouvait repoussante était insupportable.

La mort dans l'âme, elle se dirigea vers la maison.

Mais tout à coup, une bouffée de colère l'assaillit. Comment osait-il lui manifester un tel mépris ? Elle ne lui avait pas demandé de l'amener sur cette île. Elle ne lui avait jamais rien demandé…

Et surtout pas de partager sa vie !

S'il n'avait tenu qu'à elle, son chemin n'aurait plus jamais croisé celui de Théo Diakos. Et il n'aurait jamais eu l'occasion de la regarder avec répulsion.

Elle traversa le hall à grands pas, monta l'escalier quatre à quatre et se dirigea tout droit vers la chambre. Sur le seuil, elle croisa la gouvernante qui emmenait Lucas dans la salle de bains. Elle brûlait d'envie de donner son bain à Lucas elle-même, mais d'un autre côté, il était urgent d'avoir une explication avec Théo.

Elle pénétra dans la pièce et referma la porte derrière elle. C'était la première fois depuis leur retour en Grèce qu'elle se trouvait en tête à tête avec lui. Prenant une profonde inspiration, elle lui fit face. Le regard étincelant, il l'observait avec une hostilité non déguisée.

Comme si son attitude n'était pas assez blessante, il baissa lentement les yeux et les fixa sur son ventre.

— Comment oses-tu me regarder comme ça ? s'exclama-t-elle en mettant les mains sur ses hanches. Comment oses-tu prendre cet air dégoûté parce que la grossesse a laissé sur mon corps des marques tout à fait naturelles ?

Il arqua les sourcils avant de s'exclamer :

— Comment peux-tu être aussi vaniteuse et égocentrique ?

Levant les bras dans un geste théâtral qui ne lui ressemblait pas, il enleva sa veste et la lança sur le lit.

— Tu crois que ton corps m'inspire du dégoût ? ajouta-t-il.

— Je le *sais*. Je l'ai vu dans tes yeux. Mais au fond, ça m'arrange. J'espère que tu ne me toucheras plus jamais !

— Vraiment ?

Refermant les mains sur les bras de Kerry, Théo l'attira contre lui.

Elle déglutit péniblement, alors qu'il resserrait son étreinte.

— Oui, je ne veux plus que tu m'approches !

— Vérifions ça.

La soulevant de terre, il la laissa tomber sur le lit.

— Je pense que tu aimerais beaucoup ne plus vouloir que je te touche. Mais en réalité, tu en meurs d'envie.

— Non ! Laisse-moi ! cria-t-elle d'une voix aiguë.

Mais déjà Théo s'allongeait sur elle. Kerry ferma les yeux, désespérée. Malgré sa colère et sa peur, elle était submergée par un désir intense. Pourquoi ? Pourquoi était-elle toujours irrésistiblement attirée par cet homme ? Elle avait pourtant toutes les raisons de le détester !

Mais malheureusement, le contact de ce corps puissant ranimait en elle une foule de souvenirs brûlants. Les sensations inouïes qu'il avait si souvent fait naître en elle autrefois l'assaillaient de nouveau…

Rouvrant les yeux, elle fut électrisée par le désir qui faisait étinceler les yeux noirs de Théo.

— Quand je t'ai vue assise dans l'eau, j'ai eu une envie irrésistible de te toucher, déclara-t-il d'une voix rauque. De glisser les mains sous ton maillot et de sentir les pointes de tes seins se hérisser au creux de mes paumes.

Une vive chaleur se répandit dans tout le corps de Kerry. Prudence ! lui souffla aussitôt une petite voix. C'était un piège. Théo avait sans doute décidé de s'amuser avec elle. Il cherchait à l'humilier.

Elle était certaine d'avoir lu le dégoût dans ses yeux. Elle avait entendu le mépris dans sa voix. Non, elle n'avait pas rêvé !

Le repoussant de toutes ses forces, elle tenta de se redresser. Mais il tourna cette tentative à son avantage et elle se retrouva assise au bord du lit entre ses cuisses, le dos contre son torse. Un bras refermé autour de sa taille, il la maintint fermement contre lui.

— N'essaie pas de me faire croire que tu n'as pas envie de sentir mes mains sur toi, murmura-t-il à son oreille.

La caresse de son souffle chaud l'électrisa et Kerry fut parcourue d'un long frisson. Il promena les doigts sur ses hanches et son ventre avec une lenteur délibérée, en remontant peu à peu vers ses seins.

Le corps en feu, elle luttait désespérément pour conserver les dernières bribes de raison qui lui restaient.

Mon Dieu, il avait raison… Elle mourait d'envie qu'il la couvre de caresses, qu'il s'unisse à elle et qu'il lui fasse l'amour avec la même passion qu'autrefois…

Déjà, le simple frôlement de ses doigts suffisait à affoler son cœur et à la faire vibrer tout entière… Mais s'il la caressait, ce n'était pas parce qu'il la trouvait désirable. C'était juste pour lui démontrer qu'elle était incapable de lui résister. Et cette pensée était insupportable…

— Comme tu as la peau douce, murmura-t-il en glissant les doigts sous son haut de maillot.

Il referma la main sur un sein et pressa la paume contre

le bourgeon hérissé avant de le caresser avec une habileté diabolique. Alors, laissant échapper un gémissement, Kerry sentit toute velléité de résistance l'abandonner.

Lorsqu'il l'allongea sur le lit, elle en eut à peine conscience. Les yeux fermés, elle flottait déjà dans un océan de sensualité. Et quand les lèvres de Théo se refermèrent sur son sein, elle poussa un petit cri étranglé, assaillie par des sensations magiques. Il aspira doucement la pointe durcie tout en la léchant du bout de la langue.

— Oh, Théo…

Mais tout à coup, elle rouvrit les yeux et le repoussa avec force.

C'était comme si, en prononçant son prénom, elle venait de rompre le charme. Elle secoua la tête avec incrédulité. Comment avait-elle pu oublier, ne serait-ce qu'un instant, le dégoût qui avait crispé ses traits lorsqu'il avait regardé son ventre, au bord de la piscine ?

— Tu ne me désires pas ! s'écria-t-elle en bondissant sur ses pieds. Pourquoi joues-tu la comédie ? J'ai bien vu comment tu me regardais, tout à l'heure !

— Tu penses vraiment que j'attache de l'importance à ça ? rétorqua-t-il d'un ton incrédule en se levant à son tour. Comment ai-je fait pour ne jamais m'apercevoir que tu étais aussi superficielle ?

— Inutile de raconter des histoires ! J'ai très bien vu la répulsion dans tes yeux ! Alors ne me dis pas que tu ne me trouves pas hideuse !

— Tu devrais être fière de ton corps au lieu d'en avoir honte.

— Arrête de mentir ! Je te répète que j'ai vu ton air dégoûté !

— Eh bien tu t'es trompée. Le seul dégoût que je ressente vient de l'idée de ce que tu m'as volé en me cachant la naissance de mon fils !

Pivotant sur lui-même, Théo enfouit brièvement son visage dans ses mains comme s'il était en proie à une émotion violente, puis il se tourna de nouveau vers Kerry.

— Tu m'as volé le temps de ta grossesse. Et les six premiers mois de sa vie.

Sa voix était très calme, mais la colère faisait étinceler ses yeux.

Kerry le regarda avec stupéfaction. Jamais elle n'aurait imaginé qu'il regretterait à ce point de ne pas avoir été présent pendant sa grossesse. Pas un instant, elle ne s'était doutée que c'était aussi important pour lui…

— Comment as-tu osé me cacher que tu étais enceinte, bon sang ?

— J'ai essayé de te prévenir, mais tu n'as pas voulu m'écouter.

— Ne mens pas, s'il te plaît. Tu n'as jamais essayé de prendre contact avec moi.

— Non, mais…

Théo scruta le visage de Kerry, puis il jura en grec et l'agrippa par les épaules.

— Tu étais déjà au courant ! Tu le savais avant ton départ d'Athènes !

— J'ai essayé de te parler le dernier soir, mais tu n'as pas voulu m'écouter. Tu m'as juste ordonné de m'en aller !

— Tu aurais dû insister. Mon Dieu ! Quand je pense que quand tu es partie de chez moi, tu portais déjà mon fils !

Il jura de nouveau.

— Depuis combien de temps le savais-tu ?

— Je l'ai découvert ce soir-là, répondit-elle d'une voix tremblante.

Elle le regarda avec appréhension. C'était comme si une violente tempête était en train de se former. L'air vibrait d'électricité et la foudre menaçait de frapper d'un instant à l'autre.

— Je venais te l'annoncer quand j'ai surpris ta conversation avec Corban.

Devant l'éclair qui jaillit dans les yeux de Théo, elle se maudit. Quelle idiote ! Elle n'aurait jamais dû faire allusion à Corban. Rappeler à Théo les détails de cette soirée était une très mauvaise idée…

Mais non, il valait mieux lui parler franchement. Elle n'avait plus rien à cacher. Si ce mariage forcé avait la moindre chance de fonctionner, il ne fallait pas la gâcher. Désormais, elle ne lui mentirait plus jamais. Même pas par omission.

— J'ai renoncé à te parler parce que j'avais peur, avoua-t-elle. Peur de ta réaction. Je venais de t'entendre dire à ton frère qu'il fallait enlever Nicco à sa mère. J'ai eu peur que tu veuilles me prendre mon bébé.

Un long silence suivit cette déclaration. Une veine battait frénétiquement sur la tempe de Théo, constata-t-elle, l'estomac noué. L'orage allait-il éclater ?

— Je n'essaierai jamais de te prendre Lucas, finit-il par déclarer d'un ton posé. En retour, j'attends de toi que tu sois une mère parfaite pour lui… et pour les autres enfants que nous aurons.

Elle resta bouche bée.

— Les autres enfants ? Tu ne crois pas qu'il est un peu tôt pour faire ce genre de projet ?

— Pourquoi ? Tu veux que Lucas reste fils unique ? Tu ne prends pas ce mariage au sérieux ?

— Si… bien sûr, mais…

Mon Dieu ! Elle ne s'attendait pas du tout à ça ! Tout se passait si vite… Elle ne savait plus du tout quoi penser…

— Je peux t'assurer que pour moi, ce mariage est très sérieux et que je tiens à avoir d'autres enfants. J'attends de toi que tu prennes ton rôle d'épouse à cœur. Dans l'intimité comme en société.

Théo promena un regard insistant sur le corps à demi nu de Kerry, puis il quitta la pièce.

Le cœur battant à tout rompre, elle déglutit péniblement. Ce qu'il attendait d'elle était très clair…

Une vive chaleur l'envahit. Oh, mon Dieu, oui… C'était insensé, mais elle ne demandait qu'à prendre son rôle d'épouse à cœur.

Elle ne demandait qu'à se donner à Théo.

Corps et âme.

Plus tard ce soir-là, après avoir couché Lucas, Kerry parcourut la maison avec nervosité. Théo travaillait dans son bureau, mais il l'avait prévenue qu'il dînerait avec elle.

Elle avait pris une douche et s'était préparée avec soin. Après avoir longuement hésité, elle avait choisi une robe dos-nu bleu lavande, dont le tissu fin et soyeux, froncé sous la poitrine, tombait en plis souples jusqu'aux genoux. Elle avait complété sa tenue par des escarpins à talons aiguilles, un bracelet en argent très sobre et des créoles assorties.

L'esprit et le corps en ébullition, elle arpenta les pièces, les unes après les autres. Il s'était passé tant de choses au cours des derniers jours ! Sa vie avait connu de tels bouleversements qu'elle ne savait plus très bien où elle en était… Une seule chose était certaine. Pour Lucas, il fallait que son mariage avec Théo soit une réussite.

Alors qu'elle parcourait le couloir, son regard fut attiré par une série de tableaux accrochés au mur. Pourquoi lui semblaient-ils aussi familiers, tout à coup ? Bien sûr, elle les avait vus souvent autrefois, mais curieusement elle avait l'impression que ce n'était pas la seule raison…

Mais oui ! Ils lui rappelaient les aquarelles qu'elle avait admirées dans la maison de Drakon !

Intriguée, elle les étudia avec attention. Pas de doute, c'étaient des œuvres du même artiste. D'ailleurs, ils représentaient tous des vues de l'île de Drakon. Apparemment, Théo avait des raisons très précises de s'intéresser à cette île… Lesquelles ?

Quelques instants plus tard, elle entendit la porte du bureau s'ouvrir. Lorsqu'elle vit Théo arriver du fond du couloir, un frisson la parcourut. Il avait changé son costume contre un jean et un T-shirt moulants qui soulignaient chacun de ses muscles…

Ce spectacle lui avait manqué, reconnut-elle. Pour elle, le contempler était un plaisir sublime. En fait, elle avait toujours eu du mal à croire qu'un homme aussi superbe partageait son lit.

— Prête pour le dîner ? demanda-t-il en arrivant à sa hauteur.

— Oui, répondit-elle sur le même ton léger. Je meurs de faim. J'ai l'impression que le déjeuner remonte à un siècle.

Il passa un bras autour de sa taille et elle tressaillit, à la fois surprise et électrisée. De toute évidence, il avait décidé d'oublier leur dispute et de se comporter avec elle comme s'ils étaient un couple tout à fait normal.

Alors qu'il l'entraînait vers la salle à manger, elle prit une décision. S'ils se comportaient comme un couple normal, elle devait se sentir libre de lui parler sans détour.

— Attends… Il y a quelque chose qui m'intrigue. Je voudrais savoir pourquoi Drakon et toi possédez des tableaux du même artiste.

Elle le sentit se raidir.

— Tu n'as pas encore compris que je déteste les gens qui se mêlent de ce qui ne les regarde pas ? demanda-t-il d'un ton crispé.

Elle lui fit face et plongea son regard dans le sien.

— Ma question n'a rien d'indiscret. Si je dois devenir ta femme, il me semble que j'ai le droit d'en savoir un peu plus à ton sujet. Je suppose que tu as envie que Lucas grandisse avec des parents capables de discuter, non ?

Théo considéra un instant les grands yeux bleus de Kerry levés vers lui. Elle avait raison, reconnut-il avec surprise. Il avait eu un réflexe de défense, parce qu'il était déterminé à protéger le passé de sa famille contre toute indiscrétion. Mais cette réaction n'était pas justifiée. Kerry était la mère de son fils et faisait désormais partie de la famille. Il était normal qu'elle lui pose des questions et il se devait d'y répondre… au moins partiellement.

Autrefois, ils n'avaient jamais eu de discussion très personnelle. D'ailleurs, si leur relation avait été moins superficielle, Kerry aurait sans doute eu beaucoup plus de mal à lui cacher sa grossesse. Aujourd'hui, la situation exigeait qu'ils nouent des liens beaucoup plus solides.

Il n'avait aucune envie qu'elle lui cache quoi que ce soit d'autre à l'avenir.

— C'est mon oncle qui a peint ces tableaux.

— Ton oncle était peintre ? C'est fantastique ! Pourquoi ne m'as-tu jamais dit qu'il avait vécu sur l'île de Drakon ?

— Comment le sais-tu ?

— Je viens juste de le comprendre. Le premier soir, pendant que nous t'attendions pour dîner, j'ai interrogé Drakon sur les tableaux accrochés dans le couloir. Il m'a dit que le peintre avait vécu sur l'île autrefois.

— C'est exact.

S'efforçant de rester impassible, Théo réprima un juron. Bon sang ! Que savait exactement le vieil homme au sujet de ces tableaux et de l'histoire qui s'y rattachait ?

— Il m'a dit qu'ils lui ont été vendus en même temps que la maison lorsqu'il a acheté l'île il y a vingt-cinq ans, poursuivit-elle. Le vendeur était un promoteur immobilier en difficulté, qui n'avait plus les moyens de construire quoi que ce soit sur l'île et qui souhaitait s'en débarrasser au plus vite.

Théo hocha la tête.

— Le promoteur en question a laissé une belle pagaille quand il a fait faillite.

— Vraiment ? Mais… est-ce que ton oncle lui avait vendu l'île ?

— Non, pas exactement.

Passant nerveusement la main dans ses cheveux, Théo sortit sur la terrasse qui surplombait la piscine.

— Cette île appartenait à la famille de ma mère. Sa sœur jumelle, ma tante Dacia, était mariée à ce peintre.

— Pourquoi ont-ils vendu l'île ? C'est un endroit tellement magnifique… Et pourquoi ont-ils laissé les tableaux dans la maison ?

Théo détourna les yeux, de plus en plus déstabilisé. Kerry était manifestement fascinée par cette histoire. Et ses questions la rapprochait de plus en plus d'une vérité qu'il n'avait aucune envie de lui dévoiler.

Il réprima une moue d'autodérision. Ne venait-il pas de décider qu'il devait avoir des discussions franches avec sa future épouse ? Mais c'était plus fort que lui, il ne pouvait s'empêcher d'éprouver des réticences à évoquer cette affaire déplorable. Pourtant, ce n'était pas un secret. Les faits étaient connus et n'intéressaient à vrai dire pas grand monde à part sa famille. Cependant, c'était quelque chose dont il n'aimait pas parler. Il se sentait honteux. Honteux d'être le fils de son père.

— Tu n'es pas obligé de me répondre si tu n'en as pas envie.

Kerry considérait attentivement Théo. Il était manifestement mal à l'aise. Mieux valait ne pas insister : elle n'avait aucune envie de lui arracher des confidences qu'il pourrait regretter par la suite. L'équilibre auquel ils semblaient être parvenus ne restait-il pas très fragile ?

Délibérément, elle se détourna de lui pour contempler le coucher du soleil. Dans le jour déclinant, l'eau de la piscine à débordement, dorée par les derniers rayons du soleil, semblait se fondre dans la mer Egée.

Cette île était belle, mais il fallait reconnaître qu'elle n'avait pas le même charme que celle de Drakon. Sans doute était-ce le caractère sauvage de cette dernière qui la rendait aussi envoûtante…

— Cela a dû être un déchirement pour ta mère et sa sœur de quitter leur île, déclara-t-elle après un long silence.

— Ma mère est partie très tôt. Elle rêvait d'une vie plus animée sur le continent. Ma tante en revanche était très attachée à l'île. Elle était encore relativement jeune lorsque mes grands-parents sont morts, mais elle a décidé de reprendre la petite fabrique artisanale d'huile d'olive qu'ils avaient montée. Par la suite, elle a loué des chambres à des peintres et à des artistes. C'est comme ça qu'elle a rencontré mon oncle, Demos.

— Qu'est-ce qui les a poussés à partir ?

— Mon père.

Elle tressaillit. Comme la voix de Théo était devenue dure, tout à coup… Chargée d'un mépris cinglant.

Se mordant la lèvre, elle le considéra avec appréhension. La discussion prenait un tour dangereux, elle le sentait… Elle ferait mieux de s'en tenir à sa première résolution et d'éviter de poser de nouvelles questions. Elle savait que Théo était brouillé avec son père, mais elle avait toujours ignoré pourquoi.

— Il n'a jamais pu s'empêcher de se mêler de la vie des autres, poursuivit-il avec une amertume manifeste. Et à cause de cette manie détestable, ma tante et mon oncle ont perdu leur île. Demos est mort sans un sou, écrasé par la culpabilité, parce qu'il se sentait responsable de ce désastre. Et ma tante est restée seule, le cœur brisé, après avoir perdu l'homme de sa vie et son île.

— Comme c'est triste… Est-elle toujours en vie ? Je ne vous ai jamais entendus parler d'elle, Corban et toi.

— Elle ne veut plus nous voir. Elle ne veut plus entendre parler de nous à cause de mon père.

— Mais c'est injuste ! Tu n'es pas responsable des actes de ton père ! Tu ne le vois même plus !

— Dacia a trop souffert de ce qui s'est passé pour avoir un point de vue rationnel sur la situation. Pendant des années ma mère a tenté de l'aider, mais elle a toujours refusé obstinément parce que, en réalité, l'argent provenait de mon père. L'homme qu'elle haïssait le plus au monde.

Théo se détourna en passant de nouveau la main dans ses cheveux. Le cœur de Kerry se serra. Elle aurait tellement aimé pouvoir le réconforter ! Mais comment ? C'était délicat. Si elle commettait la moindre maladresse, elle risquait de le braquer…

— Mon père a réussi à convaincre mon oncle que ma tante et lui ne pouvaient continuer à se contenter d'une vie aussi frugale. Qu'il devait se montrer un peu plus ambitieux, pour le bien de Dacia. Alors que celle-ci était parfaitement heureuse de la vie qu'ils menaient ! Bref, il les a si bien manipulés l'un et l'autre qu'il a fini par les persuader d'hypothéquer l'île et d'investir l'argent. Les investissements en question se sont révélés très hasardeux. Très vite, mon oncle et ma tante ont tout perdu.

Théo se tourna de nouveau vers Kerry, les traits altérés par une rage impuissante.

— Mon père est un homme redoutable. Ils n'auraient jamais dû l'écouter. Avant de mourir, ma mère a exprimé le souhait que sa sœur puisse récupérer son île.

— Voilà pourquoi tu as décidé de l'acheter à Drakon… Ta tante t'en sera très reconnaissante.

Théo haussa les épaules.

— Je ne sais pas.

Devant son air désabusé, le cœur de Kerry se serra de nouveau.

— Bien sûr que si, affirma-t-elle en lui prenant la main.

Pendant un instant, il resta immobile, les yeux fixés sur leurs mains nouées. Elle déglutit péniblement. Pourquoi s'était-elle permis ce geste ? C'était trop tôt… Il allait la repousser et les liens ténus qui venaient de se tisser entre eux seraient rompus…

Mais tout à coup, il noua ses doigts aux siens, comme autrefois.

— Je comprends ce que ressent ma tante vis-à-vis de mon père et de son argent… parce que je ressens exactement la même chose, déclara-t-il d'une voix rauque. Il s'est toujours mêlé de ma vie, il a toujours essayé de me contrôler et de m'imposer ses choix. Dès que j'ai été majeur, je suis parti de chez moi. J'ai créé ma propre entreprise en partant de rien. Je n'ai jamais accepté un sou de mon père.

— C'est fantastique. Lucas sera très fier de son père.

A ces mots, Théo fut submergé par une émotion intense. Comment avait-elle deviné son souhait le plus cher ? Nouer avec son fils la relation d'estime réciproque qu'il n'avait jamais eue avec son père…

Il voulait que Lucas l'aime et soit fier de lui. Et les

paroles de Kerry le touchaient bien plus qu'il n'aurait pu l'imaginer.

Elle l'enveloppait d'un regard confiant, comme autrefois, à l'époque où tout était si simple entre eux…

Les derniers rayons du soleil couchant baignaient sa peau claire d'une lumière dorée et faisaient briller ses boucles blondes.

— Tu es belle, murmura-t-il en prenant son visage entre ses mains.

Se penchant vers elle, il effleura ses lèvres. Encouragé par le petit soupir de la jeune femme, il enfonça les doigts dans ses cheveux et approfondit son baiser. Comme ses lèvres étaient douces… Lorsqu'il sentit sa langue se mêler timidement à la sienne, il fut submergé par une vague de désir qui lui coupa le souffle.

Bon sang, il avait trop envie d'elle ! Impossible d'attendre plus longtemps. Et cette fois, rien ne pourrait l'arrêter.

S'arrachant à ses lèvres, il la souleva de terre et la porta vers la maison.

9

Théo traversa le hall à grands pas. Kerry était légère comme une plume dans ses bras. Son désir pour elle était si intense qu'il devenait presque douloureux…

Il avait l'impression exaltante de tout recommencer. Sa première nuit avec Kerry lui avait laissé un souvenir inoubliable. Alors qu'elle n'avait jamais connu d'homme, elle s'était donnée à lui sans aucune réticence. Elle lui avait offert son corps avec un naturel et une confiance qui l'avaient profondément touché. Et cette première nuit avec elle avait été une expérience exceptionnelle.

Ce soir, il avait un peu l'impression d'être revenu à ce point de départ. Comme si la méfiance et la rancune qui les avaient opposés étaient oubliées. De nouveau, ils éprouvaient l'un pour l'autre une attirance mutuelle sans arrière-pensée…

Transpercé par un éclair de désir, il s'immobilisa en bas de l'escalier et captura sa bouche. Nouant les bras sur sa nuque, la jeune femme lui répondit avec une ardeur qui ne laissait aucun doute sur le feu qui la dévorait.

Mieux valait ne pas trop s'attarder, décida-t-il. Sinon il risquait de perdre son sang-froid et de la renverser sur les marches pour lui faire l'amour sauvagement dans le hall…

Il monta l'escalier quatre à quatre, se précipita dans la chambre et referma la porte derrière eux d'un coup de pied. Son regard se posa sur le lit. Il n'avait jamais voulu se l'avouer, mais depuis le départ de Kerry, cette pièce lui semblait terriblement vide et froide.

Il reposa Kerry sur ses pieds et la contempla. Les joues en feu et les pupilles dilatées, elle respirait avec peine. Jamais il ne l'avait trouvée aussi belle…

L'attirant contre lui, il captura sa bouche dans un baiser ardent tout en couvrant son corps de caresses fébriles.

Au bout d'un moment, Kerry s'arracha aux lèvres de Théo, haletante. Parcourue de longs frissons, elle le regarda à travers la brume de sensualité qui lui brouillait la vue. L'éclat de ses yeux noirs l'électrisa tout entière.

Lorsqu'il l'avait portée dans la maison, elle avait eu le sentiment délicieux d'être une jeune mariée à qui son époux faisait franchir le seuil de leur demeure. Certes, ce n'était qu'un fantasme et la réalité était loin d'être aussi romantique… Mais peu importait. C'était si bon de se retrouver enfin dans ses bras !

Ils n'avaient pas fait l'amour depuis si longtemps qu'elle avait presque l'impression que c'était de nouveau la première fois. Les souvenirs éblouis qu'elle gardait de leurs nuits torrides lui avaient souvent semblé presque trop beaux pour être vrais, comme s'ils n'avaient existé que dans ses rêves. Dire qu'elle était sur le point de revivre cette expérience inouïe…

— Comme tu es belle !

Galvanisée par le regard ébloui de Théo, elle dégrafa sa robe dos-nu d'un geste vif et laissa le fin tissu soyeux lui glisser entre les doigts. La robe tomba à ses pieds.

— De plus en plus belle…

La voix étranglée de Théo ne laissait aucun doute sur sa sincérité. Avec une assurance qu'elle ne se connaissait pas, Kerry s'avança vers lui sur ses talons aiguilles, en soutien-gorge de dentelle blanche et culotte assortie.

— Toi, je te trouve un peu trop habillé, murmura-t-elle avant de lui enlever son T-shirt.

A la vue de son torse hâlé à la musculature parfaite, elle déglutit péniblement. S'il ne la prenait pas dans ses bras, elle allait défaillir…

Comme s'il lisait dans ses pensées, il l'attira contre

lui et la couvrit de caresses, pétrissant ses fesses avant de remonter vers son soutien-gorge, qu'il dégrafa avant de la serrer de nouveau dans ses bras. Electrisée par le contact de ses seins contre son torse, Kerry se plaqua contre lui en gémissant.

Les doigts de Théo descendirent le long de son dos puis écartèrent l'élastique de sa culotte pour faire glisser celle-ci sur ses hanches. Lorsqu'elle tomba par terre, Kerry s'en débarrassa prestement avant d'enlever ses sandales.

Le regard brûlant de Théo sur son corps entièrement nu acheva de l'embraser tout entière.

— Caresse-moi, murmura-t-elle d'un ton suppliant. J'ai besoin de sentir tes mains sur moi.

La faisant pivoter sur elle-même, il promena les mains sur son ventre, dessina la courbe de ses hanches, s'attarda sur sa taille, puis remonta peu à peu, avec une lenteur délibérée. Parcourue de longs frissons, Kerry baissa les yeux et son trouble redoubla à la vue de ses seins gonflés de désir, dont les pointes durcies frémissaient dans l'attente des caresses de Théo.

Lorsqu'il referma les mains dessus, elle en eut le souffle coupé. Il traça sur les deux globes des cercles concentriques de plus en plus petits avant de pincer délicatement les bourgeons hérissés entre ses doigts. Transpercée par mille flèches de plaisir, elle renversa la tête contre son épaule avec un petit cri étranglé.

Il parsema son cou de baisers tout en continuant de lui caresser les seins. Noyée dans un océan de sensualité, elle sentit une de ses mains redescendre lentement vers son ventre, où elle s'attarda un instant avant de s'aventurer dans sa toison soyeuse. Tremblante, envahie par une vive chaleur, elle écarta les cuisses en retenant son souffle. Lorsqu'il effleura sa fleur humide du bout des doigts, elle crut défaillir.

— Oh, Théo…

Sans cesser de titiller la pointe de ses seins, il honora le cœur brûlant de sa féminité avec une habileté diabolique.

Emportée dans un tourbillon de volupté, elle ondulait des hanches, en proie à des sensations si intenses qu'elles en étaient presque insupportables.

Ses jambes finirent par se dérober sous elle, et Théo la souleva dans ses bras pour la porter jusqu'au lit.

Impatiente de s'unir à lui, elle défit sa ceinture avec des gestes fébriles et entreprit de déboutonner son jean. Mais ses doigts tremblaient tellement qu'elle dut y renoncer avec un petit cri de frustration.

Théo prit le relais et se déshabilla à la hâte.

Une fois nu, il s'immobilisa au pied du lit et la couvrit d'un regard avide. L'éclat de ses yeux noirs attisa le feu qui brûlait en elle, menaçant de lui faire perdre la raison. Le souffle court, elle leva les bras vers lui avec un regard suppliant.

Lorsqu'il se pencha sur elle, elle s'offrit à lui en creusant les reins, impatiente de l'accueillir. Alors il plongea dans sa chaleur moite d'un seul mouvement puissant. Assaillie par des sensations inouïes, Kerry noua les jambes sur ses reins, l'invitant à s'enfoncer au plus profond de sa féminité brûlante. L'espace de quelques secondes il s'immobilisa, la soumettant à une torture insoutenable.

Puis, cédant à ses supplications, il l'entraîna dans une danse lascive, d'abord nonchalante, puis de plus en plus endiablée. Emportée dans une spirale de feu tourbillonnante, elle s'abandonna au rythme enivrant de ses reins, haletante, submergée par des sensations dévastatrices.

Tout à coup, le monde chavira. Balayée par une vague de plaisir d'une force prodigieuse, elle sombra dans le gouffre de la volupté avec un cri rauque auquel se mêla celui de Théo.

Un rayon de lune argenté transperçait la pénombre de la pièce. Allongée sur le lit, Kerry écoutait la respiration de Théo. Même lorsqu'il dormait, sa présence semblait occuper tout l'espace. Mais pour la première fois depuis qu'il était revenu dans sa vie, cette sensation ne lui causait aucune appréhension.

Au contraire, elle lui apportait une sérénité incomparable. Elle avait l'impression qu'elle aurait pu rester toute sa vie ainsi, allongée sur ce lit, baignée par la chaleur émanant de l'homme superbe qui se trouvait à côté d'elle.

Le plaisir surnaturel qu'elle avait partagé avec lui continuait d'irradier dans tout son corps. Jamais elle ne s'était sentie aussi comblée.

Mais surtout, elle était désormais pleine d'espoir pour leur avenir commun... Elle le sentait, la conversation qu'ils avaient eue sur la terrasse, tout à l'heure, marquait un tournant dans leur relation.

Chacun avait fait un pas vers l'autre et nul doute qu'au fil du temps, ils deviendraient de plus en plus proches.

Le lendemain matin, Kerry descendit très tôt au rez-de-chaussée pour donner son biberon de lait à Lucas, qui s'était réveillé à l'aube comme à son habitude.

Lorsqu'elle sortit sur la terrasse, Théo était en train de nager dans la piscine. Elle s'assit avec Lucas sur les genoux et admira ce spectacle impressionnant. Théo était vraiment un nageur-né. Il fendait l'eau avec l'aisance et la grâce d'un dauphin. Elle ne se lassait jamais de le regarder...

La journée s'annonçait splendide. Les premiers rayons du soleil striaient le ciel de griffures rosées. Au loin, la mer étale était d'un bleu très pâle, presque argenté. Quel plaisir d'être de retour en Grèce !

Soudain, Théo s'arrêta de nager et les aperçut. Kerry lui fit un petit signe alors qu'il se dirigeait vers les marches, et un sentiment délicieux l'envahit tout entière. Oui, ce matin elle se sentait à sa place dans cette maison. Comme si elle venait enfin de rentrer chez elle après une longue absence.

Théo sortit de la piscine, tel un dieu grec émergeant

des flots. A la vue de son corps athlétique ruisselant d'eau, elle fut assaillie par une bouffée de désir.

— Bonjour, dit-elle d'une voix rauque.

Il s'essuya avant de la rejoindre.

— Bonjour. Comment vas-tu, ce matin ? Et Lucas ?

— Nous allons très bien tous les deux, merci.

S'efforçant de détacher les yeux de son torse puissant, elle prit une profonde inspiration. Qu'avait-il prévu pour la journée ? Devait-il se rendre à Athènes ? Dire qu'hier elle avait été soulagée qu'il quitte l'île ! Aujourd'hui, elle n'avait qu'une envie : passer la journée avec lui.

— Je vais prendre une douche, annonça-t-il. Ensuite j'aimerais bien passer un peu de temps avec toi et Lucas, si ça te convient.

Le cœur gonflé de joie, elle lui adressa un sourire éclatant.

— Avec plaisir.

Théo sortit de la douche en sifflotant. Quelle nuit il avait passée avec Kerry ! L'abandon total avec lequel ils avaient fait l'amour augurait bien de l'avenir…

La sonnerie de son portable lui arracha un juron.

— Diakos, lança-t-il, irrité contre son assistant.

Que lui prenait-il de l'appeler si tôt ? Il valait mieux pour lui que ce soit important…

Deux minutes plus tard, il regagna la terrasse d'une humeur massacrante et faillit bousculer Kerry, qui rentrait dans la maison en parlant à Lucas sans regarder où elle allait.

— Que se passe-t-il ? s'exclama-t-elle.

— Je viens de recevoir une mauvaise nouvelle.

Il l'entraîna dans le salon et s'assit avec elle sur le canapé.

— C'est Drakon. Son état a empiré. Il a été hospitalisé à Athènes.

— Oh, non… le pauvre ! C'est très grave ?

— Je ne sais pas encore. Mon assistant est en train

de se renseigner. Je te tiendrai au courant dès que j'aurai du nouveau.

Elle sentit sa gorge se nouer. Savoir Drakon dans un lit d'hôpital à Athènes était tellement triste…

— Peut-il recevoir des visites ?

— Je vais voir.

Plus tard ce jour-là, ils apprirent que Drakon allait mieux et qu'il avait demandé que Théo aille le voir à l'hôpital pour discuter de la vente de l'île.

— Oh, tant mieux ! s'exclama Kerry, soulagée. Il doit être rétabli.

— Oui, répondit sobrement Théo.

En réalité, il ne partageait pas cet optimisme, mais mieux valait ne pas alarmer Kerry. Elle s'était visiblement beaucoup attachée au vieil homme.

Impassible, il feuilleta une liasse de documents avant de la mettre dans sa serviette. Il y avait au contraire de grandes chances pour que Drakon ait décidé de mettre toutes ses affaires en ordre au plus vite parce qu'il sentait ses forces l'abandonner.

— Tu devrais lui expliquer pourquoi tu veux acheter son île, déclara Kerry. Il n'hésiterait plus. Il te la vendrait aussitôt.

— Il me la vendra de toute façon, répliqua-t-il d'un ton vif. Mon offre est la meilleure qu'il ait reçue.

— Mais ce n'est pas l'argent qui l'intéresse ! Ce qui lui importe, le plus c'est que son île ne soit pas défigurée par du béton.

— Ecoute, je n'ai pas besoin de tes conseils, d'accord ? Ce n'est pas parce que je t'ai expliqué pourquoi je voulais acheter cette île que tu dois te sentir autorisée à donner ton avis.

Théo regarda Kerry avec exaspération. Pour qui se prenait-elle ? La jeune femme qui avait partagé sa vie autrefois ne se serait jamais permis de lui expliquer comment gérer ses affaires !

— Je pense à Drakon, c'est tout.

Kerry soutint le regard glacial de Théo sans ciller. Quelle arrogance ! Dire qu'elle s'était réjouie de l'évolution de leur relation ! En réalité rien n'avait changé. La distance qui les séparait était toujours aussi grande.

Il était vrai qu'autrefois, elle n'aurait jamais osé lui donner le moindre conseil. Mais aujourd'hui, elle avait changé. Elle n'était plus la jeune femme timide qui se faisait aussi discrète que possible. Peut-être parce qu'elle était devenue mère et que depuis six mois, elle n'était plus uniquement responsable d'elle-même. Elle avait appris à prendre des décisions importantes ayant des conséquences sur une autre vie que la sienne.

Mais peu importaient les raisons de son changement d'attitude. Aujourd'hui, elle était incapable de ne pas dire ce qu'elle pensait. Et tant pis si ça ne plaisait pas à Théo !

— C'est un vieil homme malade et tu as le pouvoir de lui donner une assurance essentielle pour lui ! insista-t-elle avec feu. Pourquoi lui refuser cette joie ?

— La raison pour laquelle je veux acheter l'île ne le regarde pas.

— Il a consacré les vingt-cinq dernières années de sa vie à la protéger ! S'il savait que tu as l'intention de la rendre à ta tante, afin qu'elle puisse y vivre comme lui, en harmonie avec la nature, ce serait un immense réconfort pour lui.

— Je n'ai jamais fait des affaires avec des bons sentiments et je n'ai pas l'intention de commencer aujourd'hui.

— Mais ce n'est pas une affaire comme les autres pour toi. Reconnais-le !

— Inutile d'insister. Il n'est pas question que je raconte l'histoire de ma famille à un étranger, répliqua sèchement Théo. Les Diakos n'ont pas l'habitude de laver leur linge sale en public.

Kerry leva les yeux au ciel, exaspérée.

— Tu n'es pas obligé de tout lui raconter en détail ! Il suffit de lui expliquer que ta tante est aussi attachée que lui à cette île, et aussi respectueuse de la nature.

— Je n'étais pas obligé de tout te raconter à toi, et je regrette amèrement de l'avoir fait !

Refermant son attaché-case d'un coup sec, Théo se leva et se dirigea à grands pas vers la sortie.

— Après tout ce qui s'est passé, tu devrais pourtant savoir que dans la famille, nous réglons nos problèmes entre nous. Discrètement.

Kerry se souvint de la conversation qu'elle avait surprise le soir où il l'avait mise dehors.

— Oui, je le sais, en effet ! Pour toi, Hallie était un problème, alors tu avais décidé de lui prendre son fils avant de t'occuper d'elle « discrètement ».

— Il aurait mieux valu pour tout le monde que cela se passe ainsi.

Théo ferma la porte du salon et s'avança vers Kerry, la mine sombre.

— Hallie est alcoolique, déclara-t-il d'un ton posé. Corban voulait la faire soigner mais elle refusait. Elle aurait pu suivre une cure à l'étranger dans un excellent établissement, à l'abri des regards indiscrets et des commentaires malveillants. Après le scandale provoqué par son accident, cette solution a dû être écartée. A l'époque, il était seulement question de mettre Nicco à l'abri, le temps qu'elle suive une cure. En raison du harcèlement des médias, il a été impossible de la faire soigner discrètement et elle a mis beaucoup plus de temps à s'en sortir. Ton intervention a non seulement provoqué un accident qui aurait pu être dramatique, mais elle a failli briser le mariage de Corban et d'Hallie.

Atterrée, Kerry resta sans voix. Hallie, alcoolique ? Théo et Corban essayaient de l'aider ?

— Parce que tu es la mère de mon fils, tu feras bientôt partie de cette famille. Mais si tu veux garder ta place — au sein de la famille et auprès de Lucas — je te conseille de ne plus jamais te mêler de ce qui ne te regarde pas, ajouta Théo d'un ton impérieux.

— Ne me menace pas, répliqua-t-elle d'une voix tremblante. Tu ne me prendras jamais Lucas !

— Si je l'estime nécessaire, je n'hésiterai pas. Tu ferais bien de ne pas l'oublier.

Sur ces mots, Théo rouvrit la porte et quitta la pièce.

10

Le jasmin en fleur embaumait les rues voisines de la place Kolonaki, bordées de boutiques chic. Aux terrasses des cafés, les Athéniennes en compagnie d'hommes d'affaires prospères rivalisaient d'élégance.

Kerry poussait la poussette de Lucas, le cœur serré. Ce parfum était typique d'Athènes et il lui rappelait son premier été dans la ville… lorsqu'elle avait eu le coup de foudre pour Théo.

Elle avait été subjuguée par son charme irrésistible. A l'époque, elle se croyait parfaitement heureuse avec lui. Malheureusement ce bonheur était factice. Si leur relation avait été aussi harmonieuse, c'est parce qu'elle faisait tout ce qu'il voulait sans jamais le contrarier. Sans jamais rien lui demander.

Si elle avait été plus sûre d'elle et plus expérimentée, elle n'aurait peut-être pas été aussi éblouie par lui. Et elle se serait peut-être rendu compte que leur relation était très superficielle. Mais elle était beaucoup trop aveuglée par l'amour pour voir au-delà de la joie qu'elle éprouvait à être en sa compagnie.

Certaines personnes n'avaient pas d'autre ambition que de vivre dans le présent sans penser à l'avenir. Ce n'était pas son cas. Enfant, elle rêvait de vivre entourée d'amour au sein d'une famille unie. Aujourd'hui, elle avait ce même rêve pour son fils. Malheureusement, il semblait impossible. Chaque jour, Théo devenait un peu plus distant.

Ils étaient rentrés à Athènes et les préparatifs du mariage — qui devait être célébré dans l'intimité, en famille — avaient commencé. Mais la communication était rompue entre eux. Ils ne s'adressaient la parole que pour échanger des informations au sujet de Lucas.

Elle aurait tellement aimé avoir une discussion franche avec lui pour tenter de détendre l'atmosphère… Mais leur dernière dispute avait été si violente qu'elle craignait d'envenimer au contraire la situation.

Du moins comprenait-elle mieux à présent pourquoi Théo avait été aussi furieux contre elle, le soir où Hallie avait eu son accident. Toutefois, cela ne lui apportait aucun réconfort. Bien au contraire. Elle était accablée de remords.

Pas un instant, elle n'avait soupçonné qu'Hallie était alcoolique… Avec le recul, elle se rendait compte que certains signes auraient dû l'alerter. Mais le plus souvent, elle voyait son amie lors de dîners ou de soirées, et elle n'avait jamais remarqué qu'elle buvait trop.

Par ailleurs, elle avait entendu dire que les alcooliques étaient souvent très habiles pour donner le change. Sans compter que Théo et Corban s'étaient sans doute arrangés eux aussi pour que le problème ne devienne pas apparent.

Le cœur lourd, elle décida de regagner l'hôtel. Comment faire comprendre à Théo qu'elle regrettait amèrement d'avoir commis un tel impair ? Elle n'osait plus aborder le sujet. Pourtant, il faudrait bien crever l'abcès un jour ou l'autre. La tension qui existait entre eux ne se dissiperait pas d'elle-même.

Et plus le temps passait, plus le gouffre qui les séparait s'élargissait.

Elle prit l'ascenseur jusqu'au dernier étage de l'hôtel, entièrement occupé par les deux appartements de la famille, puis elle prépara Lucas pour sa sieste.

— Il est l'heure de dormir, mon ange, dit-elle en l'allongeant dans son berceau.

Il s'endormit presque aussitôt et elle quitta la pièce.

Intriguée par le clapotis et les rires qui parvenaient de l'extérieur, elle sortit sur la terrasse et jeta un coup d'œil sur celle de l'appartement voisin. Son cœur fit un bond dans sa poitrine.

Corban, Hallie et Nicco étaient rentrés de voyage.

Comme ils semblaient heureux, tous les trois ! Nicco avait beaucoup grandi, Hallie était de nouveau enceinte et le visage de Corban rayonnait d'amour et de fierté. Ils s'amusaient tous les trois dans la piscine. C'était un moment de bonheur familial parfait.

Dire qu'à cause d'elle, ce moment avait failli ne jamais avoir lieu…

Ecrasée de culpabilité, elle éclata en sanglots.

Théo se dirigea à grands pas vers l'ascenseur. Son personnel venait de l'informer — comme il en avait la consigne — que Kerry venait de regagner l'hôtel. Il fallait la prévenir que Corban et Hallie étaient rentrés de voyage. En effet, mieux valait éviter qu'elle tombe sur eux par hasard. Tout le monde risquait d'être très embarrassé… Il préférait être présent lorsqu'ils se reverraient pour la première fois.

Il traversa l'appartement à pas feutrés au cas où Lucas dormirait déjà et trouva Kerry sur la terrasse. Perplexe, il s'immobilisa à quelques mètres d'elle. Que lui arrivait-il ? Recroquevillée sur elle-même, elle était secouée de tremblements…

Elle pleurait, comprit-il soudain.

— Kerry ?

Se tournant vers lui, elle s'exclama entre deux sanglots :

— Je suis désolée ! Oh, Théo, je regrette tellement ma réaction impulsive le soir de l'accident !

S'efforçant d'ignorer l'élan de compassion qui l'envahit, Théo crispa les mâchoires. Ses excuses ne changeaient rien au problème : elle s'était mêlée de ce qui ne la regardait pas et avait mis en danger son neveu et sa belle-sœur.

— J'ai commis une erreur impardonnable…

Kerry prit une profonde inspiration.

— Mais je n'ai jamais voulu nuire à personne. Il faut que tu comprennes que je croyais bien faire.

— Justement, je n'ai jamais réussi à comprendre ta conduite, répliqua-t-il avec sincérité. Qu'est-ce qui t'a pris ?

— Je n'ai pas pu m'empêcher de penser à ma mère, répondit-elle après un silence. Et à ce qui l'a tuée…

Se détournant de lui, elle enfouit son visage dans ses mains.

Interloqué, il haussa les sourcils. De quoi parlait-elle ? Quel rapport pouvait-il y avoir entre la mort de sa mère et ce qui s'était passé, le soir où Hallie avait eu son accident ?

— On lui a enlevé son bébé, expliqua-t-elle. On m'a enlevée à ma mère… et ça l'a tuée.

Kerry essuya ses larmes et se tourna de nouveau vers lui. Les yeux rouges, le regard désespéré, elle tremblait de tout son corps.

Théo eut un pincement au cœur. De toute évidence, évoquer ce souvenir la bouleversait. Il lui tendit la main.

— Viens t'asseoir à l'intérieur.

Se recroquevillant sur elle-même, elle eut un mouvement de recul. Il n'insista pas. De toute évidence, elle était trop perturbée pour supporter qu'on la touche.

Après un instant d'hésitation, elle le contourna pour rentrer dans le salon et se dirigea vers le canapé d'un pas chancelant.

Il lui servit un verre d'eau froide et s'assit à côté d'elle.

Kerry prit le verre avec des doigts tremblants et but une longue gorgée. Ses paumes étaient moites, constata-t-elle. Et elle avait l'impression que son cœur n'avait jamais battu aussi fort… C'était la première fois qu'elle parlait de sa mère à quelqu'un.

Cela lui avait échappé et elle n'avait aucune envie d'en dire plus. Que penserait Théo lorsqu'il connaîtrait la vérité ? Mais à présent qu'elle avait commencé, elle était obligée d'aller jusqu'au bout…

— Ma mère m'a eue très jeune. A seize ans.

Elle jeta un coup d'œil furtif à Théo. Etait-il choqué ? Impossible de le deviner. Son visage était impénétrable. Fixant de nouveau les yeux sur son verre, elle poursuivit.

— Ma grand-mère l'a mise à la porte après l'avoir obligée à me confier à elle. J'ai été élevée avec Bridget, sa fille cadette, beaucoup plus jeune que ma mère. En réalité, ma grand-mère n'avait aucune envie de s'occuper de moi et elle me l'a fait sentir tous les jours. Mais surtout, cette séparation a détruit la vie de ma mère. Elle a été accablée par un sentiment d'échec insupportable et elle n'a jamais pu s'en remettre.

Kerry s'interrompit pour boire une autre gorgée d'eau. C'était très étrange… En même temps qu'elle parlait à Théo, elle avait l'impression d'entendre quelqu'un d'autre raconter sa vie.

— Bridget est donc ta tante, commenta Théo d'un ton neutre.

— Oui, mais je l'ai toujours considérée comme ma sœur et c'est réciproque. Nous avons grandi ensemble et il n'y a pas une très grande différence d'âge entre nous.

Kerry prit une profonde inspiration.

— Peut-être que si ma mère avait pu me garder elle aurait eu un but dans la vie, une raison de se prendre en main. Mais étant donné les circonstances, elle a sombré dans l'alcool et la drogue. Elle est morte d'une overdose.

— Je suis désolé. Cela a dû être très dur pour toi.

— A l'époque, je croyais que c'était ma sœur aînée. Je ne la connaissais même pas, puisque ma grand-mère l'avait chassée de chez elle.

Pour la première fois depuis le début de son récit, Kerry sentit Théo tressaillir. Elle lui jeta de nouveau un regard furtif. Il était manifestement atterré.

— Ta grand-mère ne t'avait pas dit qui était ta mère ? s'exclama-t-il d'un ton incrédule. Elle t'a menti ?

— Elle a prétendu avoir agi dans l'intérêt de tout le monde. En réalité, elle avait honte que sa fille ait eu un bébé aussi jeune. Je n'ai découvert la vérité qu'à dix-huit ans, quand j'ai obtenu un emploi dans une agence de voyages. Pour faire faire un passeport, j'ai eu besoin d'un extrait d'acte de naissance.

Kerry sentit son cœur se serrer. Jamais elle n'oublierait le choc qu'elle avait reçu en voyant le nom de sa sœur inscrit dans le cadre réservé à celui de sa mère.

A l'époque, sa mère était déjà morte. Elle n'avait pas eu le temps de la connaître. Sa grand-mère les avait privées l'une et l'autre du droit de tisser des liens.

Soudain, elle sentit les bras de Théo se refermer sur elle.

Elle s'abandonna avec une gratitude infinie à ce geste de réconfort. Quel soulagement de savoir qu'il n'était pas rebuté par son histoire !

— Je suis désolée, murmura-t-elle. J'aurais tellement aimé offrir à Lucas une autre histoire familiale.

— Tu n'as pas à t'excuser pour des faits dont tu n'es pas responsable.

Théo écarta avec douceur les cheveux de Kerry de son visage baigné de larmes, puis il lui prit le menton et plongea son regard dans le sien.

— Tout ce qui compte pour moi, c'est que Lucas reçoive ce dont il a le plus besoin : l'amour de ses deux parents.

Une vive émotion submergea Kerry. Théo était sincère. Il n'y avait aucun doute là-dessus. Quel soulagement ! C'était comme s'il venait de la débarrasser de l'énorme fardeau qui l'écrasait depuis toujours.

Théo glissa les doigts dans les cheveux de Kerry et referma la main sur sa nuque. Pas étonnant qu'elle ait eu une réaction aussi impulsive lorsqu'elle avait surpris sa conversation avec Corban ! Sa conduite lui apparaissait à présent sous un tout autre jour…

— Je n'aurai jamais le courage d'affronter Hallie et Corban…, murmura-t-elle.

A peine cet aveu eut-il franchi ses lèvres que Kerry se mordit la lèvre. Elle n'avait pas le droit de se montrer aussi lâche. Il fallait assumer son erreur.

— Je te soutiendrai, répliqua Théo en la serrant contre lui.

— Merci, murmura-t-elle, l'estomac noué.

Corban devait lui en vouloir terriblement d'avoir mis sa femme et son fils en danger. Parviendrait-il à lui pardonner ? Et Hallie ? Comment allait-elle réagir ?

— N'y pense pas pour l'instant, conseilla Théo en effleurant sa joue du bout des lèvres. Ne pense à rien.

Parcourue d'un long frisson, Kerry ferma les yeux, tandis qu'il parsemait son visage de baisers légers, essuyant ses larmes au passage.

C'était merveilleux de savoir qu'il n'y avait plus de secrets entre eux… Théo savait tout d'elle, mais ça ne l'empêchait pas de l'embrasser, de la caresser…

Avec un petit soupir, elle lui offrit sa bouche. Il s'en empara avec fougue et elle fut submergée par un désir irrépressible. Impatiente de sentir son corps nu contre le sien, elle le débarrassa de ses vêtements avec des gestes fébriles pendant qu'il faisait de même avec les siens.

Quelques secondes, plus tard, ils étaient nus l'un et l'autre, face à face, et ils se dévoraient des yeux.

Parcourue de longs frissons, Kerry ne se lassait pas de regarder Théo. Quel corps superbe ! Sa virilité gorgée de désir était fascinante… Sa seule vue suffisait à l'embraser tout entière.

Son regard étincelant était très troublant lui aussi. Il se promenait sur elle, traçant un sillon brûlant sur ses seins, son ventre, entre ses cuisses… Le souffle court, elle fut envahie par une vive chaleur.

Dès que ses doigts effleurèrent sa peau, elle fut emportée dans un tourbillon de sensualité.

Etourdie par les sensations inouïes que faisaient naître les caresses et les baisers de Théo, elle ne s'appartenait plus. Sans savoir comment, elle se retrouva tout à coup allongée sur le canapé.

Soudain, elle sentit la langue de Théo s'insinuer jusqu'au cœur de sa féminité, qu'elle explora avec une sensualité redoutable. Submergée par des vagues de plaisir qui lui arrachaient de longs gémissements modulés, Kerry atteignit très vite le sommet de la volupté.

Avant qu'elle ait le temps de redescendre sur terre, Théo se redressa et s'enfonça au plus profond d'elle. Aspirée par une spirale de feu tourbillonnante au sein de laquelle ils ne formaient plus qu'un seul être, elle s'abandonna au rythme enivrant de ses reins. Quelques instants plus tard, ils s'abîmèrent dans le gouffre de la jouissance avec un même cri rauque.

Kerry sourit tendrement en regardant Théo allongé à côté d'elle. Tout son corps vibrait encore de plaisir et son cœur était gonflé d'un bonheur tout nouveau, qu'elle n'avait jamais ressenti auparavant. Elle avait révélé à Théo tous les détails sordides de son passé et son désir pour elle n'en avait pas été altéré !

Elle traça du bout des doigts le contour de sa mâchoire carrée. Il ouvrit les yeux et un sourire se dessina sur ses lèvres sensuelles.

Elle lui rendit son sourire, le cœur battant. Le simple fait de le regarder suffisait à la combler de joie… et d'excitation. C'était comme si son sang pétillait dans ses veines comme du champagne. Comme elle était heureuse d'être avec lui ! Si heureuse qu'il soit le père de son enfant !

Tout à coup, elle crut que son cœur s'arrêtait de battre. Mon Dieu, c'était merveilleux… merveilleux et terrifiant à la fois.

Elle aimait Théo.

Elle était retombée amoureuse de lui.

Un peu plus tard ce jour-là, Théo emmena Kerry chez Hallie et Corban. Les jambes tremblantes, elle s'efforçait de surmonter son anxiété. Pas question de flancher, il fallait faire face. Pas seulement parce que c'était primordial pour son avenir au sein de la famille Diakos, mais parce que c'était son devoir.

— Je regrette sincèrement ce qui s'est passé la dernière fois que nous nous sommes vus, déclara-t-elle dès qu'elle pénétra dans le salon, où les attendaient Corban et Hallie. Je n'aurais jamais dû réagir de manière aussi impulsive.

Son estomac se noua. Allons bon, elle avait l'impression que sa voix résonnait dans la pièce de manière incongrue. Ces excuses étaient peut-être un peu précipitées. Mais non… De toute façon, il était impossible d'échanger des banalités comme si de rien n'était. Autant aller droit au but.

— C'est oublié, déclara Hallie avec chaleur en la serrant dans ses bras. Tout s'est bien terminé.

— Mais… quand je pense à ce qui aurait pu arriver…

A son grand dam, la vue de Kerry se brouilla. Dire qu'elle s'imaginait qu'il ne lui restait plus une seule larme à verser !

— Honnêtement, je ne me souviens pas de grand-chose, assura Hallie. Mais je te connais, Kerry. Je sais que tu étais animée de bonnes intentions. Tu m'as peut-être même rendu service, d'une certaine manière.

Kerry la regarda avec incrédulité.

— Je ne comprends pas.

— Je n'étais pas prête à admettre que j'avais besoin d'aide, expliqua Hallie en tendant un mouchoir en papier à Kerry. Je sais que ce n'était pas le meilleur moyen de prendre conscience de la situation, mais l'accident m'a ouvert les yeux.

— Mais…

— Nous te pardonnons, insista Hallie en prenant Corban par le bras. Et nous sommes très heureux à l'idée que tu vas de nouveau faire partie de la famille.

Le cœur de Kerry se gonfla de gratitude. Quelle générosité ! L'amitié d'Hallie avait toujours été très importante pour elle et c'était un immense soulagement de constater qu'elle avait survécu.

— Théo m'a expliqué ce qui s'était passé, intervint Corban.

Kerry se tourna vers lui et déglutit péniblement.

— Je sais que tu n'as pas cherché à nous nuire.

Pourtant, il n'y avait aucune chaleur dans son regard, constata-t-elle. De toute évidence, il était plus réticent qu'Hallie à lui accorder de nouveau sa confiance. Mais il acceptait malgré tout son retour au sein de la famille.

— Merci, répliqua-t-elle, sincèrement touchée.

— Si nous passions à table ? suggéra Hallie d'un ton enjoué.

Kerry fut de nouveau submergée par un élan de gratitude. C'était très généreux de la part d'Hallie de chercher ainsi à détendre l'atmosphère.

Théo suivit son frère et les deux femmes dans la salle à manger sans quitter Kerry des yeux. Elle était visiblement soulagée que cette première rencontre avec Hallie et Corban se soit aussi bien passée. Et il devait reconnaître qu'il partageait son soulagement.

11

Au cours des semaines suivantes, Kerry et Hallie se virent très souvent et passèrent ensemble des moments très agréables. Elles étaient heureuses de retrouver leur amitié intacte.

Le mariage fut célébré dans la plus stricte intimité. Après la cérémonie, Théo emmena pour deux jours Kerry et Lucas dans l'île.

Kerry s'efforça de masquer sa déception. Elle n'espérait pas un véritable voyage de noces, bien sûr, mais deux jours, c'était si court… Elle aurait aimé pouvoir passer un peu plus de temps avec Théo. Malheureusement, il avait trop de travail pour pouvoir s'absenter d'Athènes plus longtemps.

A leur retour, Corban et Hallie étaient déjà repartis et poursuivaient le voyage qu'ils avaient interrompu pour assister au mariage. Kerry et Lucas se retrouvèrent de nouveau seuls dans la journée, et la vie reprit son cours normal.

Un jour, Kerry reçut un message de Drakon, qui lui demandait de lui rendre visite à l'hôpital. Elle fut très surprise. Selon Théo, le vieil homme n'était pas assez vaillant pour recevoir des visiteurs. L'après-midi même où il avait eu rendez-vous avec lui, l'état du vieil homme s'était aggravé. Il n'avait pu le voir et la vente de la maison était restée en suspens.

Kerry relut le mot de Drakon. Théo n'apprécierait sûrement pas qu'elle aille le voir seule, mais il était à

Paris et ne rentrerait que demain… Or, elle ne voulait pas faire attendre le vieil homme. Sa santé semblait très précaire et il risquait de ne pas être en état de la recevoir si elle remettait sa visite.

Elle laissa Lucas avec la gouvernante et se rendit à l'hôpital.

— Merci d'être venue, déclara Drakon en se redressant dans le lit avec difficulté. Je n'étais pas certain que vous pourriez vous libérer.

Elle l'embrassa sur la joue en s'efforçant de masquer son désarroi. Comme il avait changé ! Il était si frêle qu'elle avait du mal à le reconnaître…

— J'ai plusieurs choses à vous demander, poursuivit-il. Excusez-moi d'aller droit au but sans perdre de temps en échange de politesses, mais je me fatigue très vite.

Kerry le regarda avec appréhension.

Quelque chose lui disait qu'elle avait tout intérêt à ne pas répondre aux questions qu'il allait lui poser…

Théo signa la dernière page de l'acte de vente et s'écarta du lit de Drakon.

— Prenez soin de mon île, déclara le vieil homme d'un ton impérieux. Et occupez-vous bien de votre charmante épouse. C'est une perle, mais je ne suis pas certain que vous en ayez conscience.

Théo réprima la réponse cinglante qui lui brûlait les lèvres. L'île était à lui désormais, il était libre d'en faire ce qu'il voulait. Quant à Kerry, il savait exactement à quoi s'en tenir à son sujet.

— Ne vous inquiétez pas, je connais parfaitement mon épouse, déclara-t-il d'un ton posé.

C'était une femme qui ne pouvait s'empêcher de se mêler de ses affaires. Une femme qui — une fois de plus — avait agi derrière son dos !

Avec un grognement sceptique, Drakon tendit la main à Théo pour sceller leur accord.

— Dans ce cas, je ne vous retiens pas. Vous avez sûrement beaucoup à faire.

Théo arqua un sourcil narquois. Décidément, ce vieil homme était toujours aussi aimable… Mais quelle importance, à présent ? Il lui serra la main sans faire de commentaire.

Il quitta l'hôpital et rentra directement à l'hôtel. Il avait enfin récupéré l'île de sa tante… Malheureusement, une autre pensée l'empêchait de savourer sa victoire.

Kerry l'avait trahi. De nouveau.

Après un dernier regard à Lucas, qui dormait déjà profondément, Kerry sortit de sa chambre et ferma silencieusement la porte.

Elle se mordit la lèvre, au comble de la nervosité. La veille, à l'hôpital, elle s'était promis de ne rien dire ou faire qui puisse contrarier Théo. Mais Drakon avait réussi à obtenir d'elle la réponse qu'il cherchait. Ou plutôt, la confirmation qu'il attendait. Parce qu'il savait déjà tout. Il lui avait raconté lui-même l'histoire de l'oncle et de la tante de Théo, puis avait suggéré que ce dernier voulait peut-être acheter l'île pour la rendre à sa tante.

Pourquoi n'avait-elle pas été capable de rester impassible ? Drakon avait lu sur son visage qu'il ne s'était pas trompé.

Théo allait être furieux. Elle avait décidé de lui expliquer au plus vite ce qui s'était passé, mais malheureusement il était injoignable. A son retour de Paris, il s'était rendu directement à son travail. Elle avait tenté de l'appeler, mais il était toujours en réunion. Et de toute façon, ce n'était pas le genre d'aveu qu'elle avait envie de lui faire par téléphone.

Elle sortit dans le jardin sur le toit, dans l'espoir d'y retrouver un semblant de sérénité. Mais le parfum des fleurs et le chant de la fontaine n'eurent pas l'effet recherché.

La dernière fois qu'elle avait attendu Théo au même

endroit pour lui faire un aveu, il l'avait mise à la porte… Certes, à l'époque, elle avait commis une grave erreur qui aurait pu avoir des conséquences dramatiques. Ce qui n'était pas le cas aujourd'hui. Mais cela n'empêcherait pas Théo d'être furieux contre elle.

Au moment où elle s'apprêtait à regagner l'appartement, Théo franchit la baie vitrée.

— Je suis heureuse que tu sois rentré, dit-elle aussitôt.

Par miracle, sa voix ne tremblait pas, constata-t-elle avec satisfaction.

— J'ai quelque chose à te dire, poursuivit-elle.

— Tu es allée voir Drakon.

Elle déglutit péniblement. Il était déjà au courant…

— Oui, il m'a envoyé un mot me demandant de lui rendre visite, expliqua-t-elle. Sa santé est tellement précaire que j'ai préféré y aller sans tarder.

— J'arrive de l'hôpital.

Théo sortit l'acte de vente de son attaché-case.

— Nous avons signé.

— Oh ! C'est fantastique !

Le soulagement de Kerry fut de très courte durée. A en juger par son regard noir, Théo était furieux quand même.

— Pourquoi n'es-tu pas satisfait ? Tu as ce que tu souhaitais, non ?

— Je souhaitais une épouse qui ne se mêle pas de mes affaires.

— Je ne me suis pas mêlée de tes affaires ! protesta-t-elle avec indignation.

— Tu as transmis à Drakon des informations que je t'avais confiées.

— Non ! Drakon était déjà au courant de tout ! Il voulait juste avoir la confirmation de ce qu'il savait.

— Et tu la lui as donnée, insista sèchement Théo.

— Non ! Je n'ai pas su rester impassible. Il a lu sur mon visage que ses renseignements étaient exacts. Mais je ne lui ai rien dit.

— Ça revient au même.

— Tu aurais voulu que je nie ? Que je mente délibérément à un vieil homme malade ?

— N'essaie pas de retourner la situation, s'il te plaît. Ce n'est pas toi la victime.

— Ni toi ! s'exclama Kerry, outrée. Comment peux-tu réagir comme si j'avais voulu te nuire ? Il ne s'est rien passé de grave, que je sache ! Au contraire ! Tu as enfin acheté l'île que tu convoitais depuis des années.

— Drakon aurait fini par me la vendre tôt ou tard. Le problème n'est pas là.

Théo s'avança vers Kerry d'un air menaçant.

— Le problème, c'est que j'ai besoin d'avoir confiance en mon épouse. Or, je n'ai pas confiance en toi.

— En réalité, ce que tu veux c'est une épouse docile qui n'exprime jamais son opinion. Sauf quand elle est conforme à la tienne.

Elle le foudroya du regard.

— Tu voudrais pouvoir traiter ton épouse comme une employée. Une femme qui exécute tes ordres sans discuter.

— Je ne tolérerai pas que tu te mêles de mes affaires, que ça te plaise ou non.

— Si tu t'imagines que tu m'impressionnes, tu te trompes ! Je ne suis plus la jeune femme craintive que tu as mise à la porte il y a plus d'un an.

— Vraiment ? Alors, pourquoi sommes-nous en train de nous quereller parce que tu m'as trahi ?

— Je ne t'ai pas trahi ! C'est ce que tu crois parce que tu es incapable d'accepter un autre point de vue que le tien. Tu veux absolument tout régenter, imposer ta volonté à tout le monde. Quelles que soient les circonstances, tu es toujours convaincu d'avoir raison.

Théo crispa les mâchoires, excédé. Pour qui se prenait-elle ?

— Je te répète qu'il est inutile d'essayer de retourner la situation en ta faveur.

— Tu ne te rends même pas compte à quel point tu es hypocrite ! cria-t-elle, au comble de l'exaspération.

En voulant toujours tout régenter, c'est toi qui te mêles de la vie des autres ! Celle de Corban, celle de ta tante, la mienne !

— Je m'efforce de défendre au mieux les intérêts de chacun. Je ne vois pas où est le problème

— Le problème, c'est ta façon d'agir, qui est insupportable. Tu refuses de prendre en compte le point de vue des autres. Tu m'as dit que tu ne supportais pas que ton père se mêle de ta vie, mais tu te comportes comme lui.

— Ne me compare pas à mon père !

Devant la fureur qui déformait les traits de Théo, Kerry fut accablée par un profond découragement. Poursuivre cette discussion était au-dessus de ses forces…

— D'accord… De toute façon, discuter avec toi ne sert à rien. J'ai l'impression de marcher sur des œufs en permanence. J'ai beau faire des efforts, je finis toujours par déclencher ta colère.

— Si tu restais à ta place, nous n'aurions pas ce problème.

Relevant le menton, Kerry plongea son regard dans celui de Théo. Elle l'aimait. Malheureusement, elle n'était pas certaine que leur mariage puisse fonctionner.

Le cœur lourd, elle poussa un profond soupir.

— Tu n'entendras jamais réellement ce que je te dis. Quoi que je fasse, tu l'interpréteras toujours de façon négative.

Elle pivota sur elle-même.

— Reste ici, intima-t-il d'un ton cinglant. Je n'en ai pas terminé avec toi.

Se retournant vers lui, elle répliqua d'une voix lasse :

— Je sais. Tu n'en auras jamais terminé avec moi, malheureusement. Parce que Lucas nous lie.

Théo continua de darder sur elle un regard courroucé. Mais lorsqu'elle quitta la pièce, il ne chercha pas à la retenir.

Cette nuit-là, Kerry ne dormit presque pas. Lorsqu'elle entendit Lucas s'agiter dans sa chambre au lever du jour, elle se leva sans bruit.

Après la dispute de la veille, elle n'avait aucune envie de voir Théo. Et c'était apparemment réciproque, constata-t-elle quelques instants plus tard, lorsqu'il s'enferma dans son bureau pour travailler.

L'appartement était immense, mais elle avait le sentiment de devenir claustrophobe. Le simple fait de savoir Théo derrière la porte fermée de son bureau l'oppressait. Comme si elle vivait à côté d'un volcan susceptible d'entrer en éruption d'un instant à l'autre…

Incapable de rester enfermée plus longtemps, elle mit Lucas dans sa poussette et sortit se promener. En quittant l'hôtel climatisé, elle fut saisie par la chaleur et la lourdeur de l'atmosphère. Il était pourtant à peine 8 heures. Le temps était instable depuis quelques jours et elle avait pris l'habillage pluie de la poussette, précaution la plupart du temps inutile à Athènes en été.

Quittant l'animation du quartier d'affaires, elle gagna de dédale de ruelles étroites qui sinuaient au flanc de l'Acropole. Mais elle avait oublié que la zone touristique s'éveillait plus tardivement, et elle fut déconcertée par le calme qui régnait dans les rues désertes. Seuls quelques commerçants lavaient le trottoir devant le seuil de leurs boutiques de souvenirs.

Au bout d'un moment, elle finit malgré tout par trouver un café ouvert et s'installa en terrasse pour donner à boire à Lucas. Dans l'espoir que la combinaison de sucre et de caféine lui redonnerait un peu d'énergie, elle commanda un café et un baklava.

Mais au fil des minutes, sa fatigue s'accentua. Le temps était de plus en plus lourd et le manque de sommeil commençait à se faire cruellement sentir.

Distraitement, elle regarda le reflet des bibelots de la boutique d'en face sur le trottoir mouillé. Une pensée la poursuivait. Elle aimait Théo de toute son âme mais de son côté, il ne l'aimerait jamais. C'était une certitude à présent. Il venait une fois de plus de lui briser le cœur.

Et malheureusement, elle n'était pas certaine de trouver la force de recoller encore une fois les morceaux.

Théo observait attentivement le visage de sa tante Dacia, tandis que l'hélicoptère approchait de l'île. C'était la première fois de sa vie qu'il la rencontrait vraiment et il était encore sous le choc. La ressemblance avec sa mère était saisissante. Pas tant physiquement que dans sa façon de se mouvoir, dans ses gestes, et surtout dans sa voix.

Quelle expérience étrange de la ramener enfin sur l'île où elle avait grandi avec sa mère… A sa grande surprise, elle avait accepté immédiatement de l'accompagner, alors que jusque-là elle avait toujours refusé de lui adresser la parole. Elle lui avait même claqué la porte au nez à plusieurs reprises avant qu'il finisse par renoncer à la voir.

Après leur descente de l'appareil, elle resta silencieuse. Mais ses yeux brillaient et son visage s'était animé, constata-t-il en lui jetant un coup d'œil furtif, alors qu'ils prenaient le chemin conduisant à la maison. De toute évidence, elle était très émue.

— Je n'arrive pas à y croire, finit-elle par dire lorsque la gouvernante de Drakon les accueillit dans la maison.

— Est-ce que ça a beaucoup changé ? demanda Théo.

— L'extérieur, presque pas. Et à part les meubles, l'intérieur non plus, apparemment.

— Il faut prévoir quelques réparations, précisa-t-il. Surtout sur le pressoir à olives traditionnel. L'entretien des oliveraies laisse également à désirer. J'ai déjà pris contact avec plusieurs spécialistes que nous pourrons employer pour remettre la propriété en état… si c'est ce que tu souhaites, bien sûr.

— Voici les tableaux qu'on m'a demandé de vous montrer, déclara la gouvernante de Drakon en les conduisant dans le couloir. Pendant que vous les regardez, je vais préparer des rafraîchissements.

— Oh !

Dacia porta les mains à son visage, manifestement bouleversée.

Elle s'approcha en tremblant des tableaux peints par son défunt mari et des larmes roulèrent sur ses joues.

Etreint par une étrange émotion, Théo sortit aussitôt un mouchoir de la poche de sa veste. S'approchant d'elle, il le lui tendit, puis il passa un bras autour de ses épaules avec une spontanéité qui le surprit lui-même.

Elle tressaillit et leva vers lui un regard interdit.

Aussitôt, il retira son bras et s'écarta d'elle, embarrassé.

— Excuse-moi. Je n'aurais pas dû me montrer aussi familier.

— Non ! C'est moi qui te dois des excuses.

Dacia leva vers lui un regard reconnaissant.

— Merci infiniment pour tout ce que tu fais pour moi.

— Ce n'est rien.

— Au contraire ! protesta-t-elle avec feu. Après la façon dont je t'ai rejeté, je ne mérite pas que tu te montres aussi généreux avec moi.

— Si. C'est à cause de mon père que tu as tout perdu.

— Oui, justement. Toi tu n'y étais pour rien. C'était stupide de ma part de tourner le dos à ma sœur et à ses fils. A présent que tu es devenu un homme, je regrette amèrement d'avoir perdu tout ce temps. Et je suis désolée de ne jamais avoir accepté ton aide. Quand je pense aux tableaux que j'ai renvoyés sans même les avoir déballés… C'était horriblement mesquin de ma part. Surtout après tout le mal que tu as dû te donner pour les retrouver. J'étais tellement butée que je me suis punie moi-même. Je me suis interdit de trouver un peu de réconfort auprès de vous.

— Qu'est-ce qui t'a fait changer d'avis ? J'étais ravi que tu répondes à mon coup de téléphone et que tu acceptes de venir ici avec moi, mais je dois reconnaître que j'ai également été très surpris.

— Je suis vraiment désolée… Et à ma grande honte, je dois avouer que si l'ancien propriétaire de l'île ne m'avait pas écrit pour me demander de lui rendre visite à l'hôpital, je n'aurais toujours pas retrouvé la raison.

— Drakon Notara t'a écrit ? s'exclama Théo, stupéfait.

— Oui. Je suis allée le voir et dès que je suis arrivée, il m'a dit que tu voulais acheter cette île pour me la rendre. J'ai failli faire demi-tour aussitôt, mais il est tellement charmant qu'il a réussi à me retenir.

Théo crispa les mâchoires, agacé. Notara n'avait pas chômé ! Il avait vu Kerry le matin, Dacia l'après-midi, et lui-même le lendemain !

— Que t'a-t-il raconté ?

— Sa vie. Il m'a parlé de sa femme et de leur amour commun de la nature. Il m'a dit que son vœu le plus cher était que l'île reste telle qu'elle était et qu'il ne supportait pas l'idée qu'elle puisse être livrée aux promoteurs immobiliers. C'est pour ça qu'il a commencé à s'intéresser à moi.

Dacia eut un petit sourire contrit.

— Il voulait que je lui promette de te tenir à l'œil et de t'obliger à tenir ta promesse de ne pas construire un seul hôtel sur l'île.

Théo secoua la tête. Décidément, Notara ne manquait pas d'aplomb !

— Rassure-toi, je n'ai aucune intention de construire quoi que ce soit ici, déclara-t-il. C'est à toi de décider ce que tu veux faire de cette île. Les possibilités sont nombreuses. Reprendre la production d'huile d'olive, par exemple. Ou encore louer des chambres à des artistes comme tu le faisais autrefois.

Il s'interrompit. Pas question de la bousculer.

— Mais tu n'es pas obligée de prendre une décision immédiatement, bien sûr. Prends tout le temps que tu veux pour réfléchir. Et si tu te rends compte que tu n'as pas envie d'habiter sur l'île, ça ne posera aucun problème non plus. Nous trouverons quand même un moyen de la préserver.

Dacia lui adressa un sourire reconnaissant, puis reporta son attention vers les tableaux.

— J'aimerais t'envoyer les autres à présent, déclara Théo.

— Merci, répondit-elle avec un sourire ému. Mais tu sais, après tout ce temps, je me rends compte que j'ai surtout envie de connaître les gens que j'ai si stupidement exclus de ma vie.

— Avec plaisir. Je sais que Corban serait ravi de te présenter à sa famille.

— J'aimerais beaucoup rencontrer ta femme également. Drakon Notara ne jure que par elle. J'ai eu l'impression qu'elle avait joué un rôle essentiel dans sa décision de vendre l'île.

— Oui, Notara a toujours eu un faible pour Kerry. Je crois qu'elle lui rappelle sa femme.

Pourquoi ce pincement au cœur, tout à coup ? se demanda Théo avec perplexité.

Il avait toujours su que Kerry aurait une influence favorable sur la décision du vieil homme. C'était d'ailleurs pour cette raison qu'il avait accepté de l'amener sur l'île comme ce dernier le lui avait demandé…

— Les rafraîchissements sont servis.

— Merci beaucoup. C'est très aimable à vous, déclara Dacia à la gouvernante.

Théo accompagna sa tante sur la petite terrasse ombragée qui dominait la mer Egée. Il fallait bien reconnaître que si Dacia était ici et si elle avait accepté de le suivre sans émettre la moindre objection, c'était grâce à Kerry et à Notara. S'il avait dû se débrouiller seul, il aurait sans doute eu beaucoup plus de mal à la convaincre…

— Pour l'instant, j'ai gardé tout le personnel de Notara, déclara-t-il. Cela devrait faciliter la transition. Mais bien sûr, tu es libre de prendre toutes les décisions que tu jugeras nécessaires dans ce domaine également.

— Tu as bouleversé ma vie, répliqua-t-elle en lui pressant furtivement la main. Tu n'imagines pas ce que ça représente pour moi. Merci infiniment de m'offrir un cadeau aussi merveilleux.

Théo sourit.

— Ma femme n'est pas étrangère à cet heureux dénouement, se surprit-il à souligner.

— Je suis très impatiente de faire sa connaissance. Je suis sûre que c'est une femme exceptionnelle.

Théo ne répondit pas.

Au début de leur relation, Kerry correspondait parfaitement à l'idée qu'il se faisait de la maîtresse idéale. Elle en avait les deux qualités essentielles : la beauté et la discrétion. Elle représentait une oasis de sérénité dans sa vie de travail acharné.

Mais depuis, elle avait changé. Et à vrai dire, elle ne correspondait pas du tout à l'idée qu'il se faisait de l'épouse idéale... Elle avait trop tendance à lui tenir tête.

Cependant, comme elle le lui avait fait remarquer, elle n'était pas une de ses employées. Elle était sa femme. Avait-il vraiment envie de vivre avec une épouse docile et sans caractère, toujours prête à exécuter ses ordres ?

Depuis qu'il avait découvert l'existence de son fils, il s'était toujours efforcé de considérer avant tout l'intérêt de ce dernier. Il ne s'était jamais préoccupé de l'intérêt de Kerry ni même du sien propre.

Tout à coup, une image s'imposa à l'esprit de Théo. Celle du visage las de Kerry au moment où elle lui avait dit qu'il n'en aurait jamais terminé avec elle.

De toute évidence, la perspective de passer sa vie avec lui la désespérait.

Et curieusement, cette pensée le glaçait.

12

Le tonnerre gronda dans le ciel d'Athènes et Kerry pressa le pas dans la zone piétonnière au pied de l'Acropole. L'atmosphère était de plus en plus suffocante. L'orage n'allait pas tarder à éclater…

Malgré la tension qui régnait entre elle et Théo, elle avait hâte de ramener Lucas à l'hôtel. Cependant, ce qui n'était d'ordinaire qu'une promenade tranquille prenait des allures de marathon…

Les premières gouttes tombèrent lorsqu'elle quitta le dédale de ruelles pour prendre l'avenue qui conduisait à la place Syntagma. Elle avait toujours détesté cette voie très fréquentée, mais c'était l'itinéraire le plus court pour regagner l'hôtel. Par ailleurs, elle aurait peut-être une chance d'y trouver un taxi.

Tout à coup, un éclair déchira le ciel juste au-dessus de sa tête, suivi par un coup de tonnerre retentissant. Presque simultanément, des trombes d'eau s'abattirent sur la ville.

Lucas se mit à hurler. Il était au sec sous la bâche de protection de sa poussette, mais entre le fracas du tonnerre et le crépitement de la pluie sur le plastique, il avait de quoi être effrayé. Trempée jusqu'aux os en quelques secondes, Kerry continua d'avancer tant bien que mal.

Le rideau de pluie était si dense que les colonnes du temple de Zeus, pourtant toutes proches, étaient à peine visibles. Un torrent d'eau jaunâtre, qui charriait la poussière accumulée pendant tout l'été dans les rues, débordait déjà du caniveau.

Lucas hurlait si fort que Kerry l'entendait malgré le tumulte de l'orage. Impossible de prendre un taxi, constata-t-elle avec désespoir. Vu la violence du flot qui s'échappait du caniveau, s'approcher du bord du trottoir avec la poussette était trop risqué. Baissant la tête, elle continua de marcher.

Théo était déjà de retour à l'hôtel lorsque l'orage éclata. A la pensée que Kerry et Lucas étaient dehors, il se mit à arpenter son bureau en jetant des coups d'œil anxieux par la fenêtre. Bon sang, c'était un véritable déluge ! Pourvu qu'ils soient à l'abri !

La sonnerie de son portable le fit tressaillir. Kerry !

— Où es-tu ?

— Dans le Jardin national... Lucas hurle de frayeur... La bâche s'est déchirée et il ne veut pas rester dans la poussette.

Entre le bruit de l'orage et la mauvaise qualité de la liaison, Théo entendait très mal ce que disait Kerry, mais il parvint à comprendre où elle se trouvait.

— Je ne vais pas réussir à le ramener seule. S'il te plaît... peux-tu m'aider ?

Le cœur de Théo se serra. Si ses paroles n'étaient pas très distinctes, l'angoisse qui perçait dans la voix de Kerry était quant à elle nettement perceptible. Et le fait même qu'elle l'appelle prouvait qu'elle se trouvait dans une situation très délicate. Si sa mémoire était bonne, depuis qu'il la connaissait, c'était la première fois qu'elle l'appelait à l'aide.

— J'arrive.

Il quitta son bureau, prit un grand parapluie dans l'entrée et se rua dans l'ascenseur. Il aurait pu envoyer une voiture à l'entrée du jardin, mais il irait plus vite à pied. Pas question de laisser Kerry et Lucas seuls plus longtemps que nécessaire.

Le visage fouetté par la pluie, il s'élança sur le trottoir sans ouvrir le parapluie, esquivant les piétons et sautant par-dessus les flaques. Il ne lui fallut pas très longtemps pour atteindre le Jardin national. Il accéléra encore le pas dans les allées désertes, en direction de l'endroit que Kerry lui avait indiqué.

Enfin, il la vit et son cœur fit un bond dans sa poitrine. Penchée sur la poussette, elle tentait d'abriter Lucas avec son corps tout en le réconfortant.

Elle leva les yeux à son approche et son air désemparé le déchira. Il voulait la prendre dans ses bras et la serrer contre lui pour effacer ce désarroi de son regard ! Mais cet élan irrésistible fut stoppé net par une bouffée d'amertume. Quel idiot ! C'était sans doute la dernière chose dont elle avait envie… Au lieu de la réconforter, il ne parviendrait qu'à la stresser davantage.

Il s'immobilisa à côté d'elle. Pour la première fois de sa vie, il se sentait perdu et hésitait sur la conduite à tenir.

— Tout va bien, papa est là, dit Kerry à Lucas avec un sourire rassurant. Je vais pouvoir te prendre dans mes bras et il va nous abriter sous le parapluie.

Ces paroles sortirent Théo de son indécision. Il ouvrit le parapluie et le tint au-dessus de la poussette. Dès que Lucas fut dans les bras Kerry, il se calma.

La jeune femme se redressa et Théo passa un bras autour de ses épaules.

— J'ai déchiré la bâche, expliqua-t-elle en le regardant par-dessus les boucles brunes de Lucas.

Sa frange, plaquée contre son front par la pluie, lui masquait en partie les yeux.

— Je l'ai repliée quelques instants pour tenter de le calmer, mais elle s'est accrochée quelque part et elle s'est déchirée. Je ne pouvais plus abriter Lucas de la pluie tout en continuant à marcher.

Kerry déglutit péniblement. Nul doute que Théo allait

être furieux de sa maladresse. A cause d'elle, Lucas avait été très perturbé.

Mais à sa grande surprise, ce fut une vive émotion qu'elle lut dans ses yeux noirs. Ils étaient pourtant bien fixés sur elle, pas sur Lucas, constata-t-elle, le cœur battant. Tout à coup, elle avait l'impression qu'il tenait à elle, au moins un petit peu…

C'était ridicule. Elle savait parfaitement ce que Théo pensait d'elle ! Inutile de se bercer d'illusions…

— J'ai coupé par le jardin, mais c'était une mauvaise idée, reprit-elle d'une voix mal assurée. J'aurais mieux fait de m'abriter dans un café ou dans une boutique, au lieu de continuer à marcher sous la pluie. Mais je voulais rentrer le plus vite possible.

— Tu ne pouvais pas prévoir que la bâche se déchirerait, répliqua-t-il en écartant une mèche ruisselante de sa joue.

Elle sentit de nouveau son cœur s'affoler dans sa poitrine. Quelle tendresse dans ce geste… Et ce n'était pas un effet de son imagination. Elle en était certaine.

— Mais tu as vraiment bien fait de la prendre. Pour ma part, je n'y aurais pas pensé !

Kerry avait du mal à se concentrer sur les paroles de Théo. Sa sollicitude était tellement inattendue ! Elle en était tout étourdie…

C'était très perturbant. Elle savait ce qu'il pensait d'elle. Pourtant, il la regardait d'une manière si étrange qu'il était tentant de se laisser aller à rêver… à imaginer qu'un jour il finirait peut-être par l'aimer… au moins un peu.

La gorge nouée, elle baissa les yeux. Il fallait absolument qu'elle se ressaisisse. Les rêves impossibles étaient inutiles. Néfastes, même. Si elle continuait à espérer un bonheur qui ne viendrait jamais, elle s'exposait à la désillusion et à l'amertume.

— Je… je suis désolé, bredouilla Théo, au supplice.

L'air triste de Kerry était insupportable. Il lui rappelait leur dispute de la veille et son regard désespéré à la perspective de devoir passer sa vie avec lui…

L'idée qu'elle était malheureuse à cause de lui le déchirait. Dire qu'il avait fallu que ce soit sa tante qui lui ouvre les yeux ! Lorsqu'elle lui avait dit que Kerry devait être une femme exceptionnelle, il avait brusquement pris conscience que c'était la stricte vérité.

Kerry était une femme exceptionnelle.

Douce et généreuse, mais également capable de se battre pour défendre les idées qui lui semblaient justes.

Elle ne méritait pas d'être malheureuse…

— Il ne pleut plus, dit-elle.

Elle le regardait avec une perplexité manifeste, constata-t-il.

— Excuse-moi de t'avoir appelé, continua-t-elle, et de t'avoir dérangé dans ton travail. Si j'avais tenu quelques minutes de plus, tu n'aurais pas eu besoin de venir.

Théo promena autour de lui un regard surpris. En effet, la pluie s'était arrêtée. Une odeur de terre et d'herbe mouillée s'élevait du sol et l'air était plus léger.

Il ferma le parapluie. Le soleil lui caressa le visage mais ses rayons ne suffirent pas à réchauffer son cœur. C'était à cause de lui que Kerry était malheureuse. Et cette pensée était beaucoup plus douloureuse qu'il n'aurait pu l'imaginer.

— Tu n'as aucune raison de t'excuser, déclara-t-il, la gorge nouée. Tu peux faire appel à moi à tout moment, même si jusqu'à présent, je ne t'en ai pas donné l'impression. Après tout ce qui s'est passé, je ne peux pas t'en vouloir de ne pas avoir confiance en moi.

— Tu te trompes, j'ai confiance en toi. Et je regrette amèrement de ne pas t'avoir consulté le soir où Hallie a eu son accident.

Il passa nerveusement la main dans ses cheveux.

— Puisque nous en sommes aux regrets, je dois reconnaître que tu avais raison quand tu m'as accusé de vouloir tout régenter. Grâce à toi, j'ai pris conscience que je me montre souvent très autoritaire et je regrette profondément de t'avoir blessée par cette attitude excessive.

En même temps qu'il prononçait ces mots, une autre vérité se faisait jour dans l'esprit de Théo. C'était comme si les nuages noirs qui lui encombraient l'esprit venaient soudain d'être chassés par un grand coup de vent salutaire. Et la vérité ainsi dévoilée était aveuglante.

— Je t'aime, Kerry.

Abasourdie, elle sentit son cœur s'affoler dans sa poitrine.

Cette conversation prenait un tour de plus en plus déroutant ! Entendre Théo reconnaître qu'il était trop autoritaire était déjà incroyable. Mais l'entendre dire qu'il l'aimait !

— Quand je t'ai rencontrée, j'ai été attiré par ta beauté, dit-il en posant la main sur sa nuque. Ensuite, ce sont ta douceur et ta générosité qui m'ont séduit. Je crois que j'ai commencé à tomber amoureux de toi dès cette époque. Mais je n'étais pas prêt à le reconnaître. J'exerçais un contrôle permanent sur ma vie et celle des autres, mais j'étais tellement occupé à tout contrôler que je ne me rendais pas compte que j'étais dans une impasse.

Théo plongea son regard dans celui de Kerry.

— Et puis un jour, tu as de nouveau fait irruption dans ma vie avec Lucas. Vous avez mis sens dessus dessous mon univers bien organisé et je t'en suis infiniment reconnaissant. Je n'avais jamais eu conscience de ce qui me manquait jusqu'à ce que tu me le donnes.

Kerry retint son souffle. Etait-ce possible ? N'était-elle pas en train de rêver ? Ce qui était en train de se passer semblait beaucoup trop beau pour être vrai…

— Je t'aime, Kerry.

Elle sentit son cœur se gonfler de joie et tous ses doutes s'évanouirent. Théo était sincère. Elle le sentait. Elle le savait.

Il l'aimait… Ce moment magique n'était pas un rêve. C'était la réalité.

— Moi aussi je t'aime, Théo.

Il l'embrassa avec une tendresse infinie qui la bouleversa.

— Nous avons perdu beaucoup de temps, murmura-t-il d'un air contrit.

— Disons que nous avons fait un long voyage.

Un voyage qui les avait mûris l'un et l'autre, songea-t-elle avant d'ajouter :

— Mais aujourd'hui, nous sommes enfin réunis.

— Oui, et sache que je ne te laisserai plus jamais repartir. Sans toi, ma vie n'a aucun sens.

Avec un sourire radieux, Kerry remit Lucas endormi dans sa poussette.

— Ça tombe bien parce que je n'ai pas l'intention de m'en aller.

Elle noua les bras sur la nuque de Théo.

— Ramène-moi à la maison, s'il te plaît… Il est urgent de m'enlever tous ces vêtements mouillés.

Composé et édité par HarperCollins France.

Achevé d'imprimer en août 2020.

CPI
BLACK PRINT

Barcelone

Dépôt légal : septembre 2020.

MIXTE
Papier issu de sources responsables
FSC® C108412

Pour limiter l'empreinte environnementale de ses livres, HarperCollins France s'engage à n'utiliser que du papier fabriqué à partir de bois provenant de forêts gérées durablement et de manière responsable.

Imprimé en Espagne.